GAROTA TEMPESTADE

Próximo volume:

Caçadores de Tempestade

GAROTA TEMPESTADE

NICOLE PEELER

Tradução
Ana Beatriz Manier

Rio de Janeiro, 2013
1ª Edição

Copyright © 2009 *by* Nicole Peeler
Publicado mediante contrato com Little, Brown and Company, Nova York.

TÍTULO ORIGINAL
Tempest Rising

ILUSTRAÇÃO DE CAPA
Sharon Tancredi

ADAPTAÇÃO DE CAPA
Diana Cordeiro

DIAGRAMAÇÃO
editorîarte

Impresso no Brasil
Printed in Brazil
2013

CIP-BRASIL. CATALOGAÇÃO NA FONTE
SINDICATO NACIONAL DOS EDITORES DE LIVROS, RJ

P421g

Peeler, Nicole, 1978-
 Garota tempestade / Nicole Peeler; tradução de Ana Beatriz Manier. – Rio de Janeiro: Valentina, 2013.
 280p.: 23 cm (O estranho mundo de Jane True; 1)

 Tradução de: Tempest rising
 Continua com: Caçadores de tempestade

 ISBN 978-85-65859-03-5

 1. Ficção fantástica americana. I. Manier, Ana Beatriz. II. Título. III. Série.

12-9388.
CDD: 813
CDU: 821.111(73)-3

Todos os livros da Editora Valentina estão em conformidade com
o novo Acordo Ortográfico da Língua Portuguesa.

Todos os direitos desta edição reservados à

EDITORA VALENTINA
Rua Santa Clara 50/1107 – Copacabana
Rio de Janeiro – 22041-012
Tel/Fax: (21) 3208-8777
www.editoravalentina.com.br

*Para minha família,
por ter me dado todas as oportunidades.*

Capítulo 1

Encarei o freezer, tentando decidir o que preparar para o jantar daquela noite. Decisão difícil, uma vez que um visitante desinformado poderia pensar que Martha Stewart não apenas morava conosco como estava se preparando para o apocalipse. Lasanhas congeladas, ensopados, empadões e afins ocupavam o congelador quase até o teto. Finalmente decidindo por sopa de frutos do mar, peguei um pouco de hadoque e mexilhões. Após uma breve batalha interior, aproveitei um filé de salmão e decidi fazer outra sopa para – adivinhou! – colocar no freezer. É, estocar comida ia um pouco mais além do que um simples transtorno compulsivo obsessivo, mas eu me sentia melhor assim. Isso também queria dizer que, quando eu tinha de fato alguma coisa para fazer durante a noite, podia deixar meu pai sozinho sem me sentir muito culpada.

Meu pai não era propriamente um inválido. Mas sofria do coração e precisava de ajuda para cuidar de algumas tarefas, principalmente depois que minha mãe fora embora. Sendo assim, tive de assumir a casa, o que até me deixava feliz. Não que eu tivesse muitas outras obrigações, sendo a ovelha negra da cidade...

É impressionante como ser a ovelha negra nos dá uma grande quantidade de tempo livre.

Depois de colocar as roupas na máquina e limpar o banheiro do primeiro andar, subi para tomar banho. Eu teria adorado passar o dia perambulando

com o sal da água do mar na pele, mas nem mesmo em Rockabill *Eau de Brine* era um perfume aceitável. Como muitas pessoas de vinte e poucos anos, eu havia acordado cedo naquela manhã para me exercitar. No entanto, diferentemente de tantas outras pessoas de vinte e poucos anos, meu exercício matinal consistia em uma hora ou mais de nado no oceano gelado. E em um dos redemoinhos mais letais dos Estados Unidos. Motivo pelo qual tomo tanto cuidado para manter minha natação em segredo. Ela pode ser um ótimo exercício para o coração, mas, provavelmente, me faria queimar na fogueira. Estamos na Nova Inglaterra, afinal de contas.

Quando acabei de vestir meu uniforme de trabalho – calça cáqui de algodão e camisa polo rosa-choque de mangas compridas com um bordado azul-marinho no bolso, que dizia *Morrer de Ler* –, ouvi meu pai sair do quarto e descer a escada, batendo os pés. Como era tarefa dele preparar o café, demorei mais um pouco para passar base, blush e um pouquinho de gloss, antes de pentear meus cabelos negros e molhados. Eu costumava usar uma versão mais comprida – e, admito, mais desarrumada – do que a de Cleópatra, pois gostava de esconder meus olhos escuros debaixo da franja longa. Recentemente, minha Nêmesis, Stuart Gray, se referira a eles como "olhos demoníacos". Não são exatamente os olhos do Marilyn Manson, graças a Deus, mas até mesmo eu devo admitir que sinto certa dificuldade em determinar onde termina a minha pupila e onde começa a minha íris.

Voltei ao primeiro andar para fazer companhia ao meu pai na cozinha e senti aquela pontada no coração, que às vezes sinto quando percebo o quanto ele mudou. Era pescador, mas precisou se aposentar por invalidez, cerca de dez anos atrás, quando seu coração piorou. Um dia foi um belo homem, forte e confiante, cuja presença preenchia qualquer ambiente em que entrasse, mas sua doença prolongada e o desaparecimento de minha mãe fizeram-no encolher de todas as formas possíveis. Parecia tão franzino e grisalho com aquele roupão surrado, as mãos tão trêmulas por conta dos remédios para o coração, que precisei de todo o meu autocontrole para não forçá-lo a sentar-se e descansar. Mesmo que o corpo não concordasse, ele insistia em ser o homem que fora um dia, e eu sabia que vivia caminhando no limite tênue entre cuidar dele e ameaçar sua dignidade. Assim sendo, abri aquele meu

Garota Tempestade

sorriso super-radiante e corri para a cozinha, como se fôssemos pai e filha de algum seriado de tevê dos anos 50.

— Bom-dia, papai! — cumprimentei-o, reluzente.

— Bom-dia, querida. Quer um pouco de café? — Ele me fazia a mesma pergunta todas as manhãs, mesmo a resposta sendo sim desde que eu tinha quinze anos.

— Claro, obrigada. Dormiu bem à noite?

— Ah, dormi, sim. E você? Como foi sua manhã? — Papai nunca me fazia perguntas diretas sobre meu hábito de nadar. Era uma pergunta que ficava implícita pela política do "não te pergunto, não me responde" que reinava na casa. Por exemplo, ele não me fazia perguntas sobre a minha natação, eu não lhe fazia perguntas sobre a mamãe. Ele não me fazia perguntas sobre Jason, eu não lhe fazia perguntas sobre a mamãe. Ele não me fazia perguntas sobre se eu estava ou não feliz em Rockabill, eu não lhe fazia perguntas sobre a mamãe...

— Ah, dormi bem, papai. Obrigada. — É claro que eu não havia dormido bem, já que precisava de apenas umas quatro horas de sono por noite. Mas este era outro assunto sobre o qual nunca falávamos.

Perguntou-me quais eram meus planos para o dia, enquanto eu preparava ovos mexidos com torrada de pão integral. Respondi que trabalharia até as seis e depois passaria no mercado, a caminho de casa. E, como costumava fazer às segundas-feiras, iria de carro para o trabalho. Tínhamos exatamente a mesma rotina todas as semanas, mas era bacana da parte dele agir como se fosse possível eu ter planos novos e estimulantes. Às segundas, eu não precisava me preocupar com a comida dele, já que Trevor McKinley o pegava para fazerem uma bagunçinha: almoço regado a pôquer com George Varga, Louis Finch e Joe Covelli. Todos haviam nascido em Rockabill e eram amigos de infância, exceto por Joe, que se mudara para cá, vindo da capital, cerca de vinte anos atrás, para abrir uma oficina. Era assim que as coisas aconteciam em Rockabill. No inverno, quando a maioria dos turistas desaparecia, a cidade ficava cheia de moradores que haviam crescido juntos e que tinham mais intimidade com a roupa suja do outro do que com a própria. Algumas pessoas gostavam dessa intimidade, mas, quando se era mais o objeto do que o sujeito das fofocas, essa intimidade tendia a se parecer com perseguição.

Comemos enquanto dividíamos o jornal da cidade, *The Light House News*. Contudo, como o jornal servia, em grande parte, de veículo de divulgação de interesses turísticos, e os turistas estavam fora por causa das celebrações de fim de ano, as notícias eram poucas. Ainda assim, continuamos a ler, mesmo sem muito interesse. Apesar de tudo, ninguém poderia dizer que a família True não era boa no cumprimento de suas obrigações. Depois do café, separei o monte de remédios de meu pai e os coloquei perto do suco de laranja. Ele me ofereceu um sorriso deslumbrante, a única coisa que não havia mudado com os danos na saúde e no coração.

— Obrigado, Jane — agradeceu. E eu sabia que ele ficava mesmo grato, apesar de eu colocar os remédios perto do suco de laranja todo santo dia, nos últimos doze anos.

Engoli o nó na garganta, uma vez que sabia que grande parte de sua preocupação e de seu sofrimento devia-se a mim, e dei-lhe um beijinho na bochecha. Em seguida, apressei-me para limpar a mesa, reunir minhas tralhas e sair correndo para o trabalho. Segundo minha experiência, fazer as coisas apressadamente é sempre uma ótima maneira de não chorar.

Tracy Gregory, a proprietária da *Morrer de Ler*, já estava trabalhando a todo vapor quando entrei. A família Gregory era uma família de pescadores de Rockabill, e Tracy, sua filha pródiga. Partira para trabalhar em Los Angeles, onde, aparentemente, fora uma figurinista de sucesso no cinema. Digo aparentemente porque nunca nos disse o nome de um único filme em que trabalhou. Retornara a Rockabill cerca de cinco anos atrás para abrir a *Morrer de Ler*, que era a nossa livraria, café, além de local de convergência de turistas na cidade. Desde que o turismo substituíra a pesca como indústria mais lucrativa, Rockabill tinha condições de manter uma empresa como a *Morrer de Ler* aberta durante o ano inteiro. No entanto, outros empreendimentos — como o excelente porém inapropriadamente batizado Bar e Churrascaria Bucho Cheio — fechavam durante o inverno.

— Olá, mocinha — Tracy cumprimentou-me bruscamente, quando fechei a porta. Abriríamos em meia hora.

— Oi, Tracy. Grizelda já voltou?

Garota Tempestade

Grizelda era a namorada de Tracy, e haviam causado um tremendo tumulto na primeira vez que apareceram juntas em Rockabill. Não apenas eram lésbicas, como tinham o maior jeitão. Os habitantes da pequena vila do Maine jamais engoliriam. Tracy se locomovia como um jogador de rugby e também se vestia como tal. Mas tinha um jeitinho carismático de ser que a ajudara a enfrentar um dos primeiros casos de homofobia deflagrado por seu retorno à sociedade de Rockabill.

Se Tracy era do tipo que fazia os conservadores virarem a cabeça, Grizelda praticamente fazia as cabeças rodarem no estilo *O Exorcista*. Grizelda não era seu nome verdadeiro. Tampouco Xana Xawaska, nome que usara quando fora estrela-pornô. Como Xana Xawaska, Grizelda fora ruiva e tão peituda quanto uma beldade de *SOS Malibu*. Mas, na encarnação atual, como Grizelda Montague, ostentava uma aparência gótica-hippie – embora uma gótica-hippie deliciosamente peituda. Algumas vezes ao ano, Grizelda desaparecia durante semanas ou meses, e, quando retornava, ela e Tracy finalizavam algum grande projeto sobre o qual estivessem discutindo, como redecorar a loja ou construir um solário em sua pequenina casa. Só Deus sabia em que aventura lucrativa ela se metia durante as férias, mas, fosse o que fosse, isso em nada afetava seu relacionamento com Tracy. As duas eram tão unidas quanto qualquer casal hétero em Rockabill, se não fossem ainda mais unidas. E ver o quanto se amavam me fazia pensar em minha própria solidão.

– Já. Grizzie já voltou. Já, já chega aqui. Trouxe um presente para você... Alguma coisa escandalosa, se bem conheço minha amada.

Abri um sorriso.

– Maravilha! Adoro os presentes dela.

Por causa de Grizzie, eu tinha uma gaveta cheia de roupas íntimas das mais audaciosas, brinquedinhos eróticos e livros picantes. Grizzie dava presentes desse tipo em *qualquer* ocasião; pouco importava se era formatura de colégio, bodas de ouro ou batizado. Esta particularidade queria dizer que ela era figura indispensável nas listas de convidados de casamentos desde Rockabill até Eastport. Mas que era figura perigosa em festas de crianças, ah, isso era. A maioria dos pais não apreciava um kit de calcinhas fio dental para cada dia da semana como lembrancinha para as filhas de onze anos. Uma vez, ela me deu

de presente um vale-depilação à moda "Hollywood", e eu tive que ir ao Google para ver como era. O que descobri me assustou o suficiente para não fazê-la; portanto, o vale está guardado dentro da minha "gaveta proibida"; decidi batizá-la assim como um assunto a ser debatido posteriormente. Não que outra pessoa, alguma vez, tenha tido acesso à "proibida" junto comigo, mas eu falava muito sozinha, e aquele vale-presente, com certeza, seria assunto divertido para minhas conversas tipo *eu comigo mesma*.

Também era bom ter ao alcance dos dedos – sem trocadilho – uma sex shop particular durante longos períodos de abstinência forçada... como os últimos oito anos de minha vida.

– E – continuou Tracy, balançando pesarosamente a cabeça – os presentes dela também amam você. Espero que literalmente.

– É isso mesmo, alguém tem que gostar de mim – respondi, aterrorizada com a inflexão amarga da minha voz.

Mas Tracy, felizmente, apenas me fez um carinho, passando a mão gentil pelos meus cabelos, o que acabou se transformando num abraço sem palavras.

– Tira a mão da minha gata! – gritou uma voz aguda e bem-humorada vinda da porta da frente. Era Grizelda!

– Opa, foi mal – respondi, afastando-me de Tracy.

– Eu quis dizer para *Tracy* tirar as mãos de *você* – disse Grizzie, correndo para me levantar do chão com um abraço apertado, meus seios naturais em contato com suas enormes mamas. Eu odiava ser baixinha em momentos como este. Embora adorasse os um metro e oitenta de Grizzie e tivesse mais afeição do que o normal por seus abraços calorosos, detestava ser agarrada com força.

Ela me colocou no chão e apertou minha mão entre as dela, recuando para me apreciar, enquanto segurava meus dedos na distância do comprimento de seu braço.

– Humm, humm – murmurou, balançando a cabeça. – Mocinha... eu comeria você toda, de uma garfada só.

Ri enquanto Tracy revirava os olhos.

– Pare de assediar sexualmente a funcionária, sua ursa faminta! – foi seu único comentário.

Garota Tempestade

— Mais um minutinho e já vou assediar você sexualmente, minha flor de maracujá, mas, agora, quero apreciar a nossa Jane. — Grizelda piscou para mim com seus olhos violeta cintilantes. Usava lentes de contato coloridas, e não pude fazer outra coisa a não ser rir como uma adolescente.

— Eu trouxe um presentinho para você — disse ela, maliciosa.

Bati palmas, empolgada, e comecei a pular numa dança de felicidade.

Eu gostava de verdade dos presentes de Grizzie, mesmo quando eles desafiavam o meu parco conhecimento de anatomia humana passado pela sra. Renault, nas aulas de biologia do ensino médio.

— Feliz aniversário atrasado! — gritou ela, quando me entregou um belo embrulho que retirara de sua bolsa enorme. Admirei o papel preto brilhante e a fita suntuosa de veludo escarlate, amarrada na forma de um laço — Grizzie fazia tudo com estilo — antes de rasgá-lo, empolgada. Depois de cortar com a unha do polegar o durex que mantinha a caixa fechada, logo me vi segurando a mais bela camisola de cetim vermelho que eu já vira na vida. Era de um vermelho-escuro cor de sangue, com base azulada — o vermelho mais perfeito para o meu tom de pele. E era também, claro, do comprimento certo, com uma fenda na lateral que chegava ao meu quadril. Grizzie tinha essa habilidade mágica de sempre comprar peças que serviam perfeitamente. O corpete era bem decotado para o pequeno tamanho, e o bojo assemelhava-se a duas conchas de molusco, que eu sabia que acomodariam meus seios como as mãos daquele famoso retrato de Janet Jackson. As alças eram um pouco mais grossas, para dar suporte, e se cruzavam no decote *bastante* cavado nas costas. Era uma camisola simplesmente maravilhosa, bem adulta e sofisticada, e eu não conseguia parar de acariciar o cetim deliciosamente escorregadio.

— Grizzie — suspirei. — É maravilhosa... mas é demais para mim. Deve ter custado uma fortuna.

— Você vale uma fortuna, minha querida Jane. Além do mais, achei que talvez precisasse de algo bem sensual... uma vez que as "entregas especiais" de Mark já devem ter proporcionado um encontro.

As palavras de Grizzie foram diminuindo de volume assim que minha expressão se entristeceu, e Tracy, atrás de mim, fez um barulho como o de Xena, a Princesa Guerreira, partindo para a batalha.

Antes que Tracy pudesse começar a discorrer sobre todas as formas que gostaria de estripar nosso novo carteiro, eu disse, com muita calma:

— Não vai rolar.

— O que aconteceu? — perguntou Grizzie, assim que Tracy resmungou outro grito de guerra atrás de nós.

— Bem... — comecei, mas por onde começar? Mark era novo em Rockabill, um funcionário do correio dos Estados Unidos, que havia se mudado recentemente para o nosso cantinho no Maine depois de ficar viúvo, com as duas filhas pequenas. Ele começara a se esquecer de entregar cartas e encomendas, precisando de uma segunda, às vezes uma terceira visita diária à nossa livraria. Achei-o gentil, mas um tanto sequelado, até Tracy me dizer que ele só se esquecia de entregar quando eu estava trabalhando.

Então, paqueramos, paqueramos e paqueramos ao longo de um mês. Até que, dias atrás, ele me chamou para sair. Fiquei empolgadíssima. Ele era um fofo, além de novo na cidade; e, assim como eu, havia perdido alguém muito próximo. E era óbvio que não me julgava pelo meu passado.

Vocês sabem o que falam por aí sobre se assumir...

— Até tínhamos um encontro marcado, mas ele cancelou. Acho que me chamou para sair antes de saber... de tudo. Alguém deve ter contado. Ele tem filhos, sabe como é.

— E? — resmungou Grizzie, sua voz fumegante já demonstrando raiva.

— Então ele disse que achava que eu não seria uma influência muito boa. Para as filhas dele.

— Isso é ridiculamente ridículo! — esbravejou Grizzie, enquanto Tracy fazia uma série de ruídos inarticulados atrás de nós. Normalmente, Tracy era a mais calma e mais suave das duas, mas ela quase teve um troço no dia em que telefonei chorando para dizer que Mark tinha me dispensado. Acho que ela teria sido capaz de arrancar a cabeça dele, mas aí nós não teríamos fechado o inventário da livraria.

Baixei a cabeça e encolhi os ombros. Grizzie se aproximou de mim, percebendo que Tracy já havia controlado a raiva.

— Sinto muito, minha querida — disse ela, envolvendo-me em seus longos braços. — É... é uma pena.

Garota Tempestade

E era uma pena mesmo. Meus amigos me diziam para seguir em frente, meu pai me dizia para seguir em frente. Droga, não fosse aquela parte pequenininha de mim que ainda se afundava em culpa, *eu* queria seguir em frente. Mas o resto de Rockabill, ao que parecia, não concordava comigo.

Grizzie afastou minha franja dos olhos e, quando percebeu as lágrimas brilhando, interveio à moda Grizelda. Puxando-me como uma dançarina de tango, resmungou, com voz sensual:

— Baby, eu vou te lambuzar todinha... — E depois enterrou a cabeça na minha barriga e me deu uma assoprada ruidosa.

Era exatamente o que eu precisava. Lá estava eu, rindo de novo, agradecendo às estrelas, pela zilionésima vez, por terem trazido Grizzie e Tracy de volta à Rockabill. Eu não sabia o que faria sem elas. Dei um abraço forte em Tracy, como o que dera pelo presente, e o levei para os fundos da loja, junto com as minhas coisas. Abri a caixa para acariciar uma última vez o cetim vermelho e a fechei em seguida com um suspiro de contentamento.

Ficaria simplesmente maravilhosa na minha gaveta proibida.

Tínhamos muito pouca coisa a fazer antes de abrir a loja, o que nos deu um bom tempo para bater papo. Após meia hora de fofoca intensa, havíamos esgotado o cansativo tema "tudo o que aconteceu enquanto você esteve fora" e, quando começávamos a fazer planos para a semana seguinte, o sininho da porta soou. Meu coração ficou pesado quando vi que era Linda Allen, representante voluntária do grupo que me perseguia por questões particulares de preconceito. Ela não era tão má quanto o Stuart Gray, que me odiava ainda mais, contudo, fazia o possível para superá-lo.

E por falar no resto de Rockabill, pensei, assim que Linda foi para a sessão dos romances.

Ela não se deu ao trabalho de falar comigo, é claro. Apenas lançou um de seus olhares penetrantes, que poderia ter me atingido como se saído de um helicóptero militar da Segunda Guerra Mundial. Seus olhares sempre me diziam a mesma coisa. Falavam do fato de eu ser a garota cuja mãe havia surgido do nada, no meio da cidade, *nua*, durante uma tempestade. Do fato de que ela havia *roubado* um dos solteirões mais cobiçados de Rockabill e *arruinado a vida dele*. Do fato de ela ter dado à luz um bebê *sem ser casada* e do fato de *eu ser* este bebê e de ainda piorar a situação por ser *tão estranha quanto*

minha mãe. Essa era só a ponta do iceberg vituperioso que Linda fazia questão de exibir sempre que tinha oportunidade.

Infelizmente, Linda lia tão compulsivamente quanto eu e por isso a encontrava pelo menos duas vezes ao mês, quando aparecia para levar uma nova pilha de romances. Ela gostava de um estilo de trama bem-definido: do tipo que o pirata raptava a donzela virgem, violentava-a, fazia com que se apaixonasse por ele e depois jogava ao mar um monte de marinheiros enquanto a pobre polia seu cutelo. Ou então romances em que o líder do clã das Highlands escocesas raptava a inglesa virgem de nome Rose, violentava-a e fazia com que se apaixonasse por ele e depois dizimava exércitos inteiros de Sassenachs enquanto ela recheava seus haggis. Ou romances em que um chefe tribal raptava a branca virgem e estrangeira, violentava-a, fazia com que se apaixonasse por ele e depois matava um grupo de colonizadores enquanto ela afiava seu machado. Eu detestava dar uma de Freud para cima de Linda, mas seu padrão de leitura sugeria alguns *insights* interessantes que justificavam o fato de ela ser tão filha da puta.

Tracy atendia um telefonema, enquanto Linda escolhia títulos, e Grizelda estava sentada em um banco, bem afastada do balcão, numa posição que dizia claramente "Na verdade, não estou trabalhando. Obrigada". Mas Linda ignorou ostensivamente o fato de eu estar livre para atendê-la, preferindo, em vez de falar comigo, ficar na frente de Tracy, que lhe lançou *aquele* olhar e depois outro para mim, como se dissesse: "Ela pode atender você", mas Linda insistiu em ignorar minha presença. Então, Tracy suspirou e desligou em seguida. Eu sabia que minha amiga adoraria dizer a Linda para enfiar aquela atitude dela num lugar onde não batia sol, mas a *Morrer de Ler* não podia se dar ao luxo de perder uma cliente tão boa em comprar livros quanto em fazer cara de bruxa má. Sendo assim, Tracy recebeu o pagamento pelas compras de Linda, colocou-as numa sacola com toda a educação que podia sem ser, exatamente, simpática, e a entregou para ela, que, na mesma hora, lançou-me seu olhar de despedida, olhar ao qual eu já estava acostumada, mas do qual nunca soube desviar muito bem.

Olhar que dizia: *A tal louca que matou o próprio namorado.*

Ela estava errada, claro. Eu não tinha matado Jason. Eu era apenas a razão pela qual ele estava morto.

Capítulo 2

Eu já havia começado a tirar a roupa quando cheguei à enseada secreta que consistia no meu pequeno santuário. E estava muito puta da vida para ainda me preocupar com roupa de banho.

Foda-se Linda, pensei, assim que arranquei a camiseta e o sutiã.

Foda-se Rockabill me ajudou a tirar a calça e a calcinha.

E foda-se eu acompanhou meus sapatos e meias. Daí foi um pulo só até o mar, cujas ondas se ergueram e me envolveram da forma como faziam os braços de minha mãe, quando eu era uma menininha. Na verdade, nadar era tudo o que ainda me fazia lembrar dela. Seu rosto mesmo, o rosto que eu guardava na memória, começara a se apagar anos atrás, deixando apenas detalhes que eu havia fixado das fotografias. Mas eu jamais me esqueceria dos nossos nados noturnos e clandestinos. O segredo que nos unia quando eu era criança.

E que, suspeitava eu, havia destruído minha família.

Minha mãe, Mari, apareceu numa noite, ao cair de uma terrível tempestade, nua em pelo. Meu pai e outros jovens estavam correndo pela cidade nas horas que antecederam o temporal, ajudando as pessoas a protegerem com tábuas as casas e as vitrines das lojas situadas na pequena rua principal e na praça. Então, do nada, seu amigo Trevor deixou escapar um assobio de surpresa, ao mesmo tempo que Louis exclamou:

— Puta merda — comentou no mesmo tom respeitoso que usava quando iam à grandiosa celebração do Quatro de Julho, em Bangor, para ver uma

queima de fogos de arrepiar. Meu pai, junto com praticamente todos que na época moravam em Rockabill, ergueu os olhos e viu uma mulher nua, de cabelos negros compridos até a cintura, passeando pela rua como se tivesse recebido um convite que especificasse "nua em pelo, por favor". Ninguém se mexeu, a não ser meu belo e corajoso pai, que tirou o casaco e colocou-o sobre os ombros da mulher. Ela sorriu, e foi nesse momento que meu pai soube que a amava e que não poderia mais viver sem ela.

Em nome da decência, ele a levou para a Grays' Rockabill, a única pensão da cidade, na época. Que ela ficava estrategicamente posicionada, perto da nossa casa, nunca fora mencionado na história oficial. Nick e Nan ainda estavam vivos e no comando, e não os pais maldosos de Stuart – Sheila e Herbert. Nick e Nan lhe ofereceram uma cama para passar a noite e não ficaram nada surpresos quando a encontraram vazia na manhã seguinte. Tampouco quando encontraram a moça e meu pai na lanchonete da cidade, naquela manhã, dividindo café, ovos com bacon e panquecas. Nasci cerca de um ano depois, numa família unida. Meus pais se adoravam; Nick e Nan haviam servido de avós postiços perfeitos (os pais de meu pai faleceram antes de eu nascer), e logo Jason uniu-se aos avós, Nick e Nan, para ocupar seu lugar como meu melhor amigo e alma gêmea. Durante seis anos, vivi tão feliz quanto uma criança poderia viver. Até a noite em que caiu outra tempestade, tão pesada quanto aquela que atormentara a noite em que meus pais dividiram a cama pela primeira vez. Na manhã seguinte, minha mãe desaparecera tão repentina e inexplicavelmente quanto havia aparecido.

Então, eu soube a verdade sobre a minha família: que o ninho aconchegante de felicidade no qual eu tanto gostara de crescer fora uma ilusão. Rockabill – com exceção de Nick, Nan e Jason – jamais aceitara minha mãe. Muitos na cidade a consideravam diferente de uma forma perigosa e ficaram felizes em ter suas piores suspeitas confirmadas quando ela abandonou o marido e a filha ainda criança. O fato de uma garotinha cuja mãe havia desaparecido merecer um pouco de compaixão foi superado pelo fato de eu ser quase idêntica a ela, os mesmos cabelos e olhos escuros, a mesma pele clara e, à medida que fui crescendo, as mesmas curvas perigosas. Rockabill não era uma comunidade exageradamente religiosa, mas nossos ancestrais puritanos deviam ter sintonizado o espírito de Melanie Griffith,

Garota Tempestade

em *Uma Secretária de Futuro*, ao longo das gerações. *Assim como a mãe*, sussurravam, *esta garota tem o corpo para o pecado*. Os sussurros permaneceram e foram se tornando berros à medida que o tempo passava e coisas piores iam acontecendo.

Com raiva, eu nadava insanamente, deixando as correntes poderosas do Old Sow – a Porca Velha e seus porquinhos – me jogarem para frente e para trás. Queria me perder naquele redemoinho que se mostrava sempre disposto a cooperar.

O Old Sow costumava ser a ruína dos pescadores de Rockabill e já havia matado uma fatia considerável de nativos. Atualmente, no entanto, era nosso meio de vida: a atração turística da qual dependia nosso sustento. Era um dos cinco maiores redemoinhos da Terra, e os barcos tinham de tomar muito cuidado para evitá-lo. Mas lá estava eu, mergulhando em suas águas mais profundas, nua como uma pequena foca.

Eu não sabia por que era tão boa nadadora desde pequena e nem por que gostava tanto de nadar. Ainda assim, não me sentia tão feliz em nenhum outro lugar como quando estava na água. Para ser honesta, era mais do que isso: eu *precisava* nadar. Era tanto um vício quanto um desejo. Não que eu entendesse as implicações dessa necessidade. Sabia que meu nado era a resposta para alguma questão, aquela chave indesejável e anônima que fica pendurada em todos os chaveiros que herdamos. A chave não se encaixava em nenhuma porta da casa, em nenhuma gaveta do escritório nem em nenhuma mala do sótão. A natação era a minha chave misteriosa que sempre me importunava com sua presença. No entanto, não importava quantos cadeados eu experimentasse, ela nunca revelava nada sobre o que escondia.

Tentei afastar os pensamentos negativos e focar no prazer quando um trovão irrompeu e a chuva começou a cair, fazendo o mar avançar em resposta. A tempestade que já ameaçava enquanto eu dirigia para casa, voltando do mercado, despencara com força enquanto eu e meu pai jantávamos. Tive de me segurar para não jogar os garfos sobre o prato e sair correndo pela noite como uma maluca. Eu ainda me sentia tão irritada por causa do encontro quinzenal com Linda, que estava sem paciência com o meu pai. O que fez eu me sentir culpada, o que fez eu me sentir frustrada, o que fez eu me sentir ainda mais furiosa...

Quando eu ficava assim, somente nadar ajudava.

E se nadar em condições normais era uma atividade terapêutica, nadar durante uma tempestade era muito melhor do que Prozac. Talvez porque minha mãe houvesse aparecido e desaparecido durante tempestades eu fosse tão obcecada por elas. Mas a verdade era que eu me sentia muito mais feliz quando o mar estava agitado, impetuoso e bravio, e eu ficava rolando em suas águas, tão impotente e assustada quanto uma das heroínas dos romances de Linda, quando confrontada com o aventureiro charlatão.

Uma onda particularmente forte me puxou e percebi que eu estava me aproximando do Old Sow que, em sua extrema imprevisibilidade, girava alegremente para longe, embora devesse estar manso àquela hora da noite. Mas eu estava tão irritada, que só uma água muito agitada me satisfaria naquela noite. Sempre que me desentendia com Stuart ou Linda, eu não conseguia parar de pensar em minha mãe. Seu desaparecimento era como um dente cariado que precisava ser urgentemente obturado.

Aproveitei a corrente gerada por um dos redemoinhos menores do Old Sow para me lançar para cima, de forma que conseguisse mergulhar de volta, como uma toninha. Aterrissei com bem mais peso do que havia imaginado, o redemoinho menor me forçando a entrar numa corrente forte que levava até o pai. Lutei com força para me desvencilhar, mas a corrente forte me mantinha em seu abraço firme. O Old Sow não era o redemoinho mais poderoso do mundo, mas era suficientemente forte até para minhas habilidades de nadadora. Eu havia me aproximado demais e estava fazendo tudo o que podia para me livrar da corrente.

Eu fazia um grande esforço, mas não chegava a lugar nenhum e comecei a sentir que estava entrando em pânico. Se eu me afogasse mesmo, ficaria muito puta da vida. Provaria que tudo o que haviam dito sobre mim, após a morte de Jason, era verdade, mesmo sendo um monte de mentiras.

Mas eis que, como por efeito de mágica, a corrente à minha volta abrandou por um segundo. Com um esforço supremo, vi-me livre e recuei respeitosamente do Old Sow e de suas crias. Bati braços e pernas na água, ainda sentindo a adrenalina correr em minhas veias. Não podia acreditar que tinha sido tão tola a ponto de me aproximar tanto! Estava praguejando por causa da minha estupidez, quando meu coração bateu forte dentro do peito, em parte por causa do esforço físico extremo, em parte por medo.

Então, tudo congelou: parecia que uma mão gelada saíra da água e envolvera meu coração, fazendo-o parar no intervalo de uma batida. Meu cérebro interrompeu todas as suas funções. Apenas meus braços e pés continuaram se agitando na água, como se estivessem ligados no piloto automático, sem me deixar afundar.

Eu saíra ilesa do Old Sow, mas havia alguém que não saíra.

Vi uma silhueta boiando na água, em meio ao redemoinho principal, como uma boia salva-vidas aterrorizante. E soube, por uma experiência sofrida, que devia ser uma silhueta humana. Se pensei que havia sentido medo antes, simplesmente saí em disparada como o Papa-léguas rumo à beira da praia, assim que meu instinto de sobrevivência aflorou. Cada fibra do meu corpo me alertou para dar o fora daquela água e não olhar para o que quer que fosse que estivesse ali.

Não que eu achasse que fosse algum tipo de monstro. Achei que podia ser alguém que eu amava: morto e afogado por minha causa.

Quem poderia ter me visto indo para a enseada? Eu viera de casa, saíra pela porta dos fundos e depois atravessara o bosque. Ninguém mais morava ali a não ser a família Gray, e Sheila e Herbert não estariam do lado de fora numa noite fria como aquela. Sendo assim, sobrava Stuart, mas se Stuart *achasse* que eu estava me afogando, certamente não tentaria me resgatar. Ele se sentaria e acenderia um charuto para comemorar meu fim.

Sobrara meu pai. Com esse pensamento, meu coração, que começara a bater novamente, voltou a querer parar.

Mas então meu cérebro acelerou. Meu pai sabia que eu nadava, mesmo que não falássemos sobre isso, e não tentaria me "resgatar". Então, a única forma que eu tinha de descobrir se, mais uma vez, eu havia mesmo matado alguém, era tirando aquele corpo do Sow.

Do redemoinho pai, cujas crias circulantes tinham quase me afogado um minuto atrás. Merda!

Nadei num círculo bem largo em torno do redemoinho, tentando descobrir como chegar lá. Mas era impossível, eu não tinha como me aproximar nem mais um centímetro. Mesmo assim, o cadáver fazia uma dança desagradável, preso do jeito que estava nas correntes do Sow. Eu não podia

deixá-lo ali daquela forma, pois fora uma pessoa viva até bem pouco tempo e, provavelmente, devia ser alguém que eu conhecia. O pânico surgiu novamente, e eu disse a mim mesma para não ir.

Recuei, nadando de costas, batendo braços e pernas. *Pense, Jane.*

Mas nada me vinha à mente. Não havia como eu me aproximar mais; além disso, ver como o cadáver era sugado para baixo das ondas e depois lançado de novo com força para a superfície da água fazia minha ansiedade e medo ainda mais agudos.

Minhas emoções estavam uma confusão só. Tentei suprimir a lembrança, mas ver aquele corpo preso no redemoinho foi como assistir a um filme aterrorizante. Fechei minha mente à memória. Eu não iria lá; nada me faria visitá-lo. Enquanto lutava para manter o medo sob controle, outra emoção veio à tona: a raiva. Eu estava muito puta da vida mesmo. Que diabos *outro* corpo fazia no meu redemoinho? Quantas vezes eu teria de encontrar um cadáver? Cadáveres não deveriam ser como raios e nunca atingir uma mesma pessoa duas vezes?

Rangi os dentes e desejei pensar apenas no aqui e agora, naquela manchinha escura à mercê do Old Sow. O corpo se encontrava preso nas poderosas correntes em torno do epicentro do redemoinho, mas elas pareciam estar perdendo força, uma vez que tive a impressão de os círculos estarem ficando mais largos e mais soltos. É claro que sim, pensei, alimentando minha raiva como forma de ajudar a manter meu medo de lado. *Sou Jane True: a encantadora de cadáveres.*

O corpo, definitivamente, estava se soltando do Sow. O redemoinho não dava a impressão de se acalmar, mas o círculo mais interno devia estar se afrouxando imperceptivelmente, jogando para fora o que antes atraíra para si.

Vamos lá, pensei com impaciência, ignorando meu medo e atiçando propositadamente meu mau temperamento. Eu preferia muito mais a raiva do que as lembranças. *Venha para Jane...*

O corpo em movimento estava se aproximando, mas um dos redemoinhos menores o capturara. Frustrada, quase gritei. Conseguia ver que era o corpo de um homem e julguei não reconhecê-lo como um dos moradores de Rockabill. *Quem é você?*, perguntei a mim mesma, antes de desviar a atenção ao redemoinho faminto.

Garota Tempestade

— Deixe-o em paz! — gritei, muito embora minha voz nada tenha representado na cacofonia criada pela tempestade e pelo mar agitado.

Mas, como se tivesse me ouvido, o redemoinho soltou seu brinquedo repulsivo. O homem finalmente estava livre, e uma corrente oportuna o trazia diretamente para mim. Me tremi toda, não apenas por causa do corpo que se aproximava, mas também por causa da estranha semelhança desta noite com aquela. *Não pense nisso!*, eu disse a mim mesma, fechando uma porta em minha mente antes que ela se abrisse por completo.

Além do mais, no aqui e agora, aquele desconhecido estava quase ao alcance de um braço...

Peguei!

Eu tinha agora o corpo em minhas mãos e comecei a rebocá-lo para a praia. O mar estava agitado e precisava nadar uma longa distância para que eu e meu fardo chegássemos à areia. Mas, como eu não estava perto da exaustão que sentira naquela outra noite, acabei nadando rapidamente até a costa, quando precisei fortalecer as pernas para conseguir caminhar sem soltar o corpo. Quem quer que fosse aquele homem, estava totalmente vestido e cada vez mais difícil de arrastar. E eu ainda não havia olhado diretamente para o rosto dele; o mar estava bravo demais para que eu parasse e o virasse de forma a conseguir vê-lo.

Dei um jeito de pegá-lo no colo e deitá-lo na areia. Caí ao lado dele, tentando recuperar o fôlego. O nado não havia sido tão cansativo, porém o fato de carregá-lo por aquela curta distância quase me matara.

Também estava ficando seriamente ansiosa. Com a queda da adrenalina e o esforço de levar o corpo para a costa, eu agora considerava o fato de que estivera segurando um cadáver.

Além disso, teria de tocá-lo de novo se quisesse ver quem era.

O corpo estava com o rosto virado para a areia. Quando me aproximei para desvirá-lo, dei uma boa olhada na parte posterior de sua cabeça e fiquei nauseada.

Um pedaço grande do couro cabeludo estava pendurado, deixando visível a parte branca do crânio, que fora obviamente esmagado. A água do mar havia lavado todo o sangue, o que deixara a ferida ainda pior. Não era sempre que a gente deparava com um lembrete tão escancarado de que, sob a pele do

rosto, ficava um daqueles esqueletos brancos que simbolizavam a morte e a decadência em qualquer cultura. Julguei ainda ter visto um pedacinho do cérebro saindo de uma rachadura particularmente profunda, o que me deu vontade de vomitar.

Sentei com todo o peso do corpo, de costas para o cadáver, tentando respirar ao mesmo tempo que lutava contra as ondas de náusea que acometiam meu estômago. Quem quer que fosse aquele homem, não tinha morrido afogado. Não havia afloramentos rochosos no Old Sow em que pudesse ter batido a cabeça daquela maneira. Senti uma fagulha de alívio: a culpa não era minha. Isso não fazia do cara menos morto, mas não pude deixar de sentir um sopro de tranquilidade.

Então, caiu a ficha: mortos por uma pancada na cabeça não vão sozinhos à praia.

Ele havia sido assassinado.

E, para descobrir quem ele era, eu teria de tocá-lo de novo e virá-lo de frente.

Então, fiz o que qualquer herói corajoso faria quando confrontado com uma tarefa hedionda: apertei os olhos e dei um grito estridente: "Ui, ui, ui, ui,ui, uuuuuui", quando toquei no lugar que sabia que estaria o braço dele e o puxei com toda a minha força para virá-lo o mais rápido possível para o lado intacto.

Então me sentei, tremendo e murmurando "ui" até o vômito voltar pela garganta.

Preparei-me para olhar para o homem, mas não consegui reunir coragem.

Vamos lá, Jane, pensei. *Não deve nem ser alguém de Rockabill. Certamente é algum forasteiro.*

Fui obrigada a usar os dedos para abrir meus próprios olhos. Meu corpo dizia "Por favor, não", enquanto minha mente me punia por estar me portando como uma completa covarde.

Quando finalmente olhei para o rosto do morto, quase cheguei a soluçar com uma mistura de alívio e culpa. Fiquei aliviada porque, apesar de saber quem era o cara, não era alguém que eu conhecesse bem ou com quem tivesse alguma ligação. Era Peter, que alugava um dos chalés de Allen durante o inverno. Eu nem sequer sabia seu sobrenome. Dissera que estava escrevendo um livro e que viera fora da estação em busca de sossego. Ia com regularidade à livraria e, embora sempre se mostrasse interessado em conversar comigo, seu interesse não parecia exagerado. Peter era apenas mais um homem comum, de meia-idade, simpático com todos porém solitário, vivendo num chalé alugado. Às vezes, fazia perguntas um tanto invasivas, mas, quando percebia que havia ultrapassado o limite, voltava atrás, pedindo desculpas por ter se esquecido de que pessoas de carne e osso não eram como personagens literários aguardando para revelar seus segredos.

Motivo pelo qual me senti culpada pela sensação de alívio. Peter havia sido um bom homem e continuara bom mesmo após ter ficado tempo suficiente em Rockabill para conhecer minha história "real". Certamente não merecia ter sido assassinado e descartado como um saco de lixo.

Por falar nisso...

Que diabos farei com o corpo dele?

Não havia como chamar a polícia. Como eu explicaria minha presença ali? Ou a presença da vítima assassinada? *Você é maluca, lembra?*, minha mente muito oportunamente me lembrou. *Certamente acharão que você o matou.*

Chamar a polícia estava completamente fora de cogitação. Eu jamais me livraria das consequências. As coisas pareciam estar indo bem para mim em Rockabill. Não era uma vida exatamente prazerosa, mas ninguém mais, com exceção de Linda e Stuart, tentava me expulsar da cidade. Se eu fizesse algo estranho – e encontrar o cadáver de um homem assassinado era definitivamente estranho –, tudo recomeçaria.

Uma ligação anônima também estava fora de cogitação. Havia apenas algumas centenas de pessoas em Rockabill durante a baixa estação. No que dizia respeito a mim, anonimato nunca fora algo possível, principalmente por causa do xerife, que ligava logo para George Varga, um dos melhores amigos de meu pai e meu "padrinho" na cerimônia pseudopagã de batismo que Nick e Nan me ofereceram quando nasci.

Mas, se eu deixasse Peter ali, naquela faixa de areia, qualquer pessoa poderia encontrá-lo. E eu não queria que nenhum mauricinho vestindo L.L. Bean viesse andando pela praia com seus dois gêmeos obviamente ruivos e um labrador tropeçasse num homem cujo couro cabeludo fazia lembrar a portinhola por onde passava um hamster.

Ou, pior ainda, talvez ninguém o encontrasse e ele acabaria ficando ali dias a fio. Afinal de contas, nunca os modelos do catálogo L.L. Bean saíam para passear durante as tempestades. Deixar Peter morto na praia para que fosse bicado por gaivotas e mordido por caranguejos também estava fora de cogitação.

Então me lembrei do velho sr. Flutie e de seu dachshund artrítico, Russ. O sr. Flutie era um bombeiro aposentado de Eastport e aguentaria ver um cadáver. E ele percorria sempre o mesmo trajeto, todos os dias, para "caminhar" com seu cachorro. Digo "caminhar" porque levava Russ pela maior parte do caminho numa daquelas bolsas-canguru sofisticadas que as *trendy-hippie-chic* mães modernas usam nas cidades grandes. Só colocava Russ no chão para fazer suas necessidades caninas e então voltava com ele para a bolsa-canguru.

Sempre gostei muito do sr. Flutie, mas até eu tinha de admitir que aquela bolsa-canguru interferia muito em sua, digamos... dignidade.

Enfim, o sr. Flutie seria o perfeito *descobridor de cadáver*. Fizesse chuva ou fizesse sol, invariavelmente se levantava ao raiar do dia e caminhava pela trilha bem demarcada à direita da praia principal. E encontrar o corpo de Peter não o aterrorizaria pelo resto da vida.

Àquela altura, já era quase uma da manhã e eu precisava agir logo, caso quisesse dormir um pouco antes de sair cedo para trabalhar. Levei quase meia hora para arrastar o corpo por aquela curta extensão até a trilha, uma vez que precisei descansar, de tão ofegante, pelo menos umas dez vezes. As pessoas ficam *pesadas* quando morrem. Também quase vomitava cada vez que tinha a visão do couro cabeludo solto, mas já tinha visto *CSI* o suficiente para saber que meu vômito poderia me ligar ao assassinato.

Apesar da exaustão e das náuseas, consegui chegar à trilha por onde o sr. Flutie caminhava. Tentei arrumar Peter de forma que parecesse natural, até me dar conta de como isso era absurdo. Então, senti que estava errado simplesmente ir embora. Sendo assim, baixei a cabeça e rezei o melhor que pude, mesmo sem nunca ter estado num lugar de oração em toda a minha vida. Disse a Peter que sentia muito por ele ter morrido e que esperava que encontrasse paz. Também que sentia muito por deixá-lo só e esperava que, como escritor, pudesse entender meu dilema e minhas razões para não chamar a polícia. Quando comecei a contar para ele como o sr. Flutie seria eficiente no desenrolar da coisa, tive uma visão de mim mesma, nua do jeito que estava, conversando com um cadáver. Então, encurtei a oração e terminei com um minuto de silêncio. Depois retornei à praia e me certifiquei de ter apagado todas as pegadas da areia que a tempestade não conseguira dar cabo.

Saí correndo para o mar. Eu estava imunda. A chuva havia derretido os últimos resquícios de neve recente e eu me encontrava coberta por uma camada grossa de terra misturada a areia. Esfreguei-me no raso e nadei de diversas formas para limpar meu corpo e retornar ao esconderijo onde estavam minhas roupas.

Depois que me vesti, soube que não pregaria os olhos durante a noite. E, caso pregasse, seria uma noite de visões de corpos afogados surgindo em minha mente.

Capítulo 3

As notas estridentes do despertador ecoaram em minha mente, levando para longe os sonhos que haviam assombrado meu breve sono. Eu sentia um gosto terrível na boca: a vingança de meu estômago por causa do pânico e da náusea que havia enfrentado à noite. Por falar nisso...

Eu havia encontrado um homem assassinado.

Estava deitada na cama, imóvel, tentando compreender o que havia feito. Sob a luz daquele sol fraco de novembro que atravessava as cortinas, minhas ações não me pareceram nem um pouco tão lógicas quanto haviam parecido sob o manto escuro da noite.

Em primeiro lugar, eu não tinha garantia alguma de que o cadáver teria mais chances de ser encontrado no lugar onde eu o colocara do que no lugar onde o Old Sow acabaria por depositá-lo. E se Russ decidisse que gostaria de ser levado para passear em outra trilha? E se o sr. Flutie decidisse faltar à sua caminhada terapêutica para ir a Las Vegas gastar as economias da aposentadoria com jogos de azar e dançarinas seminuas? E se, Deus me livre, eu tivesse superestimado sua coragem e agora houvesse dois corpos estendidos na trilha: Peter, morto por assassinato, e o sr. Flutie, por ataque cardíaco?

Em segundo lugar, eu provavelmente tinha destruído qualquer evidência que pudesse existir no corpo de Peter. Se havia alguma pista de quem o matara, ainda intacta em seu corpo, após o tempo que passara na água, ela, sem dúvida, tinha sido apagada quando fora arrastado pela praia. Isso sem falar na confusão que se instauraria quando concluíssem que seu assassino o deixara na praia após tê-lo aparentemente jogado na água...

Em contrapartida, isso me levou à terceira razão pela qual eu nunca deveria ter tocado em Peter. Como se o cadáver de uma vítima de assassinato já não fosse bizarro o bastante para Rockabill, a polícia teria agora um corpo que, ou havia se arrastado sozinho do oceano até a trilha ou cujo assassino tivera dúvidas quanto a como se livrar dele e resolvera usar a própria vítima para decorar a paisagem natural da praia.

Puxei o travesseiro que estava debaixo da minha cabeça e cobri o rosto com ele. Como eu podia ter sido tão estúpida? Por que simplesmente não deixara o corpo ali?

Então me lembrei do semblante morto do pobre Peter, assim como da gentileza que sempre me dirigira quando era vivo, e tive a certeza de que não poderia tê-lo abandonado ao léu.

Empurrei o travesseiro para o lado e tentei me mexer. Eu precisava ir à cidade e encarar a situação, caso houvesse uma a ser encarada.

Como alternativa, disse uma voz traiçoeira em minha mente, *você pode simplesmente cobrir a cabeça com as cobertas e não sair nunca mais da cama, independentemente do que acontecer.*

Mas minha experiência no hospital havia me ensinado que as cobertas nunca nos protegiam de nada. Sendo assim, levantei, me arrumei para trabalhar e desci a escada para preparar o café da manhã e cumprir minhas tarefas de terça-feira da forma mais normal possível. Não que meu método de limpar o banheiro de cima me livraria do fato de que eu havia gasto a noite anterior arrastando um cadáver para fora do Old Sow, mas porque eu ainda estava preocupadíssima.

Só comecei a relaxar quando eu e papai acabamos o café da manhã sem que o xerife Varga tivesse aparecido em missão oficial. Somente quando fui à cidade é que percebi que o pequeno círculo do inferno havia se formado.

Uma boa parte dos moradores de Rockabill estava andando de um lado para o outro, tomando café de garrafas térmicas e sussurrando entre si. Definitivamente, Rockabill era mais lixo do que luxo, embora tivesse também um aspecto natural agradável que tentávamos exagerar para os turistas. E olha que

conseguíamos mesmo exalar um belo ar brejeiro, principalmente quando a praça se encontrava tão lotada de gente quanto naquele dia. Não que sempre nos reuníssemos para discutir o assassinato de um turista.

Preparei-me para passar pela pequena multidão, mas relaxei quando vi que ninguém prestava muita atenção em mim. Vi o corpanzil de Grizelda – saltava à vista com seu bolerinho de cetim fúcsia – movendo-se de grupo em grupo, e me alegrei por dentro. Grizzie adorava uma fofoca. Ela absorveria rapidamente qualquer boato malicioso. Era só esperar que ela desembucharia tudo.

Tracy já estava abrindo a loja quando cheguei, e seu rosto normalmente risonho estava sério. Meu coração quase parou. Será que Varga aguardava por mim na livraria?

Mas ela apenas refletia o astral da cidade, e sua saudação foi bastante normal até que acrescentou:

– Ouviu falar do cadáver?

Tentei parecer confusa.

– Não, o que aconteceu? Que cadáver?

– Do Peter Jakes – respondeu, franzindo a testa. – O corpo foi encontrado pelo sr. Flutie esta manhã, na trilha que fica do outro lado da praia.

Então, pensei, *o sobrenome dele era Jakes*.

Tracy continuou:

– A polícia não quer fornecer dados oficiais, mas, ao que parece, ele foi assassinado.

– Não me diga – respondi, tentando controlar o que restava do choque da noite anterior em minhas palavras. – Sério?

– Sim. Grizzie está atrás dos pormenores da história agora. Pelo que conheço dela, acabará trazendo cópias do relatório da polícia.

As suposições de Tracy não estavam muito longe da realidade. Grizzie chegou cerca de uma hora depois, com o rosto ruborizado. Estava quase transbordando de tanta informação, mas teve de esperar terminarmos de atender os últimos clientes de um movimento matinal atípico, antes de poder esvaziar o saco de fofocas.

E foi o que fez.

Garota Tempestade

Antes mesmo de a porta fechar após a saída do último cliente, Grizzie olhou para Tracy e para mim, as mãos no ombro de cada uma, como se nos conectando à sua Santíssima Trindade de boatos, conjecturas e insinuações.

– Peter Jakes – disse ela, com voz de narrador de documentário criminal – foi assassinado.

Tracy limitou-se a revirar os olhos, exasperada, e fiz um gesto que indicava "continue".

Grizzie ignorou nossa impaciência e continuou no mesmo ritmo dramático.

– Foi morto na porta da garagem de casa – manteve o mesmo tom de voz. – Tinha ido fazer compras no mercado e estava descarregando o porta-malas quando, *bum*, alguém o acertou por trás da cabeça com uma pedra, que era parte da própria decoração do jardim.

Olhou para cada uma de nós, alternadamente, deixando as palavras fazerem sentido, antes de continuar:

– Eles sabem disso porque um empacotador da McKinley's ajudou Peter a carregar a caminhonete, e as compras ainda estão espalhadas na porta da garagem. E a pedra estava ali, ao lado dele, toda coberta de sangue, perto do pacote de aveia para mingau. – Grizzie fez uma pausa para dar efeito antes de retornar, animada:

– A sra. Patterson disse que viu uma Mercedes preta subir o caminho da casa dele, mais ou menos às cinco e meia da tarde e ir embora às, digamos, quatro da manhã. – Grizzie balançou a cabeça. – Aquela bruxa fofoqueira não dorme nunca! – Tracy e eu nos entreolhamos e tentamos não gargalhar. – Enfim, a polícia acha que, quem quer que estivesse dirigindo o carro, deve ser o assassino. Se isso for verdade, significa que foi alguém de fora de Rockabill, porque ninguém aqui tem Mercedes.

Senti uma onda de alívio percorrer meu corpo, mas a sensação durou pouco.

– Mas tem uma coisa que não faz sentido...

Ai, ai, pensei. *Lá vem.*

– Ao que parece, o homem que conhecemos como Peter Jakes mal existiu.

Fiz cara de interrogação e Tracy resmungou:

– O que isso quer dizer?

— Quer dizer — respondeu Grizzie, impaciente — que Jakes tinha um cartão de crédito e um passaporte canadense, e nada mais. Não tinha endereço residencial nem registro nos Estados Unidos ou no Canadá. Nada. É como se ele não existisse. Tinha só o número de uma caixa postal em algum lugar perto de Quebec.

— Que mistério — murmurei, mas Grizzie não havia acabado. Droga.

— Ah, isso me faz pensar num mistério ainda maior... o corpo de Jakes, sem sombra de dúvidas, esteve no mar, o que fez a polícia acreditar que, quem quer que o tenha matado, tentou afogá-lo. Só que, em vez disso, ele acabou aparecendo naquela trilha.

Franzi a testa, enrugando os olhos no melhor estilo "Nossa, que interessante. Quem terá sido?" e os foquei num lugar acima da cabeça de Grizzie. Se pudesse ter assobiado inocentemente, eu o teria feito.

— Ninguém sabe como ele parou ali, ou quem o levou para lá. Não há impressões digitais em lugar nenhum. Nada se conseguiu a não ser a pasta na qual ele guardava as anotações para o livro que escrevia e que não valeram nada de nada. Ah, espera aí: o carro dele *desapareceu*. Mas era uma lata velha, então por que alguém o mataria por causa do carro? Além do mais, se foi a pessoa na Mercedes que matou Peter, obviamente não saiu no carro dele. A polícia acha que o assassino deve ter usado o carro do Peter para se livrar do corpo e depois se livrou do veículo. Estão organizando uma pequena equipe de busca para encontrar o carro.

Olhou para uma e outra, buscando efeito, e continuou:

— Então não pode ter sido assalto, nem nenhum tipo de acidente. Quem quer que tenha matado Peter Jakes veio para Rockabill com o intuito de cometer um homicídio.

Tracy suspirou.

— Parecia um homem tão tranquilo — disse, pesarosa. — Mas acho que todos temos nossos segredos.

A veracidade das palavras de Tracy foi comprovada pela forma como nós, em pé, naquele pequenino círculo, evitamos nos entreolhar. Nós três sabíamos tudo sobre segredos.

★ ★ ★

Garota Tempestade

O expediente voou naquele dia. Muitas pessoas pararam ostensivamente na *Morrer de Ler* para tomar café ou comprar jornal, mas, o que queriam mesmo era tirar vantagem da já conhecida capacidade fofoqueira de Grizzie. Em sequência, chegou um ônibus lotado de oceanógrafos de uma conferência na Universidade do Maine, numa expedição de um dia para ver o Old Sow, e deixamos que tomassem seus cafés em nossas mesas, enquanto alguns compravam lembrancinhas. Um dos turistas tinha aparência bastante assustadora e ficou me encarando. Era meio bajulador demais para um acadêmico, mas, nos outros quesitos, era perfeito: óculos ultrapassados de aro de plástico, calça social e camisa polo abotoada até o pescoço. Seus cabelos, castanhos, finos e compridos, caíam sobre o rosto, e ele me olhava como se eu tivesse chifres. Tremi e fui checar a porta da frente. Estava fechada, mas uma corrente de ar fria, vinda de algum lugar, deixara minha pele toda arrepiada. Quando olhei para trás, o Sr. Horrendo McHorrendo ainda olhava para mim. Claro que eu sabia muito bem que ele não estava admirando minha personalidade efervescente nem minha beleza singela: certamente se lembrava de mim dos jornais. Eu esperava ser tão boa quanto as manchetes diziam que eu era.

Quando os oceanógrafos foram embora e fui arrumar as mesas, já eram quase quatro horas. Nada mais se falara em relação ao assassinato de Peter. O carro ainda estava desaparecido e o pequeno grupo de busca dera o trabalho por encerrado, pois já escurecia.

Como estávamos cansadas por causa do dia inesperadamente ocupado, nos adiantamos e fechamos a livraria meia hora mais cedo. Fingi me proteger do frio, odiando julgar necessário refletir sobre meus atos na frente de Tracy e Grizzie. Despedi-me e fui embora.

Meu deslocamento diário para casa levava cerca de uma hora a pé; mesmo assim, preferia não dirigir. Além do mais, como eu não tinha muita vida social, caminhar me ajudava a preencher o tempo. Eu só utilizava o carro quando precisava fazer compras; do contrário, deixava-o em casa, caso meu pai quisesse sair e fazer alguma coisa.

Ainda havia mais gente do que o normal na cidade, e o Chicqueirão, a lanchonete mais badalada da cidade, estava lotado. *Nada como um assassinato grotesco para unir as pessoas*, refleti com certa amargura. Eu sabia muito bem como as pessoas decentes se excitavam com a tragédia alheia.

Minha raiva cedeu quando cheguei ao fim de nossa pequena rua principal. Respirei profundamente algumas vezes e desenrolei o cachecol; em seguida, abri o casaco e coloquei as luvas nos bolsos. Eu sabia que o ar estava frio porque a minha respiração emitia um vapor tão denso que parecia sólido. Meu corpo, porém, dizia que o clima estava agradável, e, se eu tivesse mais coragem, teria tirado o casaco.

Depois de todo o estresse da tarde e da noite anterior, fiquei feliz em deixar minha mente vagar e aproveitar a caminhada até em casa. Eu adorava essa época do ano. O mar estava ligeiramente mais quente do que de costume – embora ainda de gelar os ossos –, pois, após o verão, demorava mais a esfriar do que a terra. Como a temperatura do lado de fora estava muito fria e quase todos os turistas já haviam ido embora, eu não precisava ser tão paranoica.

Não que fosse possível eu me sentir confortável em Rockabill, mas, voltar caminhando para casa todos os dias, sem ver uma única alma – turística ou nativa – era uma boa maneira de relaxar. Na verdade, às vezes, a longa caminhada para casa, no escuro, era assustadora – principalmente quando um homem havia acabado de ser assassinado e fora eu quem encontrara o corpo.

Não pude deixar de tremer ao me lembrar da pele gelada e dos olhos imóveis do pobre Peter. E da ferida na parte de trás de sua cabeça…

Sem perceber, apressei o passo, mas, em seguida, forcei-me a reduzi-lo. *Não seja ridícula,* pensei. *Você está em Rockabill. Quem quer que tenha sido Peter, deve ter trazido problemas consigo e atraído a própria morte. Vilarejos pequenos no Maine não costumam ser lugares propensos a assassinatos em série. A menos que esse vilarejo seja Cabot Cove,* é claro.

Nada mais pude fazer além de sorrir, imaginando Angela Lansbury, na série *Assassinato por escrito*, no papel da sra. Fletcher, na delegacia de polícia do xerife em Rockabill: George Varga balançando a cabeça e dizendo "Ih, sra. Fletcher, eu não tinha ideia de que o mordomo podia fazer uma coisa dessas!"

Percebi que eu estava misturando os gêneros dramáticos e que mordomos eram tão comuns em Rockabill quanto eram os serial killers ou os personagens dos filmes policiais, quando ouvi um *estalo* ressonante.

Garota Tempestade

Congelei. A floresta à minha volta, de ambos os lados da estrada, estava em completo silêncio, o que, definitivamente, não era normal. Rockabill ficava no meio do nada, tudo bem, e meu pai e eu vivíamos bem afastados de tudo, mas, ainda assim, morávamos no vilarejo. E nossos bosques viviam repletos de todos os tipos de vida silvestre e de pássaros em qualquer época do ano.

Alguma vez já peguei a estrada silenciosa assim?

Eu estava tentando prestar o máximo de atenção que podia, quando, à minha direita, percebi um leve movimento. No entanto, não era o barulho de alguém praticando cooper. Fosse o que fosse que estivesse emitindo aquele ruído, estava vindo na minha direção, e num passo regular.

Virei-me para o lado do qual vinha o barulho, olhando desesperadamente para a mata escura. A lua era uma foice crescente pendurada no céu, e eu não conseguia enxergar quase nada.

De repente, meu coração contraiu-se quando minha visão periférica registrou um vulto volumoso atravessar correndo a estrada, cerca de um metro atrás de mim. Aí eu comecei a correr.

O pânico enviara uma descarga de adrenalina pelo meu corpo, e eu estava correndo como jamais correra antes. Eu não pensava em mais nada a não ser em acelerar as passadas e tentar não tropeçar no cachecol que flutuava. De algum jeito, consegui arrancá-lo do pescoço e deixá-lo cair no acostamento, quando uma sombra atravessou correndo de novo pela estrada, dessa vez, na minha frente.

Merda!, pensei e saí da estrada. Uma parte do meu cérebro reconheceu que deixar a estrada era uma péssima ideia, mas outra parte estava tentando colocar o máximo de distância possível entre mim e aquele vulto sombrio.

Percebi também que eu estava indo na direção da praia e que, se conseguisse entrar na água, estaria salva. Minha corrida ganhou novo ânimo com esse pensamento. Nada poderia me seguir dentro d'água; agora, se eu levasse o problema para casa comigo, o que meu pai poderia fazer para nos proteger? Não tínhamos uma arma, e ele estava doente demais para enfrentar quem quer que fosse. Sendo assim, eu precisava chegar à praia. Isso seria melhor do que levar o que quer que estivesse me perseguindo para minha única família.

Tropecei e praguejei, mal conseguindo manter o equilíbrio. A farfalhada na mata ao redor queria dizer que eu ainda estava sendo seguida. Mas meu perseguidor não estava se aproximando, e isso, na verdade, me assustou mais ainda. Com exceção de quando estava nadando, eu sempre fui melhor fundista. Com certeza eu era mais rápida do que uma criança, mas será que ganharia em velocidade de um adulto?

Comecei a desviar para a esquerda, a rota de fuga mais próxima da praia. Dava para sentir o mar acenando para mim, chamando-me para a segurança de suas águas.

No entanto, mais uma vez, uma mancha escura passou correndo pela minha esquerda, forçando-me a desviar para a direita. Por um segundo, tive o vislumbre do branco dos olhos e dos caninos. Fosse o que fosse, era um tipo de animal.

Nessas circunstâncias, era óbvio que não dava para ficar feliz com a notícia, mas uma parte do meu cérebro reconheceu que, independentemente da criatura que estivesse me perseguindo, não poderia ser o assassino de Peter. Animais de dentes grandes não golpeiam suas vítimas na cabeça com pedras decorativas de jardim e depois as enfiam dentro de um carro para se desfazerem convenientemente delas.

Essa parte da minha mente, porém, logo foi perdendo o vigor por causa da exaustão. A primeira descarga de adrenalina já havia passado, e meus pulmões e pernas queimavam. Eu podia ter muita resistência na água, mas, na terra, era tão rápida quanto um porquinho-da-índia. Fosse o que fosse, me alcançaria. E se não queria me pegar, o que *queria* fazer comigo então?

Mais uma vez tentei virar para a esquerda. A praia ficava perto dali, o ar salgado me sussurrava segurança. Contudo, mais uma vez, a silhueta escura de meu perseguidor me levou para a direita, e meus medos se confirmaram.

Eu estava sendo conduzida.

O que quer que fosse aquele animal, estava me pastoreando para onde ele queria, como se eu fosse uma ovelha.

Minhas pernas doíam tanto que eu não sabia como ainda aguentava correr. Somente aqueles vislumbres de sombra em movimento mantinham meus pés a todo vapor. Mas eu estava começando a desacelerar, a energia quase no fim. E estava começando a achar que era melhor parar e enfrentar quem ou o que me perseguia.

Então, percebi onde estava: exatamente atrás da minha enseada secreta. Ela só era acessível pela mata que ficava ao lado da minha casa ou pelo mar. A não ser por sua estreita faixa de areia e por uma brecha apertada no lado mais afastado do mar, era cercada por paredes rochosas naturais. Se, pelo menos, eu conseguisse chegar ali...

Reuni minhas últimas reservas de energia para alcançar a praia. Por sorte, meu perseguidor achou que estava me levando para uma armadilha, sem saber que eu conhecia a fenda nas paredes da enseada. E, uma vez passando por ela, seria um pulo só até a água e para longe dali.

Tão ofegante quanto um leão velho, eu mais tropeçava do que corria. Cada passo era uma tortura. A dor irradiava pelas minhas panturrilhas, parecia que meus pulmões iam explodir. Mas eu jamais desistiria, então acelerei. Eu seguia virando para a direita e na direção da fenda, porque meu encurralador estava permitindo. Ele devia achar que eu não escaparia daquela forma. Pouco sabia eu...

Quando cheguei à fenda, atirei-me nela, gritando de triunfo, até que fui interrompida por um doloroso "Au". A droga do meu casaco ficara presa em alguma coisa assim que tentei passar pela greta apertada em alta velocidade, e meu próprio impulso me jogou contra a parede áspera e abriu um corte no meu supercílio. Senti um golpe de vento e quase fui ao chão. Ouvi uma farfalhada sinistra atrás de mim e olhei assustada para a mata; logo, o sangue começou a escorrer para dentro do meu olho, ardendo terrivelmente. Algo emergia do subsolo, e eu não queria estar encurralada ali quando essa coisa finalmente se apresentasse.

Emiti um som estranho, como o de uma égua ferida, e tateei, tentando puxar o forro do meu casaco. Ele não se soltou. Então me dei conta de que eu estava sendo uma idiota e sacudi o corpo até me livrar do casaco e deixá-lo agarrado na pedra. Virando as costas, corri para a enseada e me deparei com o segundo grande choque do dia.

Sentada numa pequena cadeira de balanço, em cima de uma colcha de retalhos colorida colocada sobre a areia da minha enseada, estava uma mulher

bem pequena. Não podia ter mais do que sessenta centímetros quando ficasse de pé. Com roupas rústicas em tons de azul e verde, longos cabelos grisalhos presos no topo da cabeça, formando um coque exagerado, sorriu para mim com a expressão mais bondosa que se poderia imaginar.

— Olá, minha criança — disse, ao mesmo tempo que, atrás de mim, ouvi uma série de arquejos baixos e um ganido fraco e engraçado.

Eu não queria desviar os olhos daquela senhora gentil, certa de que puxaria uma faca no momento em que eu lhe virasse as costas. Nem queria ver a cara do que estivera atrás de mim. No entanto, não poderia deixar meu perseguidor me atacar enquanto estivesse de costas para ele; eu teria de encarar meu inimigo.

Muito, muito lentamente, fui me virando e cerrando os punhos, pronta para o confronto. Não que eu já tivesse me envolvido numa briga de verdade em toda a minha vida. Embora tenham causado estragos, meus opositores sempre usaram as palavras como arma.

Na minha frente, estava o maior cachorro que eu já vira na vida. Não se parecia com um lobo; parecia-se mais com um tipo de Cérbero de pelo escuro e dentes de sabre. Meu olhar chocado subiu das patas enormes até o poderoso dorso e depois para a mandíbula gigantesca — preenchida com as maiores presas que eu já vira fora de uma exposição de mamíferos pré-históricos.

Sua boca escravizadora abriu-se, imensa, num uivo baixo que veio de suas entranhas. As orelhas se empinaram para mim como se para me colocar no foco de seus sentidos. Senti uma onda de terror absoluto subir da boca do meu estômago e ameaçar me dominar.

Mas a família True era feita de aço e agi com a mesma bravura e determinação que havia demonstrado na noite anterior, quando virei o corpo de Peter.

Desmaiei e caí dura no chão.

Capítulo 4

Acordei com a sensação de alguma coisa quente e molhada me lambendo o rosto e fiquei abismada com o cheiro de pasta de dentes. Meus olhos não estavam funcionando direito, e tudo o que consegui ver foi um vulto grande, uma forma peluda assomando sobre minha cabeça. Quando minhas pupilas começaram lentamente a dar foco, percebi que alguma coisa limpava minha pele com lambidas. Foi uma sensação muito agradável, até meu cérebro voltar à ativa e eu perceber que a língua em questão estava vinculada àquela boca cheia de presas daquele cão do inferno que acabara de me perseguir pela mata. Gemi de medo e tentei sentar ao mesmo tempo que fui chegando desajeitadamente para trás. Tudo o que consegui fazer, no entanto, foi aproximar mais ainda o rosto dos caninos enormes e fazer o corte no meu supercílio sangrar novamente.

Grande estratégia, Jane, pensei, assim que o mundo girou e caí de costas produzindo um baque.

Outro rosto surgiu no meu campo de visão. Não era o cachorro nem a senhora bondosa de coque. Esse rosto tinha olhos castanhos cor de lama e cachos de cabelos verdes, como se fossem algas. A pele dela – achei que se tratava de uma mulher – era de um tom cinza perolado e radiante, e o nariz, chato, mal se projetava do rosto.

O que quer que fosse, não era humana.

Mas estava falando.

— Deixe-o curar o corte — aconselhou-me numa voz arrastada e desagradável que pouco fez para apaziguar meu medo.

O som de sua voz me fez congelar e, mesmo eu não querendo seguir suas instruções, senti novamente a linguona daquele cachorro preto lamber meu supercílio.

Fiquei ali, sentindo-me tão desconfortável e aterrorizada quanto jamais me sentira antes, enquanto o cachorro continuava a me lamber gentilmente. Aquela criatura de cara cinzenta me olhava com uma expressão estranha e irônica e logo se aproximou e deu batidinhas em minha mão.

Não é um olhar irônico, é um sorriso. Aquela mulher estranha estava tentando me confortar, o que estava adiantando tanto quanto o abraço apertado de uma empregada-robô com braços de aço.

O cachorro tinha acabado de lamber o corte na minha sobrancelha que, preciso admitir, estava muito melhor. Agora lambia o sangue que escorrera pelo meu rosto e, um pouco mais abaixo, o sangue que escorrera por meu pescoço e pelo decote da minha camiseta.

— Já está bem — disse eu, no que esperava ser uma voz de comando. — Chega!

Levantei os braços e o empurrei educadamente. O cachorrão chegou um pouco para trás e abanou o rabo no que presumi ser uma forma canina de um cão do inferno dizer "Não se preocupe, estou saciado com seu sangue delicioso e não irei te devorar... esta noite."

A garota cinzenta segurou firmemente uma das mãos que eu havia erguido e me ajudou a sentar. *Olá, boneca*, pensei, assim que olhei para ela. Estava totalmente despida, e era bem óbvia a sua feminilidade. Aquela estranha pele cinzenta estendia-se até os pés, com membranas entre os dedos e as unhas negras e grossas.

Definitivamente não era humana.

— Consegue sentar? — a voz arrastada soou novamente, sem afrouxar minha mão.

— Sim, acho que sim. — Eu diria qualquer coisa para ter minha mão de volta.

Olhou-me com ironia — não, sorrira mais uma vez — e saiu correndo a passos miúdos, na direção da cadeira em que estava a velha. E em que, sem o menor recato, sentou-se de perna cruzada, tipo um iogue, deixando a periquita à mostra para o mundo.

Ela tem algas no lugar dos pelos pubianos, observei mentalmente; depois, pisquei e corri os olhos pela minha pequena enseada.

Minha faixa secreta de praia, uma vez tão familiar quanto meu quarto de infância, tornara-se um reino alienígena. Como se o imenso cão do inferno, a vovozinha cara de mangá e aquele púbis cheio de cracas já não bastassem, havia ainda um grande globo de luz suspenso cerca de dois metros acima da cabeça da velha. Sem fios que eu pudesse ver, balançava como um lustre, banhando minha pequena enseada com uma estranha luminosidade.

Senti um frio correr pela espinha e olhei para aquela mulher rechonchuda sentada na cadeira.

Ela sorriu exultante, o que não me fez sentir nem um pouquinho melhor.

– Que prazer finalmente te conhecer, Jane! – exclamou. – Anyan nos falou muito de você!

O cachorro soltou um ganido e deitou-se desconfortavelmente perto de mim, enquanto a velha continuava a sorrir, claramente aguardando uma resposta.

– É um prazer te conhecer também? – expressei dúvida, sem muita certeza de meu papel ali. Será que tomaríamos chá e comeríamos sanduíches de frango com salada, como duas senhoras que almoçam juntas, ou será que me ofereceriam em sacrifício ao seu deus negro do caos? Se achavam que eu era virgem, estavam muitíssimo enganados...

– Percebo que se encontra em desvantagem aqui e que não sabe o que está acontecendo, mas está totalmente segura. Sou Nell, e esta aqui – gesticulou para a garota cinzenta – é Trill.

Trill ofereceu-me aquele sorriso terrível novamente, mas, agora que o sorriso tinha nome, era menos aterrorizante.

– Anyan você já conheceu – disse, apontando para o cão gigante.

Mais uma vez pareceu aguardar algum tipo de resposta.

– Ele tem um hálito bem refrescante... – Eu disse a primeira coisa que me veio à mente. – Para um cachorro – expliquei.

– Sim. – Alargou o sorriso, caso isso fosse possível. – Ele é muito higiênico. E fez um bom trabalho no seu rosto.

Levei a mão à sobrancelha e nada senti. Não havia nenhum sinal de corte, apenas uma leve maciez quando fiz pressão no local do machucado. *Que porra é essa?*, pensei, lançando um olhar cortante para o animal. Em resposta, Anyan balançou o rabo e esticou as patas traseiras, de modo que encostou a barriga na areia. O que ele fez foi tão fofinho para um cão do inferno que quase sorri. Ele me olhou e, por um segundo, jurei que havia piscado. Mas acho que eu tinha batido a cabeça com mais força do que imaginara. Por falar nisso...

— Por que ele me perseguiu? – perguntei, lembrando-me da terrível caçada pela mata. Se eram tão receptivos, cacete, por que me assustar daquele jeito e quase me fazer rachar a cabeça?

— Sentimos muito por isso – soou a voz arrastada de Trill. – O primeiro contato é sempre problemático, mesmo quando não precisa ser tão rápido quanto precisou ser dessa vez. Não podíamos esperar; tínhamos que trazer você aqui esta noite. E como havia todo tipo de seres vagando pela mata, foi preciso evocar uma aura de glamour.

Olhava para mim como se eu entendesse o que havia acabado de dizer. Limitei-me a olhar para trás, começando a ficar cansada daquele jogo.

— Veja, não faço ideia do que esteja falando. Terá que me dar uma pista. Que primeiro contato? E presumo que não esteja falando de revista de moda quando menciona glamour. – Agora que eu estava fazendo perguntas, a mais óbvia de todas surgiu em minha mente: – E que diabos são vocês?

Nell e Trill trocaram olhares, e Nell perguntou:

— Quanto sua mãe contou sobre sua... família?

Fiquei atônita. O último rumo que eu esperava que aquela conversa tomaria era minha mãe misteriosa e suas origens desconhecidas.

— Família dela? Nada. Parecia ocupada demais planejando como me abandonar para se preocupar em me dar informações sobre sua árvore genealógica. – Está bem, eu estava irritada.

Nell suspirou.

— Isso sempre torna as coisas mais difíceis. – Assumiu a mesma expressão concentrada de meus professores na escola quando não conseguíamos entender algum conceito novo e eles sabiam que teriam de baixar o nível do discurso para: rasteiro.

— Sua mãe, assim como nós, não era exatamente... humana — acabou dizendo Nell. — Ela se parecia mais com a Trill.

Fiz uma careta. Eu tinha seis anos quando minha mãe fora embora, mas podia me lembrar de que ela não era cinza nem gosmenta e nem cheia de algas lá. Era bonita. E o que queriam dizer com não ser humana? Estava muito claro que Trill não era humana, mas era óbvio que minha mãe não era como ela, portanto, minha mãe não era não humana. Não, eu não era boa em retórica.

— Bem, não *exatamente* como eu — interrompeu Trill. — Sou uma kelpie. Sua mãe é uma selkie. Somos bem diferentes.

Ah, tá, pensei, frustrada a ponto de gritar. *Claro!* Finalmente encontro pessoas que dizem conhecer alguma coisa sobre minha mãe e elas insistem em conversar por meio de enigmas.

— Do início, *por favor* — pedi.

Nell, a voz da razão, assumiu:

— Kelpies — explicou, de maneira professoral — são biformes, como os selkies. Têm forma humana ou, como no caso dos kelpies, uma forma humanoide e uma forma animal. A Trill aqui se transforma numa espécie de pônei marinho. Sua mãe era uma selkie; sua outra forma era a de uma foca.

Ai, merda, pensei, eu havia assistido ao filme *A Lenda da Vida*. Se o que aquelas pessoinhas estavam falando fosse verdade, tanta coisa seria explicada...

A ideia de que eu finalmente teria a partida da minha mãe explicada me fez sentir um aperto no coração, mas então o peso da realidade esmagou minhas esperanças. Como eu podia ser tão idiota para me deixar levar por aquelas baboseiras?

— Está bem. Já chega — disse eu. — Tenho certeza de que Linda ou Stuart, ou quem quer que seja, pagou um bom dinheiro para vocês virem aqui me fazer de idiota. Tenho certeza de que lhes deram uma boa desculpa para me magoar, dizendo a vocês o monstro que sou e como mereço esse tipo de tratamento. E eles têm razão. Mas não posso me ferir mais. Já me feri tanto quanto é possível, e nada que vocês ou eles façam será tão ruim para mim quanto foi perder Jason. Portanto, podem tirar os caninos de mentira do cachorro e a maquiagem e voltar para o circo. E não se esqueçam de levar essa luminária gigante aí. E eu gostaria de ter minha enseada do mesmo jeito que era antes; não que eu vá voltar a frequentá-la novamente, mas...

Comecei a me levantar, minhas pernas já tomadas por câimbras estavam ficando trêmulas, mas registrei com certo orgulho os olhares chocados que "Trill" e "Nell" trocaram.

Minha mãe pode ter ido embora, mas não chegou nem perto de ter criado uma filha idiota, pensei, ponderada.

Mas esse pensamento, juntamente com o movimento suave de me levantar, foi interrompido quando o ar em torno de Trill começou a se agitar. Uma bolha iridescente, da mesma cor de sua pele, embora mais transparente, a envolveu. Parecia feita de energia e pulsava, assim como a luz acima da cabeça de Nell. Sob a superfície da bolha alguma coisa acontecia, parecia ser o desenvolvimento indistinto de um feto em velocidade acelerada.

Quando a bolha estourou, lá estava um pônei cinza e estranho, com crina e rabo de algas marinhas. Seus pequenos cascos tinham a mesma cor das unhas de Trill, e os olhos lamacentos dela me encaravam da cara de um pônei. Vi um esboço vago de guelras no pescoço curto do animal.

Eu jamais desmaiara antes desse dia, mas tive a impressão bem clara de que faria uma promoção de dois desmaios ao preço de um no departamento de mulheres histéricas.

Anyan aproximou-se, talvez para me impedir de sair correndo, caso eu chegasse a me levantar, ou quem sabe, impedir minha queda se eu desmaiasse de novo. Qualquer que tenha sido a razão, fiquei agradecida quando a mão que estendi para me equilibrar encontrou um ombro surpreendentemente sólido, musculoso e peludo como apoio. O corpo largo do cachorro surgiu acima da minha cintura. Eu tinha apenas um metro e sessenta, mas, ainda assim, ele era um cachorro danado de grande.

Sentei novamente, liberando o peso do corpo, e Anyan parou perto de mim para me escorar. Assisti, delirante, à bolha envolver Trill mais uma vez e, com outro estouro, ela voltar à forma humanoide.

A não ser que a trama de Stuart e Linda envolvesse me enfiar alucinógenos goela abaixo ou me plugar em algum tipo de programa de computador de realidade virtual no estilo *Matrix*, o que estava acontecendo na minha frente era *real*. Senti um frio percorrer minha espinha quando comecei a ofegar mais do que o normal.

Garota Tempestade

Tudo bem, Jane, pensei com firmeza, *controle-se. Sejam lá o que forem essas criaturas, o cachorrão aqui poderia ter matado você a qualquer momento, mas não matou; portanto, temos que concluir que querem você viva. E você pode não gostar do que têm a dizer, mas vão contar sobre sua mãe.* Esse pensamento pareceu me fortalecer e, então, eu me apeguei a ele. *Pela primeira vez na sua vida, alguém vai lhe contar a verdade sobre sua mãe.* Coloquei minha respiração sob controle e, se não cheguei a me sentir fantástica, senti como se pudesse encarar o que estava acontecendo.

A língua macia de Anyan roçou a minha face, e não pude deixar de sorrir. É engraçado como os cachorros são sensíveis ao humor das pessoas. Dava a impressão de que ele entendia como aquilo tudo estava sendo difícil para mim.

– Tudo bem – disse eu, olhando nos olhos de Nell e tentando evitar os olhos de Trill. Após sua pequena performance, se eu olhasse para ela, precisaria de mais do que algumas respirações profundas. Talvez intercalar uns shots de Jack Daniels a cada inspirada fosse ajudar. – Vocês já fizeram sua exibição. Vocês não são… humanos. Nem enviados por ninguém para me enganar. Então, quem são e por que estão aqui? O que têm a ver comigo e com a minha família?

Minha voz saiu forte. Fiquei orgulhosa de mim mesma.

Nell, maldita seja, ainda estava cintilante como um pré-adolescente no rótulo de um biotônico.

– Você está lidando muito bem com tudo isso, Jane – disse ela, e quase não resisti à tentação de lhe mostrar o dedo e mandá-la para aquele lugar. – Como eu disse, sua mãe é uma selkie: um ser biforme que tanto pode tomar a forma de uma foca quanto a de um ser humano. Mas ela não é, na verdade, nem foca *nem* humana; ela é, na falta de outra palavra, sobrenatural.

Resmunguei, o que não foi uma atitude particularmente erudita, mas foi tudo o que consegui fazer para resumir a mistura de sentimentos que percorriam meu corpo. Por um lado, senti vontade de gritar que nada daquilo era verdade. Que minha mãe não era nenhum monstro lendário. Mas, apesar da voz alta e irritada, havia um sussurro ecoando em meus ouvidos, mais profundo por seu tom controlado, que reconhecia que o que Nell dizia… *fazia sentido*.

As lembranças que eu tinha da minha mãe – ela nadando, sua alegria na água, ela me levando para o mar, como se estivesse me levando para casa – não

eram lembranças normais. Nem mesmo naturais, pelo menos não para os padrões humanos.

Sobrenatural, pensei, deixando minha mente se aprofundar nas curvas da palavra. Fiquei surpresa ao descobrir que ela até que caía bem. Ou talvez fosse apenas *uma palavra* onde, antes, não havia nada.

— Criaturas sobrenaturais estão sempre nos rodeando e sempre estiveram presentes ao longo da história, como se pode perceber a partir do impacto dos mitos e lendas nos humanos. Vocês nos conhecem, todos nós, mas não necessariamente em nossas formas verdadeiras. Por exemplo, sou um gnomo. Os humanos nos reproduziram em pequenas esculturas de cerâmica para proteger seus jardins. O que não é totalmente mentira. Nós, gnomos, somos criaturas da terra e protegemos nossos territórios da morte — geralmente da morte por invasão. Os selkies, como sua mãe, são conhecidos em histórias mundo afora. Mas não trocam de pele nem se tornam cativos de quem rouba a pele deles. Vêm por livre e espontânea vontade como mortais, homens e mulheres, normalmente com a intenção de ter filhos. — Nell fez uma pausa, e pude ver que disse suas próximas palavras com algum desconforto, embora não tenha parado de sorrir: — Nós, sobrenaturais, achamos difícil... procriar com êxito entre nós e parecemos ter menos problemas quando nos unimos a humanos. Você, Jane, é o resultado de uma dessas uniões.

Eu estava tentando não parecer idiota demais ao ouvir tais palavras, mas aquilo era ridículo. Eu era Jane True, de Rockabill, Maine. Não a filha querida, metade sobrenatural, de uma mulher foca com um homem mortal. Caso fosse, com certeza seria mais alta... e mais graciosa.

No entanto, olhando com cuidado para Nell, percebi que tal linha de pensamento era totalmente ilógica.

Pensei também em como minha mãe aparecera do nada e como havia desaparecido misteriosamente. Mais uma vez refleti sobre meu nado e minha tolerância ao frio. Tremi e senti um nó na garganta, quando minha razão, ainda resistente, começou a aceitar que aquela mulher pudesse estar falando a verdade.

— Temos observado você desde que sua mãe foi embora. Ela precisou retornar ao mar e, como você não herdou a natureza biforme dela, ela teve que deixá-la para trás. Se você fosse quase totalmente humana, nós a teríamos deixado viver a própria vida e não nos revelaríamos. Mas seu poder é forte. Nossa intenção era nos revelarmos quando você fosse mais madura, mas suas ações na noite passada fizeram nosso encontro mais urgente.

Meu poder?, pensei, confusa.

— O que eu fiz?

O sorriso de Nell falhou.

— O corpo que você encontrou no mar também era de um meio-humano, um híbrido como você. Parte sobrenatural e parte humano. Parece que Peter Jakes estava a serviço de... de alguns seres muito poderosos. E que a presença dele aqui tinha a ver com ordens dessas criaturas. Sua morte precisa ser investigada por nossa comunidade e, sendo você a pessoa que encontrou o corpo, precisa ser interrogada como parte da investigação.

Aquela fora a razão mais prosaica que eu poderia imaginar para o "primeiro contato" e também a mais perturbadora.

Minha irritação se fez visível em minha voz:

— Então, se não tivesse sido eu a encontrar Peter, vocês simplesmente teriam me deixado perambular por mais alguns anos, sem saber quem ou o que eu era? Tenho vinte e seis anos; vocês teriam me contado antes ou depois de eu me aposentar?

O sorriso de Nell retornou ao rosto com toda força.

— Minha criança, e você ainda é uma criança para mim, anos humanos não significam nada para nós. Nem significarão muito para você. A forma como lida com os elementos da natureza é muito forte. Embora você não seja biforme, os poderes de sua mãe são tão potentes dentro de você, como se você fosse como ela. A idade não a afetará da mesma forma que afeta os humanos. Você viveu apenas um momento de toda a vida que tem pela frente.

Pareceu-me que Nell julgou que aquelas eram boas notícias, mas todo o meu ser se rebelou contra o que ela dizia.

— Olha só, você está louca. Estive num hospital. E com isso quero dizer que estive *mesmo* num hospital. Fiz quase todos os exames que podem ser feitos e nenhum diagnosticou "Ah, coração e pulmões fortes, somados ao sangue de foca significa que ela viverá para sempre." Isso é loucura. Não posso viver para sempre; não quero viver para sempre. Minha vida já é um saco do jeito que é... — Ao dizer essas últimas palavras, o horror genuíno

pelo que Nell havia me contado de forma tão despreocupada começou a pesar sobre mim. Será que gerações inteiras de Rockabill me conheceriam como Crazy Jane?

Pelo menos, você terá a oportunidade de dançar no túmulo de Stuart e Linda foi o pensamento que me veio à mente, sem nada ajudar.

Nell interrompeu minhas fantasias cruéis.

— Não se preocupe, minha criança — disse ela. — Você não viverá para sempre. Apenas por um longo período. E, com certeza, não é imortal; pode ser morta. Mas essas preocupações humanas, anos, idade, aniversários e afins passarão a te dizer muito pouco após alguns séculos.

— Ah, que bom, tenho certeza disso — respondi, sarcástica. — Lá pela época em que eu estiver bastante perturbada com a solidão de viver reclusa em minha cabana onde ninguém poderá encontrar a mulher que não morre. Vai ser uma vida e tanto. Talvez eu deva começar a investir no mercado imobiliário agora, enquanto está em baixa. Quanto será que a gruta de um ermitão está valendo? É óbvio que só irei precisar de uma gruta com um quarto.

Nell balançou negativamente a cabeça:

— Você não ficará sozinha, minha criança. — Com isso, ela me encarou, qualquer vestígio de sorriso abandonando seu rosto. — Sua vida apenas começou.

Eu não soube se suas palavras foram uma promessa ou um aviso. Ou ambos.

Observei, muda, quando ela desceu da cadeira de balanço, envolveu-a na colcha de retalhos e colocou a pequena trouxa nas costas de Trill. Inquieta, a kelpie voltou à forma de pônei e nem sequer percebi isso acontecer.

— Nade um pouco, Jane — disse ela. — Você está precisando. Recarregue as baterias. Amanhã um investigador particular entrará em contato com você. Jakes era importante, embora eu ainda não saiba por quê, e as coisas andam aceleradas. Não sei quem irão mandar, mas espere alguém. E não se preocupe, estaremos aqui para responder suas perguntas. Não há pressa. Você está em meu território.

Assim que Nell proferiu essas últimas palavras, o ar se partiu em torno dela, e acho que ela me concedeu um mero vislumbre do poder que havia naquela sua forma pequena e rechonchuda.

Antes mesmo que eu pudesse protestar, ela já estava se deslocando ao lado de um pônei cinza perolado em direção à face sólida da parede rochosa...

e desapareceu. Nell levou o globo luminoso consigo, e meus olhos demoraram um minuto para se ajustar ao brilho suave do céu noturno.

Fiquei em silêncio, aérea, coçando uma barriga peluda. Assustada, percebi que, em algum momento durante a revelação de Nell, eu havia jogado um braço em torno do corpo de Anyan e estava agora fazendo carinho distraidamente em seu couro peludo. Quanto a ele, não parecia incomodado.

Eu não conseguia nem começar a organizar tudo o que ficara sabendo naquela noite. Não fazia sentido; ainda assim, fazia todo sentido. E as palavras de Nell, para ser sincera, me assustaram pra cacete. Eu podia odiar o fato de ter sido tão enquadrada pelos incidentes de minha vida; a forma como estava presa em um lugar que jamais me deixara ser outra coisa, exceto uma versão do que queriam que eu fosse. Mas eu também conhecia o meu papel, o meu lugar. Não havia perguntas nem insegurança quanto ao que eu devia fazer, dia após dia. De repente, tudo mudara. E eu não podia nem começar a entender a magnitude.

Uma parte do meu ser, no entanto, tinha quase certeza de que acordaria no dia seguinte e perceberia que tudo havia sido um sonho. Mas, no momento, Nell tinha razão. Eu precisava nadar da mesma forma que Joel Irving, o bebum da cidade, precisava da primeira dose de vodca em seu café da manhã.

Levantei e estiquei as pernas ainda doloridas. Eu iria sentir terrivelmente a corrida daquela noite na manhã seguinte. Tirei os sapatos, a calça jeans e as meias. Estava começando a puxar a camiseta por cima da cabeça quando percebi que Anyan havia escapado na surdina. Soltei a camiseta, virei e o vi olhando para mim, enquanto se dirigia à fenda na parede da enseada.

Não há como teletransportar cachorros, pensei, sorrindo. Anyan virou a cabeça com tanta rapidez que amassou o focinho nas paredes ásperas. Minha cabeça latejou em solidariedade.

Esse cachorro é uma figura, pensei, enquanto tirava o sutiã e a calcinha e saía correndo para o mar, entrando toda feliz na água.

E o que exatamente Nell *quisera* dizer quando falou que ele contara tudo sobre mim?

Capítulo 5

Minha caminhada à cidade naquela manhã foi uma experiência estranha e surrealista. Para minha surpresa, eu havia dormido bem, o que queria dizer que não tivera tempo de processar o que tinha visto. Contudo, durante o café, fiquei relembrando os acontecimentos da noite anterior. Eu tivera um vislumbre de uma outra realidade e não fazia ideia do que tudo aquilo queria dizer. O que mais incitou minha imaginação foi quando Nell disse que seres como ela estavam entre nós. Sendo isso verdade, Nell ou Trill se destacariam na multidão, mas minha mãe pareceria totalmente normal. Haveria outras criaturas sobrenaturais em Rockabill?

E por que eu estava aceitando tudo isso com tanta calma? Eu havia acabado de conhecer um gnomo de jardim falante e uma versão assustadora do Meu Pequeno Pônei. Ah, e também não podia esquecer de minha breve corrida com o cachorro dente-de-sabre. Por que eu não estava mais assustada com o que acabara de ver?

Porque, soou aquela voz fraquinha e maldosa que eu tentava suprimir, *você sempre soube que era mais esquisita do que qualquer um — até mesmo mais esquisita do que Linda ou Stuart podiam imaginar.*

Claro, considerei, *os médicos tinham razão, e você, finalmente, passou dos limites. Talvez seja mesmo crazy, Jane True.*

Meu sangue gelou com esse pensamento. Durante minhas internações, mais de uma vez temi de verdade estar enlouquecendo, quando achava que havia mais do que apenas sofrimento cercando meus pensamentos no escuro. Tive sonhos muito reais com um estranho que segurava minha mão e me contava histórias durante toda a noite. Elas me pareciam tão reais e, ainda assim, poderiam não ser. *Talvez eu esteja mesmo ficando maluca*, pensei. Talvez tenha sido a demência que fez minha mãe partir, e ela deixou isso de herança para mim, em meu sangue, como presente de despedida.

Tanto faz, Jane, alertou-me meu cérebro. *Tanto um "investigador" pode aparecer hoje, como Nell disse que aconteceria, e você saberá que está sã, quanto ninguém pode aparecer e você voltará ao Pinel. Nesse ínterim, controle-se e acredite na possibilidade de tudo ser real.*

Imaginei passar o dia inteiro analisando os clientes da *Morrer de Ler*, em busca de alguma pista sobre a verdadeira identidade deles. Em outras palavras, eu encenaria a versão sobrenatural de *Vila Sésamo* "Uma dessas coisas não é como as outras".

Grizzie me presenteou com meu primeiro desafio. Estava resplandecente, como sempre. Por cima da legging preta e cintilante, usava botas roxas de couro envernizado, cano bem alto e salto plataforma, que a faziam medir quase dois metros. A parte de cima consistia num suéter roxo de cashmere, que descia justinho por seus quadris. Sobre o suéter, usava um cinto largo de couro também envernizado, apertado em sua cintura definida, com uma fivela enorme de prata na forma de um raio. Quanto ao sutiã, escolhera um modelo bem anos 50, no estilo "levanta e separa", que dava a impressão de que usava dois cones sinalizadores de tráfego por baixo. Puxara os longos cabelos negros para cima, com um aplique de rabo de cavalo que descia até a nuca. A maquiagem era mínima. Afinal de contas, seria de mau gosto usar botas roxas de cano longo e salto plataforma e ainda exagerar na sombra. Usava apenas duas linhas de delineador preto, que acentuavam seus belos olhos violeta, e apenas um tiquinho de blush e gloss nos lábios.

— Você está magnífica, Grizzie! — cumprimentei-a, observando os mínimos detalhes.

— Obrigada, querida. — Ela sorriu e deu uma voltinha, de forma que pude apreciar a roupa por todos os ângulos. — E você está comível, como sempre — disse ela, quando parou para me dar um beijo no rosto.

Se tem alguém sobrenatural aqui em Rockabill, só pode ser Grizzie, pensei. Mas, pensando bem, era pouco provável que seres mágicos, seres quase imortais estrelassem filmes como *Cú-pido do Sexo*. Não que eu não apreciasse a porno-filmografia de Grizzie.

Tracy tirara o dia de folga; portanto, as primeiras horas de trabalho passaram voando. Não que Tracy fosse chatinha, nada disso, mas também não usava o tempo livre para ficar expondo as brutais diferenças entre o orgasmo clitoriano e o orgasmo anal. Passei metade da manhã sentada no chão rindo, e a outra metade com as mãos sobre os ouvidos, tentando não ouvir Grizzie cantarolando os hits do ABBA. Mas, exatamente no momento em que pensei que Grizzie teria êxito em sua tentativa de provar que constrangimento poderia ser fatal, um Porsche Boxster prata passou roncando pela linha de visão que eu tinha da livraria. Para a nossa surpresa, deu a volta e estacionou na frente da nossa porta.

Bem, isso não acontece com frequência, nem mesmo durante a temporada turística.

A capota do carro estava abaixada, outra surpresa nessa época do ano. Grizzie e eu trocamos olhares. Estava muito frio, pelo menos para quase todos, exceto para mim.

Quando o motorista abriu a porta do carro e saiu, Grizzie deu um miado sensual. Imitei mentalmente seu miado. Tivemos uma visão bem clara do homem quando ele se alongou de maneira exuberante. Não era muito alto, devia medir cerca de um metro e setenta e cinco. Mas era *muito* bonito. Seus ombros pareciam largos por baixo da camisa branca bem-passada, e a cintura se afunilava convidativamente até a altura do cinto de couro marrom que segurava a calça de tweed, também marrom. Quanto aos sapatos, usava um modelo que eu só poderia julgar como sendo inglês, eu nunca tinha visto sapatos daqueles antes. Mas, fossem o que fossem, pareciam caros. Assim como seus óculos de sol estilo aviador, com aros dourados. Exalava dinheiro e segurança, e senti uma pontada de decepção. *Que pena que você provavelmente é um babaca*, pensei, sarcástica. *Pois é um pedaço de mau caminho.*

Jane, não seja vulgar com os turistas, repreendi-me. *Pelo menos, eles são as pessoas que tratam você como alguém de verdade e não como uma bomba-relógio prestes a explodir.*

Garota Tempestade

Como se para reforçar meu argumento, atrás daquele homem misterioso, vi Mark em seu uniforme de carteiro, com a bolsa pendurada no ombro, indo ao Chicqueirão entregar a correspondência e pegar uma xícara de café. Por razões óbvias, Mark não se demorava mais tomando café aqui na *Morrer de Ler*. Na mesma hora, senti aquele desconforto intestinal, que hoje associo ao homem com quem quase namorei.

Portanto, seja simpática com o turista gostosão, pensei, forçando meus olhos de volta ao Porscheman. Para minha decepção, ele já havia acabado de se alongar. *Idiota, perdeu todo o espetáculo*, reclamou minha libido. Expressei meu pesar e dei a devida atenção ao homem, ainda lá fora, enquanto ele checava se trazia a carteira, antes de passar a mão pelos espessos cabelos curtos e castanhos.

— *Bonjour*, lindo-tesão-bonito-e-gostosão — Grizzie prolongou as vogais quando, para seu evidente deleite, ele se aproximou da nossa livraria.

O homem abriu a porta e, assim que nosso sininho irritante anunciou sua presença, seus olhinhos se encontraram com os meus. Tive um sobressalto, não apenas porque seus olhos amendoados eram maravilhosos, mas também porque se estreitaram numa combinação de reconhecimento e empatia. Eu sabia que não conhecia aquele homem e não devia haver nenhum tipo de interesse de alguém como ele na completamente prosaica Jane True.

Ele se aproximou do balcão e, bem perto de mim, seu rosto não se alterou tanto quanto seu corpo. Tinha maçãs do rosto proeminentes que se afunilavam até o queixo estreito e bem-talhado. A boca era pequena, mas os lábios, carnudos, o que lhe dava uma expressão extremamente sensual, como se ele estivesse prestes a tascar beijos até a... a... barriga.

Caramba, Jane!, pensei, tentando controlar meus hormônios repentinamente despertos. Minha gaveta proibidona podia estar bem-estocada, mas parecia que eu sentia falta do negócio REAL mais do que imaginava. Tal fato, no entanto, não me dava o direito de violentar turistas. *E antes que você se encha de esperanças, pessoas que estão subindo na escala que ele sobe, seja qual for, não namoram lelés-da-cuca*, lembrei-me. *Ele não iria querer que sua namorada começasse a falar coisas sem sentido com seus colegas de trabalho enquanto tomasse umas e outras.*

A ferroada da minha autoflagelação mental explica por que fiquei mais do que ligeiramente surpresa quando aquela coisa linda segurou minha mão por

cima do balcão e me puxou para perto. Na verdade, fiquei tão surpresa, que me deixei ser levada no que deve ter parecido o mais natural dos abraços.

— Jane True! — exclamou ele, me apertando. O ângulo esquisito em que nos encontrávamos, os dois debruçados sobre o balcão, quis dizer que nosso abraço consistiu mais em eu apertar meus peitos contra os dele. Fiquei sem fala, surpresa, quando ele continuou:

— Eu não disse que viria te fazer uma surpresa aqui em Rockabill? Cá estou!

Soltou-me e, confusa, dei um passo para trás. Sem perder o ritmo, ele se virou para Grizzie e apertou a mão dela como se estivesse totalmente encantado em conhecê-la.

— Você deve ser Grizelda. Estou encantado... — disse, colocando as ações em palavras. — Jane me falou muito de você. — Soltou a mão de Grizzie, mas manteve os olhos fixos nos dela. — Sou Ryu, amigo de faculdade de Jane. Espero que ela tenha falado de mim. Ela certamente falava bastante de você e de Tracy. — Só então os olhos dele se desviaram dos de Grizzie e voltaram-se para os meus. Deu-me uma piscadela travessa.

Eu estava aguardando Grizzie dizer que não, na verdade eu nunca havia mencionado nenhum amigo incrivelmente gato da faculdade com o nome de Ryu. E que, pela minha reação quando ele saiu do carro e entrou na loja, era óbvio que eu nunca o tinha visto antes. Mas, em vez disso, ela sorriu e disse:

— Ah, claro! Sim! Que bom que você pôde vir a Rockabill. Ouvimos falar muito sobre Ryu, o amigo de Jane!

Aproximei-me dela, sem acreditar no que estava ouvindo. Mas Grizzie apenas sorriu para mim. Um olhar de genuíno prazer tomou conta de seu rosto. Que diabos era aquilo? Eu não fazia ideia de quem era aquele cara e, com certeza, não cursara a faculdade com ele. Eu teria me lembrado... e teria minhas fantasias como prova.

— Por que você não vai para os fundos da loja, Grizzie, enquanto Jane e eu conversamos? — Mais uma vez, Ryu estava olhando dentro dos olhos de Grizzie, e quase caí para trás quando, em vez de dizer "E por que você não vai à merda?", ela simplesmente manteve o sorriso largo no rosto. Em seguida, com o movimento de seus quadris cintilantes, foi para os fundos, para o nosso estoque. Rangendo os dentes, andei em torno do cara.

— Quem é você e o que fez com Grizelda? — eu quis saber.

O sorriso que me ofereceu não foi menos belo do que o que oferecera a Grizzie. Mas foi mais natural, menos forçado.

— Meu nome é mesmo Ryu — respondeu, os olhos escaneando a parte de cima do meu corpo, a que não estava escondida atrás do balcão. Esforcei-me para parar de me contorcer quando seu olhar se fixou por alguns segundos nos meus seios. — Só que, em vez de uma reunião de ex-colegas de faculdade, estou aqui para lhe fazer algumas perguntas sobre seu, digamos, envolvimento com o assassinato de Peter Jakes.

Demorei alguns segundos para começar a perceber o que ele estava dizendo, uma vez que não conseguia imaginar um policial andando de Porsche e não fazia ideia de como as autoridades tinham ficado sabendo que eu havia encontrado o corpo de Peter.

— Ah — balbuciei, assim que a ficha caiu. — Você é quem Nell disse que eu deveria esperar. Você é o *tal* investigador.

— Exatamente — disse ele. — Sou o *tal* investigador.

Dessa vez me aproximei e retribuí seu olhar atento, de forma que um pudesse analisar o outro.

— Você não me parece apropriado — falei sem pensar, antes de perceber que havia esquecido de apertar o botão EDITAR. Então, fiquei roxa.

— Não pareço *apropriado*? — questionou-me, erguendo uma sobrancelha elegante.

— Você é muito... muito... — Meu HD procurou as palavras para terminar a frase. Tudo no que pude pensar foi na pequenina Nell, com suas roupas rústicas, e na kelpie, com sua pele cinzenta e voz arrastada.

— Normal — terminei, apenas para, na mesma hora, lamentar minha escolha vocabular.

— Normal — repetiu o belo homem, a voz seca.

— Bem, não... normal — gaguejei. — Claro. Quer dizer, você é realmente muito bonito. Mas disso já sabe. — Assisti, horrorizada, à outra sobrancelha subir para se juntar à primeira. Mentalmente, tentei ativar a função EDITAR, mas era óbvio que estava com defeito. — Quer dizer, você está gatíssimo e obviamente superbem de vida. E acabei de vê-lo lançar mão de um pouco de... magia? Chama isso de magia? — Ele encolheu os ombros, sem concordar

nem discordar. – Então você é mágico, ou melhor, mago, o que não é normal. E é lindo...

Pare de dizer ao cara lindo que ele é lindo!, ordenou minha mente, embora minha boca continuasse a vomitar palavras constrangedoras.

– Quer dizer, lindo de verdade, mas é que... você não é estranho.

– Não sou estranho?

– Não, é... diferente.

Os lábios dele esboçaram um sorriso ferino e, por uma fração de segundo, jurei que tinha presas. Porém, quando abriu a boca para falar novamente, elas não estavam mais ali. O que quis dizer que, agora, não bastasse eu falar que nem uma louca... eu via coisas também. *Legal*.

– Posso lhe garantir, Jane True, que sou muito diferente. – Disse essas palavras como se fossem uma promessa, e senti um arrepio vindo da base da espinha. Percebi, após um momento de choque, que era um arrepio de intenso desejo sexual. *Já fazia um tempo que eu não sentia isso*, pensei, maravilhada. Mas Ryu não estava ali para paquerar minha libido. – Coisa que agora estou ansiosíssimo para lhe provar – disse ele, as sobrancelhas insinuantes e sedutoras. Quase dei um passo prestativo à frente. – Mas não aqui, no seu local de trabalho, com sua amiga à espreita.

Minha mente se dividiu em duas. Uma se dissolveu numa conversa confusa que gaguejou gagagagagagaga repetidas vezes. A outra interessou-se na ideia de "amiga", a fim de proteger minha frágil sanidade.

– Por falar nela, que diabos você *fez* com Grizzie? – finalmente consegui perguntar.

– Na verdade, nada. Apenas um pouco de glamour para ajudá-la a crer no que eu estava contando.

Lá estava aquela palavra de novo: *glamour*.

– Veja bem – disse eu. – Só ontem à noite eu fiquei sabendo de vocês. É melhor parar com esse jargão sobrenatural, porque nada disso faz sentido para mim.

Ele sorriu e jogou a cabeça para trás, dando uma gargalhada engraçada e espalhafatosa que *não era* o que eu imaginava. Ele era tão sofisticado que eu tinha imaginado sua risada mais para "gutural" do que para "risada de hiena".

Por fim, retribuí o sorriso. A risada fez dele mais um nerd requintado do que um executivo sanguessuga.

— Está bem – disse ele. – Vamos recomeçar. O glamour é uma técnica que todos nós usamos. É como um controle de mente Jedi. Basicamente, nós alteramos um pouquinho a percepção das pessoas, de forma que elas ouvem e veem o que queremos que ouçam e vejam.

— Então, quando você disse a Grizzie que ela já tinha ouvido falar de você, ela acreditou.

— Exatamente. Tudo o que precisamos fazer é sugerir algo como verdade, e os humanos fazem o resto. É da natureza da mente humana preencher os espaços vazios com a sua tosca percepção. Se virem algo que não faz sentido ou ficarem sabendo de alguma coisa que não pode ser verdade, em vez de duvidar do que viram ou ouviram, completarão a história e darão sentido a tudo.

— E vocês podem lançar glamour entre vocês? – perguntei, aguardando a resposta.

Ele fez uma pausa, pensando no que responder.

— Em raras circunstâncias, sim. Normalmente conseguimos sentir um glamour com facilidade. Mas, às vezes, não. – Lançou-me um sorriso astuto. – Gostamos de achar que somos muito superiores aos humanos, mas há momentos em que nem mesmo o nosso cérebro superdesenvolvido quer preencher os espaços vazios.

Refleti sobre as palavras de Ryu, mordendo o lábio enquanto me concentrava. Ele não me interrompeu, apenas aguardou pacientemente, o que apreciei.

— Então, o que quer de mim? – perguntei finalmente.

— Ah, só algumas informações. Sabemos que você nada teve a ver com o assassinato de Jakes, mas preciso fazer algumas perguntas sobre as circunstâncias em que encontrou o corpo. Também, eu estava pensando: uma vez que você nasceu aqui, poderia me contar o que os humanos estão fazendo em relação a esse assassinato. Por exemplo: o que acham que aconteceu e que informações têm? Por fim, saber do tempo que Jakes passou morando aqui. O que estava fazendo, esse tipo de coisa. Ou se algo estranho aconteceu na época. Havia mais gente ou seres desconhecidos além de Peter?

— Ah, tudo bem – concordei, percebendo que ele queria dar o fora logo de Rockabill. Então, mais uma vez, ignorei minha pobre libido reprimida,

que, no momento, clamava para que eu atraísse Ryu para trás do balcão, o acertasse com um dicionário na cabeça e o possuísse, e segui em frente, contando o que ele queria saber. – Bem, em relação a ter encontrado o corpo, não há muito a dizer, a não ser...

Ryu levantou as mãos, interrompendo-me. Tentou parecer profissional, mas um movimento em seus lábios sugeriu que algumas coisas só poderiam ser resolvidas, profissionalmente falando, sob assédio sexual.

– Você se importa se fizermos isso depois? Não me encontro na minha melhor forma, estou cansado por causa da viagem. Aluguei um desses chalés, por alguns dias, perto de onde Peter ficou. Gostaria primeiro de me instalar e tomar um banho antes de começarmos a *trabalhar*.

Eu não podia imaginar aquele homem ainda mais limpo e nem queria começar a pensar o quão divino seria "sua melhor forma". Balancei a cabeça em assentimento, esperando que, independentemente do ser sobrenatural que fosse, não pudesse sentir minha libido planejando coisas que fariam até mesmo Grizzie corar.

Infelizmente, Ryu abriu um sorriso que me disse a) sabia exatamente o que eu estava pensando e b) pressentiria o que quer que fosse que minha libido manifestasse e multiplicaria por cinco.

– Ótimo, pegarei você às seis. Comemos alguma coisa e conversaremos enquanto isso.

– Hum, tudo bem – respondi, aparentemente controlada.

Merda, merda, merda, foi o que pensei de verdade. *O que é que vou vestir?*

– Espere. – Eu acabara de me lembrar de uma coisa. – Você não sabe onde moro.

– Claro que sei – disse ele, maliciosamente.

Pensei em sua resposta por um minuto.

– Como sabe tanto sobre mim?

– Tomei conhecimento do essencial com Nell.

– Hum, ótimo – murmurei, apavorada de repente por ele não saber de *tudo* e com medo de que nosso jantar virasse uma breve conversa telefônica, quando ele ficasse sabendo da minha história verdadeira.

Ele sorriu e pegou minha mão. A dele era muito forte e bastante quente.

– É mesmo um prazer conhecer você, Jane. Estou ansioso por hoje à noite.

Garota Tempestade

Os olhos dele são quase dourados, pensei.

— Hum, é um prazer conhecer você também — dei um jeito de responder.

Ele soltou minha mão e, após um momento, olhou para os fundos da loja.

— Grizzie? Pode voltar.

Grizzie apareceu vindo do estoque, ainda sorridente.

— Estou indo embora. Foi um prazer conhecê-la. Não diga a Tracy que apareci. Deixe que eu faça uma surpresa para ela.

— Isso, que ideia fantástica! — respondeu ela, carinhosamente. — Também foi um grande prazer conhecê-lo.

Ryu piscou para mim em despedida, saiu pela porta e voltou para o carro. Grizzie e eu observamos em silêncio quando ele arrancou em disparada.

— Ele é tão maravilhoso quanto você falou! — comentou, com a voz sensual.

— É mesmo, não é? — Não pude deixar de me sentir culpada por mentir daquela forma para Grizzie, mas não tinha outra opção. Como começar a explicar a verdade sobre o que havia acabado de acontecer?

— Vai sair com ele hoje à noite? — perguntou, virando-se para mim com um olhar calculista.

— Acho que sim, para falar a verdade, vou sim. Ele vai me levar para jantar. — Senti o sangue correr para as minhas bochechas e fiquei horrorizada. *Por que estou ficando vermelha como uma adolescente? Tenho certeza de que não será nada parecido com um encontro. Ele está investigando um assassinato, pelamordedeus!*

Grizzie franziu a testa e olhou-me da cabeça aos pés. Fiquei preocupada com o que viria em seguida.

Empalideci quando ela perguntou:

— O que você vai *vestir*?

Capítulo 6

Abri as portas do armário com as mãos trêmulas. Alimentava esperanças de que Nell tivesse aspirações secretas de se tornar minha fada madrinha e não somente um gnomo de jardim, e o tivesse equipado com roupas maneiras. Mas tudo o que me saudou foi meu guarda-roupa de sempre com seis camisas diferentes da *Morrer de Ler*, algumas calças jeans, outras de algodão e umas poucas blusas velhas.

Grizzie tinha razão em se preocupar. Suspirei. *Eu me visto como uma mendiga. Ou como uma menina de sete anos.*

Eu tinha somente uma opção que seria mais ou menos apropriada: um lindo vestido vermelho transpassado que havia encontrado no armário de meus pais. Meu pai – sempre nutrindo esperanças de que minha mãe voltasse – nunca embalara as coisas dela. O quarto deles permanecia do jeito que ela havia deixado. Mas ele permitira que eu pegasse o vestido vermelho "emprestado", mesmo que eu suspeitasse que nunca precisaria devolvê-lo.

Tirei-o do armário e o coloquei na frente do corpo enquanto me olhava no espelho. Ficou, como todos os vestidos transpassados, muitíssimo atraente. Enfiando o cabide debaixo do queixo, ajustei o vestido em minha cintura, imaginando que sapatos eu poderia usar. Eu não tinha nenhum sapato que combinasse, já que o havia vestido apenas uma vez… Para o baile de formatura do ensino médio, com Jason.

Garota Tempestade

Sentei-me, jogando todo o peso na cama, a culpa percorrendo minha mente. *Que diabos você acha que está fazendo?*, interroguei-me, furiosa. *Em primeiro lugar, isso não é um encontro; você está sendo investigada. Em segundo lugar, mesmo se fosse um encontro, você já perdeu sua oportunidade de encontros. Gente que mata o amor da própria vida não tem encontros. Em terceiro, Ryu, seja ele o que for, provavelmente usará seus poderes sobrenaturais para correr para as montanhas, mais veloz do que os outros homens, assim que souber a verdade sobre você. Portanto, não se faça de tola, Jane, vestindo-se como se estivesse num episódio de* Sex and the City. *Há uma razão clara para não terem uma "doida varrida" como quinta personagem. Não há muito apelo para interesses amorosos.*

Coloquei o vestido de volta no armário e fui tomar banho. Esfreguei meu corpo como se pudesse me imbuir de autoconfiança por meio da esfoliação, depois peguei a calça jeans mais nova que eu tinha e, após um debate de um minuto, uma blusa azul-marinho de manga comprida, com três botõezinhos no decote V. Ela era considerada roupa de sair em meu armário; portanto, seria uma boa alternativa ao vestido. Em vez dos meus habituais tênis de lona, peguei minhas botas de cano curto e saltos baixos. Elas eram mais práticas do que glamorosas, mas, pelo menos, eram apropriadas. Para compensar as botas, usei um mínimo de maquiagem. Uma parte minha reconheceu que aquele jogo de compensações devido ao meu constrangimento era ridículo, mas eu não sabia ser de outro jeito.

Dei uma última escovada em meus cabelos úmidos e desejei que secassem bonitos... mas não bonitos demais.

Grizzie me forçara a sair do trabalho uma hora mais cedo, duvidando de minha habilidade de me fazer apresentável; portanto, quando cheguei em casa, meu pai ainda não estava lá. Tinha levado o carro para consertar na oficina Covelli, o que eu sabia que o manteria conversando com Joe por algumas horas.

Naquela manhã, eu havia tirado a lasanha do freezer e a colocara no forno para aquecê-la para o jantar do papai, assim que eu chegasse em casa. Eu tinha acabado de descer à cozinha para checar se ela já estava pronta, quando ouvi o chacoalhar do nosso carro velho estacionando. Papai entrou pela porta dos fundos e me deu um beijo no rosto.

— Chegou cedo em casa? — constatou ele, percebendo que eu estava sem uniforme. — Está muito bonita.

— É. Grizzie me liberou às quatro — respondi, ocupada com a lasanha, checando se já estava suficientemente cozida. Como ainda precisaria de mais uns quinze minutos, coloquei-a de volta no forno. — Uma pessoa, ex-colega de faculdade, apareceu na livraria hoje. Vamos sair para jantar. Colocar o assunto em dia — concluí, sem muita convicção na voz.

— Ah, que bom — respondeu meu pai, ligeiramente confuso. Eu havia cursado Língua Inglesa na Universidade do Maine, em Machias, que ficava a uma hora e meia de casa. Eu frequentava aula duas vezes por semana, pois não podia morar no campus. Não que tivesse sentido vontade. Após duas semanas de anonimato, alguém ligou uma coisa à outra, e os cochichos e os olhares começaram. É claro que não fora tão ruim quanto havia sido em Rockabill durante os anos após o meu pequeno "acidente"; mas, ainda assim, não foi agradável. Senti-me rotulada e, por me sentir assim, nunca tentei fazer amigos de verdade. Meus professores foram ótimos — apesar do fato de meu histórico ter um sinal de alerta do tipo "prestar atenção a esta aluna em busca de sinais de temperamento violento" — e havia algumas garotas com quem não me importava de tomar café ou almoçar. Mas eu precisava tomar cuidado para não me aproximar demais a ponto de se sentirem à vontade para perguntar o que havia acontecido comigo. Eu certamente não poderia lhes dizer a verdade e me recusaria a mentir; sendo assim, o melhor era manter distância. Consequentemente, nunca fiz amigos de *verdade* na universidade — e assim sempre foi a minha vida.

Logo, não era de admirar que meu pai tivesse ficado surpreso.

— Bem, fico feliz por você ter planos para esta noite e por ver uma pessoa da faculdade. Que bacana — disse, balançando a cabeça em assentimento. — Você deveria sair mais.

Ocupei-me lavando alguns copos que haviam aparecido em cima da pia, incapaz de olhar para meu pai. Eu não podia acreditar que ele não estava achando estranho eu nunca ter falado de ninguém da faculdade e, ainda assim, dizer que uma pessoa havia aparecido e, ainda por cima, em Rockabill! Perguntei-me se eu teria algum poder inconsciente, como o tal glamour, mas então pensei na reação de meu pai e no que Ryu havia me dito sobre a mente humana preencher lacunas. Eu não precisava de nenhum glamour para fazer meu pai querer me ver feliz. *Que confusão eu fui arrumar!*, pensei, furiosa, esfregando um copo já limpo.

Percebi o que estava fazendo e me forcei a enxaguar e colocar o copo no escorredor. Controlei-me e dei um jeito de sorrir quando me virei para olhar para o meu pai de novo. Estava sentado à mesa da cozinha, observando-me em silêncio.

— É, você tem razão — respondi. — Eu deveria sair com mais frequência. Ele sabia muito bem que não convinha esticar o assunto.

— Então, quem é essa pessoa?
— O nome dele é Ryu — respondi.
— Ah, então é um rapaz! — exclamou o papai, quase exultante. Eu corei.
— É. É um rapaz. Da faculdade.
— E o nome dele é Ryu?
— É, Ryu.
— Como *Rio* de Janeiro?
— Acho que sim. Mas não tenho certeza de como se escreve.
— Bonito. É nome de família?
— Não sei, mas acho que sim. — Se com "de família" meu pai queria dizer da classe dos "seres sobrenaturais"...

Por falar em família, pensei. *O que é Ryu, afinal de contas?*

— O que ele faz? — perguntou meu pai, trazendo-me de volta à Terra.
— Hum... ele é detetive.
— Ah, tá. Da polícia?
— Não sei muito bem. Acho que particular. Detetive particular — concluí sem força na voz.
— Ah! Detetive particular. Bem, deve ser empolgante.
— Acho que sim, deve sim.

O timer do fogão fez *triiim* e eu quase saltei até a porta do forno. Nossa conversa estava ficando muito esquisita. Eu sabia muito pouco sobre essa pessoa.

Fiz uma superprodução do ato de tirar o papel laminado de cima da lasanha e aumentei a potência do forno para gratiná-la. Ajustei o timer para 10 minutos.

— Como vai o Joe? — perguntei, aproveitando a oportunidade de mudar de assunto.

— Bem — respondeu, e então discorreu sobre o que haviam conversado naquela tarde e o que Joe lhe dissera sobre nosso calhambeque.

Arrumei o lugar de papai à mesa depois de lhe ter preparado uma salada. A lasanha estava pronta, e lhe servi uma bela fatia — faço uma lasanha deliciosa — e me sentei ao seu lado enquanto ele comia. Como de costume, contei-lhe sobre a roupa de Grizzie naquele dia. Ele pensava nela como um tipo de ave exótica e adorava ouvir sobre sua plumagem sempre diferente.

Papai estava acabando o jantar quando a campainha tocou.

Dei um pulo, quase derrubando a cadeira. Papai achou graça, e eu sorri.

— Acho que estou um pouco nervosa — comentei, num fio de voz.

Por sorte, ele não deu maior importância, e eu me esforcei para ir calmamente ao corredor abrir a porta.

Ryu vestia calça cinza e uma camisa polo com duas listras em tons diferentes de cinza — uma delas da mesma cor da calça e a outra quase preta. Seus sapatos e cinto eram pretos. *Sem casaco*, sussurrou minha mente em aprovação. *E você está malvestida*, criticou-me ela.

Ele sorriu para mim, e percebi que trazia uma grande caixa retangular. Entregou-me a caixa, e eu a segurei cautelosamente.

— Não consegui encontrar uma floricultura — explicou-se.

— Ah, tudo bem. Obrigada. O que é isso?

— Uma lagosta.

— Uma lagosta?

— Uma lagosta.

— Certo. Bem, obrigada. Entre. — Mantive a porta aberta e disse ao meu estômago para parar com aquele nervosismo, quando Ryu passou por mim. Ele cheirava *bem*... como um homem que acabara de sair do banho e borrifara fragrância de bálsamo ou alguma coisa mais forte. Talvez cominho...

Meu pai estava de pé sob o batente da porta entre nossa cozinha e a sala de estar, enxugando as mãos numa toalha.

— Ryu, este aqui é o meu pai. Pai, este aqui é o Ryu. — Usei a caixa da lagosta para gesticular meio sem jeito para os dois. Alguma coisa se mexeu ali dentro e me desculpei silenciosamente pela forma como segurava a caixa, baixando-a com gentileza para a lateral do corpo. Os dois homens apertaram as mãos, trocando gentilezas.

— Bem, Ryu, é muito bom conhecer alguém da época da faculdade da minha filha. — Se papai tinha se surpreendido com o jeito chique de Ryu, fez um bom trabalho em não deixar transparecer.

— E é um prazer conhecê-lo. Sua filha sempre fala do senhor.

— Bem, ela é mesmo muito especial — respondeu papai, e eu fiquei vermelha.

— Sim, com certeza — disse Ryu, dando aquela piscadinha maldosa para mim. Se eu já fiquei vermelha anteriormente, agora minhas bochechas estavam para explodir de tanto sangue concentrado nelas.

— O que é isso na sua mão, Jane? — perguntou papai, percebendo meu constrangimento.

— Ryu nos trouxe uma lagosta — respondi, esperando que não tivesse percebido meu constrangimento.

— Uma lagosta?

— Uma lagosta. — *Déjà vu*, gritou minha mente, ligeiramente histérica.

— Bem — respondeu papai. — Não é adorável? Deixe isso comigo.

Entreguei a caixa a ele, aliviada. Tive a grata impressão de que a lagosta acabaria voltando ao oceano assim que eu saísse com Ryu. Tanto meu pai quanto eu adorávamos frutos do mar, mas nenhum de nós aceitaria a ideia de ferver uma lagosta viva e apavorada.

Ficamos os três em pé ali, num silêncio incômodo, até que começamos a falar ao mesmo tempo. Ryu e eu logo cedemos a vez ao meu pai.

— Divirtam-se hoje à noite. E tenham cuidado. Vejo você amanhã, Jane. — Beijou-me no rosto, apertou a mão de Ryu e retornou à sua poltrona reclinável para assistir a programas culinários.

Ryu virou-se para mim.

— Você está muito bonita, Jane. Não vai levar um casaco? — perguntou.

— Não — respondi sem pensar. — Ah, espere, vou levar sim. E obrigada.

Ele olhou-me com curiosidade, mas ignorei e fui pegar o casaco.

Saímos na noite gelada de novembro, e percebi que ele ainda mantinha a capota do Porsche rebaixada. Abriu a porta do carona para mim, e afundei no

meu assento. Eu jamais estivera em um carro tão sofisticado antes e tenho de admitir que estava empolgada.

Ele entrou e ligou o carro.

— Subirei a capota para você — avisou, assim que coloquei o cinto de segurança.

— Não, por favor — respondi num impulso, ficando vermelha de novo quando ele me olhou, curioso. — Não sinto frio — tentei explicar. — Mas preciso usar casaco para não chamar atenção. Mais do que já chamo. — Eu não fazia ideia se ele conseguiria entender minha necessidade de me enquadrar, mas esperava que sim. — Adoraria andar com a capota rebaixada, mas se você pudesse subi-la quando chegarmos à cidade, eu ficaria grata. — Isso me pareceu uma desculpa esfarrapada, e ele certamente ficaria decepcionado com minhas estúpidas preocupações humanas.

— Claro — respondeu em seguida. — Não se preocupe, eu compreendo. Subirei a capota quando pedir. E, se alguém nos vir antes, darei um jeito. — Sorriu para mim e se inclinou para ajeitar o cinto de segurança torcido sobre meu peito. Congelei ao seu toque, meu coração acelerou.

Virei para a frente, minha expressão vaga como a de uma máscara. Eu não fazia isso — o que quer que isso fosse — havia muito tempo e não tinha ideia de como agir. Então, segui meu mantra favorito de relaxamento: quando em dúvida, não faça nada.

Ele saiu em silêncio de nossa entrada sinuosa, o motor barulhento do carro rugindo como um tigre. Relaxei quando a brisa da noite soprou em meus cabelos, fechei os olhos e respirei fundo em antecipação ao que estava por vir. Aquele passeio de carro seria *divertido*...

Durante pelo menos cinco minutos aproveitamos a paz, a tranquilidade e a escuridão da noite ocasionalmente interrompida pelos faróis baixos dos carros. Quando ele finalmente falou, foi de uma forma muito branda, como se para não atrapalhar o clima.

— Onde você gostaria de comer? — perguntou.

Sorri.

— Bem, não há muitas opções em Rockabill. Temos uma lanchonete aberta nessa época do ano e também um lugar onde se pode comer hambúrgueres deliciosos mas que irão entupir suas artérias.

Garota Tempestade

Ryu não precisou pensar muito no assunto:

— A única lanchonete de Rockabill, então — decidiu ele. Deu aquela risada engraçada de novo. — Qual o nome do lugar?

— Chicqueirão. Fica bem na praça principal, na esquina perpendicular à livraria onde trabalho. Não tem como errar.

— Chiqueirão? — perguntou, sem acreditar. — Por que tem esse nome?

— Bem — expliquei um tanto constrangida a fusão das palavras *chic* e chiqueiro. — Rockabill era uma vila de pescadores, mas agora resolvemos passar para a atividade turística, e nossa atração principal é o redemoinho Old Sow. — Ryu pareceu confuso, então continuei: — O Old Sow é um redemoinho gigantesco, um dos maiores do mundo. É muito poderoso e imprevisível e cria todos esses fenômenos raros de maré. Como os buracos negros — esclareci. — E as ondas gigantes.

—Ah... — foi sua única resposta. Algumas pessoas se impressionavam mais do que outras com os fenômenos da maré.

— Enfim, a cidade passou por uma renovação alguns anos atrás, e a comunidade achou que seria uma boa ideia fazer do Old Sow uma marca conhecida que pudesse ser associada a Rockabill. Por isso, toda a conexão com os porcos.

Ryu deu uma risada e balançou a cabeça.

— Isso é hilariante, captei o lance, mas a ideia é horrível. Por que alguém iria querer comer numa lanchonete com o nome de Chiqueirão? Por mais chique que seja!

Também não pude deixar de rir.

— Pelo menos o Chicqueirão é só uma lanchonete — comentei. — Temos um lugar que passa como restaurante de luxo aqui em Rockabill. Abre somente no verão e se chama Bucho Cheio Bar e Churrascaria.

Tudo o que Ryu pôde fazer foi resmungar:

— Que horror!

Abri um sorriso.

— Bem, os donos são um horror também. Então, acho que encaixa.

Estávamos nos aproximando da cidade, e perguntei se poderíamos puxar a capota. Ele concordou sem tecer comentários, e entramos em silêncio em Rockabill.

Nossa entrada, mesmo com a capota no lugar, atraiu bastante atenção dos poucos presentes na praça principal. Era raro ver um carro tão caro

67

e nada utilitário nas ruas de Rockabill naquela época do ano. Quando estacionamos numa vaga bem em frente ao Chicqueirão, levei um tempo para reunir coragem para sair. Todos na lanchonete já olhavam para nós de suas mesas, e me senti muito desconfortável com a ideia de deixá-los ver que era eu dentro do carrão.

Nesse meio-tempo, Ryu já havia se dirigido para o lado do carona e aberto a porta para mim, oferecendo-me a mão para eu saltar. Aceitei, grata pelo apoio, mesmo que ele não soubesse de verdade por que eu precisava tanto daquilo. Fechou a porta sem soltar a minha mão. Observando meu rosto, perguntou:

— Você está bem?

Eu fiz o possível para sorrir, apesar de ter percebido a troca de olhares entre alguns clientes, quando viram que era eu a passageira daquele veículo misterioso.

— Estou bem – respondi. Insatisfeito com a minha resposta, Ryu não soltou minha mão nem desviou os olhos dos meus. — Só que eu não sou exatamente... muito popular aqui em Rockabill. — Escolhi as palavras com cuidado: — Tenho fama de ser... instável. Muitas coisas aconteceram no passado. Já se passaram anos, estou bem agora, mas as pessoas aqui não costumam seguir em frente. Por isso, evito chamar atenção. — Baixei os olhos para os meus pés, constrangida com o desabafo e apavorada que agora Ryu me perguntaria o que havia acontecido e então mudaria seu comportamento em relação a mim quando eu lhe contasse a verdade.

Ryu colocou a mão sob o meu queixo, fazendo com que eu levantasse a cabeça e o olhasse nos olhos.

— Mas nós dois sabemos que tudo isso é bobagem – disse ele, com voz baixa e grave. — Sei de tudo o que aconteceu com você, Jane. E sei que não é instável. Os humanos têm medo de você porque sentem que você é diferente. E é diferente. Fede a poder e a outras *cositas* mais. Veja, minha espécie sabe tudo sobre a convivência com humanos, e posso lhe garantir que são como animais selvagens. Se os deixar sentir que você tem uma fraqueza, eles irão se aproveitar dela para machucá-la.

Refleti sobre as palavras de Ryu. Uma parte minha puramente feminina chateou-se por ele ter dito "fede"; mas eu a ignorei. Pois ouvi-lo dizer que sabia do meu passado e não se importava com ele me *surpreendia*. O ar que eu não percebera que vinha prendendo soltou-se de meu pulmão e, para meu horror, senti o percurso marcado por lágrimas antigas. Pisquei com força. *Não choraria na frente daquele homem só porque ele se dispunha a falar comigo apesar do meu passado.*

Assim que Ryu deu um passo à frente, seus olhos se fixaram nos meus e fui dominada pela sua proximidade física. Sua mão quente ainda segurava meu queixo, e seu rosto estava perto demais para me confortar. *Seus olhos têm nuances verdes*, percebi. *Na verdade, acho que são da cor de avelã, não sei se já tinha visto olhos da cor de avelã antes...*

Ryu tirou a mão do meu queixo, deu um passo para trás e afastou os cabelos do meu rosto. Minha pele vibrou com o seu toque, mas seu gesto também quebrou o encanto do momento anterior. Respirei fundo, e ele me ofereceu o braço como um galante cavalheiro vitoriano.

— Madame? — dirigiu-se a mim, com uma leve reverência.

Engatei meu braço no dele.

— "Regulators, mount up" — murmurei, mentalizando o rap de Warren G, para me fortalecer para a nossa entrada na sociedade de Rockabill.

Se eu tivesse entrado no Chicqueirão cantando o hino nacional a plenos pulmões, Ryu e eu não teríamos atraído tanta curiosidade. O restaurante inteiro nos encarou em silêncio quando o sininho da porta ecoou produzindo um bem-vindo sarcástico.

Mas então Louis Finch, amigo de infância de meu pai e proprietário do Chicqueirão, logo apareceu para me dar um abraço. Ele fora um adolescente magrelo, apelidado de Varapau, alcunha que persistia, apesar de ser incrivelmente gordo. Era também extremamente gentil, e eu ainda tinha o ursinho de pelúcia que ele e a esposa, Gracie, me deram de presente quando eu estava no hospital.

Conduziu-nos a um lugar vago na parte que era servida por Amy Bellow. Além de Grizzie e Tracy, eu considerava Amy uma de minhas poucas amigas em Rockabill, e meu pai e eu sempre nos sentávamos às mesas atendidas por ela quando íamos ao Chicqueirão. Louis nos entregou os cardápios e fez uma cara engraçada, de quem me dava os parabéns, assim que Ryu abriu o dele —

e não pude deixar de rir. Ryu ergueu o olhar e acho que percebeu a brincadeira, o que me fez corar de novo. Se eu não tomasse cuidado, ficaria vermelha o tempo inteiro.

– O que você costuma pedir? – perguntou, examinando o cardápio.

– Sempre peço o sanduíche de pasta de atum. Adoro atum. – *Cuidado, Jane*, pensei, empalidecendo por dentro. *Senão você irá assustá-lo com sua sofisticação afrontosa.*

– Prefiro carne vermelha – disse ele, em tom coloquial. – Vou pedir o filé.

Olhou ao redor.

– Lugar agradável, bem caseiro.

– É – respondi. – Deveria ser. – Debrucei-me sobre a mesa com um ar conspirador. – Louis e Grace são os proprietários; ele é o cara que nos atendeu. Gastou uma fortuna em decoração para dar ao lugar uma atmosfera aconchegante. O que a decoradora fez. Só que o lugar tem a mesma aparência de antes, a não ser por ter mais tons de pêssego no ambiente. Gracie jura que tudo está nos pequenos detalhes, mas ninguém além dela vê a diferença.

Ryu deu sua risada absurda, fazendo com que a sra. Patterson olhasse para ele por cima de sua sopa de mariscos, e eu ri dos dois.

Neste momento, Amy apareceu com bloquinho e lápis. Seus cabelos louros desbotados, de raízes pretas, estavam cortados num estilo surfista cortininha, e estava vestida mais para uma praia escaldante da Califórnia do que para o inverno do Noroeste americano. Os olhos quase fechados, de fazer inveja a japonês, e o sorrisinho eterno anunciavam geral: "Eu fumei um baseado de 20 centímetros!" Então, fiquei mais do que ligeiramente surpresa quando, depois de ver com quem eu estava sentada, sua expressão mudou de amável para severamente ameaçadora.

– Jane – cumprimentou-me com um aceno de cabeça antes de se virar para Ryu. – E você é...? – perguntou secamente. Qualquer vestígio de sua amabilidade de maconheira havia desaparecido; Amy, de repente, transformou-se em energia e malícia. O que quer que estivesse acontecendo ali estava além da minha compreensão.

Garota Tempestade

Ryu apresentou-se de maneira educadíssima, e Amy pareceu amansar um pouco. Mas o clima entre eles lembrava o de dois cachorros se cheirando. Se começassem a fungar no traseiro um do outro, eu daria o fora.

— Você avisou a Nell? — perguntou ela, ainda desconfiada.

Mocinha esperta..., pensei, assim que percebi o que estava acontecendo. *Ela é um deles... agora me deve queijo à milanesa para eu guardar seus segredos.* No meu mundo, queijo à milanesa vale ouro.

— Claro que sim — respondeu Ryu. — Nell está ciente da minha presença aqui. Estou investigando o assassinato do Jakes.

Olhei assustada para os lados. Ele falara muito alto, e a animosidade de Amy com ele devia ter chamado atenção. Mas ninguém no Chicqueirão estava olhando para nós; na verdade, era como se não estivéssemos ali naquele momento.

Enquanto Amy o analisava, Ryu sorria para mim. Era óbvio que havia percebido meu olhar preocupado.

— Não se preocupe, Jane. Eles não irão prestar atenção em nós se eu não quiser que prestem. E, neste exato momento, não quero que prestem. — Eu queria fazer mais perguntas, mas Amy finalmente chegou ao fim de sua avaliação.

— Então está bem. — Sua atitude voltou ao normal e, mais uma vez, ela voltou ao modo garçonete-surfista. — O que vão querer?

Pedi limonada para acompanhar meu sanduíche de pasta de atum, e Ryu, uma Coca, quando soube que a casa não vendia bebidas alcoólicas.

Quando pediu o bife, Amy respondeu com a pergunta:

— Deixe-me adivinhar: você quer malpassado? Sangrento? — Ryu abriu um sorriso, e ela revirou os olhos. — Volto logo com as bebidas de vocês — disse, batendo levemente na minha cabeça com os cardápios, assim que saiu.

— Então — disse eu, quando Amy ficou a uma distância em que não poderia mais ouvir. — Como assim não podem ver você? E o que é a Amy? — Depois pensei por um momento. — Por falar nisso, o que você é? E como ela te reconheceu?

Ryu recostou-se na cadeira. Estava sorrindo como um gato que tomara todo o seu leite. Tive a impressão de que gostava do papel de guia turístico do mundo sobrenatural.

— Ela me reconheceu porque estou lançando um tipo de glamour às avessas. Encontro-me aqui em missão oficial; portanto, divulgando minha presença e minhas credenciais para quem mora na cidade. Mas de uma forma que somente os seres sobrenaturais conseguem perceber. Caso contrário, não temos como nos reconhecer, a não ser, claro, que algum de nós se sobressaia. É difícil não perceber um sátiro, por exemplo, por causa dos chifres e da ausência de calça.

Com a piada de Ryu, bufei de uma forma nada feminina, quase morri de vergonha e, sei lá como, deixei os talhares enrolados no guardanapo caírem da mesa. Ryu os pegou antes que chegassem ao chão.

— E o glamour é a razão de as pessoas não poderem nos ver quando não quero que vejam — completou ele, colocando meus talheres de volta à mesa a uma distância segura de mim. — Minha espécie em particular vive muito perto dos humanos. Nem todos os seres sobrenaturais vivem assim e, para algumas das nossas várias facções, a vida humana é um completo mistério. Mas vivo boa parte da minha existência como humano. Tenho até um sobrenome humano, embora mude a cada vinte anos, aproximadamente. Tenho uma casa; um RG; pago impostos. Razão pela qual você talvez ache que pareço mais normal do que alguém como Nell ou o kelpie dela. — Quando Ryu proferiu as últimas palavras, seus lábios se curvaram ligeiramente, e me lembrei da promessa que me fizera sobre provar-me o quanto era diferente. Prendi a respiração, e ele sorriu como se pudesse me ouvir. — Enfim, a verdade é que estou acostumado com os humanos. Portanto, lançar glamour quando eles podem ver algo suspeito é puro reflexo. Garanto que consegue senti-lo, se prestar atenção. Feche os olhos.

Fiz como ele pediu e, de repente, senti mesmo alguma coisa. Foi como o mais leve dos ventos frios soprando em minha pele, arrepiando os pelos do braço.

— Uau! — suspirei, abrindo os olhos e vendo Ryu sorrir para mim.

— Prepare-se para muitos "uaus" daqui para a frente, Jane.

Engasguei, sem saber ao certo se, ou o quê, deveria ler nas entrelinhas daquela afirmação.

— E Amy? — interpelei, nervosa, mudando o assunto. Ryu sorriu maliciosamente e eu amaldiçoei a minha falta de sutileza.

— Quanto a Amy, ela é uma nahual: um ser que muda de forma — explicou. — Os nahuals não são como os seres biformes, pois podem se transformar no que quiserem. Mas, em contrapartida, têm menos acesso aos elementos da natureza do que os biformes.

— E isso quer dizer... — interpelei-o de novo, com gentileza.

— Está bem. Traduzindo: nahuals são seres que mudam de forma, mas isso é praticamente tudo o que podem fazer. Obviamente, eles se curam com mais eficiência e rapidez do que os humanos e também vivem mais. Mas não podem fazer muito do que os humanos chamam de magia. Os selkies e outros seres biformes podem mudar apenas para uma forma alternativa, mas têm mais poderes. Como acontece com você, quando está nadando, eles podem manipular os elementos.

O que ele acabara de revelar me deixara confusa. Deveria ter soado óbvio, mas não soara até então.

— Você quer me dizer que, quando nado, manipulo o oceano?

Ele concordou.

Ryu me dizer casualmente que eu usava um tipo de magia quando nadava era algo totalmente louco, ao mesmo tempo que parecia totalmente lógico. Isso respondia tantas perguntas minhas! A razão pela qual eu não afundava e nem sentia frio. A razão de eu ser tão forte dentro d'água. Meus pensamentos foram mais fundo. A razão pela qual eu *precisava* nadar. Lembrei-me de Nell me dizendo para "recarregar as baterias". Então, minha mente mergulhou ainda mais fundo.

— Os corpos — sussurrei. — O Sow não os soltou simplesmente, soltou?

— Não — respondeu Ryu, bebendo calmamente sua Coca. Amy devia ter trazido nossas bebidas enquanto eu estava no meu pequeno transe. Baixei os olhos para a minha limonada, sem vê-la.

— É por isso que soubemos que alguma coisa estava acontecendo na noite em que você encontrou Jakes. Sua liberação de poder foi alta; quase tão alta quanto naquela noite com seu... amigo. — Nesse ponto, finalmente, Ryu sentiu-se desconfortável. — Nell sabia que alguma coisa havia acontecido, mas sentiu que você tinha voltado ao normal nadando; portanto, achou que estava bem. Quando ela se deu ao trabalho de investigar, já era tarde demais, e Jakes estava nas mãos dos humanos.

Pisquei para conter as lágrimas, tentando me controlar. Ali não era hora nem lugar.

— Então — troquei de assunto, auxiliada por Amy, que trazia nossas refeições. O bife de Ryu parecia cru de tão malpassado. — Se Amy é uma nahual — Amy sorriu e assentiu com a cabeça —, o que você é? — Amy bufou achando graça e foi embora, lançando um olhar para Ryu, que dizia "Divirta-se".

Ryu pensou no assunto, aproveitando o tempo para cortar um pedaço da carne e colocá-lo na boca. Mastigou devagar antes de engolir.

— Bem — respondeu. — Como devo começar...? — Pareceu-me meio perdido. — Você já deve ter percebido que somos a origem de vários mitos e lendas, certo? — Concordei, e ele continuou. — Bem, alguns mitos encerram mais verdades do que outros. Para aqueles como nós, que vivem muito intimamente com os humanos, há uma tendência de nos entenderem... menos.

Extraindo certo prazer de seu constrangimento, enfiei uma batata frita no ketchup. *Já estava na hora de você mostrar algum sentimento profundo*, pensei, satisfeita, quando levei a batata à boca.

— Sou o que minha espécie conhece como baobhan sith — disse Ryu, pronunciando baa'-van shee. — Como eu disse, vivemos muito perto dos humanos, por isso somos muito famosos. Inspiramos inúmeros mitos humanos, como strigoi, nosferatu... — Parei de mastigar quando meus olhos se arregalaram, assustados. *Puta merda*, pensei. *Ele é um maldito...*

— Resumindo, certamente você me chamaria de vampiro.

Quase engasguei, pedaços de batata frita desceram pelo caminho errado. Eu estava tossindo feito louca, meus olhos se encheram de lágrimas, enquanto Ryu batia nas minhas costas, instruindo-me a tomar a limonada.

Eu podia sentir a energia espiralada de poder de Ryu em volta de nós; portanto, ninguém mais no restaurante percebeu minha experiência quase fatal. A não ser Amy, que me lançou um olhar solidário enquanto se dirigia à cozinha.

Quando meu acesso de tosse cessou, e consegui respirar normalmente de novo, Ryu voltou ao seu lugar. Parecia tanto preocupado quanto achando graça, e senti vontade de chutar suas canelas debaixo da mesa. Sentei e tomei minha limonada até conseguir falar de novo.

— Então — finalmente consegui dizer alguma coisa —, você é um vampiro.

— Sim e não. — Ele sorriu. — Como você já sabe, posso me locomover durante o dia, embora seja verdade que nossos poderes se reduzem nesse período. E, com certeza, não somos humanos mortos. Somos muito vivos e nada humanos.

— Ótimo que vocês estejam vivos e coisa e tal, mas e quanto a sugarem sangue? E matar? E as presas?

Passou a mão pelos cabelos castanhos, dando uma boa coçada na cabeça. Seus cabelos eram tão densos que, não fossem curtos, pareceriam uma peruca. Cintilavam feito chocolate derretido sob as luzes reluzentes do Chicqueirão. Ele percebia que eu o observava e sorriu quando, constrangida, baixei rapidamente o olhar.

— É verdade que bebemos sangue, mas não como alimento. Obtemos alimento da mesma forma que vocês. — Gesticulou com um floreio para o prato. — Do sangue, obtemos o que chamamos de essência, que é para os elementos o que a energia é para a matéria, na sua ciência humana. Em suma, nós nos alimentamos das emoções humanas. As emoções mais potentes são o amor e o ódio, mas é quase impossível estimular rapidamente emoções tão poderosas. Sendo assim, na maioria das vezes, nos alimentamos de medo e desejo. Às vezes, de um pouco dos dois.

Pensei no que ele havia acabado de dizer enquanto dava uma mordida em meu sanduíche de atum. Engoli com cuidado e continuei:

— Então, você pode assustar alguém, alimentar-se dessa emoção, e isso abastece o seu... tanque de essência, do qual você retira energia, como, acredito, eu a retiro do mar. — Ele assentiu com a cabeça. — Entendo como isso acontece com o medo — continuei —, mas com o desejo? — Ele me olhou como se eu tivesse o raciocínio meio lento, e refleti mais um pouco. — Ah, claro — disse eu, ruborizando. Eu estava sendo *muito* ingênua.

— Sendo assim, não precisamos de muito sangue e, com certeza, não deixamos ninguém anêmico. Mas precisamos demais ficar entre os humanos. A maioria dos outros seres sobrenaturais não produzem calibres tão altos de essência emocional.

— E os humanos que vocês mordem podem... pegar isso? — Eu sabia que estava sendo vaga, e Ryu, irritantemente, achava graça.

— Isso? — questionou-me, os lábios adoráveis se curvando num sorriso.

Suspirei. Eu podia jurar que ele era uma dessas pessoas que gostavam de complicar as coisas.

— Você entendeu, vampirismo. Como nos filmes.

Ele negou com a cabeça.

— Esqueça tudo o que viu nos filmes — disse-me. — Na maioria das vezes, são baseados em concepções erradas, em meias-verdades ou em pura fantasia. Não sou portador de vírus, de nenhuma patologia nem de nenhuma maldição. Sou de outra espécie, ou raça, como queira. Se eu te mordesse — explicou —, você não viraria vampiro, assim como eu não viraria humano, ou mulher ou caucasiano, se você me mordesse.

Continuei comendo, tentando assimilar tudo o que ele dizia.

— Dói? — acabei perguntando, a curiosidade saltando na frente.

— Pode doer, se quisermos que doa. — A voz de Ryu estava baixa, seus olhos calorosos nos meus. — Mas também pode ser muito bom. De qualquer modo, podemos sarar a mordida, sem problemas. O que também é muito prazeroso.

Suas palavras, em conjunto com o calor de seu olhar, fez com que partes da minha anatomia que haviam ficado hibernando nos últimos oito anos voltassem à vida. A fim de disfarçar minha confusão e de impedir que o gemido que estava no fundo da minha garganta escapasse, comi os picles de meu sanduíche.

— Quanto às presas, elas só aparecem quando ficamos... excitados.

Tentei manter o rosto impassível ao tomar um gole da limonada.

— Eu lhe disse que era diferente. — Riu com malícia, e eu quase engasguei de novo. *Um alerta*, pensei: *Pare de ficar babando por esse homem. Ele será fatal para você.*

— Isso responde seus questionamentos? — perguntou, pegando minha mão e a apertando. — Entendo que tudo isso deva ser muita informação chegando rápido demais. Vocês, meio-humanos, não compreendem com muita facilidade, quando educados como humanos. Mas tudo vai acabar fazendo sentido. E você terá bastante tempo para se acostumar.

Ele soltou minha mão com uma carícia de dar nó cego no estômago e voltou a comer o bife. Terminamos nossas refeições em silêncio, pelo que me senti grata. Eu não sabia quanto mais meu pobre cérebro poderia absorver numa só noite.

Garota Tempestade

Depois do jantar, pedimos torta de maçã e café, e somente então Ryu me fez perguntas a respeito de Jakes. Contei-lhe sobre ter encontrado o corpo e também sobre tudo o que Grizzie me falara da investigação. Ryu estava mais interessado nas informações sobre o carro de Peter. Disse-lhe que não vira nada de estranho durante a estada de Peter em Rockabill, mas também não teria tido ideia do que procurar.

Terminamos a sobremesa, e Ryu pediu a conta. Tentei rachar, mas ele revirou os olhos.

— É por conta da empresa – disse-me. – Não se preocupe. – Eu não sabia se ficava ou não satisfeita com essa informação. Quando insistiu em pagar, pareceu-me que aquilo era um encontro, mas eu não sabia se seria bom se aquilo fosse um encontro. Então, sentindo-me ambivalente, deixei rolar.

Ryu tinha um olhar distante quando me ajudou a colocar o casaco e depois me virou de frente para puxar o zíper. Senti-me como uma criança ali, mas acho que nem ele tinha consciência do que estava fazendo. Pegou minha mão, e fomos andando para o estacionamento. Acenei para Amy, do lado de fora da janela, ainda me sentindo ligeiramente supérflua quando fomos em direção ao carro. Ele abriu minha porta, deu a volta e acomodou-se no assento do motorista.

Ao ligar o carro, virou-se para mim.

— O próximo passo agora é encontrar o carro de Jakes – disse, categórico. – Mas não esta noite. Uma noite como esta não deve ser desperdiçada. – Deu aquela mesma piscada. – Vamos sair. Quer sair?

— Quero, por favor – respondi, minha voz estranhamente fraca.

— Ótimo. – Ele abriu um sorriso, mais uma vez ajustando meu cinto de segurança. Meu coração acelerou na hora H.

— Então, o que temos aqui em Rockabill equivalente a um barzinho onde a gente possa tomar alguma coisa?

Detestei ter de responder.

— Tem um lugar chamado Pocilga.

Sua risada aguda ecoou pelo carro quando saímos do estacionamento para a noite.

77

Capítulo 7

Do estacionamento, Ryu olhou cético para o Pocilga. O Pocilga era um barzinho de interior como qualquer outro: grande e arejado, meio malconservado e com uma grande quantidade de poucas bebidas selecionadas. Não havia nenhum barril de chope, nem tampouco garrafas de pinot grigio ou chardonnay numa adega aparente. O Pocilga tinha "vinho tinto" e "vinho branco", algumas poucas e manjadas cervejas locais, fortes e leves, e uma seleção básica de bebidas com alto teor alcoólico. Os donos, Marcus e Sarah Vernon, sempre foram muito gentis comigo, parando o que estivessem fazendo para me receber. O casal Vernon também exigia que todos se comportassem.

Dizia a lenda que Marcus jogara Stuart, meu cruel adversário, dentro de uma caçamba de lixo na inauguração do Pocilga. Stu, dando uma de arrogante, como sempre, passara a mão na buzanfa de uma turista e lhe dissera alguma gracinha ofensiva no ouvido, quando Marcus, de repente, surgiu do nada. Embora Marcus fosse bem menor, Stuart não teve chance de revidar. Num minuto estava ali parado, surpreso, e no seguinte já havia desaparecido dentro da caçamba imunda, que ficava nos fundos do bar. Marcus nem sequer chegou a suar.

Eu teria pagado uma boa grana para ver a cara de Stu naquela noite.

A melhor parte foi Stuart ter de recolher-se à sua própria insignificância e pedir perdão a Marcus. O Pocilga era o único bar em quilômetros, e como ele já havia sido barrado em metade dos lugares entre Rockabill e Eastport, parou de encher o saco e pediu desculpas a Marcus, que, sentindo que dera seu recado, permitiu que ele voltasse a frequentar.

O que foi uma pena, pensei, reconhecendo o grande SUV de Stuart no estacionamento. Contive um resmungo. Mas o Pocilga era um lugar grande, e o estacionamento estava lotado. Se eu desse sorte, ele não perceberia a minha presença.

Ryu estacionou perto da porta principal e, mais uma vez, pegou minha mão quando entramos no bar. *Ele está fazendo desse negócio de andar de mãos dadas um hábito*, pensei, sem saber ao certo como me sentir a respeito. Veja bem, eu sabia que me sentia muito bem segurando a mão dele, mas também tinha quase certeza de que não deveria.

Na melhor das hipóteses, porque ele havia acabado de admitir que era um vampiro, lembrei-me.

Que seja, minha libido resmungou. *Você não deve julgá-lo por ter presas, uma vez que ele não julgou você por ter pirado. Isso sem falar que vampiros são quentes... na cama.*

Você não está ajudando, repreendeu-me o aspecto mais virtuoso da minha personalidade.

Os deuses ajudam aqueles que se ajudam, minha libido sorriu maliciosamente, controlando minha mão pelo tempo suficiente para apertar levemente a mão de Ryu. Ele sorriu, o prazer se espalhando por seus traços.

Jane True, se liga!, ameacei, meu rosto ruborizando pela quinta vez naquela noite.

Atrás do grande bar estavam Sarah e Marcus. Os dois, mais ou menos do mesmo tamanho, pareceriam irmãos não fosse pelo tom de pele. Ela era bem clara e ele, bem moreno, embora tivessem o mesmo corte curto de cabelo. Sarah deixava os dela espigados, como se para combinar com o afro do marido. Os dois mediam cerca de um metro e setenta e eram musculosos, mas de uma forma atraente. Mais para acrobatas do que para levantadores de peso. Sempre paravam o que estavam fazendo e vinham falar comigo na cidade, e eu gostava de ir ao Pocilga por causa deles. No entanto, eu raramente aparecia, uma vez que Stuart estava sempre por ali.

Sarah e Marcus olharam preocupados quando Ryu e eu entramos. *Humm*, pensei. *Conheço bem esse olhar*. Então, fiquei surpresa, mas nem tanto, quando senti os poderes de Ryu começarem a circular, certamente nos tornando invisíveis, e Marcus aproximou-se a passos largos querendo saber se Ryu pedira permissão a Nell.

Bem, agora eu sei por que eles sempre foram tão bacanas comigo.

Ryu garantiu a Marcus que sua presença era legítima; então, Marcus virou-se para mim.

— Bem-vinda, Jane — cumprimentou-me, envolvendo-me num abraço, como se eu fosse uma amiga que estivesse longe havia muito tempo. Quando me soltou, Sarah já estava ali para substituí-lo. Ela me abraçou com tanta força, que minha coluna vertebral chegou a estalar. — Estou tão feliz por você finalmente ficar sabendo — sussurrou em meu ouvido.

Os dois ficaram ali parados, sorrindo para mim durante um momento desconfortável, antes de nos acompanharem para o lado esquerdo do salão.

Sentados lá estavam Gus Little, a srta. Carol e um homem que eu não reconheci. Gus trabalhava como empacotador na mercearia do sr. McKinley, mesmo já sendo quase um senhor. Diziam que Gus era 'especial', mas não no sentido de sobrenatural, e sim no de capacidade mental. Era um homem pequeno, gordão, com o rosto redondo e os olhos engraçados que pareciam alarmados atrás de óculos enormes e de fundo de garrafa. Também era careca feito um ovo.

As srta. Carol era uma das figuras de quem eu mais gostava na cidade, depois de Grizzie. Devia ter, no mínimo, setenta e blau, morava em Rockabill e já era velha quando Jesus nasceu. Tinha um forte sotaque sulista, sem nenhuma razão aparente, e todos os dias usava terninhos claros horrorosos, com luvas e sapatos combinando, além de chapéu. Eu jamais a teria imaginado ali no Pocilga.

O homem que não reconheci era magérrimo e estranhamente alongado, como se tivesse sido esticado num cabide. Lançou-me um sorriso frágil, os olhos turvos e praticamente sem foco. Tinha ar de alguém bem idoso, embora não aparentasse ter mais de cinquenta anos.

Todos os três estavam me cumprimentando como se eu fosse uma velha amiga, quando ouvi o estalo de uma rolha de champanhe, um som pouco usual para o Pocilga. Marcus e Sarah distribuíram as taças por nosso pequeno grupo. Imaginei o que estariam celebrando, quando Sarah levantou a taça e anunciou:

— Para Jane! Bem-vinda à família! — Todos brindaram enquanto eu não esboçava nenhuma reação. Ryu bateu a taça dele na minha e se inclinou para cochichar:

— Você devia dizer alguma coisa. — Seus lábios roçaram minha orelha, e comecei a falar:

— Obrigada — agradeci, levantando a taça. — Eu não esperava por isso. Eu, hum, gostei muito. — Discursei meio sem jeito, levantando minha taça de champanhe e levando o líquido espumante aos lábios. Estava uma delícia. Eu nunca havia tomado champanhe antes.

Todos beberam junto comigo; então, a srta. Carol expressou aprovação e perguntou:

— Isso quer dizer que ganharei desconto? — Ri com tanta vontade que quase cuspi champanhe pelo nariz. A srta. Carol era uma das nossas melhores clientes, embora lesse os livros mais picantes que se pudesse imaginar. Tínhamos de mantê-los embrulhados atrás do balcão até que fosse buscá-los, de tão picantes que eram.

Todos riram, e Sarah e Marcus voltaram ao trabalho, lançando-me um sorriso caloroso antes de irem atender os outros clientes. Nenhum dos quais, percebi, havia prestado a menor atenção à nossa pequena celebração, ali no cantinho.

Ryu voltou a encher minha taça, e eu aproveitei a oportunidade para sussurrar.

— E aí, são o quê?

Serviu-se também e respondeu:

— Marcus e Sarah são nahuals, como Amy. O tipo de seres sobrenaturais que mais prevalece no momento, por razões complicadas. A srta. Carol, na verdade, é sobrinha de Nell; é um gnomo.

— Espera aí — interrompi. — Ela não se *parece* com um gnomo. E passou a vida inteira em Rockabill.

— Ela é jovem para um gnomo — explicou ele. — Quando atingir todo o seu poder, reduzirá de tamanho como Nell. E então terá que encontrar o próprio território; dois gnomos maduros não podem dividir o mesmo espaço.

No momento, enquanto ela reúne suas forças, Nell a protege. E, quanto a ela morar na cidade, aposto que ninguém se lembra de uma época em que a srta. Carol tenha sido jovem.

— Ah — comentei pegando a deixa. — Ela é glamorosíssima.

— O tempo todo — concordou ele.

— E quanto a Gus? — perguntei. — Todos aqui em Rockabill dizem que ele é, uh... lento.

Ryu abriu um sorriso.

— Gus não é lento — respondeu. — Ele é uma pedra.

Tive a impressão de que ele não estava fazendo uma piada de mau gosto, então esperei que me explicasse.

— Gus é um espírito de pedra. Em algum lugar em Rockabill há uma rocha maior à qual Gus se encontra conectado. Passará a maior parte de sua vida como parte de uma rocha, mas, de tantas em tantas décadas, a cada duzentos anos, voltará para tentar encontrar uma parceira. Espíritos de pedra são incrivelmente raros; portanto, suas chances são praticamente nulas. Mas ele continua tentando.

— E neste meio-tempo ele empacota mercadorias? — perguntei, incrédula.

— Por que não? — quis saber Ryu. — Isso o faz sair de casa, o faz interagir com as pessoas da forma que lhe é possível. Todos nós gostamos de ficar perto dos humanos. Eles são como... fogos de artifício. São brilhantes, ofuscam e depois desfalecem e morrem. É da natureza de Gus ser uma pedra. Ele não vai virar as costas e se tornar piloto de carro de corrida. Mas pode empacotar compras e absorver um pouco a vitalidade humana. E assim faz.

Refleti sobre o assunto antes de apontar discretamente para o homem elástico.

— E quem é aquele ali? Ele parece me conhecer, mas eu não o reconheço.

O sorriso de Ryu foi tão grande que quase não coube em seu rosto.

— Aquele é Russ.

Pisquei com força.

— O dachshund do sr. Flutie?

— O próprio. — Ele riu. — Os nahuals não vivem tanto quanto os outros, uma vez que não têm muito contato com os elementos. Russ deve ter uns quatrocentos anos, o que é bem velho para um nahual. Às vezes, quando já atingiram certa idade, se aposentam como animais de estimação. Deve ser uma vida boa. Toda a comida necessária sem maior esforço e alguém para coçar sua barriga. – Arqueou as sobrancelhas expressivas para mim e senti uma comichão na espinha. – Há formas piores de passar os anos dourados.

– Huh – foi tudo o que consegui dizer, tentando acalmar meu nervosismo enquanto pensava no que Ryu havia acabado de me dizer. *E eu achei que tinha segredos...* – É tudo muito divertido até o veterinário tentar colocar você no sono eterno – disse eu, por fim. Ryu soltou uma gargalhada de leão-marinho.

Depois de ele ter recuperado a compostura, perguntei:

– Como sabe tanto sobre os outros?

– É o meu trabalho, lembra? – Sorriu para mim.

– Sim, sim... o trabalho. – *Camarada convencido*, pensei. *Gostoso e convencido*, corrigi.

Neste exato momento, a srta. Carol pousou uma das mãos no ombro de Ryu e lhe fez perguntas sobre sua presença em Rockabill, dando-me uma chance de correr os olhos pelo bar. Havia algumas poucas pessoas conhecidas por ali. Aqueles que apenas bebiam, estavam, em sua maioria, sentados em torno do balcão. Joe Irving apoiava-se no que imaginei seria seu lugar habitual. Bebia um destilado e uma cerveja.

Outros clientes comiam sentados à mesa. Basicamente, o Pocilga era um retângulo enorme. Dois terços eram ocupados por um grande bar, pela cozinha – que servia os já citados e incrivelmente saborosos hambúrgueres entupidores de artérias, salsichões e afins – e por uma pequena pista de dança próxima do jukebox. O outro terço era ocupado por mesas de jantar, banheiros e um pequeno palco para karaokê ou qualquer outra diversão que o casal Vernon arrumasse para agitar Rockabill.

Perto de mim, o pessoal sobrenatural conversava sobre o assassinato. Faziam perguntas sobre suas implicações e, acho, sobre a estrutura de poder existente no mundo deles. Eu não fazia a menor ideia do que aquilo tudo significava.

Eu estava distraída quando avistei Stuart e seu bando violento sentados a uma mesa, no canto extremo do salão de jantar, parcialmente escondidos por

duas máquinas caça-níqueis que o Pocilga mantinha "unicamente para fins de entretenimento". Nutri esperança de que não tivesse me visto. Ou melhor, de que ainda estivéssemos sob encanto, como certamente estivéramos no que se tornou nossa entrada um tanto dramática.

Sarah tinha voltado para ouvir o que Ryu dizia à srta. Carol, e observei nosso pequeno grupo, como se estivesse a uma distância muito grande dele.

Todo esse tempo, pensei, *e bem debaixo do meu nariz...* A ideia de ter vivido rodeada por todas aquelas criaturas diferentes, e não ter percebido, era esmagadora. Pensei nos seres humanos ali sentados, alguns tinham ficado muito felizes em me taxar como louca. *Se ao menos soubessem o que acontecia de verdade*, refleti, quando o espírito de pedra concordou com alguma coisa que o dachshund dizia. O jovem gnomo, que parecia uma senhora idosa, flertava com o belo vampiro, e eu sorri.

Sou praticamente normal, pensei, sentindo a esperança crescer naquele lugar profundo e escuro dentro de mim, que andava solitário e cansado de se sentir excluído de minha própria vida. *Droga, para eles devo ser tão normal que chego a ser chata...*

Alguém tocou minha mão. Era Marcus, estendendo uma nota de cinco dólares para mim.

— Por que você não escolhe algumas músicas no jukebox? – perguntou.

Sorri em retribuição e peguei o dinheiro. Não tive a impressão de que Marcus quisesse se livrar de mim, apenas achei que sabia como eu estava perdida por causa da conversa à minha volta.

— É pra já – respondi. – Obrigada.

Ele retribuiu meu sorriso, e desci do banco do bar. O jukebox estava encostado à parede, atrás de nós, e eu sabia por experiência própria como era bem-equipado, pelo menos, para os meus padrões. Continha todos os clássicos que tocam em bares: Aerosmith e AC/DC, assim como seleções populares que tocavam na rádio no momento. Mas tinha também um monte de artistas que eram menos conhecidos e que eu adorava.

Cinco dólares pagavam dez canções ali no Pocilga, e quase cedi à pressão. Era um bocado de música; independentemente do que eu escolhesse, seria a trilha sonora do bar por um bom tempo.

Garota Tempestade

Atacai, Macduff, minha mente entoou, aceitando solenemente o desafio.

Tentei escolher um setlist que abrangesse todos os gêneros e que alternasse músicas rápidas e lentas, *exatamente como um bom potpourri*, pensei. Não que as pessoas ainda fizessem potpourris. Incluí algumas das minhas bandas favoritas, como Indigo Girls, David Gray e R.E.M.

Demorei cerca de dez minutos para completar a seleção e, quando voltei ao bar, os outros reduziam o ritmo da conversa. Ryu pôs a mão na minha cintura para me ajudar a subir no banco alto, o que foi totalmente desnecessário e extremamente sexy. Naquele exato momento, minha primeira música bombou nas caixas de som: "Once Bitten, Twice Shy", do Great White.

— Você *não* escolheu essa música — disse ele, rindo.

— É uma das minhas favoritas de todos os tempos, e achei que seria bem apropriada, dadas as circunstâncias — expliquei. — E, se eu tomar mais um pouco disso aqui — levantei minha taça de champanhe —, você talvez terá a oportunidade de ver meu melhor solo de air-guitar numa perna só.

Ele riu como o gato de Cheshire.

— Garçom! — chamou, levantando o dedo. Marcus, prestativo, foi buscar outra garrafa de champanhe.

Eu ia protestar, mas Ryu balançou a cabeça, categórico.

— Estamos tendo uma boa noite — disse ele. — E você precisa de uma boa noite. Qualquer um pode ver que está tensa como uma corda de guitarra.

Aceitei outra taça sem reclamar, e brindamos novamente.

— Ao Pocilga — brindou, dando-me a danada daquela piscada.

— Ao Pocilga — repeti, ao bebermos juntos.

Ficamos parados por um momento, em silêncio. Eu estava apreciando a música e o sabor da minha terceira taça de champanhe. Eu não sabia em que Ryu pensava. Então, a srta. Carol puxou conversa comigo sobre a livraria, sobre como Grizzie e Tracy eram pessoas maravilhosas e sobre livros que ela gostaria de encomendar. Recomendou-me algumas poucas leituras que já estavam à espreita em minha gaveta proibidona — presentes de Grizzie. Prometi a ela que os leria, mas de dedos cruzados. Ryu conversava com Marcus, Sarah lhe dando cobertura por um momento, e achei que estavam falando de mim porque ficaram me lançando olhares para se certificarem de que a srta. Carol prendia minha atenção.

Outra música que eu amo: a versão de Romeu e Julieta do The Killers tocou no jukebox; Russ levantou-se e me estendeu a mão.

— Dançaria com um cão velho? — convidou-me, muito educadamente.

Sem saber como reagir, aceitei. Ele me levou mancando até a pista de dança, e tomamos uma posição formal de valsa. A música não estava muito adequada para dança lenta, mas não tive coragem de comentar. À medida que fomos nos movendo desajeitados pela pista — ele mancando tanto que me senti mais como sua muleta do que sua parceira de dança —, falamos sobre a manhã em que ele encontrou o corpo de Peter. Disse-me que tinha tentado distrair o sr. Flutie, mas há muito pouca coisa que um cachorro na coleira pode fazer quando seu dono vê um cadáver no meio do caminho. Pedi desculpas por ter dificultado as coisas. Tive a exata impressão de que eles preferiam que as autoridades não tivessem se envolvido. Russ encolheu os ombros e disse para eu não me preocupar — algumas coisas sempre envolvem um mínimo de rebuliço.

Um pensamento me ocorreu enquanto dançávamos, e eu lhe disse que estava matutando uma coisa.

— Fale logo, minha criança. — Russ sorriu benevolente.

— Rockabill não é uma cidade muito grande, mas parece que há uma boa proporção de, eh… seres como vocês vivendo aqui. Há mesmo muitos de vocês ou Rockabill é um lugar especial? — Eu estava pensando em Sunnydale, a cidadezinha de *Buffy*, e imaginando se Rockabill seria uma Boca do Inferno. *O que explicaria a presença de Stuart e Linda.*

— Ah, não! Rockabill é apenas Rockabill — respondeu o dachshund. — E, proporcionalmente, sobraram poucos de nós por aí. Mas aqueles de nossa espécie que vivem entre os humanos normalmente preferem cidades grandes ou lugares como Rockabill, que têm uma população nativa pequena e temporadas cheias de turistas. Na primeira opção, você é apenas mais um morador anônimo; na segunda, tem bastante contato com pessoas em diferentes épocas do ano e, no entanto, poucos moradores locais com quem se relacionar. Muitos seres da nossa espécie também gostam de possuir a própria terra, por isso temos que nos espalhar. Mas Nell é muito generosa no que diz respeito a dividir seu território e sua proteção; por isso, temos uma congregação bem extensa aqui na cidade. Tá explicado?

Garota Tempestade

Refleti sobre o assunto e, sim, aquilo fazia sentido. *Exceto para Linda e Stuart como reencarnações do diabo*, pensei, pesarosa.

Quando a música chegou ao fim, Russ curvou-se como um cavalheiro e me agradeceu pela dança.

— Obrigada, senhor, eh... sr. Russ — concluí, sem saber o que falar.

Sarah interrompeu nosso diálogo desajeitado assim que "U + Ur Hand", da Pink, começou a tocar.

— Sabe dançar swing? — perguntou, colocando as mãos nas minhas.

— Não, sinto muito. — Neguei com a cabeça.

— Que pena — respondeu. — Tente ao menos me seguir e preste atenção!

Com essa, me girou num rodopio perfeito. Sarah era incrivelmente forte. O que era bom, uma vez que eu estava errando todos os passos. Mas com sua instrução paciente e sua capacidade de me erguer e de me abaixar quando quisesse, logo estávamos fazendo o que, pelo menos para mim, era muito próximo de um swing.

Eu não conseguia me lembrar da última vez que havia me divertido *tanto*. Eu adorava a música que estávamos dançando e não podia pensar em nada melhor do que sacudir o esqueleto ao ritmo de uma de minhas músicas favoritas, tocadas tão alto a ponto de as caixas de som tremerem. Melhor ainda pelo fato de Sarah ser uma parceira tão habilidosa. Senti que dançava bem o bastante para não ficar envergonhada; portanto, foi puro prazer. Quando a música acabou, mesmo ofegante e com o corpo dolorido, eu não queria parar de dançar. Finalmente, não pude evitar jogar os braços em torno do pescoço de Sarah e agradecer, como se ela tivesse acabado de salvar a minha vida.

Sarah apertou minha bochecha.

— Obrigada *você* — respondeu. — Há muito tempo estamos aguardando uma visita sua em nosso bar. É muito bom ter você aqui. — Deu-me outro abraço apertado. — Bem, preciso voltar ao trabalho — disse, afastando-se. — E parece que tem alguém tentando falar com você.

Virei-me e vi Ryu esperando atrás de mim, segurando minha taça de champanhe. Dei um gole, agradecida, após descobrir que o swing era uma atividade que dava sede. Ryu pegou minha taça, colocou-a no bar e me estendeu a mão.

— Posso entrar na fila? — perguntou.

— Humm, deixe-me ver... — brinquei. Acho que já estava ligeiramente bêbada, uma vez que, de repente, ficava bem mais fácil paquerar.

— E então? — Uma sobrancelha escura se arqueou de forma interrogativa acima de um belo olho dourado, e meu coração acelerou.

— Acho que consigo encaixar você. Uma dança rapidinha.

Ryu aproximou-se lentamente de mim e, de repente, eu estava em seus braços. *Isso*, imaginei, surpresa com a facilidade com que agia. Então, percebi que o champanhe, certamente, bloqueara minhas inibições.

A música que estava tocando era uma das mais sensuais que eu conhecia: "Debauchery", do David Gray, do álbum *A Century Ends*. É sobre um casal inebriado que se encontra num ferryboat, vai para a casa dele beber mais um pouco e faz amor juntinho à calefação. Falando assim parece horrível, mas, ao mesmo tempo, é engraçada e erótica. Além do mais, David, num dado momento, rosna feito um animal, e meus joelhos ficam bambos sempre que o ouço.

Ryu e eu dançamos como dois adolescentes num baile de formatura: meus braços em seus ombros e os braços dele em minha cintura. Eu podia sentir cada centímetro de seu corpo em contato com o meu, como se estivesse eletrificado.

Algo, porém, que eu não estava conseguindo sentir era seu poder. Ele não estava nos mantendo sob feitiço. Ao contrário, dançava comigo em público, deixando todo mundo ver. Fiquei tão lisonjeada por ele não se importar de ser associado à maluca da cidade, que esqueci de lhe dizer que isso não seria uma boa ideia, considerando que Stuart estava sempre à espreita.

Ryu ergueu as sobrancelhas quando David Gray cantou a parte em que despia sua nova amiga. E em seguida riu, quando David disse que a convencera com aquele encanto clássico: uma quantidade exagerada de vinho.

— Boa escolha — disse ele, apertando-me mais um pouco.

— É, também gosto. Muito. — *Ai, meu bom Jesus. Como gosto disso...*

Apertei minha face contra o peito dele de forma que não tivesse de olhar para seu rosto. Seu belo, belíssimo rosto.

Mas quando senti o coração dele bater tão forte quanto o meu, levantei a cabeça novamente. O som de seu coração em nada ajudara a acalmar meus hormônios.

Garota Tempestade

Procurei desesperadamente algum assunto para conversar. Havia uma coisa que me incomodava...
— Ryu?
— Sim? — murmurou ele, os lábios roçando minha orelha.
— Você disse que... os vampiros, esses baobhan sith, quer dizer, você disse que eles se alimentam de medo ou de desejo. Isso quer dizer que vocês *caçam*, realmente caçam humanos, mesmo que não os matem?

Segurem essa, hormônios!, pensei, exultante. Imaginar Ryu perseguindo mulheres indefesas e apavoradas pelas ruas escuras da cidade era melhor do que banho frio.

— Alguns de nós, sim — admitiu ele. — Mas as emoções dão gosto ao sangue. Portanto, é uma questão de preferência, como preferir vinho tinto ou vinho branco. Não gosto do sabor do medo.

Refleti sobre as implicações do que ele havia acabado de dizer, sentindo meus joelhos tremerem. E David Gray nem havia cantado o trecho: *Lust it is, then;* minha libido foi às alturas.

Uma das mãos de Ryu foi descendo devagar, devagarinho, acariciando gentilmente minha cintura. Ele estava praticamente me massageando, aproximando meus quadris dos dele...

A música ajudava, porque nela David Gray impelia sua própria amante para mais perto. E, então, David rosnou. Seu rosnado sempre me afetava de alguma forma.

A outra mão de Ryu tirava meus cabelos da face e roçava os dedos em minhas bochechas. Depois, começou a sustentar minha nuca, erguendo meu rosto em direção ao dele.

Por um momento, imaginei se deveria resistir, se estaria agindo certo. Mas ele era divertido, bonito, muito *diferente*, sabia dos meus segredos e não ligava a mínima... Analisei seu rosto, procurando resposta para uma pergunta que eu nem sequer podia articular.

E foi exatamente nesse momento que percebi, com a ínfima porção do meu cérebro que não estava completamente dominada pela *emoção*, que as pontinhas de dois dentes afiados haviam começado a despontar por baixo de seu lábio superior. *Puta merda!*, pensou uma parte de mim que estava tentando se lembrar do lugar onde eu guardava meus band-aids. Nesse meio-tempo,

a outra parte que estava de fato atraída por Ryu imaginou: *Isso quer dizer que ele gosta de mim?*

No entanto, o que restava dos meus conflitos calou-se totalmente quando os lábios de Ryu roçaram os meus: apenas o mais leve roçar, como o de uma pena. *Ele gosta de mim!* Fiquei exultante. E, para ser sincera, eu gostava dele também... sendo assim, preparei-me para o que estava por vir.

Mas, antes que os lábios de Ryu pudessem tocar novamente os meus, fomos interrompidos por uma voz abafada que disse:

— Bela exibição, putinha. — Era Stuart, claro.

Os braços de Ryu me seguraram como garras de aço, mas dei um jeito de me soltar e virar. Stuart estava de pé, atrás de mim, sua gangue espalhada como um grupo armado do Oeste Selvagem. Ele me olhou como se quisesse me bater; provavelmente queria.

— Olha só, cara — dirigiu-se a Ryu —, não sei o que essa vadia te contou, mas espero que você tenha um bom seguro de vida, porque ela mata os namorados dela.

Tive um vislumbre do rosto de Ryu, quando ele deu um passo à frente na direção de Stuart, e mal pude acreditar na estupidez do meu algoz ao desafiá-lo. Ryu não estava amedrontador, estava *aterrorizante*.

Ele é um vampiro, afinal de contas, pensei, encantada.

Um dos poucos pontos positivos de Stuart é sua consistência. E, neste caso, estava sendo consistentemente estúpido. Em vez de recuar, como seus amigos estavam fazendo, ele não percebeu os sinais de alerta.

Voltou o olhar para mim, encarando-me em cheio. Sua voz transbordou de crueldade quando disse:

— Devia ter sido você a morrer naquela noite, sua vadia cretina.

Havia acabado de pronunciar o *na* de "cretina" quando se viu no chão, nocauteado friamente por um único soco de Ryu. Todos, exceto dois amigos de Stuart, saíram voando dali.

— Tirem ele daqui — ordenou Ryu, furioso. Algo me dizia que ele não precisaria usar de feitiço para fazê-los obedecer. — E se ficarem lá fora nos esperando, quebrarei suas pernas.

Os amigos de Stuart o arrastaram para fora o mais rápido possível. O bar ficou em silêncio por um segundo, enquanto Ryu observava o progresso deles porta afora, e logo todos voltaram às suas conversas. As pessoas estavam acostumadas a ver Stuart agindo como um babaca.

— Você está bem? — perguntou Ryu, pegando minha mão e me olhando nos olhos.

— Estou — menti. Tinha sido uma noite maravilhosa, e Stuart a arruinara.

— Quer um drinque ou alguma outra coisa? — perguntou.

— Não, obrigada. Você poderia apenas me levar para casa? Sinto muito. — De repente, senti muita vontade de chorar. Depois vontade de nadar. E talvez, depois, de chorar de novo.

O que você estava pensando? Rockabill nunca deixará você esquecer...

— Claro — respondeu Ryu, embora não se sentisse muito feliz com a notícia.

Dirigi-me à porta enquanto ele pagava a conta e pegava minhas coisas. Limitei-me a acenar em despedida para meus novos amigos. Eu não queria pensar no assunto e nem que se desculpassem por causa de Stuart. Era constrangedor demais, deprimente demais, e me fez temer que aquele vislumbre de liberdade, aquela oportunidade de fugir de meu passado, que eu achava que havia experimentado naquela noite, fosse apenas uma ilusão.

Ryu me pediu para aguardar e disse para eu sair dez segundos depois dele, para que pudesse se certificar de que Stu e sua gangue não estivessem nos esperando para se vingar no estacionamento. Enquanto aguardava à porta, percebi que o acadêmico de cabelos oleosos que aparecera naquela manhã na livraria estava sentado a uma mesa num canto, atrás da mesa grande na qual Stuart estivera sentado. O Senhor Horrendo devia ter gostado bastante do Sow a ponto de passar a noite em Rockabill. A luz refletia em seus óculos com um brilho estranho, mas eu podia jurar que ele me observava. Senti uma leve queimação no estômago. *Espero que tenha gostado do espetáculo, seu idiota.*

Empurrei a porta do Pocilga para me unir a Ryu, percebendo que não havia vestígio de Stu nem de seus companheiros. Seus amigos, pelo menos, eram mais espertos do que ele.

Ryu e eu permanecemos em silêncio durante o curto trajeto até minha casa. Quando chegamos, ele saiu do carro e me acompanhou à porta.

— Obrigada Ryu — agradeci. — Foi ótimo. Sinto muito por Stuart ter arruinado tudo... — Senti as lágrimas brotarem e baixei a cabeça para tentar escondê-las.

Mas Ryu colocou o dedo sob o meu queixo, forçando-me a olhar em seus olhos.

— Sinto que você está sozinha aqui — disse. — E odeio isso.

Neguei com a cabeça, tentando disfarçar a umidade em meus olhos.

— Não estou sozinha — menti. — Tenho meu pai, Grizzie, Tracy e agora sei sobre Amy e Nell... — minha voz falhou. Percebi que protestava demais.

Ryu pegou minha mão e a levou à boca. Senti seus lábios fazerem pressão em minha palma.

— Você merece mais — disse-me. — Muito mais. Mais vida, mais felicidade.

— Talvez não — sussurrei. E, então, as lágrimas vieram com força.

Ele usou os polegares para enxugá-las, segurou meu rosto com as mãos em concha e senti novamente seus lábios nos meus. Como não correspondi, ele recuou.

Ajeitou meu casaco e sorriu tristonho.

— Boa-noite, Jane. Vejo você amanhã, depois do trabalho, na livraria.

Assenti com a cabeça, cansada demais para responder.

Assim que ele voltou ao carro e deu a partida, entrei em casa. Meu pai já estava dormindo, e o ambiente parecia calmo. Entrei pela porta da frente e saí pela de trás.

Eu precisava nadar.

Capítulo 8

No dia seguinte, no trabalho, tudo em que eu conseguia pensar era na noite anterior. Até meus sonhos haviam consistido em revisitas estilizadas do meu "encontro", se é que era possível considerá-lo assim. Minha mente sonolenta mudava de uma imagem abstrata para outra: Ryu e eu, no Chicqueirão, usando roupas elegantes: smoking para ele, vestido bufante de princesa para mim, comendo lagostas que ficavam perguntando "por quê?" e chorando sobre uma folha de alface. Em seguida, estávamos em seu carro, em trajes de ginástica feitos de vinil, como guerreiros de algum filme de ficção-científica, indo à lua enquanto discutíamos o resgate de Peter das garras de um inimigo conhecido apenas como Sow. Depois, estávamos de volta ao Pocilga, e Ryu duelava com Stuart, usando os sabres de luz de *Guerra nas Estrelas*. Aí nós aparecíamos nus, num mar de veludo vermelho, e eu caía em seus braços...

E, então, a droga do despertador tocou. Essa era a história da minha vida.

Tracy estava trabalhando comigo naquele dia e não tocou no nome de Ryu. Entendi o que ele fizera: enfeitiçara Grizzie para que não comentasse sua presença na livraria. Afinal de contas, se ela chegasse em casa anunciando a visita do meu grande amigo da faculdade, aquele de quem eu sempre falava, Tracy acharia que ela tinha pirado.

Mas isso também dificultava as coisas. Eu já tinha tantos segredos em torno da minha vida vazia, que odiava ter de acrescentar mais um. Além do mais, eu gostaria muito de poder conversar com Tracy sobre toda aquela

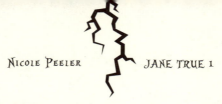

situação. Na luminosidade quente do dia, minha noite com Ryu parecia menos arruinada pela descompostura de Stuart do que fora na verdade. Em vez de ficar pensando nisso, fiquei lembrando as coisas boas. Como dançar nos braços de Ryu. E segurar a mão dele. Estar em seus braços. Ryu sussurrando em meus ouvidos. E roçando seus lábios nos meus.

Sem falar que meu sanduíche de pasta de atum estivera particularmente delicioso.

Para piorar, alguns clientes que chegavam para comprar jornal e tomar café da manhã me olhavam desconfiados, tendo ouvido falar – alguns até mesmo presenciado – do meu jantar com Ryu ou do pequeno contratempo entre Stu e eu, no Pocilga. Cidades como Rockabill têm boa memória. Jason podia ter morrido havia oito anos, mas, no inconsciente coletivo, era como se tivesse acontecido recentemente.

Por sorte, naquela manhã, nós havíamos recebido quase todo o pedido de livros do mês numa tacada só e, por isso, tínhamos muito com que nos ocupar. Tracy e eu revezamos entre o atendimento aos clientes e a arrumação das estantes, o que fez com que o dia passasse rapidamente. Quinze minutos antes de fechar, saí correndo para trocar de roupa, ao que Tracy ergueu uma sobrancelha. Eu nunca me dera ao trabalho de me trocar na livraria, a não ser que fosse sair com elas depois do expediente. Mas eu simplesmente continuaria a agir e deixaria Ryu explicar tudo depois.

Quando saí do banheiro, com desodorante renovado, roupa trocada, blush e maquiagem, Ryu já estava ao balcão induzindo Tracy a acreditar em nosso falso passado. Ela assentia com a cabeça; no entanto, menos onívora do que sua companheira, Tracy não ficara tão impressionada com a boa aparência de Ryu quanto Grizzie.

Observei a interação, arrepiando-me ao pressentir seu poder. Era como se alguém tivesse ligado um ventilador em algum lugar num quarto já gelado.

É tão fácil para ele, pensei. *Ele nos manipula sem o menor esforço. Sua espécie deve achar os humanos desprezíveis...*

Esse pensamento era perturbador. Igualmente perturbador era também o fato de eu ter acabado de usar os termos "nós" e "humanos" como sinônimos, mas não ter mais certeza do que eu mesma era. Eu era humana, sobrenatural ou as duas coisas? Ou nenhuma delas? Eu me ouvira ser chamada de meio-humana pelos seres sobrenaturais, mas esse termo me pareceu muito pesado, como "mulato" ou "mestiço", da época da escravatura.

Quanto mais descubro sobre esse mundo, mais perguntas tenho...

Meu devaneio foi interrompido por dois pares de olhos me encarando de forma inquisitiva. Tracy e Ryu estavam aguardando resposta para uma pergunta que eu nem sequer tinha ouvido.

— Foi mal, estava perdida nos meus pensamentos – desculpei-me.

— Eu estava perguntando aonde vocês dois pretendem ir hoje à noite. Já foram ao nosso único restaurante e ao nosso único bar; portanto, vão a Eastport ou simplesmente repetirão a dose?

Eu não havia pensado naquela noite além da lembrança de trazer para o trabalho as coisas de que precisaria para me aprontar. Sabia que Ryu queria procurar o carro de Peter, mas, obviamente, não poderia contar isso a Tracy. Então, murmurei qualquer coisa, dando a entender que iríamos decidir na hora, o que pareceu satisfazê-la.

— Bem, divirtam-se os dois. Deixa que eu fecho a loja. – Tracy mostrava-se tão feliz por eu estar saindo com alguém, que quase me senti humilhada. Eu sabia que era meio digna de pena, mas seria tanto assim?

Talvez, respondeu uma voz interior irritante.

Não enche, mentalizei, completando em seguida: *estou mesmo precisando parar de falar sozinha.*

Ryu aguardou para me cumprimentar apropriadamente quando chegamos ao carro. Com uma das mãos na maçaneta da porta do carona, utilizou a outra para afastar a franja de meus olhos.

— Olá – cumprimentou-me gentilmente. – Está se sentindo bem hoje?

— Ah, estou – respondi, ruborizando. – Desculpe ter dado fricote ontem à noite. Stuart e eu estamos sempre nos bicando, e ele sabe como me pegar de jeito.

Ryu sorriu.

— Não precisa se desculpar, eu percebi, embora deteste admitir que aquele idiota arruinou a nossa noite.

— Não arruinou, não – assegurei, ficando mais ruborizada ainda. – Eu me diverti demais. – Senti vontade de lhe dizer que aquela fora uma das melhores noites dos últimos oito anos, mas sabia como soaria deplorável.

— Que bom. — Sorriu e abriu a porta para mim. Parecia muito satisfeito consigo mesmo. Depois que se acomodou no banco do motorista e nos afastávamos da livraria, percebi que eu não fazia ideia de para onde seguíamos.

— Coisas empolgantes aconteceram esta manhã; portanto, os planos de hoje mudaram um pouquinho — disse ele, como se tivesse lido minha mente. — Anyan já encontrou o carro, alguém ateou fogo nele ontem à noite. Mas agora temos um feitiço protetor em torno dele e assim poderemos investigá-lo quando quisermos.

Murmurei em aquiescência. Eu não me opunha de forma alguma à ideia de passar outra noite na companhia de Ryu, mas não entendia muito bem por que estava me levando com ele em sua busca.

— Então — continuou ele, despreocupadamente —, acho que poderíamos dar uma olhada no carro, ver se há alguma prova ali em relação ao ocorrido com Jakes e depois simplesmente retirá-lo de onde está. É claro que, em algum momento, teremos que comer; portanto, o jantar poderá funcionar como pagamento por ser minha assistente, se você concordar.

— Ah, então sou sua assistente? — *Esta foi a pior desculpa que eu já ouvi*, pensei, presunçosa.

— Claro que é! — respondeu, sorrindo de orelha a orelha. — É um trabalho difícil, mas alguém tem de fazê-lo.

— E qual é a função do meu cargo? — perguntei, gostando de nossa conversa descontraída.

— Bem, você deve anotar tudo o que eu disser — respondeu, olhando para o porta-luvas. — Tem caneta e papel aí dentro. Além de sublinhar tudo o que achar particularmente interessante, para que possa me cumprimentar pelo meu raciocínio rápido no momento oportuno. Isso normalmente se dá quando as minhas teorias se provam corretas, o que, com certeza, acontecerá. Você também deve questionar tudo o que eu disser que necessite de explicação, para que eu possa ter a chance de explicar e, assim, destacar minha própria genialidade. Ah, e se puder deixar as piadinhas só por minha conta, eu agradeço. Sinto muito, mas piadinhas não são para assistentes.

— Vampiros são fãs de seriados de mistério? — perguntei.

— Ei! — exclamou ele, fingindo-se insultado. — Isso é investigação!

Eu ri, e nosso debate dramático-homicida continuou até sairmos da estrada principal para uma estradinha sinuosa de terra que deveria levar a algum lugar na direção do oceano. Podia sentir o mar pulsando à minha frente, acenando para mim.

À medida que fomos avançando, finalmente percebi onde estávamos: bem perto dos Paredões de Rockabill, uma área de pequenos precipícios íngremes, colada à praia. Nos meses de verão, era para lá que os rapazes levavam suas namoradas para um amasso mais indiscreto.

Lá também era um lugar muito bom para se jogar um cadáver ao mar.

Pouco antes de chegarmos aos paredões, viramos para uma pequena trilha que mal podia ser chamada de estrada. Não dava para dizer que um Boxster fosse mesmo o melhor veículo para passar por aquele tipo de terreno, mas, pelo menos, era pequeno e não ficaria preso em nada. Além do mais, a temperatura havia caído muito depois da tempestade da outra noite e, embora o chão estivesse lamacento, a lama estava dura de tão congelada.

Ótimo, eu não ia querer acabar com os meus sapatos, ironizei, baixando os olhos para o meu AllStar Converse, verde e de cano longo, já imundos.

Paramos após passar por algumas trilhas: Ryu também devia ter ficado preocupado para decidir não continuar de carro.

— Fica lá em cima — disse-me quando saltamos. — Se quiser, pode ir na frente, enquanto procuro onde estacionar. Os outros já estão lá.

Por mais ou menos dez minutos, andei pela estradinha, que cada vez se parecia menos com uma estradinha, até ficar totalmente convencida de que não encontraria ninguém. Não havia cheiro de queimado, o que eu achei que sentiria se um carro tivesse sido incendiado. Mas logo em seguida cheguei a uma clareira onde estava a carcaça do pequeno Toyota de Peter.

Nell, sentada no chão, olhava para o mundo como um avantajado gnomo de jardim. Trill, na forma de pônei, estava esticada na frente dela, com a cabeça em seu colo. Nell trançava sua crina — tranças de algas marinhas. Perto delas estava Anyan, que devia ter farejado minha aproximação, uma vez que me observava com as orelhas em pé e a língua balançando. Acenei para eles, e Nell e Trill deram um sorriso de boas-vindas. Eu nunca vira um pônei sorrir antes e agora entendia por quê. Era horrível.

Anyan, abanando o rabo, levantou-se quando me viu. Aproximou-se, e eu me abaixei para coçar suas orelhas, perguntando carinhosamente:

— Quem é esse cachorrinho bonitinho? — Eu adorava cães, e Anyan era um cachorro e tanto. Agora que eu não estava sob a influência do pânico e da adrenalina, vi que ele era tão grande quanto eu me lembrava, mas menos aterrorizante. Eu tinha certeza de que ele poderia *parecer* aterrorizante, mas não estava mais parecendo um cão do inferno. A luz branca e fria que saía dos pequenos globos luminosos espalhados pela clareira revelava que o pelo de Anyan era menos negro e mais próximo do marrom-avermelhado dos lobos. Também tinha olhos escuros e estranhos, que julguei serem de um cinza fosco. *São estranhamente humanos*, pensei, assim que ele se inclinou para lamber meu rosto.

Mas nosso breve momento foi interrompido pela chegada de Ryu. Anyan viu quem chegava e se afastou de mim. Sentou-se e ficou observando atentamente.

— Boa-noite, Nell — cumprimentou-a Ryu, curvando-se ligeiramente para o gnomo. — Prazer ver você novamente, Trill — acrescentou, com a mesma reverência. Ambas lhe retribuíram o cumprimento com um aceno de cabeça.

Então, virou-se para Anyan e para mim.

— Anyan — disse, com a voz seca.

Ri. Fora o cumprimento mais formal que eu já vira ser dirigido a um cachorro.

Mas minha risada foi abreviada quando Anyan, com uma voz tão áspera quanto as pedras espalhadas pelo caminho, rosnou em resposta:

— Ryu.

Se ele tivesse colocado a cartola e pegado a bengala do sapo da Warner Bros. e cantado: "Hello, my baby" enquanto executasse um número de sapateado, eu não teria ficado tão chocada quanto me encontrava no momento.

— Já faz um tempo — comentou Ryu, sem qualquer emoção na voz.

— É, faz — respondeu Anyan, no mesmo tom. Olhou para mim. — Por que trouxe Jane? — perguntou. — Esses eventos nada têm a ver com ela.

— Por que não? — A resposta de Ryu subentendia irritação. Percebi que aqueles dois tinham alguma rixa. — Ela é uma de nós; portanto, está envolvida também.

Anyan lançou um olhar cortante para Ryu.

— Você nunca soube separar negócios de prazer — comentou ele, a voz rude dando à sua acusação um tom ríspido e decisivo.

Durante toda a conversa, eu me limitei a observar, boquiaberta. Uma parte de mim dizia que eu deveria me sentir ofendida por Anyan não achar que eu devesse estar ali, mas estava surpresa demais com o fato de um cachorro falar, para ainda prestar atenção a qualquer outra coisa. Depois de algum tempo, para pôr fim à conversa, Ryu mudou de assunto:

— Anyan, libere o carro, que eu resolvo o resto. Isso não vai demorar, e logo iremos embora.

Por um segundo, os pelos do pescoço de Anyan se eriçaram quase imperceptivelmente, e ouvi um *pop* bem fraquinho. Alguma coisa em torno do carro, que se assemelhava a um campo de força de *Guerra nas Estrelas*, faiscou e morreu. O cheiro de borracha queimada preencheu de repente a pequena clareira. Deveria ser isso a que Ryu se referira quando dissera que havia um "feitiço protetor" ali em volta. Mas parecia que fora Anyan que o lançara, em vez de Nell. Eu já havia percebido que, de alguma forma, ele curara minha testa naquela noite na enseada e, agora, estava fazendo mágica com carros. *Ele deve ter tirado primeiro lugar na escola, no quesito obediência,* pensei no mesmo momento em que me lembrei de ficar zangada com ele. Encarei o cachorro. Pareceu-me decididamente encabulado quando voltou a se dirigir a mim.

Ryu começou pela frente do carro, examinando debaixo do capô e depois olhando o banco do motorista.

— Por que não me disse que sabia falar? — Aproveitei a oportunidade para cochichar no ouvido de Anyan.

— Sinto muito — respondeu ele, enfiando o rabo entre as pernas. — Não queríamos lhe causar tantos choques numa mesma noite.

— Ah, claro, é muito melhor dividir os choques para que eu possa me sentir desconfortável por um bom tempo — rebati.

Sentei no chão, depois de esticar o casaco para proteger minha calça preta de sair. O cachorrão se deitou na minha frente, virando de barriga para cima em sinal de subserviência. E, ao que tudo indica, usou a tática dos cães, porque funcionou. Senti a raiva desaparecer e comecei a acariciar sua barriga. Anyan suspirou de prazer e fechou os olhos cinzentos.

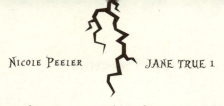

— Achei que você era um cão do inferno, mas obviamente estava errada. Então, o que você é?

— Um barghest — murmurou ele, mantendo os olhos fechados. — Sabe o que é isso?

Parei de coçar sua barriga e olhei-o aterrorizada. Eu sabia muito bem o que era um barghest. Na infância, era obcecada por Roald Dahl e tinha lido *As bruxas* uma centena de vezes. Para falar a verdade, eu acabara de ler novamente havia um mês. Eu relia Dahl da forma como as pessoas se apegavam ao cobertor velho de quando eram crianças.

Em *As bruxas*, a avó norueguesa do narrador explica a ele que os barghests são sempre masculinos e que são piores que as bruxas. E que as bruxas são más porque fazem as crianças desaparecerem...

— Você faz as crianças desaparecerem? — perguntei num ímpeto.

Ele abriu um olho com o qual me escaneou de alto a baixo, com curiosidade.

— Não. — Foi tudo o que disse. — Por quê?

— Ah, nada — resmunguei. Voltei a coçar sua barriga, embora, dessa vez, preocupada.

Naquele exato momento, Ryu estava fechando a porta traseira do carro, e ela caiu produzindo um barulho alto. Ele sorriu para mim quando foi abrir a mala, mas semicerrou os olhos quando viu o que eu estava fazendo.

Antes que pudesse falar o que quer que fosse, ficou perplexo e olhou para a mala como se ela fosse mordê-lo.

— Tem um lacre aqui no porta-malas — revelou.

Trill e Nell prestaram súbita atenção. As duas pareciam estar dormindo, mas, obviamente, estavam apenas relaxando.

Trill levantou a cabeça para que Nell pudesse se levantar e, em seguida, o pônei colocou-se de pé. Anyan também se levantou para se aproximar do carro, e eu o segui.

Fiquei atrás deles enquanto todos olhavam para o Toyota como se ela pudesse se transformar num dragão a qualquer momento.

— Quem quer que tenha colocado esse lacre, é bem poderoso — murmurou Nell, balançando uma mãozinha gorducha para o carro. — Mal posso sentir que está aí. Isso vai levar um minuto — disse, séria. Firmando os pezinhos e erguendo os braços, um olhar concentrado atravessou seu rosto. Os demais recuaram para se unir a mim, atrás dela.

Não houve dúvida de que, dessa vez, a onda de poder que senti foi real. Se o feitiço de Ryu me parecera um ventilador de mesa soprando uma lufada de vento em minha pele, aquilo parecia uma tempestade. O poder me açoitou por todos os lados, e vi que os outros o sentiam com tanta força quanto eu. Tremi, e Ryu segurou minha mão, enquanto Anyan fazia pressão contra a minha perna, de forma protetora.

Nell estava concentrada no porta-malas, movendo-se lentamente, pé ante pé, até que suas mãos foram forçadas para não tocarem a lataria. Estava lutando para encurtar o espaço de um centímetro que faltava entre ela e o carro, e o fluxo de poder se tornara tão avassalador que parecia *mesmo* um vento forte. Meus cabelos bateram no rosto, e Ryu colocou os braços em meus ombros para me ajudar a manter o equilíbrio, uma vez que eu quase caíra. Até mesmo ele parecia afetado pelos efeitos da energia liberada ao nosso redor.

Finalmente, quando os fluxos de energia estavam quase insuportáveis, Nell gritou e caiu na direção do último espaço que a separava do carro. Ficou ali, ofegante, as mãos em contato com o porta-malas.

Trill foi ao seu encontro, cutucando-a com o focinho. Nell deixou que o pônei a conduzisse para descansar sob sua árvore.

Ryu me soltou, e ele e Anyan se aproximaram. Ryu tocou o porta-malas e Anyan agachou-se, de prontidão, os pelos do pescoço eriçados, um rosnado feroz ecoando pela mata. Mais uma vez, parecia o cão do inferno.

Ryu fez um sinal com a cabeça para Anyan, e vi que suas presas estavam aparentes. Cintilaram na luz fria, e percebi que, naquele momento, estava tão assustador e sobrenatural quanto o animal que babava ao seu lado.

Dei mais um passo em recuo, assim que Ryu abriu o porta-malas e saltou para trás.

Todos aguardamos. Nada aconteceu.

A não ser que consideremos o cheiro como sendo alguma coisa. Assim que a mala se levantou, um odor como o de carne podre queimada saiu lá de dentro. Preste atenção: era o odor de carne apodrecida depois de queimada. Quase vomitei, cobrindo a boca e o nariz com o braço.

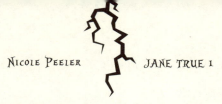

Ryu e Anyan entreolharam-se mais uma vez e se aproximaram para espiar dentro do porta-malas. Em seguida, praguejaram juntos como se tivessem combinado.

Eu sabia que não era uma boa ideia, mas estava curiosa demais para não espiar. Então, fui para o lado de Ryu, o braço ainda tapando boca e nariz.

Dentro do porta-malas estava o que parecia ser o corpo semicarbonizado de um gremlin enorme. A metade do corpo, mais próxima do interior do carro, estava carbonizada; o restante, porém, permanecia intacto. Não que um lado do corpo estivesse melhor do que o outro. A parte carbonizada se via horripilante, mas a outra parte era igualmente aterradora. A criatura tinha a pele verde-musgo, toda cheia de pintas, esticada sobre os ossos. Mãos enormes e em forma de garras, com dedos extremamente longos, estavam cruzadas sob a cabeça horrorosa com orelhas compridas e pontudas e um focinho curto, cheio de arcadas e mais arcadas de dentes afiados, como as de um tubarão. Tinha um nariz de porco e, percebi, uma argola de pirata que cintilava na orelha esquerda.

Bem debaixo dessa orelha, estendia-se a barra que quase a decapitara.

Afastei-me aos tropeços do carro, sabendo que era tarde demais. Caí sobre o arbusto, vomitando meu almoço na vegetação. Alguém segurava meus cabelos e me batia nas costas, enquanto eu vomitava o que parecia ser quase a totalidade de meus órgãos.

Quando terminei, Trill me virou e enxugou minha boca com a mão, que, para meu espanto, ela depois limpou em seus cabelos. *Isso fora quase tão nojento quanto ver o cadáver*, pensei, exausta, meu estômago ainda revirado.

Endireitou minhas roupas e meus cabelos, e depois colocou um dos braços em volta de mim para me ajudar a retornar à clareira. Fez-me sentar ao lado de Nell, que parecia sentir-se tão "bem" quanto eu. Após me entregar uma garrafa de água que tirara da bolsa, Trill foi ajudar Ryu a remover o corpo de dentro do carro.

Virei o rosto para outra direção, para o lado em que Nell se encontrava. Eu já tinha visto o suficiente de imagens nauseantes para uma noite. Nell deu batidinhas fracas na minha mão e tentou sorrir.

— O que era aquela... coisa? — perguntei. — Era o assassino?

— Não — disse ela, fechando os olhos. — Era o advogado. — E adormeceu.

Capítulo 9

Quando voltamos ao Porsche e retornamos à estrada principal, Ryu ligou o aquecedor e dirigiu as saídas de ar para mim. Eu não estava com frio, mas em estado de choque. Mesmo assim, o calor ajudou-me a me recompor e, depois que vasculhei a bolsa em busca de um chiclete, fechei os olhos e me recostei para saboreá-lo.

Havíamos ficado mais vinte minutos na pequena clareira, esperando Ryu e Anyan examinarem os restos da criatura dentro do porta-malas e dando uma última olhada no carro e na área. Por fim, Ryu e Anyan tiveram uma conversa breve, porém intensa, e Ryu afastou-se para fazer uma chamada no celular. Trill ajudou Nell a se levantar, elas se despediram e foram a passos lentos para a floresta. Percebi que não houve nenhum teletransporte extravagante nesta noite – Nell ainda estava exausta por ter vencido aquele lacre. Anyan as seguiu lentamente, olhando para mim quando acenei em despedida. Sua postura canina demonstrava infelicidade, e fiquei pensando se ele sabia quem era a criatura dentro do carro de Peter.

Quando senti Ryu virar o Porshe Boxster de volta à estrada e parar em seguida, abri os olhos para encará-lo. Ele diminuiu o aquecimento e sorriu, acariciando gentilmente meu rosto com as pontas dos dedos.

– Você está bem? – perguntou.

– Sim, ótima. – Sorri. – O que era aquela coisa?

— Um goblin — respondeu, meio aéreo. Estendeu o braço e pegou minha mão para beijar a palma, da forma como tinha feito na noite anterior. Senti uma tremelicação aguda nas partes femininas, enquanto entoava silenciosamente "Smooth Operator", da Sade.

— Nell disse que era um advogado. — Tentei fazer minha voz parar de tremer. — Ou ela gosta de fazer brincadeiras de mau gosto com advogados?

— Não — respondeu Ryu, acariciando distraidamente meus dedos com os dele. *Smo-ooooth ope-ra-tooor...* ecoou pela minha cabeça.

— O nome dele era Martin Manx, e ele era advogado, é isso mesmo. Os goblins normalmente são advogados. Na verdade, ele era um advogado muito conhecido, seus escritórios trabalham exclusivamente para os Alfar.

— Alfar? — perguntei, tentando me concentrar em suas palavras, quando Ryu levou minha mão aos lábios para morder as pontas dos dedos. A emoção de abrir o porta-malas do carro e encontrar o cadáver, evidentemente, produzira um efeito diferente em Ryu do que produzira em mim.

— Você pode chamá-los de elfos, mas nunca, *jamais*, deixe-os ouvir. Eles são as criaturas mais poderosas do nosso mundo — explicou, entre mordidinhas.

— Ah — respondi, sem entender uma palavra sequer do que ele estava falando. Virou minha mão para acariciar com a língua as antigas cicatrizes que eu tinha no pulso.

Neste exato momento, meu estômago vazio produziu o ruído de um filhote de urso estrangulado. Ryu estranhou, riu e aí o momento já havia passado. Eu não sabia se lamentava meu apetite prodigioso ou se o abençoava.

— Está com fome? — perguntou, dando-me a chance de levar minha mão para a segurança de meu colo.

— Não devia estar, considerando que fiquei enjoada. Mas estou. — Baixei o vidro do carro e, sem pensar, cuspi meu chiclete. Então, percebi o que tinha feito e me parabenizei pela demonstração de tão refinada elegância.

— Bem — disse Ryu. — O que acha de um piquenique na praia?

— Me parece ótimo — respondi com sinceridade. Parecia ótimo mesmo... e muito, muito perigoso. Eu sabia muito bem que toalhas esticadas na areia, com bonitões estranhos, normalmente significavam uma coisa, e uma coisa somente: nadar pelados.

Garota Tempestade

Mesmo se a água estivesse fria demais para um banho de mar, qualquer desculpa para levar a companheira para dentro d'água sem roupa seria uma boa desculpa. Se *por acaso* acontecesse de ela ficar com frio, então, o parceiro teria de aquecê-la com o próprio corpo... bem, seria a coisa mais gentil a fazer, não seria?

Por uma fração de segundo, desejei não ter dito a Ryu que eu não sentia frio. Eu estava sendo muito devassa, pelo menos, minha mãe nunca me dissera para não nadar depois das refeições. Mas, pensando bem, tudo indicava que ela era uma foca.

Você deveria avisá-lo de quem realmente é, intrometeu-se minha mente. Ele diz que conhece a sua história, mas você não sabe o que ele quer dizer com isso. Portanto, é melhor dizer a ele agora mesmo e encerrar logo esse assunto. Melhor do que vê-lo ir embora depois que algo mais sério aconteça...

Meus pensamentos abafaram minha excitação, e fomos em silêncio para a praia que ficava ao lado do chalé que Ryu alugara. Ele tirou uma toalha e uma cesta grande de piquenique do porta-malas, e lhe lancei um olhar de quem não acreditava no que estava vendo.

— Eu tinha esperança de que você aceitasse — desculpou-se, sem qualquer sinal de constrangimento nos olhos.

Caminhamos juntos até a praia, e eu o ajudei a esticar a toalha. Então, assisti maravilhada a Ryu fazer um gesto como o de quem arrancava uma maçã do céu e, de repente, aparecer com um daqueles globos cintilantes de luz. Este trocava de cor, partindo de um branco reluzente para um cor-de-rosa suave, à medida que o revolvia na palma da mão.

— Chamamos esses globos de "luz do mago" — explicou-me, deixando-o pendurado acima do local onde nossas cabeças ficariam, quando nos sentássemos.

O piquenique que ele havia preparado — ou melhor, comprado de uma delicatessen chique em Eastport, como percebi — estava maravilhoso. Meu pai e eu somos grandes admiradores de culinária, em grande parte porque não temos nada melhor para fazer, mas também porque adoramos comer. Sendo assim, quando Ryu desembalou todas aquelas delícias, achei que morreria e iria ao paraíso.

Rolinhos de lagosta eram o prato principal. Pedações de lagostas levemente passados na maionese estavam divinamente aninhados nos brioches

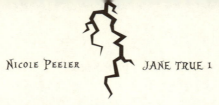

amanteigados, fazendo-me lembrar, cheia de culpa, das lagostas falantes do meu sonho. Como acompanhamento, uma panzanella fantástica — uma salada italiana colorida feita com torrada — e uma salada tailandesa de massa com camarão, legumes e amendoim crocante. Havia também salada de frutas e porções deliciosas de um queijo de cabra picante e cremoso. De sobremesa, morangos, tanto puros quanto cobertos com chocolate, assim como pequeninas tartes aux citrons. Para beber, mais uma garrafa de champanhe e, "para depois do jantar", uma garrafa de vinho tinto Shiraz, explicou Ryu, num largo sorriso.

Sua expressão e seus caninos aparentes falavam muito de suas intenções para a noite, e eu não sabia se saía correndo ou se o cobria com o recheio das lagostas e o comia de uma vez só ali naquele exato momento.

Mas, primeiro, havia algo que eu precisava fazer.

— Humm, é... Sobre o depois do jantar... bem, eu só queria que você soubesse a verdade sobre mim. Você disse que sabia da minha história, mas eu quero me certificar de que sabe mesmo. Quer dizer, que sabe sobre mim. Não que eu seja o que dizem, ou qualquer coisa parecida, mas você precisa saber a verdade.

A expressão de Ryu se suavizou, e vi que suas presas se retraíram. Interpretando mal esses sinais, senti-me despreparada para o que ele disse em seguida:

— Jane, minha querida, pare. Sei de tudo o que preciso saber. Sei partes de sua história, sim. E sei que você teve uma vida de merda em vários aspectos. Mas também sei que é corajosa e divertida e que já impressionou algumas pessoas ilustres com a forma como tem sobrevivido.

Baixei a cabeça, sentindo-me constrangida e confusa. Ryu tocou os dedos de minha mão esquerda, que haviam começado a brincar nervosamente com o cadarço do tênis. Olhei para suas mãos fortes e adoráveis, sem saber ao certo como reagir.

— Gosto de você, Jane. Não apesar da sua história, mas por causa dela. E tem mais uma coisa, algo que acho que *você* deveria saber. — Ryu fez uma pausa para dar um efeito dramático, e finalmente ergui os olhos para olhá-lo.

— Sou um homem que aprecia belos seios. E você, minha querida, tem seios incrivelmente maravilhosos — concluiu ele, fazendo-me corar e rir.

Meu humor se alterou completamente, e Ryu fez coro à minha risada quando surgiu com duas taças de champanhe do fundo da cesta, junto com pratos e talheres. Ele virou a cesta de cabeça para baixo, revelando seu fundo liso que serviu perfeitamente de mesinha, e a colocou entre nós. *Será que esse cara faz compras na Sex 'R' Us?*, especulou minha libido, admirada, quando ele abriu o champanhe e encheu nossas taças.

Entregou-me uma delas e brindamos.

— Para você, Jane True, e seu ingresso em nossa sociedade. Não tenho dúvidas de que exercerá um impacto tão grande em todos os outros quanto exerceu em mim. — Fiquei roxa de vergonha e mal consegui tomar um gole do champanhe. Se Ryu percebeu meu desconforto, não fez grande coisa dele. Apenas me passou um prato no qual colocou um dos rolinhos de lagosta e gesticulou para o restante da comida, sinalizando para eu ficar à vontade e me servir.

Tudo estava perfeito. O que deveria estar crocante — como a torrada da panzanella e os brioches — ainda estava crocante, e nada ficara frio demais apesar da longa espera dentro do porta-malas. Desconfiei de que o mesmo campo de força que protegia carros queimados de olhos curiosos também servisse para cestas de piquenique.

O champanhe, mais uma vez, desceu feito água, e foi uma experiência incrivelmente sensual saborear toda aquela comida deliciosa sentada de frente para um homem que fazia minhas mãos tremerem cada vez que olhava para mim.

— Me fale de você — pedi, incapaz de aguentar ficar tão perto dele sem dizer, ou melhor, fazer, alguma coisa.

— O que você quer saber? — perguntou, sorrindo.

— Não sei nada sobre você. — Encolhi os ombros. — Eu me sinto muito... confortável ao seu lado — tentei explicar. — Mas nada sei sobre você, o que é ridículo. Onde mora? O que faz?

— Bem — disse ele, lambendo os dedos após ter terminado de comer seu rolinho de lagosta. — Não há muito a contar. Minha base fica em Boston, e é lá que vivo a maior parte do ano, a não ser quando estou em nosso Complexo. É onde fica o centro de força deste território: cerca de uma hora de Quebec. Sou um investigador, o que significa que preciso me certificar de que tudo esteja

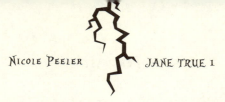

correndo bem na minha jurisdição. Se algo inesperado acontecer, resolvo e mando relatórios para o Complexo. Ou, se meus serviços forem necessários na Corte, então sou enviado para lá a fim de resolver o que for preciso. Foi assim que acabei vindo para cá. — Ele sorriu, e meu coração falhou oito batidas seguidas. Ou eu estava me apaixonando por aquele cara ou tendo uma arritmia.

Ryu apoiou o prato e moveu-se com agilidade, aparecendo ao meu lado. Meu batimento deficiente estava se aproximando de uma parada cardíaca. Esforcei-me para respirar.

— E quando quero me divertir... — disse ele, servindo-se de alguns morangos. Eu não tinha dúvidas de que ele acabaria oferecendo-os para mim.

Ô lôco, meu, minha mente rosnou, preparando-se para o que viria.

Eu queeeeeroooo..., meu corpo reclamou, como fazia a planta carnívora de *A Pequena Loja dos Horrores*.

— Gosto muito de música e de ir ao cinema. Tenho predileção por ópera, mas não sou muito fã de musicais. Adoro ficar ao lado de humanos e gosto de sua cultura popular. Tento aprender tudo o que é popular no mundo dos humanos e em qualquer época.

Ryu colocou o morango em minha boca, e me diverti passando os lábios por ele. *Também sei jogar este jogo*, pensei, quando o mordi bem lentamente. Ele sorriu, encorajador, e percebi que seus caninos estavam mais proeminentes. Em seguida, pôs o morango nos próprios lábios para terminar de comê-lo, livrando-se da folhinha.

— Atualmente, eu tenho lido mangás e ouvido música pop britânica — disse. — Sei que cheguei atrasado para pegar o bonde dos mangás, e isso é meio nerd, mas estou adorando. Gostei muito de *Appleseed* e acabei de encomendar a sequência. — Eu não fazia ideia do que ele estava dizendo, mas sorri mesmo assim. Ou sorria ou o violentava.

Por que estou tendo essa reação com esse cara? Estou parecendo um rapazinho de treze anos que acabou de ganhar a primeira Playboy *do pai! Isso é ridículo! Controle-se, mulher.* Eu não fazia mesmo ideia da razão de me sentir tão atraída por Ryu. Quer dizer, ele era maravilhoso, mas isso não justificava minha total ausência de autocontrole e pudor perto dele.

Fazer o quê, bocejou minha libido, completamente entediada com meus pensamentos indecisos e cheios de culpa. *Não precisa mentir para Ryu. Ele já sabe do seu grande segredo — o segredo que você não conseguiu contar nem para Jason —, que, para ele, é perfeitamente normal. Para ele, você é perfeitamente normal.*

Não era a primeira vez, desde que eu conhecera Ryu, que sentia uma onda de esperança. *Talvez as coisas possam ser diferentes, talvez eu possa ser diferente...*

Para esconder minha confusão mental, servi-me de mais salada de frutas. Terminei-a em silêncio. Ryu apoiou-se sobre os cotovelos ao meu lado, e eu sabia que ele me observava.

Quando terminamos o banquete — deixando a sobremesa para mais tarde —, embalamos os recipientes vazios e os pratos e os colocamos de lado. Tentei não comer demais, mas tudo estava tão gostoso que eu me sentia agora empanturrada. Deitei-me para olhar as estrelas e com vontade de tirar a calça. *Ou que alguém pudesse tirá-las para mim*, admiti. Eu sabia que rumo tomaria a noite — soubera desde o momento em que Ryu dissera a palavra "piquenique". E sabia também que eu queria o que ele queria, mesmo que por razões diferentes. Talvez, para alguém como ele, fosse só mais uma transa, mas, para mim, seria *a* primeira chance de ter *só* uma transa.

E, meu amigos, como eu queria transar.

Ryu limpou um dos pratos com o guardanapo, segurando-o acima da minha cabeça para colocar nele as taças recém-servidas de mais champanhe. Em seguida, deitou-se ao meu lado e pôs a mão em minha barriga.

— O bebê-rango está chutando — comentei, nervosa.

— Hã? — perguntou. Tinha a cabeça apoiada sobre a mão, o peso nos cotovelos, de forma que se levantou desajeitado. *Você não devia ter se deitado*, censurou minha mente. *Ah, sim, devia sim*, minhas partes femininas discordaram.

— A comida, como um bebê. Entendeu? Quando se come demais... — Minha voz falhou quando percebi seu olhar. Ryu não estava com vontade de ouvir nada sobre bebês ou comidas. Queria me beijar, o que fez em seguida.

Seus lábios estavam quentes quando se uniram aos meus, mas não tão quentes quanto a mão que passava por baixo da minha blusa fininha e acariciava minha cintura. Essa mesma mão segurou meu quadril, puxando-me para mais perto dele, e seu beijo se intensificou. Com a língua, lambeu meus lábios, tentando entrar, e senti uma tremenda excitação quando percebi meus lábios roçarem uma presa afiada.

Congelei, dominada de repente pela ansiedade. Eu só estivera com um homem em toda a minha vida, e isso fora anos atrás. Pensando em Jason, senti uma pontada dentro de mim. Fazia muito tempo que eu esperava pela oportunidade de seguir em frente. Mas agora, confrontada por um homem vigoroso, ofegante – isso sem falar extremamente gostoso –, que sabia tudo sobre mim e não saíra correndo, senti meus nervos tão à flor da pele quanto meu desejo. Por último, porém não menos importante, Ryu não era *exatamente* humano: era um vampiro. Será que vampiros faziam sexo como nós? Será que me morderia? Precisaríamos de camisinha? Ou de três camisinhas, se considerássemos suas presas?

Os olhos dourados de Ryu abriram-se, e ele olhou fundo nos meus. Sua mão surgiu, saindo de debaixo da minha blusa. Ele a abaixou com cuidado para cobrir minha barriga e deu-me mais um beijo delicado antes de perguntar:

– Jane, minha querida, o que você faz para relaxar?

Encarei-o por um momento, ligeiramente chocada.

– Eu nado – acabei respondendo.

Ele suspirou.

– Achei que responderia isso.

E, então, eu soube o que viria. A velha história... nadar pelados.

Ryu levantou-se e despiu-se rapidamente. Tive só o vislumbre de coxas musculosas e de um bumbum firme, antes de ele sair correndo pela areia, gritando a plenos pulmões:

– Vamos lá, Jane!

Eu sabia que a nudez em praias frias levava a um acúmulo de calor depois, mas era muito tentador para resistir. Além do mais, o mar era o *meu* domínio.

Tirei meu AllStar Converse verde, a blusa de mesma cor e depois todo o resto. Ryu já estava espalhando água para todos os lados quando o alcancei; logo o ultrapassei e parti para os braços do mar.

Nadamos pelo que pareceram horas, porém, não devíamos ter passado de quarenta minutos. Desde que minha mãe fora embora, eu não nadava com ninguém daquela maneira. O mar estava frio de doer e muito revolto, mas Ryu conseguiu me acompanhar. Nadamos e brincamos como duas lontras: eu o deixava me pegar e me beijar e depois mergulhava de novo.

Quando parecia que ele estava ficando cansado, eu o deixava me pegar por um pouco mais de tempo, segurando-o discretamente enquanto ele recuperava o fôlego.

— Como você consegue nadar tão bem? — gritei de alegria num dado momento, o barulho das ondas alto em nossos ouvidos.

— Somos fortes! — gritou ele em resposta, passando a mão pelas minhas costas. *Isso não é tranquilizador*, pensei e mergulhei.

Além da excitação do nado daquela noite, reconheci, pela primeira vez, o que fazia quando estava no mar. Aquele mesmo leve tremor, como de energia estática, que eu havia sentido quando os outros usavam seus poderes, saía agora de mim. E cada vez que eu gastava energia para segurar Ryu ou me afastar dele, o mar a recarregava. Eu sugava sua energia como um feto suga energia da mãe. Sendo assim, ao contrário do habitual, eu nunca me sentira tão poderosa, tão em controle da minha vida.

Quando vi que Ryu já se encontrava esgotado, voltei para a praia. Estava andando em direção à toalha ainda iluminada pelo globo cor-de-rosa, quando fui pega pelas costas. Ryu me carregou no colo, *como Rhett carregara Scarlett*, pensei. *Exceto que Rhett e Scarlett não estavam nem nus nem encharcados.*

Ergui os olhos para seu belo rosto e ele me olhou cheio de apetite, as presas brilhando sob a luz da lua. Em vez de me sentir assustada, senti-me totalmente segura nos braços dele. Suas presas eram a prova de que ele era diferente, tornando-o, de alguma forma, mais próximo de mim. Nós dois estávamos longe de ser normais, e nenhum de nós ligava para isso. A sensação de segurança aliada à excitação da noite e ao poder e à autoridade que eu acabara de obter do mar apagaram todas as minhas dúvidas.

— Está com frio? — murmurou ele, quando me abaixou até a toalha.

— Não — sussurrei, todos os traços de ansiedade já desaparecidos.

— Bem, eu estou — respondeu, puxando-me para cima dele e nos envolvendo com a toalha.

Dessa vez, fui eu que o beijei. Montei sobre suas coxas, baixando o corpo até seus lábios, quando seus braços me envolveram. Beijei-o lentamente, sem saber ao certo como circum-navegar as presas pontiagudas. Mas ele era um bom professor, e logo eu estava dando um beijo de língua num vampiro,

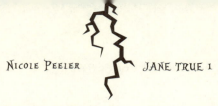

como se tivesse feito isso durante toda a minha vida. A maioria dos preceitos básicos pareciam se traduzir. E quando esfreguei a língua gentilmente na dele, ouvi-o gemer, e meu coração acelerou. Rocei os lábios pela sua face, pela sua orelha, onde se demoraram um pouco, e depois desci pelo seu queixo e pescoço. Ele tinha o gosto do mar, e lambi ardentemente sua pele, adorando o sabor e a textura de suas clavículas salgadas sob minha língua.

Também demorei um segundo olhando para o seu corpo, que correspondia a tudo o que à primeira vista havia prometido. Os ombros eram largos e elegantemente musculosos; o peito, liso, sem pelos, coroado por belos mamilos. *Humm, mamilos,* murmurou meu corpo.

Ele gemeu e apertou os braços em torno de mim, quando abaixei para um daqueles belos mamilos rosados. Chupei-o gentilmente de início e depois com mais força, quando Ryu sussurrou meu nome em resposta. Então, parecendo demais para ele quando ameacei passar para o outro mamilo, Ryu deixou-me chupá-lo por uma fração de segundo, até enfiar a mão entre meus cabelos e puxar meu rosto para o dele.

Segurou-me com força e beijou-me agressivamente, as presas à mostra, impossível esconder. Tive a sensação de que meus lábios acabariam cortados, mas não houve desconforto. Apenas o prazer de sentir sua boca na minha, transmitindo-me seu desejo.

Nesse meio-tempo, já cansado de ser submisso, Ryu nos virou com sua força sobrenatural e ficou por cima. Sentindo algo quente e duro contra minha coxa, enquanto ele me beijava, sedento, soube que uma de minhas perguntas fora respondida. Logo suas mãos e depois sua boca pousaram em meus seios, os dedos massageando um mamilo, enquanto a boca envolvia o outro. Arqueei as costas, minha hora de gemer, quando suas mãos deixaram meus seios e desceram pelo umbigo, chegando ao meio de minhas pernas.

Abri as coxas quando ele se posicionou entre elas. Coloquei um braço sob a cabeça, como travesseiro, e usei a outra mão para correr os dedos pelos cabelos dele, à medida que começou a me beijar o ventre, seguindo o rastro que suas mãos haviam acabado de deixar. Eu não era muito boa leitora de mapas, mas entendi quando minha bússola interna marcou que ele havia encontrado o tesouro. Não pude deixar de lhe apertar a cabeça quando sua língua passou avidamente pelo centro do meu prazer, ao que ele respondeu apertando meus quadris com as mãos.

Quase gritei de frustração quando voltou a subir pelo meu corpo para me beijar, fazendo-me sentir meu próprio sabor em seus lábios. Então, ajoelhou-se entre as minhas coxas, segurando minha mão direita. Voltou com o polegar para o lugar que mais me dava prazer e olhou-me nos olhos enquanto lambia gentilmente meu pulso, beijando e arranhando os dentes exatamente onde minha veia pulsava sob a pele. Bem em cima da minha velha cicatriz.

— Eu quero te morder aqui, no seu pulso — disse ele, a voz rouca de paixão. — Prometo que não vai doer; você vai gostar. Confia em mim, Jane?

Senti meu estômago apertar-se quando seus dedos hábeis quase me levaram ao orgasmo e pararam em seguida, afastando-se o suficiente para me acalmar e logo me fazer ficar tensa novamente. O que fora claramente injusto sob tais circunstâncias, uma vez que eu teria concordado com quase qualquer coisa que me pedisse. Dito isso, senti que também o queria *como* vampiro. O jeito como nadara comigo havia me convencido de que eu o queria por inteiro, incluindo suas presas. Concordei, incapaz de falar, quando murmurei meu assentimento. Ele sorriu, beijou a palma da minha mão e voltou a morder gentilmente a pele áspera do meu pulso.

Senti o prazer crescendo e coloquei meus dedos sobre os dele para ajustar o ritmo de seu polegar.

— Ryu, vou gozar — avisei-o na hora H. Gritei, levantando os quadris, mas ele não afastou os olhos de mim.

Então me mordeu com força.

Seguiu-se uma leve sugestão de dor, mas foi logo superada pelo meu orgasmo poderoso e por outra sensação de prazer, vinda de meu pulso. Foi como o próprio orgasmo, de alguma forma mais brando e mais intenso, e pulsou a cada chupada de sua boca. Seus dentes ficaram apenas um minuto em contato com a minha pele, quando então a soltaram, depois lambeu gentilmente a ferida até a dor cessar completamente.

— Uau! — exclamei, puxando o pulso para examiná-lo, ao mesmo tempo que ele se inclinava para esfregar o nariz em meus seios. Inspecionei seu trabalho; fora a cicatriz, nada havia de novo em minha pele. Ryu me curara completamente de sua mordida.

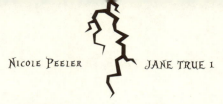

— Não falei que você diria isso com frequência? — Ryu voltou para o espaço entre os meus seios e foi beijando meu corpo até a boca. Seus olhos se fixaram nos meus, enquanto as mãos moviam meus quadris em busca de um acesso melhor.

Eu devo ter parecido preocupada, pois ele sorriu.

— Não se preocupe — murmurou. — Nós não precisamos de proteção. Minha espécie não traz doenças e nem procriamos sem intenção. E procriar não é uma das minhas várias intenções para esta noite — explicou-me entre beijos.

— Humm, Ryu? — rebati, num tom inteligente, quando ele voltou a me beijar entre os seios. É que eu já tinha visto essa cena em filmes e sabia que não deveria acreditar num homem que dissesse "Pode confiar em mim, amor, meu pênis é inofensivo".

— Ãh? — perguntou ele, esbaldando-se em meus seios, como um cachorrinho serelepe. Mas, quando viu que eu ainda parecia preocupada, sorriu resignado. — Tenho camisinha, se isso faz você se sentir melhor — disse ele. Concordei, e ele suspirou, levando a mão ao bolso da calça.

Eu sabia que, provavelmente, ele falava a verdade, e nós não precisávamos de camisinha. Isso sem falar que eu acabara de violar todos os aspectos da minha instrução em doenças transmissíveis pelo sangue ao deixá-lo me morder. Mas eu não estava a fim de parar num hospital público, grávida e com piolhos vampirescos, por isso, ofereci àquele rosto ligeiramente martirizado de Ryu meu sorriso mais cara de pau.

Depois que ele encontrou a camisinha, tentei amenizar sua óbvia decepção ilustrando como a colocação do látex podia ser divertida para os dois parceiros, se encarada com entusiasmo. E um pouco de sexo oral. Então, fazendo um último carinho em seu trem de pouso, que o deixou extasiado, deitei-me e me abri para ele. Ele me acompanhou em minha descida à toalha, onde, num movimento lento e demorado, me penetrou deixando-me sem ar. *Faz tanto tempo*, pensei egoisticamente em meu próprio prazer. Ele se mexeu dentro de mim, com carinho no início, dando-me tempo de me ajustar a ele, à medida que seus lábios brincavam com os meus. Então seus beijos se intensificaram, assim como suas estocadas, e logo estávamos como dois adolescentes que haviam acabado de descobrir que suas partes aparentemente desencontradas se encaixavam maravilhosamente. Movi a mão entre nossos abdomens, colocando o dedo em meu clitóris para ajudar no andamento das coisas, e ele levantou um pouco o corpo para ver eu me tocar.

— Ai, Jane — gemeu, seus quadris começando a se mover energicamente. Meu prazer também crescia, e ver o desejo no rosto dele fez tudo ir mais rápido. Chamando meu nome e afundando o rosto em meu pescoço, senti-o gozar no mesmo momento em que o orgasmo me dominava, aniquilando todo e qualquer pensamento consciente.

Ficamos deitados ali, nos beijando e nos aconchegando por uns minutos até recuperarmos o fôlego. Eu não me sentia tão bem assim havia bastante tempo e sabia que passaria o diabo lidando com a culpa no dia seguinte; no entanto, naquele momento, tirei tudo da cabeça e simplesmente aproveitei o toque do corpo de Ryu contra o meu.

Quando nos recuperamos um pouco, ele ergueu as sobrancelhas para o oceano e eu ri. De mãos dadas, caminhamos pela areia e nos limpamos ali mesmo no raso. Em seguida, voltamos para a toalha.

— Sobremesa? — sugeriu ele, no mesmo momento que enfiei metade de uma tarte aux citrons na boca.

— Acho que isso responde à pergunta.

Ele escolheu comer sua torta em minhas coxas, o que acho que nós dois nos deliciamos.

Capítulo 10

Se eu havia pensado que um goblin morto, praticamente decapitado, era uma das piores coisas que eu já tinha visto, eu só precisava encontrar um vivo para perceber como estava enganada.

Quando Ryu estacionou em frente à livraria, eu já estava nos fundos da loja para me trocar e me preparar para a noite. Como ainda não tinha tido coragem de me olhar nos olhos, o retoque de minha maquiagem mínima foi algo que fiz às pressas, aproveitando a oportunidade para, mais uma vez, me torturar pelo meu comportamento na noite anterior. Eu havia traído a memória de Jason profundamente, com o perdão do trocadilho, na companhia de um homem cujas intenções não eram claras para mim. Não havia dúvidas de que minha atração por Ryu era forte e, aparentemente, mútua, mas, à luz do dia, a autoconfiança que eu havia sentido na noite anterior sofria rápida erosão. O que alguém como ele iria querer com alguém como eu? Ele transpirava confiança e autoridade; tudo nele remetia a dinheiro, poder e status. Enquanto isso, eu não tinha nem um tostão furado e temia pedir um copo d'água à minha cabeleireira. Isso sem esquecer da vez em que Grizzie me disse que o pessoal do fashion police estava do lado de fora esperando para me pegar, e, dãaã, fui olhar para ver onde os policiais estavam se escondendo.

Além do mais, Ryu não é nenhum príncipe que apareceu para resgatar você de seu sono encantado, minha mente tratou de me lembrar. *Você ainda precisa morar em Rockabill e tomar conta do seu pai, que não se mudaria daqui e que você não abandonaria nem se pudesse. Tudo isso junto quer dizer que Ryu irá partir e Jane irá ficar.* Olhei-me seriamente no espelho, finalmente tocando em perguntas que eu não poderia responder.

O que você vai ganhar com isso? Com ele?

Quando finalmente saí do banheiro, renovada e totalmente flagelada por minhas dúvidas, Ryu não estava sozinho. Ao lado de seu Porsche, havia um Audi sedan e, discutindo com ele, estava o que só podia ser a versão feminina daquela criatura tenebrosa encontrada no porta-malas de Peter.

Ryu estava claramente irritado, mas a criatura parecia imperturbável. Impassível, com suas garras de bruxa – que notei estarem pintadas de vermelho vibrante – envolvendo a alça de uma valise de aparência cara.

E ela era *enorme*, pelo menos uns sessenta centímetros mais alta que Ryu. Como o único goblin que eu já vira estava dentro do porta-malas de um carro, não fazia ideia de que eram tão altos. O corpo ossudo e com manchas verdes estava protegido por um terninho cinza, e a boca cheia de presas usava um batom que combinava perfeitamente com o vermelho-fogo das unhas. Seus olhos tinham um brilho amarelado mordaz e pareciam expelir mucosidade. Apesar disso, ela tinha belos cabelos louros presos num elaborado coque banana. No todo, os contrastes se somavam para formar uma das visões mais repulsivas que eu já tivera.

– Quem é aquele terninho ali discutindo com seu macho? – perguntou Grizzie, curiosa. Não pude acreditar que conseguia vê-los e pisquei, confusa. – Ela é bem gostosona, dentro do contexto corporativo. Talvez seja uma secretária assanhada. – Grizzie olhava com malícia, ocupada demais refletindo sobre as implicações de uma "secretária assanhada" para perceber que eu a encarava, incrédula.

Ah, o poder do glamour, pensei, e resmunguei alguma coisa com relação a não saber quem era. Grizzie virou-se para mim e suspirou, quando viu o que eu estava vestindo. Achei que estava bem em minha camisa azul-celeste e calça jeans sexy de cintura baixa. Minha camisa era de mangas três quartos com um decote em V acentuado. Por causa do decote audacioso e do tecido fino, eu estava usando um body branco por baixo. E botas em vez de meu AllStar.

Baixei os olhos para as minhas roupas, confusa e um tanto magoada. Grizzie aproximou-se e me abraçou.

— Você está sempre bonita, minha Jane — disse, desculpando-se. — Mas ficaria muito mais se usasse algo de couro. Talvez um short. Um justo, de couro... — concluiu, começando a parecer decididamente predatória.

— Grizzie, estamos em novembro. Shortinho não é uma boa opção — lembrei-lhe.

Ela me olhou como se eu houvesse acabado de manchar a memória de minha própria mãe.

— Shortinho, minha querida, é *sempre* uma boa opção.

Balancei a cabeça, vesti o casaco e lhe dei um abraço de despedida. Ryu e o goblin continuavam discutindo, mas minha curiosidade estava ganhando de minha apreensão. Senti vontade de saber o que estava acontecendo.

Nem o chupador de sangue nem o gremlin gigante registraram minha presença. Ryu estava tão irritado que quase cuspia. Na verdade, ele *estava* cuspindo. Suas presas aparentes tornavam a conversa difícil.

— Você não tem nenhuma, repito, nenhuma autoridade para me tirar deste caso, Gretchen! — rosnou. — Me pediram para investigar o caso, e é o que estou fazendo.

— Sim, mas a morte de Martin significa que a situação mudou — respondeu Gretchen, o goblin, impassível.

— Mudou como? — quis saber Ryu. — O corpo de Manx estava no porta-malas de Jakes; portanto, sua morte está conectada ao assassinato de Peter e, por isso, é parte da *minha* investigação.

— Acontece que não é mais sua investigação. — A voz de Gretchen não traiu o mínimo de emoção, quando as mãos de Ryu se fecharam em punhos cerrados, e ele, visivelmente, tentou se controlar. Dei mais um passo em sua direção. Quem quer que fosse aquele goblin, estava claro que se encontrava no comando, e que Ryu não ganharia nada ao atacá-lo. Além disso, tive a sensação de que estava havendo uma demissão.

— Você foi afastado do caso, e recebi autorização para substituí-lo. — O goblin procurou alguma coisa nos bolsos externos da valise. — Orin me pediu para lhe informar que isso não se deve a nenhuma falha sua. Quando um membro do nosso escritório é morto em ação, nosso contrato de trabalho estipula que *nós* nos tornamos responsáveis pela investigação. – Os olhos amarelo-gema da criatura cintilaram por um segundo na minha direção, e eu encolhi os ombros.

– Isso para mim é merda! – desabafou Ryu, quando ela lhe entregou um envelope pardo.

– Não, é o procedimento. – O goblin fechou o zíper do bolso da valise e esticou o terno. – E o procedimento diz que o escritório se responsabiliza por imputar justiça àqueles que interferirem com nossos agentes. A justiça dos Alfar, embora rápida, não é a justiça dos goblins.

Aqueles olhos amarelados, horrorosos, permaneceram desprovidos de emoção durante todo o diálogo, e eu soube que nunca, jamais, gostaria de descobrir o que pressupunha a justiça dos goblins.

Ryu, enquanto isso, já havia rasgado o envelope e lia a carta. Ele ainda estava irritado, mas um olhar de resignação atravessou seu rosto quando terminou, amassando a carta e o envelope juntos.

– Tudo bem – disse ele. – A investigação é sua. – Recompôs-se visivelmente, como se lembrando das boas maneiras. – Espero que encontre o assassino e sinto muito pela morte de Manx. Era um bom advogado.

– Sim, era – disse ela, com a voz estável. – Muito obrigada por sua compreensão. – Fez uma pausa quando entrou no carro, olhando para Ryu e para mim. – Não tenha dúvidas: o assassino de Martin *será* punido – concluiu Gretchen, o caráter decisivo de sua voz enviando uma corrente gelada por meus ossos.

Observamos em silêncio quando ela partiu, Ryu resmungou alguma coisa incompreensível e, balançando a bolinha de papel na palma da mão, observei, admirada, quando ela se transformou numa chama azul brilhante e depois em fumaça.

– Goblins – resmungou, sarcástico, finalmente virando e tomando consciência da minha presença. Puxou-me para si, liberando a agressividade num beijo dissimulado, antes de afastar-se e dizer que eu era um colírio para seus olhos irritados. Beijou-me novamente e fez graça: – E eu *quis dizer* irritados. Aquele batom vermelho dela não ajuda em nada – murmurou em contato com meus lábios, e explodi numa risada.

Quando estávamos acomodados dentro do carro, ele suspirou fundo e relaxou a cabeça no apoio do banco.

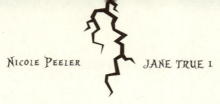

— Bem, isso joga areia nos meus planos — disse, por fim.

Eu já havia pensado nisso. Fora da investigação de assassinato significava fora de Rockabill. Fora de Rockabill significava que Ryu retornaria para sua vida normal em Boston.

O que me fez ficar pior foi o quanto eu me senti triste. Em primeiro lugar, nunca deveria ter me envolvido com Ryu, que dirá me envolver a esse ponto.

Não senti confiança para dizer algo, portanto, fiquei calada, as mãos sobre o colo.

— Achei que teria mais tempo aqui com você. — Virou-se para mim. — Mas só porque terei que ir embora mais cedo isso não quer dizer que a gente não possa se curtir, não é? Há até a possibilidade de tempestade com trovões esta noite. — Arqueou uma sobrancelha. — E aposto que sua metade selkie *adora* uma tempestade.

Ri, engolindo a tristeza. Ele tinha razão, não havia motivos para não aproveitarmos nossa última noite juntos. Além disso, eu sabia desde o início que era apenas um caso e não tinha pensado em encaixar nada mais sério em minha vida. *Talvez você tenha mais confiança em si mesma daqui por diante*, pensei. *Talvez Ryu seja apenas o início de uma nova vida.*

Fomos novamente jantar no Chicqueirão e, dessa vez, mal percebi os olhares especulativos de meus vizinhos abelhudos.

Pelo menos, Amy ficou feliz em nos rever e perguntou se iríamos ao Pocilga naquela noite. Quando Ryu respondeu sim, piscando para mim, ela disse que nos veria lá.

Fiquei feliz por saber que veria Amy naquela noite e mais feliz ainda quando chegamos ao Pocilga e o SUV de Stuart não estava lá. *Ele deve estar recuperando a confiança, agindo como um babaca em outro bar*, pensei. Ryu também devia estar pensando em Stuart, porque entrou primeiro no bar, mantendo-me atrás dele enquanto seus olhos examinavam os clientes.

Era noite de sexta-feira, mas muito cedo ainda; portanto, a parte onde ficava o bar estava quase vazia. Sarah servia comida, mas me lançou um sorriso luminoso, assim como Marcus, quando nos aproximamos do bar. Pedimos nossas bebidas — vinho tinto para Ryu, que pude ver que estava muito abaixo dos seus padrões, quando o experimentou, e um Jack Daniels com Coca para mim. Brindamos, mas, desta vez, eu tomei a palavra:

— Por sua estada em Rockabill. Eu, é... gostei muito de ter você aqui — gaguejei, constrangida. Mas ele pareceu tão satisfeito, que fiquei feliz por ter falado.

Pedi licença para ir ao banheiro e, quando voltei, Ryu estava se afastando do jukebox. Encontrou-se comigo a meio caminho do bar e me agarrou, rodopiando-me, enquanto o poder de seu encanto arrepiava os cabelos de minha nuca assim que a interpretação de "The Flame", do Cheap Trick, saiu das caixas de som.

— Seu bobo — murmurei, inclinando-me para beijá-lo. Ele ficou me abraçando pelo que pareceu uma eternidade, até eu perceber que nosso beijo começara a ficar impróprio para menores de 18 anos e, então, recuar.

— Pode me colocar no chão agora — lembrei-lhe.

— Até poderia — reconheceu ele, mordendo meus seios de forma que pequenos relâmpagos começaram a percorrer meu corpo.

— *Ryu* — censurei-o, olhando ao redor. Mas nossa demonstração pública de afeto, claro, não foi percebida. Eu teria de me acostumar com o tal lance do glamour.

— Ninguém pode nos ver — observou ele. — Nem mesmo quando faço isso — disse quando enterrou o rosto entre meus seios.

— Ninguém, a não ser Sarah e Marcus — sussurrei alto, observando como o casal trocava sorrisos.

Ryu me colocou no chão e inclinou-se para me beijar.

— Você é muito sexy quando é humana — resmungou.

E você é sexy sempre, pensei, quando peguei sua mão e passei meu braço por sua cintura, tentando distraí-lo com a dança.

— Conte-me sobre o goblin — pedi, para reforçar a distração.

Ele mordeu a isca, abraçando-me e balançando ao ritmo da música antes de dizer:

— Gretchen Kirschner é sócia-titular no escritório em que Manx trabalhava e, até mesmo para um goblin, ela é uma megera. Mas é poderosa. Se está envolvida, é porque tem coisa grande acontecendo. — Sua expressão se anuviou por um momento, e senti que calculava o que dizer.

— Nosso mundo é... complexo – explicou ele. – Entre nós, há seres que já viveram séculos, então não dá para imaginar a profundidade da intriga. O escritório de Gretchen representa os figurões. Só são chamados por nossos seres mais poderosos em circunstâncias especiais. Por que um membro da equipe dela estaria em Rockabill, dentre todos os lugares, investigando a morte de um meio-humano, isso eu não sei. – Franziu o cenho. – E como Manx acabou dentro do porta-malas de um carro é mais preocupante ainda. Jakes nunca poderia ter matado um goblin maduro. Não sem um exército para lhe dar cobertura. Mas por que um deles estava aqui, em primeiro lugar, é o grande mistério. Eu já havia achado estranho os Alfar terem me pedido para investigar o assassinato de Jakes, e agora essa mudança de planos não me agrada nem um pouco.

No entanto, a expressão no rosto de Ryu não era só de preocupação; havia também um leve sinal de prazer quando analisou a situação. *Ele adora isso*, percebi. *Não os assassinatos, obviamente, mas a intriga, a complexidade.*

— Quantos anos você tem, Ryu? – interrompi, curiosa.

— Como? – perguntou ele, como se acordando de um sonho. Repeti a pergunta.

—Ah, em anos humanos sou muito velho, mas, para a minha espécie, sou um iniciante – respondeu, sorrindo.

Aguardei até que respondesse minha pergunta:

— Já vivi uns 270 anos humanos – disse, observando a minha reação. – Isso incomoda você?

— É meio estranho – respondi com sinceridade, após um momento de reflexão. – Você já viu tantas coisas... fez tantas coisas. É intimidador – admiti. – Mas sexy também – esclareci, tentando parecer destemida, quando olhei em seus olhos dourados.

Deve ter funcionado, porque, no instante seguinte, estava me envolvendo em seu casaco e me levando para o seu Porsche. Mal tive chance de dizer adeus para Sarah e Marcus e pedir a eles para dizer a Amy que eu sentia muito por nos desencontrarmos. Abandonamos nossas bebidas sem tocar nelas.

— Você passaria a noite comigo? – perguntou Ryu, ao sair do estacionamento do Pocilga, ansioso como se fosse apagar um incêndio em uma maternidade. Suas presas já estavam aparecendo, e achei a visão delas incrivelmente...

estimulante. Enquanto procurava o celular na bolsa, maravilhei-me com a rapidez com que me acostumara com o meu amante vampiro.

Eu disse ao meu pai mais cedo que não apareceria para o jantar naquela noite e fiquei quase ofendida com a forma como ele aceitou bem a notícia. No entanto, ainda me sentia estranha falando para ele que eu não passaria a noite em casa. Não sabia até onde ele ficara sabendo sobre Jason e eu, uma vez que a conversa sobre sexo fora conduzida por Nick e Nan, e papai deixara claro que, quando eu fizesse dezoito anos, seria adulta e responsável por mim mesma. Mas eu ainda era filha dele e não sabia como reagiria à minha ausência em casa para passar a noite com Ryu.

Ele respirou fundo quando eu lhe disse que não apareceria em casa até o dia seguinte.

— Tudo bem, Jane. Obrigado por avisar. Apenas... tenha cuidado – disse, sentindo certo desconforto. – Nos vemos amanhã de manhã. Tem o fim de semana de folga?

— Sim. Vejo você amanhã.

— Tchau, querida. Te amo.

— Te amo também, pai – respondi e desliguei o telefone.

Levantando o polegar, fiz sinal para Ryu de que estava tudo bem e, se antes eu achara que ele estava dirigindo muito rápido, parecia agora que tentava quebrar a barreira do som. Acho que nós dois estávamos determinados a tirar o máximo que pudéssemos do nosso efêmero romance.

Seu chalé alugado era simples, limpíssimo, todo branco com detalhes em tons de azul. Não que eu tenha prestado muita atenção antes de chegar ao quarto, pois Ryu nos arremessara pelo ar até aterrissarmos no colchão, produzindo um baque que sacudiu a cama.

Ele se despiu na velocidade da luz e me deixou quase nua no mesmo tempo recorde. Fiquei muito lisonjeada com a sua necessidade evidente, o que também não deixou de ser engraçado. De repente, como quem se lembrava de alguma coisa, levantou-se para pegar a carteira. Quando surgiu com uma camisinha, assenti com a cabeça. Suspirou, atirando-a perto do meu joelho. Ignorei sua decepção; enquanto eu não tivesse certeza de que não acabaria dando à luz bebês com os meus olhos e as presas de Ryu, manteríamos as coisas bem embrulhadas.

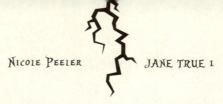

Ele voltou para o meu lado num piscar de olhos, arrancando meu sutiã enquanto eu ria.

— Meu amor, calma. Você vai acabar se machucando... temos a noite toda pela frente.

— ... não é suficiente — respondeu ofegante, finalmente tirando minha calcinha, que teimava em não descer, e logo colocando a armadura de látex. Seu corpo cobriu o meu, a mão deslizou entre as minhas pernas. Respirei com dificuldade tanto por causa de seu toque quanto pela prova de minha óbvia excitação. — Mais tarde teremos tempo para mais tempo — murmurou, usando os joelhos para abrir minhas coxas enquanto lambia meu pescoço, no que eu havia percebido ser a versão vampiresca das preliminares. — Teremos tempo para muito mais hoje à noite — concluiu, quando me mordeu, enquanto me penetrava com força. O prazer foi quase insuportável.

Ele não estava mentindo. Naquela noite nós tivemos todo o tempo do mundo para transar muito satisfatoriamente por horas, muitas horas.

Capítulo 11

— Conte-me o que aconteceu com você — pediu Ryu, sua voz baixa no escuro. — Quero ouvir sua própria versão.

Fiquei tensa em seus braços. Agora era hora de carícias e abraços e não de atravessar um campo minado.

— É sério? — perguntei, na esperança de que quisesse saber outra coisa.

— Conte-me sobre a morte de seu amigo. E o que aconteceu com você depois.

Resmunguei internamente. Esta era a última coisa de que eu queria falar. Era mais do que estranho contar para a pessoa com quem se tinha acabado de transar sobre seu primeiro — e único — amor. Também seria o inferno contar a Ryu sobre a morte de Jason e o que acontecera em seguida. Como colocar a intensidade de meu sofrimento em palavras? E eu duvidava que Ryu — que, afinal de contas, comparara humanos a fogos de artifício — pudesse mesmo entender o que eu tentaria lhe explicar.

Mudei de posição, virando-me na cama para passar para o outro lado. Mas ele não me deixaria escapar com facilidade.

— Me conte — pediu enfático agora, porém gentilmente, ao se virar junto comigo, ficando na posição de conchinha.

Fechei os olhos e fiquei pensando, até Ryu morder levemente meu ombro. Então, suspirei e comecei do início, com a esperança secreta de que pudesse fazer do início toda a história. Comecei com meus pais e contei como eles se

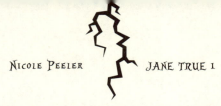

conheceram. Contei-lhe sobre Nick e Nan, nossos fantásticos vizinhos hippies modernos que foram como uma família para mim. Tinham tido um filho e uma filha. O filho era pai de Stuart, e a filha, que começara a agir de forma estranha e partira para drogas pesadas, acabara abandonando seu bebê, Jason, numa estação de trem de Chicago, e seus avós o criaram. Obviamente contaram a Jason sobre sua mãe, mas, entre meus próprios pais e entre Nick e Nan, fomos ambos tão amados quanto duas crianças poderiam ser. E nos apaixonamos com a mesma força também. Não sei quando começou; era como se sempre tivéssemos estado juntos. Éramos tudo um para o outro, e nossa relação foi crescendo junto conosco. Quando crianças, éramos como gêmeos – tão unidos que parecia que havíamos dividido o mesmo útero. Depois, quando completamos seis anos, minha mãe desapareceu. Naquela época, Rockabill era uma vila onde ninguém se divorciava ou tinha filhos fora do casamento ou – em nome de Deus – abandonava sangue do seu sangue. Se Jason e eu estivéssemos juntos hoje, nossa ligação seria quase sobrenatural.

"Jason e eu nos entendíamos muito bem e parecia que éramos nós dois contra o mundo", concluí, virando-me para Ryu, de forma que ficamos olho no olho. Ele me lançou um sorriso encorajador, e aproveitei a oportunidade para dar uma mordidinha em seu lábio inferior. Então, beijei-o com vontade, abrindo minha boca assim que a língua dele buscou a minha, e ele me mandou continuar a falar e recolher os lábios com um movimento de cabeça.

— Quero a história completa – lembrou-me, a voz baixa e suave.

Balancei um punho imaginário para ele, reunindo forças para continuar.

— Jason e eu dividíamos tudo – comecei – exceto um único segredo. – Lembrando de respirar, continuei: – Nunca contei a ele sobre o meu nado, porque nadar, na minha casa, era um tabu tão grande quanto incesto, alcoolismo, infidelidade e outros tantos. – Minha voz falhou, apesar da leveza, do momento que eu estava vivendo.

O restante veio num rompante.

— Então, um dia bem cedo, fui à praia nadar. Deixei as roupas na minha enseada e mergulhei. Só que Jason deve ter ido à enseada também ou me seguido desde casa, ou qualquer outra coisa parecida. Enfim, ele não tinha como saber que eu ficaria bem. Era inverno, a água estava congelante, e caía uma tempestade; portanto, o mar estava muito bravio mesmo. Ele deve ter achado que eu estava me afogando. – Lágrimas desceram por meu rosto. – Deve ter tentado me salvar. – Minha voz falhou, e não consegui continuar. Fechei os olhos. Senti os dedos de Ryu enxugarem minhas lágrimas, mas eu estava a milhas de distância, revivendo minhas sofridas memórias.

Eu me vi saindo da água após um nado refrescante quando encontrei outro amontoado de roupas ao lado das minhas. Lembrei-me de como me senti quando ajoelhei para examiná-las e como me senti no momento em que percebi que era a camisa dos Patriots que ele adorava, com as manchas identificadoras de tinta marrom, o casacão North Face surrado e a calça jeans favorita. Jamais me esquecerei da sensação que vivi naquele momento, mesmo não havendo nome para ela. Sei que o alemão forma novas palavras, juntando frases descritivas até que a ideia ou emoção que se quer seja expressa apropriadamente. Se tivéssemos isso em inglês, a palavra para o que senti, ali de pé, segurando as meias surradas de Jason seria feita de uma terrível combinação de devastação total, completo terror e da necessidade devastadora de descobrir que ele estava bem, que aquilo era só uma brincadeira ou um engano.

– Você conhece o restante da história – continuei, a voz rouca. Mantive os olhos fechados. – Procurei ele durante horas, e então, finalmente, o encontrei no Sow. Após um tempo, ele se aproximou de mim. Achei que isso queria dizer que ainda estava vivo e havia nadado. Mas estava gelado e com os olhos vidrados. – Tremi, e os braços de Ryu me apertaram de forma protetora. – Dei um jeito de levá-lo para a praia. Estava exausta. Simplesmente caí do lado dele e desmaiei. Depois acordei sendo levada para uma ambulância, e Jason para o instituto médico legal. Ele estava morto e eu, quase morta.

Ryu assentiu com a cabeça, acariciando-me a cintura.

– Você gastou uma energia tremenda para tirá-lo de dentro do Sow. Nell disse que isso foi sentido a quilômetros de distância, mas ninguém fazia ideia do que tinha acontecido ou de quem poderia ter sido. Nunca descobriram que foi você, uma vez que não era para ter nem parte dos poderes que tem. Foi seu pânico que despendeu todo esse poder. Quando perdemos controle dessa forma, é muito perigoso; liberar essa quantidade de poder pode nos levar à morte. Você teve sorte em ter sobrevivido.

Apertei os lábios e senti meu estômago se torcer todo.

— Sorte? – perguntei por... ah... pura retórica. – Não acho que eu tenha tido sorte. O que vivi após a morte de Jason quase me aniquilou. – Ryu franziu a testa, mas não o deixei interromper. Continuei:

— O afogamento e o quase afogamento de dois adolescentes na cidade foi uma notícia bombástica. Havíamos crescido às margens do oceano; sabíamos muito bem que não tínhamos nada que fazer ali quando o mar estava revolto. Jason estava morto, e eu fiquei dias em coma; então, todo mundo tomou a dianteira e inventou o que havia acontecido. Disseram que Jason e eu tínhamos feito um pacto de morte, ou que aquilo tinha sido uma tentativa de assassinato-suicídio, ou uma tentativa de suicídio, ou mesmo uma tentativa malsucedida de resgate. Por Jason ter sido sempre tão perfeito e eu ser quem eu era foi a última ideia que prevaleceu. Jason era *vivo* demais para querer se matar e, com certeza, bondoso demais para querer me matar e depois se matar. Portanto, ele deve ter achado que eu estava tentando morrer e deve ter tentado me salvar. E, nessa virada irônica do destino, que é objeto de grandes audiências cinematográficas, eu vivi e Jason se afogou. A mídia adorou – concluí com amargura.

— Quem diria tais coisas? – espantou-se Ryu. – Principalmente sobre adolescentes?

Bufei, irônica.

— Diante das câmeras, a maioria das pessoas diz praticamente tudo que pode sair nas manchetes dos jornais. E também ninguém nunca gostou de mim aqui. Portanto, os colegas na escola ficaram mais do que felizes por acrescentar mais detalhes à minha tentativa de "suicídio". Jason era bonito, atlético e muito querido por todos, apesar do nosso relacionamento. Ninguém nunca entendeu nossa conexão. Então, as pessoas, principalmente uma garota chamada Linda Allen e o primo de Jason, Stuart, disseram à mídia que Jason não gostava mais de mim. Que vinha tentando terminar comigo. Que só andava comigo por pena. – Minha voz ficou gelada de tanta raiva, e Ryu apertou os olhos em solidariedade. Continuei:

— Linda chegou mesmo a dizer que ela e Jason tinham começado a namorar, e que talvez tenha sido isso que me levou ao limite. Quanto à razão para fazerem isso, a de Linda era óbvia. Sempre fora apaixonada por

Garota Tempestade

Jason, e é quase tão iludida quanto as heroínas dos romances que lê. Quanto a Stuart, ele e Jason *nunca* foram amigos quando Jason era vivo. Acho que Stuart usou a morte do primo como muleta para fazer drama, simplesmente porque gosta de ser babaca. Principalmente para as garotas que não podem bater nele quando ele fala merda. Por sorte – continuei, tentando controlar minha raiva –, não tive como acompanhar a cobertura da mídia, na época, porque estava no hospital, com braços e pernas amarrados para que eu não me machucasse. Não que as pessoas não estivessem loucas para me contar o que eu havia perdido quando voltei à sociedade civilizada.

Ryu balançou a cabeça, a expressão triste.

– O que aconteceu depois?

– Assim que recebi alta, me internaram num hospital psiquiátrico para observação. – Sorri, um sorriso que não chegou aos olhos. – Se eu não tinha sido suicida antes, certamente passaria a ser. Eu não podia imaginar viver sem o Jason; era inconcebível. Então correspondi exatamente à imagem que faziam de mim: a de uma alma penada destinada a se autodestruir, assim como a todos aqueles que amava.

"É claro que nunca me ocorreu falar a verdade. Que eu havia ido *nadar*. Após todos os nossos anos juntos, o único segredo que eu guardava de Jason era o fato de que, de alguma forma, eu conseguia sobreviver à temperatura congelante da água e à extrema variação da maré do nosso pequeno pedaço de terra ao noroeste para ir nadar. Nua. Porque, obviamente, eu não estava usando maiô na noite em que Jason morreu, o que se encaixou muito bem na já conhecida exposição de nudez pública de minha mãe. Um roteirista de filme de TV não poderia ter surgido com uma tentativa de suicídio mais simbólica: filha abandonada tenta pôr fim à própria vida numa paródia da aparição escandalosa da mãe, em sua cidadezinha natal."

Eu estava falando com agressividade, mas Ryu apenas ouvia em silêncio.

– Lembro de um dia particularmente ruim, na psiquiatria, em que tentei me afogar no vaso sanitário, bem à moda das escolas, e depois fui amarrada e sedada. Acordei com meu pai ao meu lado. Ele estava chorando. Sussurrei: "Conte para eles". Eu estava muito cansada de lutar, e meu cérebro já confuso por causa dos remédios raciocinou que, se contássemos às pessoas que eu estava nadando, me deixariam de lado. E, então, eu poderia me matar em paz.

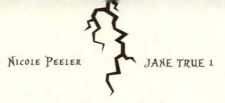

"Meu pai se limitou a apertar minha mão, e eu soube que nada nunca seria dito. Se eu não tivesse um par de algemas me prendendo à cama, eu o teria agredido. É claro que hoje percebo que, se meu pai tivesse contado às pessoas que sua filha maluca não era maluca, pois a verdade era que ela nadava no mar exatamente como sua mãe, isso apenas o teria feito passar as férias no leito vazio ao meu lado. Mesmo assim, levei um bom tempo para perdoá-lo por seu silêncio e hoje me arrependo disso."

Fiquei aborrecida ao perceber que estava chorando de novo, pensando no quanto havia magoado meu pai. Ele tinha feito o melhor que podia por mim, e não havia forma certa de agir numa situação como aquela. Isso sem falar que, se eu não tivesse ficado na psiquiatria, sem dúvida, eu *teria* mesmo me matado.

E pense só, disse a mim mesma, *se eu tivesse morrido, teria perdido todas as coisas maravilhosas que Rockabill guardava para mim quando eu voltasse.*

— Deve ter sido terrível — disse Ryu, abraçando-me com força. — Não consigo imaginar ficar preso dessa forma num hospital psiquiátrico. Ainda mais sabendo que não sou louco.

Ri.

— Ah, não era essa a questão. Eu *estava* completamente louca. Não estava brincando quando falei do vaso sanitário, e essa foi só uma das cerca de sete tentativas de suicídio. — Levantei meus pulsos cheios de cicatrizes. — Isso aqui não é machucado de jogo de futebol.

Ryu ficou com os olhos tristes quando passou os dedos e depois os lábios por minhas cicatrizes.

— Como você fez isso? — acabou perguntando. Eram cicatrizes horríveis, bem irregulares.

— Dei um jeito de afiar um garfo, acredite ou não. Mas eu estava sob efeito de medicamentos pesados; portanto, não senti nada. — Ele fez uma careta.

— E tinha ainda o meu amigo invisível — acrescentei.

— Que amigo?

— De noite, esse amigo esquisito aparecia para me fazer companhia. Não de forma assustadora ou abusiva — acrescentei em seguida, vendo a expressão em seu rosto. — Ele não podia ser real. Não estava internado comigo e não trabalhava lá. Vinha apenas à noite... quando a medicação era mais forte. – Sorri; apesar das circunstâncias, algumas lembranças eram estranhamente felizes.

– Sério? – perguntou Ryu, com uma expressão esquisita. – Como era esse estranho?

Encolhi os ombros.

– Não sei. Como eu disse, estava sob efeito de medicação forte. Sei que era grande e era homem. Por alguma razão, não podia vê-lo. Quando eu tentava, tudo ficava turvo. Provavelmente porque, na verdade, ele não existia de fato – lembrei a Ryu.

– E o que ele fazia quando aparecia?

– Ah, só segurava minha mão e me contava histórias. Eram fascinantes. Tipo contos de fadas, mas não os que a gente ouve por aí. Sei que parece estranho, uma vez que o cara era apenas fruto da minha imaginação, mas juro que ele me impediu de enlouquecer *de vez*. Eu teria pirado completamente se ele não tivesse aparecido. Talvez fosse a encarnação do Prozac vindo para me levar para casa. – Ri, mas Ryu ainda estava sério. Quisera ouvir a verdade, mas talvez não esperasse que eu admitisse que ficara mesmo perturbada... o que me deixou nervosa de repente.

– Bem, humm, você não precisa ficar assustado – disse a ele, nervosa.

– Como? – perguntou Ryu, sua expressão passando de séria para confusa.

– Estou bem, agora. Não precisa ter medo de que eu tenha uma recaída. Sem paranoias daqui para a frente. Prometo não furar os olhos com pauzinhos se me levar para comer comida chinesa. Ou saltar do carro em movimento. Ou roubar o cadarço dos seus sapatos para me...

Ryu pôs o indicador sobre meus lábios para dar um fim à minha fala compulsiva.

– Jane, fique calma. Não acho que seja louca. Acho que ficou louca de tanto sofrimento. E detesto que tenha sido obrigada a enfrentar tudo isso sozinha. Você devia ter recebido mais proteção da nossa espécie.

Balancei a cabeça.

– Não sou digna de pena – disse. – Eu menti para Jason. Ele morreu. Se for sentir pena de alguém, sinta dele. Ele não devia ter morrido naquela noite.

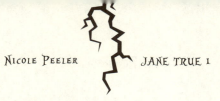

Ryu fez uma careta.

— Acredito que você já tenha ouvido um milhão de vezes que a morte dele não foi culpa sua.

— Se eu ganhasse uma moeda cada vez que alguém me dissesse isso... – respondi secamente.

— Bem, a morte dele não foi culpa sua.

— Foi, foi sim. Bastava uma frase para eu dizer a ele que nadava à noite. Duas para explicar. Jason me amava a despeito de qualquer coisa, mas me ensinaram que meu nado precisava ser mantido em segredo – eu disse essas palavras como se fossem um fato. Eu estava sendo inclemente com meus nervos mais sensíveis.

O que aconteceria se Jason não tivesse aceitado seu nado?, pensei. *E se você tivesse medo de que a verdade fosse a gota d'água e o fizesse ir embora?*

— Mas isso não importa agora – continuei a falar. – Ele morreu, e eu convivo com sua morte há tanto tempo que é como se... como se fosse a capa de um livro meu. Preciso seguir em frente. Mesmo se eu não conseguir me perdoar, preciso seguir em frente.

— Jane, querida, acha que está sendo realista? Como pode seguir em frente, se ainda se sente culpada pela morte de Jason?

Balancei a cabeça.

— Simplesmente preciso, Ryu. Não posso mais viver assim... – Para meu horror, minha voz estava falhando.

— Ah, Jane – suspirou Ryu, virando-me de forma que eu ficasse por cima dele. Correu as mãos pelos meus cabelos. – O que farei com você?

Me distraia, pensei, fazendo força para conter as lágrimas. *Me reinvente. Me tire de minha própria cabeça; me resgate de minha própria vida...* Por um segundo, visualizei-me como Mina, e Ryu como o Drácula de Gary Oldman. O novo e gostosão, de cabelos compridos, e não aquele velhote com uma peruca idiota.

Eu diria: "Livre-me de toda essa morte", enquanto estivesse sugando de seu peito. Mas aí eu tentaria morder todos os meus amigos, que teriam que queimar minha testa com hóstias sagradas. Então, essa não é a melhor opção... assim como, ao que parece, é a definição errada de vampiro.

— E aí, quais são as *minhas* opções? – perguntei, finalmente, olhando para ele através da minha franja comprida.

Garota Tempestade

    Seus olhos repentinamente afogueados se focaram novamente em mim, quando me puxou para cima da parte rígida de seu corpo, de forma que fiquei na altura de ser beijada.

    — Eu poderia abduzir você no meio da noite e te trancar numa torre até que todos os traços de culpa e de falsas acusações se apagassem — disse, marcando sua fala com um beijo gentil diante da careta que surgiu em meu rosto. — Ou poderia fazer amor com você, aqui e agora, com tanto vigor e intensidade que se esqueceria até de que tem um passado, que dirá lembrar de detalhes desse passado. — Dessa vez, beijou minha sobrancelha, que se ergueu com sua pretensão. — Ou poderia fazer as duas coisas, incluindo um pouco de chantilly. E talvez aquelas algemas enfeitadas que vendem por aí — acrescentou, quando comecei a sorrir. — Ou um ou dois hamsters? — sugeriu, quando o sorriso transformou-se numa risadinha hesitante. — Hamsters, então — arrematou, segurando-me com força para um beijo de verdade.

Capítulo 12

O Blackberry de Ryu interrompeu meus pensamentos como uma foice. Ele ainda estava acordado; na última vez em que abri os olhos, lia enquanto bebia uma taça de vinho. Eu estava pronta para voltar a dormir quando ele atendeu, e o tom de sua voz me fez ficar consciente.

— Tem certeza? — perguntou com a voz séria. — Eu estou indo para aí — disse antes de desligar, já vestindo a calça.

— ... o que houve? — resmunguei, sentando na cama e esfregando os olhos sonolentos.

— Era Nell. É a Gretchen — respondeu Ryu, ainda sério, revirando nossa pilha de roupas ao lado da cama, à procura de sua camisa. — Ela está morta.

Essa pequena informação levou consigo os últimos vestígios de sono da minha mente.

— Está falando sério? — perguntei, incapaz de compreender o que poderia ter matado uma criatura tão incrível. Mas, incrível mesmo, foi descobrir que gnomos de jardim já utilizam celular.

— Sim, e foi assassinada de forma a chamar nossa atenção.

Saí desajeitadamente da cama quando ele jogou minha camisa e jeans. Vesti as roupas sem me importar com calcinha e sutiã, e enfiei os pés nos sapatos assim que Ryu me passou o casaco.

— Para onde vamos? — perguntei, tão logo deixamos o chalé e passamos direto pelo carro.

Garota Tempestade

— Para a padaria — foi a única resposta de Ryu.

Precisei correr para acompanhar o ritmo dele; minhas pernas curtas não eram páreo para suas passadas largas. Era uma caminhada de apenas cinco minutos do chalé até a praça principal da cidade, mas eu estava ofegante quando chegamos. Em volta da padaria Tanner havia um amontoado de carros de polícia, um carro de bombeiros, uma ambulância e um troço que parecia um rabecão do agente legista. Havia também alguns poucos moradores de Rockabill do outro lado da rua, desarrumados de diversas maneiras e observando a movimentação. Vi Marge e Bob Tanner, os donos da padaria, e meu coração disparou por eles. Eram gente boa, ambos tão gordos e fofos quanto suas famosas broas, Marge soluçava no ombro de Bob. Vestiam roupões lilás iguais por cima de pijamas listrados.

Ryu estava tenso quando nos unimos à multidão, e sei que o fato de não poder fazer nada devia estar matando-o por dentro. Eu não sabia a extensão de seus poderes, mas enfeitiçar uma multidão que já estava com toda a sua atenção dirigida para um único evento devia ser demais até mesmo para ele.

Segurei a mão dele quando vimos o corpo sendo carregado dentro de um saco plástico preto, para fora da padaria e para dentro do rabecão. As presas de Ryu estavam à mostra, e ele sussurrou de um jeito ferino quando o carro partiu. Depois, olhou ao redor, como se procurando alguma coisa, e me puxou pela rua, para um beco que separava o Chicqueirão de nosso pequeno cinema local.

Meus olhos demoraram um momento para se ajustar à penumbra, assim que nos dirigimos para os fundos do beco e para fora dele, na entrada secundária do Chicqueirão. Então, vi Anyan esperando perto da caçamba de lixo.

Aproximou-se de nós, balançando o rabo, quando fui cumprimentá-lo. No entanto, quando me farejou, os pelos do pescoço se eriçaram, e ele recuou. Não entendi o que havia acontecido, mas fiquei triste.

— Anyan — cumprimentou-o Ryu, superficialmente. — Mas que diabos aconteceu aqui hoje à noite?

A voz de Anyan pareceu ainda mais rouca do que antes, mas, certamente, alguém o havia acordado, como fora o caso conosco. Falou sem olhar nos olhos de Ryu, e perguntei-me mais uma vez por que gostavam tão pouco um do outro.

— Nell pressentiu a morte do goblin. Gretchen tinha um tipo de alarme de emergência que disparou no momento em que morreu. O que significa que seu escritório também ficou sabendo de sua passagem e certamente já está vindo para cá. Entretanto, quem quer que a tenha matado, queria mantê-los ocupados. Colocaram o corpo no forno da padaria para que fosse encontrado por humanos. Está queimado, mas não a ponto de não poder ser identificado como não humano. Quem quer que o tenha colocado ali sabia que os padeiros começam a trabalhar cedo e que o corpo seria encontrado antes que fosse completamente incinerado...

— Nos forçando a tentar recuperá-lo, assim como recuperar qualquer outra prova, antes que sua natureza verdadeira possa ser do conhecimento de todos – concluiu Ryu, e vi que a engrenagem mental voltou a girar.

Ryu olhou de forma especulativa para Anyan.

— Quem sabe da sua presença aqui em Rockabill? – perguntou, por fim.

— Ninguém além de Nell, Trill e outros moradores. Mas eles são cautelosos, não sabem da minha história.

— Ótimo, vamos tirar proveito da situação. Quem quer que tenha feito isso, acha que teremos de esperar o pessoal do escritório de Gretchen para agir, o que dará ao assassino tempo para escapar. Mas acho que não é isso o que está em jogo aqui. Acho que o assassinato de Gretchen é somente uma cortina de fumaça para nos manter distraídos, e estou começando a ver a forma das coisas através dessa cortina. – Ryu ficou em silêncio, refletindo, e Anyan manteve os olhos nele, ignorando a minha presença.

— Acha que consegue recuperar o corpo e os pertences? – Ryu acabou perguntando a Anyan. – Agora?

— Sem problemas – respondeu o cachorro, em seguida. – Já fiz isso antes.

— Ótimo. Diremos ao pessoal do escritório de Gretchen que tivemos uma oportunidade de investigar e a aproveitamos. Deverão aceitar a nossa desculpa, principalmente com o seu envolvimento. Quando você terminar, me avise, e planejaremos nosso próximo passo.

Anyan assentiu firmemente com a cabeça e retirou-se sem olhar, uma vez sequer, na minha direção. Eu sabia que a situação estava tensa no momento, e que aquela monstruosidade que eu não entendia o que era tinha ido longe demais, mas eu ainda achava que não havia razão para a sua frieza comigo.

Ryu me deu a mão, e voltamos andando para o seu chalé enquanto eu pensava nos acontecimentos da noite. Então, um pensamento me ocorreu:

— Anyan falou algo sobre "minha história". O que quis dizer com isso? — perguntei.

— Anyan foi líder de operações secretas durante a última Grande Guerra de Sucessão. Na verdade, foi meu superior. Devemos a grande vitória à sua força e inteligência, e ele poderia ter assumido um alto cargo no nosso Tribunal. Contudo, em vez disso, simplesmente desapareceu. — Ryu balançou negativamente a cabeça. — Eu sabia que ele estava em algum lugar por aqui, mas não fazia ideia de que o encontraria enfrentando uma existência medíocre nas cercanias do fim do mundo.

Senti vontade de dizer a Ryu que Rockabill não era tão ruim assim, mas eu sabia que ele não entenderia. Eu começava a ter um quadro bem claro de suas prioridades, e nem "ar fresco do campo" tampouco "vistas panorâmicas" compunham a lista.

Eu refletia sobre as implicações de Anyan ser um cachorro general quando outro pensamento me ocorreu. *Como um cachorro carregaria um cadáver e seus pertences para fora de um necrotério?*

Mas antes que eu pudesse fazer a pergunta a Ryu, já estávamos de volta ao chalé, e ele tirava meu casaco. Assim como minha camisa e meus jeans.

— Parece que não irei embora daqui tão cedo — informou-me, enquanto me conduzia ao quarto. — Isso deixa você feliz?

— Ah, se deixa! — murmurei, ajudando-o a abrir sua calça. Caímos sobre a pobre cama cansada de tanto trabalhar, que rangeu de forma alarmante. E, pela meia hora seguinte, eu lhe mostrei exatamente como a ideia de sua permanência em Rockabill me deixara feliz.

— Muito obrigado por ter preparado o café da manhã — agradeceu meu pai, servindo-se de outra torrada de pão integral.

— De nada, pai. — Sorri. Fiz questão de chegar em casa antes das nove naquela manhã, deixando Ryu dormindo profundamente. Como eu também tinha dado um jeito de conseguir mais algumas horas de descanso, o que era tudo de que eu precisava, estava me sentindo bem apesar da maratona de devassidão da noite anterior.

Quando acordei às oito, Ryu dormia feito uma pedra; no entanto, deixara um bilhete dizendo que me buscaria após o pôr do sol. Ao observá-lo dormir, fui mais uma vez acometida pelo fato de ele não ser humano. Chamei o que ele fazia de *dormir*, mas, quando toquei nele, não esboçou nenhuma reação. Balancei-o gentilmente, achando que gostaria que eu me despedisse, mas parecia que havia apertado um botão e desligado. Eu sabia que ele funcionava durante o dia; havíamos nos encontrado em horários diurnos. Mas ele me dissera que sua espécie não se encontrava em sua melhor forma nesse período; portanto, escolhiam descansar nas horas após o nascer do sol. *E quando dormem, caramba, será que...,* pensei, cutucando-o meio agressivamente umas dez vezes seguidas na testa, só para checar. Ele nem sequer piscou, e sua respiração só podia ser percebida se eu prendesse a minha própria, colocasse meu ouvido em seu nariz e esperasse pelo que pareciam décadas. *Não é de admirar que as pessoas pensem que são mortos-vivos.*

— Quais são seus planos para hoje? — perguntou meu pai, interrompendo meus pensamentos.

— Bem, tenho um monte de coisas para fazer em casa — respondi. — E vou preparar o jantar. Ryu vem me pegar mais tarde.

— Que bom que seu amigo está ficando bastante tempo aqui — disse meu pai. — É ótimo ver você ocupada.

— Você só está contente porque estou te dando um descanso — impliquei com ele.

— Estou falando sério, Jane. Fico feliz quando está feliz. Sei que se sente responsável por mim e odeio fazer você desperdiçar a própria vida. Sua mãe e eu tivemos uma filha porque queríamos dividir nosso amor com alguém, não porque queríamos uma enfermeira para tomar conta de nós quando ficássemos velhos.

Fiquei em silêncio, sentindo-me culpada pela doença dele não ser o motivo verdadeiro de eu não ter muita vida social.

Como se soubesse o que eu estava pensando, meu pai continuou:

— Sei também que a vida não anda fácil para você desde que Jason morreu, assim como sei que certas coisas ditas sobre aquela noite tornaram tudo ainda mais difícil. Mas eu e você sabemos, mesmo que mais ninguém saiba, que a morte de Jason foi um *acidente*. Um acidente terrível e algo que jamais deveria ter acontecido, porque coisas como essa simplesmente *não deveriam* acontecer. Mas aconteceu, e não foi culpa sua. Você precisa entender isso de uma vez por todas.

Coloquei os ovos mexidos no meu prato. O que Ryu havia dito naquela manhã e o que meu pai dizia agora era muito bonito, mas não era verdade. A verdade era que se eu simplesmente tivesse contado a Jason que nadava ele nunca teria morrido. Eu teria demorado menos do que dez segundos para proferir essas palavras, mas não fiz isso. E viveria com essa culpa pelo resto da vida.

— Enfim — concluiu meu pai, reconhecendo, por experiência, minha expressão de "não quero falar sobre isso". — Só estou feliz por você ter um... amigo e estar saindo como uma mulher na sua idade deveria sair. Isso me deixa bem. Já estava na hora de você seguir em frente.

Ele tinha toda a razão. *Estava* na hora de eu seguir em frente, a despeito do que ainda sentisse com relação à morte de Jason. Então, sorri, considerando o que ele havia dito, ao mesmo tempo que aproveitava a oportunidade para mudar de assunto.

— O que você gostaria de comer hoje à noite, papai? Estou pensando em fazer bife. E talvez creme de espinafre...

Ryu ficou para o jantar naquela noite; portanto, fiquei feliz por ter decidido fazer bife. Eu me peguei checando meu próprio pescoço e pulsos em busca de algum sinal de *vida* na noite passada, a razão de sentir vontade de comer alimentos ricos em ferro. No entanto, exceto pelo meu grande apetite, o que não era comum, não havia outros sinais de que eu estava transando com uma criatura sanguessuga das trevas. A não ser pelos hematomas mínimos, quase invisíveis em meu pescoço e pulsos, eu não tinha qualquer marca deixada por Ryu.

Observava, feliz por poder ficar na minha, enquanto meu pai e Ryu conversavam sobre pôquer. Meu pai adorava pôquer e chegava até a assistir na tevê o que, para mim, era o equivalente a assistir tinta secar. Mas, por alguma razão, eu não estava nem um pouco surpresa que Ryu também gostasse do jogo. *Aposto que ele é mestre em fazer* poker face, pensei, assim que ele me pegou olhando e sorriu, mostrando os dentes.

Retribuí o sorriso, percebendo naquele momento como estava feliz por ele não ter de sair tão rapidamente de Rockabill. Eu me sentia como se, a cada minuto que passava com Ryu, visse uma nova Jane se solidificando no horizonte. *Talvez*, pensei, *se ele permanecer tempo suficiente, ela ficará tão sólida que você simplesmente não conseguirá pensar em outra coisa e a velha Jane desaparecerá.* Levei um segundo pensando também na possibilidade de conseguir dar à nova Jane coxas mais finas...

Quando acabamos de comer, Ryu me ajudou a encher a lava-louças antes de darmos boa-noite ao papai. Em seguida, estávamos em seu carro, passando pela antiga pensão de Nick e Nan — agora um hotel requintado, administrado pelos pais de Stuart —, rumo ao norte selvagem de Rockabill.

Estacionamos em frente a um belo chalé de toras, totalmente cercado por uma adorável varanda ou deque, ou qualquer que seja o nome correto para a varanda de um chalé de toras. Nell estava na varanda, balançando em sua cadeirinha de balanço, enquanto Trill jogava frisbee com Anyan. Sorri diante da visão, observando aquele cachorrão dar um salto enorme no ar para pegar o disco. Trill tinha um braço poderoso, e, se Anyan não tivesse pegado o disco, acho que teria cortado a copa da árvore. Trill abriu um sorriso e Anyan balançou lentamente o rabo, mas ainda sem se aproximar de mim.

Fomos à varanda, para onde Nell estava sentada.

— Bom ver você de novo, minha criança — cumprimentou-me e então dirigiu um olhar examinador para Ryu. — Você parece satisfeito, Baobhan sith — disse a Ryu. Ele retribuiu o comentário com um sorriso largo e uma reverência educadíssima.

Dentro do chalé, admirei o interior aconchegante e arrumado. A primeira coisa que percebi foi o cheiro, a casa rescindia a um aroma delicioso de cera, limão e cardamomo, depois notei a arte ali presente. Havia esculturas maravilhosas por toda parte, colocadas em cima e entre peças antigas e vintage de mobiliário. Tive esperança de que talvez pudesse olhar mais de perto para as esculturas, mas aquela não era a hora. O que fiz, no entanto, foi dar uma boa espiada na casa enquanto íamos à sala de estar. A cozinha era surpreendentemente moderna, com geladeira e afins de última geração. Deduzi que aquele fosse o chalé de Nell, mas não tinha certeza de como ela conseguia alcançar as bocas do fogão. Como achei que esta não seria uma das perguntas mais delicadas, olhei disfarçadamente à procura de um banquinho quando Ryu e eu nos acomodamos num sofá de couro macio. Nesse meio-tempo, Trill sentou-se a meus pés, enquanto Nell puxava sua cadeirinha de balanço para dentro e sentava-se de frente para nós. Anyan ficou com metade do corpo para fora e metade para dentro do chalé, o mais distante possível de mim e de Ryu.

Nell gesticulou com a cabeça para Anyan. O cachorro se ligou.

— Enquanto vocês dois se divertiam, Anyan andou muito ocupado. O corpo está à disposição, e ele reuniu os pertences de Gretchen. Sua valise ficou levemente danificada pelo fogo, mas tanto as pastas quanto a agenda já haviam sido retiradas. O assassino deu uma olhada na agenda, mas ela contém poucas informações, fora algumas consultas ao dentista. Goblins gostam de manter os dentes afiados — informou-me Nell, como um adendo. Concordei, achando divertido. — Em todo caso, Ryu, talvez você consiga usar as informações que estão ali. Por fim, Gus está a caminho, pois Anyan foi inteligente o bastante para também retirar *aquilo ali* — disse Nell, apontando para uma grande pedra irregular de quartzo, em cima de uma revista *National Geographic*, no meio da mesinha de centro.

Fiquei pálida quando vi do que se tratava: a pedra que fora usada para bater na cabeça de Peter.

— Bom trabalho — disse Ryu a Anyan, e, por uma fração de segundo, tive a impressão de que quase chamou Anyan de "senhor". *Vai ver é esse o motivo da tensão*, pensei. *Ryu foi subordinado a Anyan e agora estão no mesmo nível. Não pode ser uma situação muito confortável.* Olhei com curiosidade para Ryu e para o barghest, como se, comparando os dois, seus segredos pudessem ser desvendados.

Ryu me pegou pela mão assim que ouvimos passos chegando pelo caminho de cascalho, e Anyan virou-se para cumprimentar o visitante. Era Gus, movendo-se mais lentamente do que nunca, os olhos flutuando atrás das lentes dos óculos, como se estivessem no espaço.

Cumprimentou-nos secamente, parando um momento para olhar para mim e para Ryu, olhos enormes piscando confusos, até desviarem a atenção para a pedra sobre a mesa. Aproximou-se dela da forma que qualquer outra pessoa se aproximaria de um animal maltratado, antes de pegá-la e

acariciá-la, cantarolando com os lábios fechados como se ela pudesse se assustar.

Encolhi os ombros. A relação de Gus com a pedra estava me deixando ansiosa. Aquilo não apenas era estranho, como também percebi que a pedra ainda tinha sangue e, imaginei, também pedaços de massa cinzenta. Aquela pedra não era algo para ser tocado; era algo para ser desinfetado.

Ryu apertou a minha mão.

— Gus, meu caro — repreendeu-o Nell, com gentileza. — Pode nos dizer alguma coisa?

Gus levantou o olhar, e vi que estava quase chorando.

— Ó, é horrível — lamentou. — Ela viu *tudo*. Ainda está muito triste.

Não me contive, aquilo foi demais. Deixei escapar um som de escárnio; ou fazia isso ou surtava.

Gus virou-se abruptamente para mim, o movimento mais rápido que eu já o vira fazer.

— Isso não tem a menor graça! — disse rispidamente. — Como você se sentiria se alguém *te* usasse para ferir a cabeça de outra pessoa?

Olhei para Ryu, sem saber o que dizer. Acho que estava meio histérica, pois, além de morder o lábio, fiz todo o esforço possível para não explodir numa risada.

Ryu assumiu as rédeas.

— Gus, Jane não quis ofender. Ela é nova em nosso mundo; tenha um pouco de paciência. — Aquelas palavras acalmavam minha agitação, e dei um jeito de assentir solenemente com a cabeça. — Precisamos saber o que a pedra tem a dizer; ela faz ideia de quem a usou?

Gus então baixou os olhos para a pedra durante um longo momento, sua expressão tão solidária que comecei a levá-lo um pouco mais a sério.

— Sinto muito — disse por fim. — Ela não sabe distinguir os humanos. — Gus escolheu as palavras seguintes com todo o cuidado: — Apenas vê os humanos como sacos medonhos cheios d'água.

Alarmada, sussurrei para Ryu:

— Isso não apareceu num episódio de *Star Trek*? — Mas ele me fez calar a boca.

— No entanto, ela pode reconhecer o cheiro do assassino. Nós, pedras, temos excelente olfato e memória — concluiu Gus, dando uma derradeira fungada, como se querendo fortalecer sua opinião.

Tremi, imaginando as paredes de minha enseada me cheirando cada vez que eu passasse por elas...

— Obrigada, Gus — agradeceu Nell. — Isso é tudo.

— Posso levá-la comigo? — perguntou ele, apontando para a pedra. Ryu interrompeu-os para falar:

— Não, sinto muito. Talvez venhamos a precisar dela mais tarde. Mas, quando tudo terminar, cuidaremos para que isso... ou melhor, ela, volte para você.

Gus suspirou, dando um abraço na pedra e lhe sussurrando alguma coisa antes de colocá-la de volta no lugar, em cima da revista. Afagou-a em despedida e saiu porta afora sem dizer adeus.

Fiquei parada ali, tentando raciocinar sobre tudo o que havia acabado de ver, enquanto Ryu se unia a Anyan na soleira da porta. Observei bem quando Anyan apontou com o focinho para um grande saco de papel sobre a bancada de granito que ficava no centro da cozinha, e Ryu foi buscá-lo. Acomodando-se ao meu lado, começou a remexer dentro do saco. Quando senti um cheiro forte de queimado, percebi que deviam ser os pertences de Gretchen e então me lembrei do corpo de Martin. Dei instruções a meu estômago para *ficar quieto*, assim que Ryu surgiu com a valise queimada.

Examinou as divisórias da valise, mas já haviam sido esvaziadas. Havia uns poucos recibos de lavagem a seco, outros do Starbucks e um pacotinho de lenços de papel. *Para limpar a mucosa dos olhos*, imaginei, sentindo vontade de vomitar, mas então me controlei. *Os gnomos devem achar que nós é que somos horrorosos com a nossa pele macia e os membros rechonchudos. E ela foi assassinada dentro de um forno, que não é uma forma muito legal de morrer.*

Enfiada no compartimento de trás que nada tinha de escondido, estava a agendinha cor-de-rosa que o assassino não devia ter visto. Era pequena demais para ser a agenda de Gretchen e só continha anotações pessoais, portanto, Nell tinha razão ao achar que Gretchen, certamente, tinha outra agenda para as anotações de trabalho. Mesmo assim, podia ser que houvesse

algo ali para nos dar uma pista, e Ryu a examinava como se fosse um exemplar de *Guerra e Paz*.

— Humpf — resmungou ele, de repente. Passei a conhecer os resmungos de Ryu, e este fora um resmungo de contentamento. — Vejam só!

Escrito a caneta azul, depois da data, estava: "Iris, Eastport, 13h30." Havia um número rabiscado sob a anotação.

— Iris é uma boutique — informei a Ryu. — É bem famosa por aqui. — Ryu manteve os olhos nos meus, ansiosos, então continuei: — A dona, Iris, faz um tipo de comércio personalizado. Tem uma loja com um estoque regular, mas também traz mercadorias especiais só para você, se for um dos clientes dela, em sua maioria clientes ricos com casas de veraneio. Para falar a verdade, nunca fui lá, só ouvi falar. É muito cara a loja — acrescentei, hesitante, bem consciente de meu suéter cinza surrado. Naquela altura da semana eu já estava sem roupas "boas" para sair.

— Bem — disse Ryu, tirando seu Blackberry do bolso e digitando o número que estava na agenda. — Parece que, finalmente, você terá a chance de visitar a boutique de Iris. — Enquanto esperava completar a ligação, olhou-me, sarcástico. — E talvez — acrescentou enfiando o dedo num furinho que eu nem havia percebido, na lateral do meu suéter — ela tenha alguma coisa do seu tamanho.

Capítulo 13

— Oh-Oh! – exclamou Ryu, quando paramos em frente à elegante e discreta boutique de Iris. Tinha uma calça preta simplesmente maravilhosa no manequim da vitrine e uma pirâmide de bolsas que, decerto, custavam uma pequena fortuna. E quero dizer cada uma, não a pirâmide inteira.

— Hã? – balbuciei, praticamente salivando diante da visão de uma bolsa vermelha enorme dentro da qual eu certamente caberia. Caramba, como eu gostaria de possuí-la.

— Tem um súcubo ali. E ela deixou sua marca por todo o lugar – disse Ryu, fazendo careta. Não achei legal o que ele disse e o repreendi.

— Eu não me referi a um súcubo no sentido pejorativo de prostituta – explicou-se, pacientemente. – Estou falando de um súcubo de verdade. São o que se poderia considerar primos dos vampiros. Só que não se alimentam de medo, apenas de desejo. E podem se alimentar da essência de qualquer fluido humano, não apenas do sangue.

— Ah – respondi, ruminando meu capim mental. E, então, tudo fez sentido ao mesmo tempo. – Ah, um *súcubo!* – exclamei, lembrando dos detalhes exatos da mitologia. – E, *qualquer* fluido corporal... – A ideia era excitante, e pisquei. – Entendi.

Ryu me puxou e me deu um beijo demorado.

— Você é gracinha demais para eu foder contigo, Jane. O pior é que isso só me faz querer te comer mais e mais.

— Uau — murmurei, quando minha libido chegou ao máximo, e estendi as mãos para segurar dois punhados de cabelos castanhos. Por falar em fluidos corporais...

Após um minuto, nos separamos ofegantes. Ali não era hora nem lugar. Principalmente porque aquela merda de Porsche era apertado demais para acomodar até uma sacanagenzinha básica. Sem êxito em minha tentativa de mostrar a Ryu o que uma prostituta era capaz fazer e, portanto, frustrada, eu não estava preparada para o que nos esperava atrás da porta da boutique de Iris.

Se eu já achava que Grizzie exalava sexualidade, a figura que veio nos receber esbanjava sensualidade com uma intensidade tão palpável que cheguei a tropeçar nela. Mãos caprichosamente pintadas me seguraram, e fiquei cara a cara com os peitos mais perfeitos que eu já tinha visto. Não sou lá muito boa no departamento mamas, mas aquelas duas criaturas eram perfeitas.

— Olá, doçura — soou uma voz melosa. — Você está bem? — As mãos me ajudaram a me endireitar, até que me vi face a face com os mais belos olhos azuis que eu já vira em toda a minha vida. Eram como o meu oceano durante uma tempestade ou como o céu num dia de verão. Ou, vá lá, como o vaso sanitário de Nan, quando ela usava aqueles tabletes desodorizantes...

— Rham, Rham — pigarreou Ryu, secamente, e encontrei forças para me desvencilhar daquela visão.

— Iris, suponho eu — continuou Ryu, estendendo uma das mãos para cumprimentar a figura enquanto usava a outra para me puxar de volta para o seu lado.

A figura desviou toda a sua atenção para Ryu, e dei um jeito de me recompor. *Uau, essa foi forte*, pensei, tentando acalmar minhas mãos trêmulas.

— Sim — soou novamente a voz amanteigada. — E você deve ser Ryu. É um prazer te conhecer. Quem é sua amiga?

— O nome dela é Jane True — respondeu, colocando-se, decidido, entre Iris e eu. — A mãe dela é a selkie, Mari, que morou um tempo em Rockabill.

— Claro, a pequena Jane — disse Iris, evitando Ryu e dando um jeitinho de me tocar de novo com suas mãos adoráveis. Colocou perigosamente uma das mãos na minha cintura, para me levar para dentro da boutique.

— Cheguei a vender um vestido vermelho transpassado para a sua mãe — contou ela. — Você era apenas um bebezinho nos braços dela, mas eu já sabia que seria bela. Sua mãe era muito bonita. E olhe só para você agora. — Colocou a mão em meu ombro, virou-me e deu um passo para trás, para ter uma panorâmica. Eu estava ficando cada vez mais vermelha e lancei um olhar para Ryu em busca de apoio. Acho que ele não sabia se ficava irritado ou se corria para buscar uma filmadora.

— Você tem os cabelos, os olhos dela — disse Iris, afastando a franja de minha testa. — E o jeitinho também. Ela parecia a Selma Hayek quando menina — comentou o súcubo com um olhar de aprovação para Ryu, que agora estava ao lado dela. — Como em *Um drinque no inferno* — continuou, assim que os dois me olharam sedentos. Vi que as presas de Ryu estavam começando a aparecer e que os olhos de Iris brilhavam de forma esquisita. Por um lado, senti-me como se na minha testa estivesse escrito "carne fresca".

— Obrigada, senhorita, hum, Iris — interrompi. — Mas, na verdade, estamos aqui a trabalho — respondi, lançando para Ryu o que eu esperava que fosse um olhar significativo.

— Hum? — interrogou-me ele, os olhos voltando a examinar lentamente o meu corpo. — O quê? Ah, sim, claro. Desculpe. — Voltou-se para Iris, mais uma vez com ar profissional. — Estamos aqui porque seu nome apareceu na agenda que pertencia a Gretchen Kirschner e queríamos perguntar do que se tratava a reunião.

Iris fez uma careta.

— Bem, negócios, nada demais. Posso contar tudo sobre Gretchen e o que ela queria se... — disse, dando-me o sorriso mais doce que eu já tinha visto. Dei um passo involuntário para perto dela, antes de perceber o que estava fazendo. — *Se* você me deixar dar um banho de loja em Jane. Essa blusa, simplesmente, está fora de moda — concluiu, esticando a mão para tocá-la, como que temendo pela intensidade dos próprios dedos.

Ryu suspirou.

— Está bem, Iris. Como quiser. Mas vamos terminar logo com isso.

Encantada, Iris bateu palmas e saiu correndo para o interior luxuoso de sua boutique. Lancei um olhar confuso para Ryu, e ele encolheu os ombros.

— Os súcubos não são exatamente o que se poderia chamar de focados — desculpou-se ele. — Se não a deixarmos satisfeita, nunca nos dirá o que precisamos saber. — Seus olhos ganharam um brilho malicioso. — E você precisa mesmo de uma blusa nova — implicou comigo.

Fiquei tão irritada que tirei a blusa e a joguei em cima dele.

— Não vai me esperar? — murmurou Iris, dando-me um sorriso sexy. Arrastava uma arara cheia de roupas, e eu não fazia ideia de como fora e voltara tão rapidamente de dentro da loja.

— Qual o seu manequim? Um 40 talvez? — perguntou Iris, puxando a mim e a arara para a cabine e me entregando uma calça preta minúscula e uma blusa branca. — Experimente essas e começaremos a trabalhar.

Uma vez na cabine, tirei meu jeans surrado e comecei a vestir a calça nova. Era toda feita desse tipo de tecido elástico que vai abraçando todas as curvas. Ou, para ser mais exata, apertando todas as curvas. Era comprida e ficou justa nos tornozelos, por isso dobrei a bainha, achando que precisariam de um conserto. Então começou o árduo processo de fechá-la. Após encolher a barriga até meu fígado ser esmagado contra os pulmões, consegui subir o zíper. Em seguida, coloquei a blusa branca, que tive de admitir que era maravilhosa. Feita de um tecido macio, justa nos lugares certos. Eu não fazia ideia de como a passaria a ferro, caso a levasse para casa, uma vez que eu era um desastre para passar roupa. Dane-se, ela era esplêndida. Eu também não fazia ideia se tinha caído bem em mim, porque não havia espelhos na cabine.

Enquanto eu me trocava, ouvia Ryu interrogando Iris. Ele não estava com muita sorte, infelizmente. Cada vez que fazia uma pergunta sobre Gretchen, Iris dava uma volta imensa e fazia uma pergunta sobre nós: Estávamos juntos? Era sério? Quando havíamos nos conhecido? Mostrava-se particularmente curiosa a respeito de quando ele iria embora de Rockabill. Achando que Ryu estava prestes a abandonar a causa, escolhi aquele momento para sair da cabine.

Iris resmungou quando me viu — *tsc, tsc* — e, antes que eu soubesse a razão, ela desenrolou a barra da calça e a ajustou em meus tornozelos, dando um efeito de enrugado. Em seguida, levantou-se e desabotoou os dois primeiros botões da blusa, demorando-se um momento para alisar o tecido sobre os meus quadris. E sobre as minhas nádegas, duas vezes, enquanto eu tentava manter a expressão neutra. Em seguida, colocou um cinto vermelho largo de couro envernizado, e o apertou bastante, bem embaixo dos meus seios antes que eu pudesse gritar "Socorro!". Quando viu que eu estava mesmo com problemas para respirar, afrouxou um furo, mas logo piorou a situação ao me enfiar nos pés os mais belos sapatos de salto alto também de couro envernizado vermelho que eu já vira na vida.

— São sapatos Miu Miu — explicou, e eu concordei como se soubesse o que ela dizia. — A moda para esta estação. Os *pumps* Mary Jane estão abafando nas passarelas.

Eu não fazia ideia de como iria caminhar, mas dei meu jeito de chegar ao espelho. A calça preta serviu como uma luva, e as pernas justas fizeram minhas pernas curtas parecerem mais longas, principalmente pelo modo como chegavam até a metade dos meus enormes saltos vermelhos. A posição do cinto fez com que meus seios ficassem maravilhosos, e pareci ter mais peito naqueles dez segundos que demorei me olhando no espelho do que jamais tivera antes.

Iris ficou bem atrás de mim, olhando-me no espelho e fazendo pequenos ajustes. Percebi que a maioria deles parecia localizar-se em torno da região dos seios, quando Ryu disse gentilmente:

— Iris, precisamos voltar ao trabalho. Deixe Jane experimentar outras peças de roupa e nós continuamos conversando.

Voltei para a cabine, e Iris me empurrou um vestido, revirando os olhos.

— Está bem, já que *precisamos mesmo, né...* — Ouvi-a resmungar, assim que tirei os sapatos e suspirei. — A goblin telefonou dias atrás, dizendo que queria falar sobre Peter, mas não apareceu. Portanto, não sei dizer o que Gretchen queria porque, na verdade, não cheguei a me encontrar com ela. Sendo assim, por que não nos concentramos em Jane? — A voz dela ficou ainda mais melosa: — Tenho lingeries di-vi-nas nos fundos da loja...

— Por mais tentador que seja — interrompeu a voz seca de Ryu —, infelizmente, temos que nos concentrar no que você acabou de falar sobre Peter. Você o conhecia? — perguntou. — Já sabe que ele está morto?

Eu estava retirando lentamente a calça, agora entendendo o que uma cobra sente quando troca de pele, quando ouvi o suspiro de Iris.

— Sei, sim — respondeu. — Era um homem adorável. Fazia uma coisa com o seu...

— Sim, tenho certeza de que fazia — Ryu a interrompeu bruscamente, mordi o lábio para não rir. — Mas alguém matou Peter. E agora Gretchen, que veio para cá investigar a morte dele, também foi assassinada. Tudo o que sabemos sobre a investigação dela é que viria aqui ver você e precisamos saber a razão.

Foi um prazer enfiar pela cabeça o vestido que Iris me entregara. Era de um material sedoso que parecia água acariciando minha pele e tinha uma estampa linda. Dois tons de roxo, um rosa-choque vibrante e um pouco de branco. A estampa era geométrica, mas algumas linhas eram irregulares e, num todo, davam a impressão de movimento. Uma faixa extremamente comprida saía da cintura, a qual eu não sabia como acomodar e, se antes meus seios tinha ficado em evidência, agora, com o vestido, parecia um outdoor.

Seguiu-se um momento de calmaria na conversa do lado de fora, e tive a impressão de que Ryu tentava mudar a estratégia. Ficou claro que Iris sabia de algo que não estava nos contando; havia certa dissimulação em sua prevaricação, que falava por mil palavras. Mas eu já estava começando a pressentir que interrogar Iris era o mesmo que exigir obediência de um golden retriever. Era preciso intercalar com mimos, atirar um osso, esfregar a barriga, dar biscoitos, ao passo que o chicote não levaria a nada. Percebi também que, naquelas circunstâncias, parecia que eu era uma guloseima suculenta.

Saí da cabine com um floreio. Iris engasgou, teatral, batendo palmas. Mesmo aborrecido, Ryu pareceu bastante satisfeito com o resultado.

— É um minivestido quimono — explicou Iris, aproximando-se para enrolar diversas vezes a faixa roxa escura em torno de minha cintura, antes de dar um pequeno nó na frente. A parte do "mini" estava bem evidente e a parte do quimono explicava as mangas imensas. Iris pegou outro par de sapatos de saltos altíssimos. Desta vez, tinham o mesmo tom de roxo do vestido e pequenos recortes na forma de triangulo, que subiam desde a sola, de modo a dar a impressão de tigrado, sendo as tiras os recortes de triângulos. Todos os sapatos eram contornados por uma linha dourada fininha. — E as plataformas são Christian Loubotin, como você mesma pode ver pelas solas vermelhas — disse-me, colocando-os nos meus pés.

Então, quando ela me virou, tive de admitir que eu estava um arraso. O vestido era maravilhoso e, no espelho ao menos, eu parecia alta e elegante. Na realidade, mal alcançava o queixo de Iris e, com aqueles sapatos, certamente caminharia como alguém que havia acabado de apear de um cavalo; no entanto, se ficasse parada, seria uma ilusão satisfatória.

Iris estava literalmente ronronando quando alisou o tecido em meus quadris. E depois os alisou de novo. E depois mais uma vez. Aproveitei e parti para o ataque:

— Iris? — perguntei baixinho, sem querer me intrometer em suas fantasias.

— Sim? — murmurou ela, ajeitando o tecido que cobria meu colo tanto para ajustá-lo quanto para afrouxá-lo, cada vez mais na direção dos peitos.

— Fale mais sobre Peter — tentei persuadi-la. — Ele chegou a te contar por que estava em Rockabill? Ele me disse que estava escrevendo um livro.

Iris olhou-me dentro dos olhos, e dei outro passo involuntário para a frente. *Essa mulher é perigosa*, observou minha mente, enquanto minha libido calculava alegremente a mecânica envolvida na possibilidade de eu me jogar de cabeça num affair lésbico.

O súcubo riu e disse:

— Ah, ele era um rapaz levado. Não estava escrevendo livro nenhum; estava investigando um meio-humano aqui em Rockabill. Só isso. Bem, era tudo o que podia fazer, na verdade. Era praticamente humano. Não herdara quase nada dos dons do pai, um íncubo. Mas, por alguma razão, conseguia pressentir os outros meio-humanos. — Encolheu os ombros. — Você nunca sabe o que virá quando tem um filho com um humano. Às vezes, vem exatamente como você, Jane, às vezes exatamente como a mãe ou o pai humanos. Mas há casos em que não se parece com nenhum dos dois e vem completamente único.

Iris desamarrou e amarrou a faixa novamente na minha cintura, dessa vez ligeiramente mais justa e mais larga. Percebi que Ryu ouvia com atenção e tomava cuidado para não nos interromper.

— Então, Peter estava investigando um híbrido, meio-humano? — perguntei, já pressentindo o que estava por vir. — Era eu?

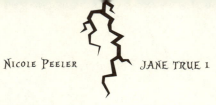

Iris me olhou confusa.

— Ah, Jane — sussurrou. Sua voz parecia doce de ameixas em calda de melado e quase partiu meu coração. — Sinto muito. Não tinha pensado nisso até você falar. Sim, provavelmente.

Sorri e acariciei seus cabelos louros. Eram mais macios do que o tecido do vestido que eu estava usando.

— Tudo bem, Iris — murmurei. — Você não sabia. E não sabemos o que ele estava fazendo, talvez fosse algo inocente. Tem ideia do que ele estava fazendo?

— Tudo o que sei é que investigava para fazer um tipo de... inventário de meio-humanos. Disse que seu patrão queria saber sobre os seres híbridos e quem eram seus pais. E também quais eram seus poderes, se é que tinham algum. Estava fazendo um tipo de catálogo... para futuras pesquisas. — Pude sentir que a concentração de Iris começava a se dissipar. Falava e parava de uma forma estranha. Pareceu-me muito aborrecida por ser eu o meio-humano em questão.

— Iris — precisei interrompê-la, lançando mão dos biscoitos caninos. — Por que não experimento outras roupas para você?

Ela sorriu como o amanhecer que brota pelas camadas da noite.

— Claro. Tenho o vestido perfeito!

Puxou um tecido prateado da arara, e seus olhos voltaram a brilhar.

— Terei que te ajudar com este aqui — informou-me, fazendo um bom trabalho ao manter sua voz profissionalmente amanteigada.

Suspirei. *Sei...*, pensei, desamarrando a faixa da cintura e puxando o vestido pela cabeça.

Iris levou um minuto me observando discretamente de alto a baixo, antes de colocar o tecido prateado por minha cabeça e descê-lo pelo meu corpo. Fez-me ficar olhando para ela, de forma que eu não pudesse ver meu reflexo no espelho, o que foi um belo gesto. Entre sua sensualidade e óbvia habilidade como vendedora, eu sabia agora por que sua boutique fazia tanto sucesso, apesar de ser tão fora do alcance da população.

Enquanto ela se ocupava colocando o vestido no lugar em que deveria ficar, ataquei de novo:

— Iris? O que Peter fazia não me pareceu muito perigoso, ainda assim, ele foi assassinado. Ele comentou alguma coisa sobre se sentir ameaçado?

Garota Tempestade

Eu não sabia dizer se Ryu estava mais concentrado no movimento das mãos de Iris ou nas minhas palavras, mas assentiu com a cabeça ao ouvir o que perguntei. *Estou me saindo muito bem para uma assistente*, pensei.

— Tinha alguma coisa esquisita — respondeu Iris. — Peter não gostava de falar sobre o assunto, e não conversávamos muito quando estávamos juntos. — Ela sorriu e estendeu as mãos para abrir meu sutiã, e eu estrangulei um engasgo. Correu as mãos pelos meus braços para abaixar as alças e apertou com força o tecido entre os meus seios arrancando o sutiã para que não interferisse no decote do vestido.

— Mas ele disse que tinha algo suspeito no ar — continuou. — Que alguma coisa estava acontecendo com os meio-humanos que ele catalogava. Não disse o que era, mas não podia ser nada bom, pois senti gosto de medo, quando falou isso. — Arrepiei-me ao ouvi-la falar casualmente "senti gosto de medo" para explicar como sentira as emoções de Peter, e ao vê-la colocar-se atrás de mim para fechar o vestido. Iris passou os dedos pela minha espinha, fazendo com que eu ficasse ereta, e fechou o zíper. O vestido era bem justo, mas acho que era esse o seu estilo.

Ryu me olhava, as presas aparentes, enquanto Iris permanecia atrás de mim, ajustando a alça e prendendo meu cabelo num coque no topo da cabeça, para tirá-lo do pescoço. O vestido deve ter ficado bom, porque Ryu estava quase babando.

Então, Iris me deu outro par de sapatos de sola vermelha e saltos ridiculamente altos. Tive a impressão de que ela estava insinuando que eu precisava de ajuda no quesito altura.

— Mais um Loubotin — disse ela. — Tipo slingback. — Todo de cetim preto com uma abertura pequena na ponta e lindos laços. — Disse também que tinha visto alguém que não devia no lugar que investigava. Mas não tinha certeza de nada disso. Não tinha certeza se vira quem vira e parecia achar difícil acreditar que quem quer que tivesse visto estivesse aqui — contou-me, confusa, quando tentei seguir sua linha de raciocínio. — Ao mesmo tempo, tinha quase certeza de que tinha razão. — Iris afastou-se para me admirar e depois aproximou-se de novo, para mais alguns pequenos ajustes no vestido. — E ele não admitia, mas estava assustado. Principalmente mais para o final — explicou. Ela escolheu aquele momento para me virar para o espelho, e fiquei sem ar.

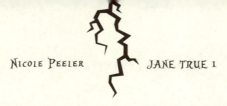

O vestido era *incrível*. Frente única com um decote V que chegava à linha da cintura, logo abaixo dos seios. Tinha um botão grande, esculpido em forma de flor, ligando a cintura e a parte da frente única. Era de chiffon e deixava uma quantidade muito grande de tecido flutuando em torno do meu corpo. Nunca me sentira tão maravilhosa em toda a minha vida. Mas a grande glória eram os sapatos, simplesmente superchamativos. Todo o pensamento sobre Peter desapareceu quando me virei, perfazendo um ângulo de 360 graus no espelho de três faces. *Isso não é um vestido comum*, pensei, é um vestido de baile.

A voz de Ryu saiu rouca, quando finalmente falou:

— Iris, todas essas informações são muito importantes. Mas você tem alguma ideia de quem Peter temia?

Iris virou-se para Ryu, e sua expressão foi das mais sérias que eu havia visto durante toda a noite.

— Não, não sei e eu sabia que não devia perguntar. Não cheguei aonde cheguei na vida fazendo perguntas para as quais não quero respostas. Tudo o que sei é que Peter estava mesmo com medo, e isso era suficiente para mim. — Iris afastou-se, dirigindo-se à escrivaninha elegante e feminina encostada à parede, perto do espelho dos fundos. Com uma chave, abriu a gaveta de baixo e dela tirou uma pasta sanfonada.

Segurei a longa saia do vestido, balançando o tecido e o deixando cair, adorando seu toque em minhas pernas. Simplesmente não consegui me controlar. *Ele poderá ser seu se esperar o momento certo e sair correndo,* pensei. *O súcubo certamente conseguirá te alcançar, mas, se conseguir pegar a chave do Porsche, tem uma chance...* Pensei seriamente que deveria ficar quieta.

— Sendo assim, nem vi o que era isso — disse Iris, e finalmente parei de admirar meu reflexo no espelho. Ela entregou a pasta a Ryu, espanando as mãos como se estivesse feliz por se livrar daquilo. — É uma cópia do trabalho de Peter. Ele o deixou comigo por questão de segurança. Disse que, se alguma coisa acontecesse com ele, eu deveria entregar isso aqui às autoridades competentes. — Olhou especulativa para Ryu. — E acho que você é uma delas. Simplesmente quero isso fora da minha loja.

Percebi que Ryu estava ávido para pegar a pasta, e eu soube o que deveria fazer. Dando um suspiro, estiquei o braço para trás e tentei alcançar o zíper para tirar o vestido. Iris viu o que eu estava fazendo e veio ajudar.

Enquanto abria o fecho, pareceu lembrar-se de algo.

— Ah, tem outra coisa. Peter me disse para quem estava trabalhando.

Ryu olhou-a atentamente, os olhos tão concentrados e focados como os de um lobo quando confrontado com um bezerrinho indefeso.

— Um dos seus — disse, assentindo com a cabeça. — Chama-se Nyx.

Fascinada, observei Ryu assumir seis tons diferentes de roxo. E então observei, bem menos fascinada, quando praguejou como um soldado e rasgou meu suéter cinza em dois. O que fez com que fosse minha hora de praguejar.

Capítulo 14

Fomos de carro até os penhascos de Rockabill, com vista para o Old Sow, para que Ryu pudesse ler os arquivos e pensar.

O diminuto porta-malas do Porsche estava cheio de sacolas da boutique de Iris, e eu ainda me sentia meio estranha com isso. Não queria que Ryu comprasse nada para mim e, *com certeza*, não me sentia confortável ao aceitar presentes tão caros. Mas ele disse que fazia isso tanto por Iris quanto pelo meu belo trabalho de arrancar informações valiosas e que passaria a conta para a empresa. Portanto, deixei-o me dar o conjunto completo com a calça preta, o vestido-quimono e os acessórios que compunham, saindo para olhar a vitrine enquanto Iris registrava tudo no caixa, sem saber quanto custara de fato. Aposto que cada par de sapatos daqueles de sola vermelha custavam, pelo menos, uns cem dólares. *Portanto, vocês não precisam se preocupar, meus queridos*, pensei, baixando os olhos para meus surrados AllStar. *A mamãe nunca substituirá vocês*. Brincadeiras à parte, Ryu chegara até a querer comprar para mim o vestido de baile, mas foi aí que roí a corda. Não precisava de um vestido de baile em Rockabill, a despeito de ser deslumbrante.

Iris também incluiu o suéter que eu vestia agora, uma vez que Ryu transformara o meu em trapos. Era um lindo suéter de cashmere creme, com decote V. Tentei convencê-la a não fazer isso, mas ela insistiu. Acho que se sentiu muito culpada por ser eu o objeto de pesquisa de Peter, o que era uma tolice, ela nem sequer sabia quem eu era.

Garota Tempestade

Quando chegamos lá no alto, paramos um pouco afastados do desfiladeiro. Ryu remexeu no porta-malas entulhado do carro até conseguir tirar a toalha de piquenique e uma garrafa de vinho. A mera visão da toalha me deixou com calor por baixo do suéter, mas o rosto de Ryu não estava exibindo nenhum sinal de vida erótica. Para falar a verdade, quando ergueu aquela luz mágica que nos seguia por toda parte como um fiel terrier, ainda parecia bem puto da vida.

— Ryu? — perguntei, hesitante, quando colocamos a toalha no chão e nos sentamos. — Quem é Nyx?

Ryu franziu a testa. Se achei que antes parecia zangado, agora parecia vermelho de cólera.

— Nyx não passa de um monte de merda — disse, sem conseguir se controlar. Então respirou fundo e pareceu se conter, a voz retomou o tom de guia turístico do sobrenatural, ao qual eu já estava acostumada: — No nosso mundo, são os Alfar que mandam — começou ele. — São os mais velhos, os mais raros da espécie. — Parou e refletiu por um momento, como se não soubesse como continuar. Finalmente, recomeçou: — Não estudamos nossa espécie da mesma forma que os humanos. Não tentamos rastrear as origens nem examinar o passado em busca da chave do presente. Mas alguns de nós têm teorias próprias sobre nossa existência. Sabemos que a espécie existe há muito tempo... há muito mais tempo que os humanos, e que, no começo, éramos todos um mesmo grupo. Só que, e isso é só uma teoria, preste atenção, num determinado ponto, começamos a... interferir na própria espécie. — Neste momento, Ryu fez uma pausa para abrir a garrafa de vinho. Tomou um gole, passou-me e continuou:

— Basicamente, por causa do nosso acesso aos elementos da natureza, fomos capazes de forçar nossa própria evolução. E é isso o que alguns de nós acham que fizemos. Facções distintas escolheram perseguir poderes distintos, tornando-se vulneráveis a certas fraquezas. Por exemplo, os nahuals abriram mão da maior parte de seu acesso aos elementos a fim de se concentrar no desenvolvimento da habilidade de trocar de forma. Depois vieram os humanos e não conseguimos nos livrar deles. — Dei outro gole daquele vinho tinto delicioso, tentando ignorar a parte do "livrar-se" da espécie humana. — Então tivemos que integrá-los à nossa paisagem, vamos considerar assim, e isso nos

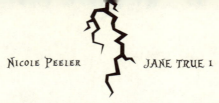

levou a outra engenharia evolutiva. Alguns de nós, como vampiros, súcubos e íncubos evoluímos para adquirir uma forma concentrada de poder, que chamamos de essência e que vem diretamente dos humanos. Após milênios, essas mudanças passaram a acontecer naturalmente em vez de conscientemente, pois então já havíamos perdido o poder de nos transformar por conta própria.

"Você está me acompanhando?", perguntou ele, e assenti. Eu estava pegando a coisa. – As únicas criaturas remanescentes que ainda se assemelham às nossas origens são os Alfar. Permanecem os mais poderosos de nós e os que vivem mais, porém, de certa forma, isso os fez, curiosamente, mais fracos. – Olhou ao redor, como se estivesse me contando um segredo, até perceber o que estava fazendo. – São nossos líderes e, ainda assim, estão em dissintonia com a realidade. Sua vida longa significa que vivem num mundo quase separado do nosso. Ao mesmo tempo, o poder deles permite que governem sobre nós. – Interrompeu-se de repente, retornando mentalmente no curso do tempo. – Nossos rei e rainha atualmente são Orin e Morrigan. São da quarta geração de Alfar, apenas três gerações depois daqueles que começaram a manipular o próprio destino. Ambos são muito velhos, mas estão no trono há bem pouco tempo… pouco mais do que cento e cinquenta anos humanos. Quando a antiga rainha morreu, aconteceu uma Grande Guerra de Sucessão. Para a sorte daqueles que lutaram ao seu lado, Orin e Morrigan venceram.

– Mesmo? Uma guerra? Uma guerra de verdade?

– Sim, uma guerra de verdade.

– Como não ficamos sabendo?

– Quer dizer, como os humanos não ficaram sabendo? – perguntou Ryu, os lábios mostrando certo humor. Ignorei sua expressão e esperei que respondesse minha pergunta.

– Bem – disse ele, quando percebeu que eu não morderia a isca –, foi há muito tempo, em termos da escala humana. Havia menos pessoas, menos formas de comunicação, não havia câmeras ainda. Em geral, nem todos, afinal de contas, são tão bons em manipular a tecnologia humana, ou mesmo os humanos, como minha espécie. Portanto, a guerra foi algo fechado e teve muito pouco vazamento de informação. Os mortos em batalha ora apareciam como vítimas de assassinato, ora os locais de batalha tornavam-se lendas. Nenhum dos lados arriscava exposição; ambos estavam enfraquecidos, encurralados. Portanto, mesmo sendo difícil manter segredo, demos nosso jeito.

— Algo que certamente não seriam capazes de fazer agora. Imagine só com a CCTV, os satélites, o Google maps...

— É verdade — concordou Ryu. — Outra guerra seria evidente demais para se esconder.

Percebi que eu havia bebido sozinha quase um quarto da garrafa de vinho, então a passei para Ryu, que a bebeu até a metade de uma golada só, com uma expressão de alívio. Deitei-me, apoiando a cabeça sobre as mãos e esperei que ele continuasse. Ryu baixou a garrafa de vinho e a acomodou na toalha para que ficasse de pé. Passou gentilmente o dedo por meu rosto, e sorri. Inclinou-se sobre mim por uma fração de segundo, mas logo pareceu recompor-se.

Continuou a falar, apenas a pontinha das presas traíam sua batalha interna para seguir com a explicação.

— Certo, bem, podemos dizer que sempre houve duas filosofias sobre o relacionamento entre nossa espécie e os humanos. Uma delas diz que deveríamos conviver com os humanos, nem inteiramente separados e nem inteiramente juntos, mas em paz. A outra filosofia prega uma abordagem mais "demon overlord" para a questão. Para encurtar uma história extremamente longa e complicada, Orin e Morrigan fazem parte da primeira linha de pensamento, como os que lutaram junto com eles. No entanto, o lado que perdeu achava que deveríamos escravizar a humanidade e tomar posse do nosso direito como seus líderes naturais. A guerra foi longa... durou algumas centenas de anos. No fim, eu tinha idade suficiente para escolher de que lado ficar e escolhi o lado de Orin e Morrigan. É nesse ponto que chegamos a Nyx.

Ryu virou-se para deitar de costas, os braços como travesseiros sob a cabeça. Aconcheguei-me a ele, colocando o ouvido em seu peito para escutar a voz murmurando na fonte.

— Nyx é minha prima, mas é mais velha do que eu algumas centenas de anos. Quando a guerra começou, estava firme do lado da facção que queria "esmagar a humanidade". Basicamente, despreza os humanos em todos os

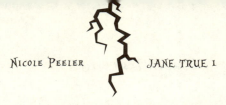

sentidos, a não ser na questão do alimento. Mas também é um animal político muito capaz, então, quando a corrente começou a pender a favor de Orin e Morrigan, fez o que qualquer filha da puta duas caras, no exercício de suas funções, faria. Vendeu-se, junto com seu alto conhecimento do inimigo, para o nosso lado, pelo preço da própria vida e de uma posição no nosso Tribunal. Onde, acredite ou não, construiu um nome respeitável. As pessoas acham que, por *saberem* que ela não é de confiança, sabem como agir com ela. Postura que subestima completamente a profundidade de sua depravação e vai acabar afundando todos nós num poço de merda. Em resumo, essa é Nyx – concluiu ele, suspirando. Percebi, pelo que acabara de me contar, que tínhamos um grande problema em Rockabill. A natureza perturbadora da ideia de que, de uma hora para outra, Jakes andara *catalogando* meio-humanos ficou evidente demais para mim e, pela primeira vez naquela noite, pensei na possibilidade de Jakes estar reunindo dados meus para o seu inventário. *Eu devia ter deixado esse filho da puta no Sow.*

— O que você acha que Nyx queria com o catálogo de Peter? — perguntei.

Ryu bufou ruidosamente, esfregando as mãos nos cabelos no que eu acabara reconhecendo como um gesto seu de extrema concentração.

— Não faço ideia – disse, por fim. – Mas não deve ser coisa boa.

Passou a mão no rosto e sentou-se para tomar um gole de vinho. Bebeu lentamente e então, pensativo, tampou a garrafa e a pôs de lado. Eu estava deitada de costas, pensando sobre tudo o que ouvira. O mundo de Ryu pareceu-me incrivelmente complicado. E ao mesmo tempo que eu não sabia nada de nada, temia que, por causa de Peter Jakes, já estivesse envolvida demais, querendo ou não.

Ryu finalmente abriu a pasta de Peter, e sentei-me ao seu lado para ver o que continha. Na aba etiquetada como "lista principal", havia um registro de nomes e lugares com cerca de dezoito itens ao todo, com os primeiros doze nomes marcados com um X. Tremi quando vi que "Jane True – Rockabill" aparecia sob o último nome que tinha sido marcado.

Havia treze abas na pasta sanfonada que já tinham sido etiquetadas, e os nomes nas etiquetas se relacionavam àqueles doze nomes que haviam sido marcados, sendo uma aba só para mim. Naturalmente, começamos comigo.

Garota Tempestade

Numa caligrafia miúda, quase tão perfeita quanto a de um robô, estava tudo sobre mim. O nome dos meus pais, sua condição – selkie e humano – e o paradeiro atual. Enrijeci, desapontada, quando vi, ao lado do nome de minha mãe, a descrição "localização desconhecida". Havia também descrições físicas minhas: endereço, local de trabalho e até mesmo uma lista dos meus hobbies. Ao lado do título "poderes" estava escrito: "manipulação dos elementos aquáticos; poder ainda a ser determinado".

Ryu e eu trocamos um olhar demorado, e ele devolveu meu arquivo pessoal para dentro da pasta. Em seguida, deu uma olhada rápida nos outros arquivos, todos eles continham informações semelhantes. Eu estava louca para xeretar e ver como eram os outros meio-humanos que estavam ali, sendo assim peguei o arquivo marcado como "Gonzales, Joe" e dei uma olhada enquanto Ryu examinava o restante. Então, da última aba, ele tirou uma bolsinha Ziploc fechada. Estava enfiada numa divisão sem etiqueta e dobrada várias vezes, de forma que você não a veria se apenas desse uma olhada superficial na pasta.

Continuei lendo sobre Joe, que era resultado de uma dríade macho e uma humana fêmea. Tinha quarenta e oito anos e morava na Louisiana. Nunca vira o pai e não fazia ideia de sua verdadeira natureza. Tinha muito pouco controle sobre os elementos da terra, dizia o arquivo, numa intensidade que não justificava contato. Ao que parecia, o sr. Gonzales apenas achava ter um estranho dedo verde. Balancei a cabeça, colocando o documento de volta à sua aba, enquanto Ryu refletia sobre os recortes. Parecia compará-los com a lista principal que continha os nomes dos meio-humanos.

– Merda – praguejou. – Isso *não* é nada bom.

– O quê? – perguntei, inclinando-me para ele.

Ryu me entregou a lista principal e os recortes. Meu coração congelou quando vi que um deles trazia uma manchete sobre o assassinato de Joe. Peguei-o e li que o corpo do sr. Gonzales, 48 anos, nascido em Shreveport, Louisiana, fora encontrado em seu jardim, com uma pá enterrada na cabeça. Com os dedos trêmulos peguei os outros recortes, todos sobre assassinatos, e comparei-os com os demais nomes que acompanhavam o de Joe na lista. Eles batiam.

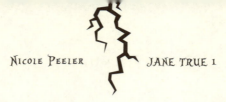

— Estão todos aqui — disse Ryu. — Todos os doze meio-humanos que Peter investigou encontram-se mortos agora. E todos sob circunstâncias suspeitas.

Ficamos em silêncio enquanto eu lia os recortes. Nenhuma das vítimas tinha algo em comum. Eram todas de sexo, raça e idade diferentes e levavam tipos variados de vida. Viviam espalhadas por todo o país. A não ser que se soubesse que eram meio-humanos, ninguém nunca perceberia que tinham alguma conexão entre si. *Mas agora com certeza têm*, comentou minha mente, com frieza, quando senti um espasmo de náusea. Quase todos os recortes mencionavam o fato de que, a despeito de quem os tivesse assassinado, a vítima tinha uma orelha cortada, presumivelmente como um troféu. E eu seria a próxima da lista.

Contive-me para não pensar muito nesse ponto; caso pensasse, enlouqueceria. Em vez disso, gesticulei para manter a calma quando pus os recortes de volta no saco plástico, fechei-o e então o coloquei de volta na pasta. Sem nada dizer, Ryu me entregou a garrafa de vinho, observou-me tirar a rolha com os dentes e virar mais uma golada.

Quando acabei, respirei fundo.

— Acha que Peter matou essas pessoas? — perguntei, já sabendo a resposta. Mas eu queria ouvir Ryu.

— Não — respondeu, confirmando minhas suspeitas. — Acho que quem quer que tenha matado Peter, Martin e Gretchen é o responsável por esses assassinatos também.

— Então Peter estava trabalhando *para* os assassinos? Passando-lhes informações? Esses recortes, a forma como estavam escondidos, como se... talvez os estivesse juntando para poder se livrar deles à noite, ou talvez os estivesse escondendo. Ele disse a Iris que alguma coisa estava acontecendo, e ela sabia que ele estava assustado, mas só porque estava assustado ou numa situação delicada, não quer dizer que estivesse envolvido.

Ryu encolheu os ombros sem saber o que dizer.

— Quem dera eu soubesse. Se soubéssemos quais eram as intenções de Peter, poderíamos ter noção das intenções de Nyx ao enviá-lo para cá para montar esse catálogo. Pois é esta a verdadeira questão: por que ela quer um inventário dos meio-humanos, e o que o inventário tem a ver com os assassinatos?

— O que nos leva à seguinte questão: por que Peter foi assassinado, afinal de contas? — intrometi-me. — Iris disse que ele reconheceu alguém... alguém que não devia estar aqui. Levando em consideração que falava a verdade e que *era* inocente de qualquer envolvimento com os assassinatos, certamente viu esse alguém nas vezes em que trabalhou nas investigações, logo descobriu sobre as mortes, somou dois e dois e chegou à identidade do assassino. E, por isso, tornou-se outra vítima.

— Mas por que diabos Martin e o pessoal do seu escritório se envolveram? — perguntou Ryu. — Não respondem a Nyx. Trabalham exclusivamente para os Alfar, o que quer dizer, para nosso rei e rainha. E acho que Martin foi morto na mesma noite que Peter; portanto, Martin devia estar aqui investigando Peter ou fazendo a *mesma* investigação que ele. — Ryu resmungou de tanta frustração, as mãos novamente nos cabelos. — Temos muitas perguntas e nenhuma resposta.

Pensei sobre o assunto e então dei um grande salto.

— Por que você, simplesmente, não pergunta a eles? — inquiri. — Ou melhor, pergunta a Nyx — expliquei-me. — E à sua Corte?

Ryu olhou-me como se eu estivesse ficando gagá. Bufou, balançando a cabeça com desdém. Então fez uma pausa, passou para um calculado assentimento e logo depois para uma risada.

— Isso aí, Jane! — Puxou-me para o seu lado, enfiando a cabeça em meus cabelos. — Por que nós, simplesmente, não *perguntamos* a eles? — disse, rindo. Tentei não tremer.

O que você quer dizer com "nós", vampiro cara pálida?, pensei. Não havia nada que me fizesse ir a algum lugar próximo à Corte de Ryu. Nada de nada. Nada nesse mundo me faria ir...

E logo Ryu estava me beijando.

E logo eu estava concordando com tudo o que ele dizia.

Cretino.

Capítulo 15

— Você não tem nada que levá-la ao Complexo! — reclamou Anyan. Dei um passo involuntário para trás, mas Ryu manteve-se firme. — Ela não está pronta para aquele lugar, pelo menos, ainda não.

— Jane está tão pronta para ser apresentada à nossa sociedade quanto sempre esteve — respondeu Ryu, friamente. — E ela tem todo o direito de ir. Deve conhecer a espécie da mãe.

Anyan bufou com desdém.

— Os habitantes do Complexo não representam o povo da mãe dela! Da mesma forma que os internos de um asilo não representam o povo do pai dela — retrucou.

— Só porque você virou as costas à vida na Corte não quer dizer que todos nós devemos seguir seu exemplo — a voz de Ryu saiu áspera, e seu corpo ficou tenso. Anyan bufou e os pelos de seu pescoço eriçaram. Dava para espalhar a tensão num cream cracker e comer.

— Rapazes — interrompeu-os Nell, calmamente, da varanda onde se balançava em silêncio. — Antes que vocês se matem, por que não perguntam a Jane o que *ela* quer fazer?

Tremi assim que dois pares de olhos se viraram para os meus. Os olhos dourados de Ryu observaram-me, cheios de expectativa, acreditando já saber minha resposta. O olhar cinzento de Anyan falou-me apenas da preocupação que sentia por mim.

Garota Tempestade

Eu sabia que era loucura me envolver com um cara que eu mal conhecia, mas havia tantas razões para eu fazer isso, que elas superavam a loucura. Afinal de contas, quantas oportunidades eu teria de encontrar a espécie de minha mãe? De aprender sobre a minha história? E fazia tanto tempo desde a última vez que eu deixara Rockabill, que a ideia de ser Jane True, a desconhecida, era tentadora demais para resistir. Isso sem falar que uma parte minha se perguntava se talvez, apenas talvez, minha mãe não estaria lá, naquele lugar que chamavam de Complexo...

Mas os rapazes – bem, o vampiro e o cachorro falante – não precisavam saber das minhas razões.

– Humm – comecei pigarreando, nervosa. – Tenho férias para tirar e uma boa mala guardada, então acho que prefiro seguir em frente e acabar logo com isso.

Desculpa esfarrapada, eu sei.

Ainda assim, minha desculpa esfarrapada fez Ryu sorrir, radiante, ao mesmo tempo que lançava um olhar beligerante de triunfo para Anyan. O cachorro limitou-se a balançar a cabeça e foi para a varanda, onde se deitou como qualquer outro cachorro que fosse tirar uma soneca sob o sol. Como ele não se dera ao trabalho de falar comigo desde a noite em que Gretchen morrera, não entendi a razão de estar tão preocupado. Então, mais uma vez, achei que sua atitude fora mais de desdém do que de preocupação. Devia me achar uma meio-humana tão sem noção, que seria comida viva pelos Alfar.

Serei comida viva pelos Alfar?, preocupei-me pela quarta vez naquele dia.

Ryu e eu tínhamos passado no chalé para pegar algumas coisas necessárias para a viagem rumo a Quebec, nosso destino no momento. Ao que parecia, as coisas não começavam mesmo a acontecer naquele Complexo misterioso até o fim da semana, e Ryu queria passar um tempo comigo antes de chegarmos lá. Perguntou-me se eu não gostaria de, primeiro, parar em Quebec, que ficava no meio do caminho. No total, eu perderia uma semana de trabalho; portanto, a primeira coisa que fiz pela manhã foi ir à *Morrer de Ler* e perguntar a Grizzie e a Tracy se elas se importariam se eu fosse. Grizzie disse que eu só poderia ir se prometesse tirar fotos. Tracy acrescentou: de igrejas e templos – lançando um olhar zombeteiro, ao qual Grizzie respondeu:

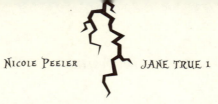

— Fodam-se igrejas e templos. Quero fotos do seu homem. Nu. — Na verdade, estavam empolgadíssimas por eu estar indo com Ryu, e me disseram para demorar o tempo que quisesse. Embora eu lamentasse um aviso prévio tão curto, pois durante todos os meus cinco anos na livraria eu tirara apenas dois dias de folga, não estava me sentindo tão culpada.

Deixar meu pai era outro problema. Sentei-me com ele e enumerei todas as razões pelas quais eu não deveria ir com Ryu. Ele precisava de mim: quem iria cozinhar? Ou quem faria as compras? Quem limparia a casa? Ele não se lembraria de tomar os remédios et cetera e tal. Meu pai me deixou falar e disse:

— Vá, Jane. Quero que você vá. Quero que pare de achar que está me abandonando. Você não é a sua mãe: voltará e tudo ficará bem. Comerei e tomarei meus remédios. Não sou tão forte quanto costumava ser, mas não sou nenhum inválido. Além do mais, os rapazes aparecerão por aqui e me darão uma ajuda se eu precisar de alguma coisa.

Fiquei parada ali por um momento, chocada com sua menção à minha mãe. Seria isso o que eu *tanto* temia? Que algo me levasse embora da mesma forma que a levara? No fundo, eu sabia que minha mãe amara tanto a mim quanto a meu pai e, ainda assim, partira. Será que eu achava que iria embora um dia?

Meu pai tocou minha mão e me perguntou se eu estava bem. Eu não sabia o que falar e tive medo de dizer algo muito sério e começar a chorar. Então, enfrentei bravamente a realidade:

— Tem certeza de que vai se lembrar de tomar os remédios? — perguntei. Ele apenas concordou silenciosamente e apertou minha mão em resposta.

Fazer as malas foi fácil. Lavei e separei minhas "melhores" roupas, as quais Ryu já conhecia todas, achando que seriam ideais para fazer turismo em Quebec. Em seguida, peguei a antiga bolsa de viagem de meu pai para acomodar cuidadosamente as roupas que Ryu havia comprado para mim, na esperança de que fossem apropriadas para usar no Complexo Alfar. Também levei o vestido vermelho de minha mãe, sorrindo diante da ideia de que ela o havia comprado de Iris, assim como um par de sandálias pretas baixas, que encontrei em seu armário. Depois disso, era só colocar meus artigos de perfumaria e maquiagem dentro de uma nécessaire, e eu estaria pronta para ir.

Nadei por um bom tempo naquela manhã, sem saber quando seria a próxima vez que entraria no mar e, portanto, estava vendendo energia. Pude sentir o poder fluindo sob minha pele, mais ou menos o mesmo efeito de seis xícaras de café *espresso*. Não que eu soubesse o que fazer com ele.

Algo a perguntar a Ryu, pensei, ansiosa pelo fim de semana por inúmeras razões.

Quando comecei a sonhar acordada com tais razões, meu cérebro tocou num ponto que me fez enrubescer. Bem perto da hora de Ryu vir me pegar, corri ao andar de cima com minha bolsa de lona. Abri-a e parti para cima da proibidona. Pela primeira vez, retirei alguma coisa dela, em vez de depositar.

Confesso que senti certo desconforto e relanceei para minha única companhia na varanda, para ver se ele havia percebido minhas faces ruborizando repentinamente. Ryu entrara no chalé com Nell e fiquei sentada nas escadas, ao lado de Anyan. Mas o cachorrão ainda parecia disposto a me ignorar – o que apenas me deixou ainda mais desconfortável.

— Cuidado, Jane — alertou ele, repentinamente, sem levantar a cabeça. Se não tivesse me chamado pelo nome, eu acharia que estava resmungando sozinho.

— Como? — perguntei. Eu não deixaria seu comportamento rude passar despercebido.

— Por favor, apenas tenha cuidado. Os Alfar e sua corte são perigosos. Você foi criada como humana... o jeito deles não é o seu.

— Ryu me manterá em segurança — respondi, aborrecida com o tom petulante de minha voz.

— Ryu fará o que for melhor para ele — advertiu-me, finalmente levantando a cabeça das patas. — Não te causará nenhum mal, com certeza. Nem deixará, de livre e espontânea vontade, ninguém te machucar. Mas ele não *tomará conta* de você. — Durante nossa conversa, a voz de Anyan se manteve calma. Agora, soava triste.

Passei a mão por sua cabeça e cocei atrás das orelhas, tentando não levar para o lado pessoal quando ele se retraiu. Era um cão complicado. *Nunca achei que diria isso, hein?*, pensei.

— Obrigada — respondi. — Tomarei cuidado, prometo. — Então deixei minha mão tombar. Dava para sentir que ele não queria que eu o tocasse.

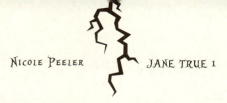

Nesse exato momento, Ryu e Nell surgiram pela porta atrás de nós, Ryu segurando alguma coisa pesada numa sacola plástica. Colocou o item misterioso na parte de trás do carro, onde já estava minha bagagem. Por alguma razão, Ryu não me deixou colocar nada no porta-malas. *Espero de coração que não haja nenhum goblin morto indo conosco para o Canadá*, pensei, trêmula.

Entramos no carro e saímos pela tarde afora, com Trill e Nell acenando adeus. Quando olhei ao redor em busca do barghest, Anyan não estava mais lá.

O hotel em Quebec era incrível. Em nossas raras férias, meu pai e eu saíamos para acampar; portanto, a disparidade entre nossas barracas velhas e o Château Bonne Entente – cuja tradução acho que é "Oui, aceitamos rins" – era alarmante. Parecia mais uma *propriedade particular rural* do que um hotel com piscina, campos de golfe, spa e todas as demais acomodações dos ricos e esticados por botox.

Fiquei parada ali, tentando desaparecer ao fundo, enquanto Ryu fazia o check-in. Ele, claro, era membro do programa de fidelidade, e todo o quadro de funcionários o reconheceu. Percebi que algumas mulheres o reconheceram *entusiasticamente* e reprimi uma onda de ciúmes. Pela primeira vez, desde que conheci Ryu, comecei a prestar atenção às implicações de sua existência. Ele precisava adquirir energia alimentando-se de humanos – embora, ao que parecia, meio-humanos como eu dessem para o gasto –, de forma que sexo não podia ser somente sexo, podia? Era também seu sustento, algo que ele precisava fazer de forma regular, independentemente das circunstâncias, para sobreviver.

Mas o fato de essas mulheres terem sido o equivalente a um Big Mac para Ryu não fizeram de seus olhares provocantes algo fácil de digerir. Tampouco as escaneadas avaliadoras que me lançavam. Foi uma viagem de oito horas de Rockabill ao hotel e, embora Ryu, o Foguete, a tenha feito em cerca de seis horas, eu estava vestida para viajar e não para impressionar as canadenses. Vestia meu suéter verde, um AllStar de mesma cor – que eu havia lavado para a ocasião – e minha calça jeans mais confortável. Mesmo assim, sabia que estava parecendo uma caloura geek, que havia acabado de entrar na biblioteca para estudar algum assunto ligado à tecnologia. Aos vinte e seis anos, eu, com certeza, era mais velha do que algumas das mulheres que me olhavam como se *quisessem* me agarrar pelos cabelos, só que todas pareciam muito mais velhas do que eu e muitíssimo mais sofisticadas. Sob o peso de seus olhares maquiados, senti uma necessidade imensa de desaparecer. Por que será?

    Se Ryu estava de alguma forma ciente da tensão que sua presença provocara, não deixou transparecer. Simplesmente manteve seu discurso educado – em francês, nada menos do que isso – com a primeira recepcionista e com o concierge. Depois, dirigiu-se a mim, pegou minha mão, beijou-a e me conduziu pelos saguão, deixando que nossas malas fossem levadas ao quarto. Se tivesse desembainhado uma espada e me decapitado, as várias funcionárias que se uniram lentamente atrás do balcão não teriam ficado mais horrorizadas. Nada me surpreenderia se, no dia seguinte, todas comprassem um AllStar.

    No elevador, ele me agarrou e beijou-me avidamente de língua. Embora eu me sentisse suja e cansada após a longa viagem, meu corpo respondeu bem aos beijos de Ryu. Quando o elevador sinalizou que havíamos chegado ao nosso andar, estávamos ligeiramente despenteados.

    – Chegamos! – Comemorou Ryu, enfiando o cartão magnético na porta. Eu tinha ouvido a recepcionista dizer que a Suíte Encasulamento estava pronta para nós, independentemente do que isso quisesse dizer. Mas, apesar das implicações do nome, eu não estava totalmente pronta para o que me aguardava atrás da porta.

    Em primeiro lugar, minha visão fixou-se na enorme cama com dossel. Com uma pilha de travesseiros, parecia poder acomodar meia Rockabill. Do outro lado havia um sofá maravilhoso, tipo otomana, com outro sofá-lounger fazendo jogo e formando um grande círculo.

    Então vi a banheira. Que não ficava no banheiro, mas toda glamorosa como uma margarida ao lado da cama.

    Fiquei admirando boquiaberta e depois olhei ao redor, procurando pelo banheiro propriamente dito. Seria aquele o único lugar para se tomar banho?

    Claro que não. Havia um banheiro modernérrimo e espaçoso com uma banheira enorme e um chuveiro. *A banheira no quarto é só para sexo*, percebi. *Minha nooossa!*

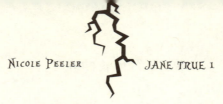

Ryu entrou no quarto, colocando carteira e chaves sobre a mesinha de cabeceira. Eu ainda estava de pé em frente à porta aberta, maravilhada, quando ouvi o som baixinho de alguém pigarreando atrás de mim. Era o carregador de malas com nossa bagagem. Deixei-o passar, entrando no quarto como se alguém estivesse para saltar em cima de mim, enquanto Ryu lhe dava gorjeta e gesticulava para que nossas malas fossem colocadas ao lado da cama. Abri as cortinas pesadas para espiar pela janela. Tínhamos vista para o pátio do Château, que parecia totalmente mágico, todo iluminado para a noite.

Ouvi a porta fechar assim que o carregador saiu, e o som seguinte não me surpreendeu. Era o barulho de água enchendo a banheira. Então ouvi Ryu abrindo alguma coisa, e um aroma delicioso preencheu o quarto: espuma para banho. *Ele já fez isso antes*, avisou-me minha moral feminina, diante da qual minha libido revirou os olhos.

Braços fortes me envolveram pela cintura, e Ryu apertou gentilmente os dentes em minha nuca. A mordida amorosa transformou-se num beijo que subiu até a orelha, assim que suas mãos se fecharam sobre meus seios. Virei-me para encostar os lábios nos dele, num beijo de verdade, e ele puxou meu suéter pela cabeça.

Levou-me para a banheira – no momento exato de fechar a torneira para a água não transbordar – e o restante de nossas roupas uniu-se ao meu suéter, na pilha no chão. Quando entrei, a água ardia de tão quente e rescindia a pera. A banheira era do tamanho perfeito para nós dois e logo nos divertimos da forma como eu costumava fazer quando era pequenininha, embora minha experiência adulta se chocasse com as memórias de infância – mostrando-me, inclusive, que há brinquedos *beeem* mais excitantes do que patinhos de borracha.

Os três dias seguintes foram gloriosos. Os funcionários me trataram com muito respeito: não havia sussurros ou olhares disfarçados entre fofocas, nem dedos apontados com rapidez. Ou, se havia, eram das periguetes com ciúmes de minha relação com Ryu e não por conta de meu passado.

Enquanto meu amante dormia, eu passava as manhãs nadando na piscina aquecida do lado de fora e, mesmo estando frio, ninguém erguia a sobrancelha achando esquisito. Eu era apenas uma garota que gostava tanto de nadar, que nadava até mesmo no inverno. Por falar nisso, a piscina não me satisfazia como o mar, e eu teria preferido que não estivesse aquecida, no entanto, mesmo morninha, eu a aproveitei bastante. Mais ainda porque *podia* aproveitá-la sem pensar em nada, do jeito que estava, num anonimato glorioso.

No meio da tarde, depois que Ryu acordava de seu coma, íamos à cidade fazer coisas que os turistas fazem. Tirei toneladas de fotos e mandei cartões postais para meu pai, para Grizzie e Tracy e comprei mais alguns para enviar na nossa viagem de volta, de forma que parecesse que eu havia passado toda a semana em Quebec, em vez de apenas parte dela. Então jantávamos fora, saíamos para beber alguma coisa e, por fim, voltávamos ao hotel para mais um banho de banheira. Cara, como eu gostava da hora do banho!

Nosso último dia no Château foi o melhor, apesar de sabermos que no dia seguinte partiríamos para o Complexo Alfar. Nesse dia nem nos importamos em ser turistas. À tarde, quando acabou de acordar, Ryu me arrastou para o spa do Château, para um tratamento completo: facial, manicure, pedicure e uma massagem fabulosa com pedras quentes. Não quero nem saber quanto tudo isso custou, mas o fato de ele também se submeter à manicure, fazer a barba e cortar os cabelos me fez sentir um pouco melhor. Fiquei meio culpada por causa de todos esses cuidados, mas tenho de admitir que saí daquele spa me sentindo como se fosse feita de borracha. De uma borracha muito feliz, diga-se de passagem.

Naquela noite, jantamos no próprio hotel, ocasião em que usei o vestido vermelho de minha mãe. Era um Diane von Furstenberg, nome que até mesmo eu conhecia e era exemplo de descrição e elegância. Fui especialmente cautelosa com a maquiagem, tentando fazer minha própria versão de olhos esfumaçados, que deu mais ou menos certo. Acabou saindo mais ligeiramente borrado do que esfumaçado, mas ficou bonito. Ryu, com um terno cinza-carvão maravilhoso, camisa preta sem gravata, nunca esteve tão lindo. E isso queria dizer alguma coisa.

Demoramos no jantar. De início, comemos ostras, um dos meus pratos prediletos. Esprememos umas gotas de limão e salteamos finíssimas fatias de cebola embebidas em vinagre. Em minha boca, tinham o sabor do mar: salgadas, fermentadas e maravilhosas. Em sequência, um prato delicioso de sashimi,

servido com wasabi, shoyo e gengibre. Eu não precisava ser metade foca para gostar do peixe: estava tudo o mais fresco possível e completamente saboroso. Como prato principal, dividimos um imenso filé Black Angus — percebi que reporia minhas reservas de ferro — e o sabor de carne malpassada estava delicioso. Exatamente como Wu-Tang Clan, *baby*, eu gosto cru.

Para a sobremesa, tivemos uma seleção de docinhos exóticos que o menu descrevia como "Sensuais", uma sugestão da qual precisávamos tanto quanto de uma injeção na testa. Por debaixo da mesa, desde a hora em que o garçom serviu nosso filé, fiquei roçando meu pé descalço na virilha de Ryu, que, a essa altura da noite, limitava-se a gaguejar de tão protuberantes que estavam suas presas. Mesmo assim, aproveitamos a espera torturante. Saber que nosso quarto nos aguardava prontinho, prontinho no andar de cima e que, pelo menos por enquanto, ainda iríamos demorar era tão afrodisíaco quanto as ostras.

Quando terminamos a sobremesa, o vinho do porto e bebemos rapidamente nossos *espressos*, dobrei propositadamente meu guardanapo e coloquei o pé de volta no sapato. Levantei-me com Ryu me observando e inclinei-me para sussurrar em seu ouvido. Ele concordou.

Deixei-o no restaurante e subi ao quarto. Com toda calma, tirei minha surpresa do lugar em que secretamente me aguardava: de um compartimento da bolsa de lona. Sacudi-a e pendurei-a no cabide. Levei o cabide comigo para o banheiro, deixando-o ali para que o vapor do banho apagasse as poucas rugas que haviam se acumulado durante sua estada dentro da bolsa.

Depois que tomei banho e retoquei a maquiagem, enfiei a camisola de cetim vermelho pela cabeça. Ao me olhar no espelho, nada mais pude fazer se não sorrir. Grizzie fizera de mim uma mulher mais do que confiante, fizera de mim uma mulher *fatal*. A camisola servira como uma luva em todos os lugares corretos.

Penteei os cabelos antes de abrir a porta do banheiro. As luzes estavam apagadas no quarto, e meus olhos demoraram um minuto para se acostumar ao escuro. Então minha visão ganhou foco e vi Ryu sentado, imóvel como uma estátua, no sofá. Com os pés, afastou a otomana, que foi para junto dos pés da cama. Tinha os dedos cruzados na frente do rosto, mas pude ver que me observava atentamente.

Sem falar, estendeu a mão para mim.

Aproximei-me lentamente, a pulsação do sangue ecoando em meus ouvidos. Na penumbra daquele quarto luxuoso de hotel, com Ryu tão parado e calado, fiquei nervosa de repente. Era como se aquela fosse a primeira noite que passaríamos juntos, tudo o que antes fora familiar parecia novo e estranho agora.

Pegando minha mão, apertou a palma em seus lábios, fazendo-me estremecer pelo que viria. Então segurou meus quadris e inclinou-se para sentir meu cheiro, erguendo lentamente os olhos dourados até os meus. Nunca vira nada tão atraente em minha vida. *Ele é mais malemolente do que M.C.Hammer*, observou minha voz interior e mordaz.

Ryu passou as mãos pelos meus quadris, gostando tanto quanto eu do toque frio e acetinado do tecido. Depois, puxou-me para si de forma que me sentei sobre suas coxas, com meu bumbum acomodado perfeitamente em seu colo, enquanto me aninhava em seus braços fortes.

Com a mão livre, acariciou meu corpo – começando pelas costelas, passando depois para os seios e para o ventre. Com os olhos, seguiu os dedos rastejadores. Quando finalmente falou, sua voz estava rouca de desejo.

– É assim que sua vida deveria ser... – disse ele, os olhos ao encontro dos meus. – Você deveria se vestir sempre de cetim... – Correu o dedo pelos meus lábios, que se abriram ao toque. – ... deveria ser mimada – murmurou, quando mordi seu dedo – ... ser amada... – concluiu, puxando-me para si para me dar um beijo.

As emoções que senti ao ouvir tais palavras não poderiam ter sido mais conflitantes, caso tivessem brotado em lados opostos do Muro de Berlim. Mais brutal ainda foi a onda de culpa que tomou conta de mim. Eu *fora*, sim, amada durante minha vida e amada *de verdade*. O que eu e Jason havíamos dividido fora muito mais profundo do que o que eu estava vivenciando com Ryu, a despeito da intensidade sexual do nosso relacionamento. E nunca duvidei disso nem por um segundo sequer.

No encalço dessa culpa, porém, veio também uma voz sedutora que me falou das *circunstâncias*. Eu sempre fui muito definida pelas circunstâncias de minha vida... pelo desaparecimento de minha mãe, pela doença de meu pai, pela morte de Jason.

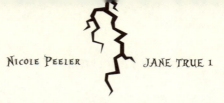

Você sabe mesmo o que quer?, sussurrou a voz, tentando com muito esforço sobressair-se à culpa.

Fiquei profundamente perturbada por essa voz. Eu sabia que as coisas que haviam acontecido comigo eram extremas. E claro que me ressentia da forma como haviam tido um efeito negativo no meu dia a dia. Eu odiava a maneira como todos desprezavam minha mãe, como todos achavam que eu era louca, e detestava o fato de termos ficado em Rockabill, apesar de tudo. Mas nunca duvidei de *mim*. Sempre senti que sabia quem eu era e o que queria, mesmo percebendo que, ao ser assim, seria obrigada a engolir sapos vindos de gente como Linda e Stuart. Nem mesmo o fato de descobrir que eu era metade foca desestabilizou minha jornada.

No entanto, ao me ver envolvida nos braços de Ryu, comecei a questionar se eu tinha mesmo tanta certeza de quem eu de fato era, o que tinha sido a minha vida e quais eram minhas reais motivações.

Talvez você simplesmente não soubesse o que existia do lado de fora, disponível para você, sussurrou a voz traiçoeira.

Quieta!, pensei, afastando a voz de minha mente quase com força física.

Ajudando-me a calar essa voz, ali estava Ryu, que parecia completamente alheio à minha batalha interna. Estava ocupado explorando os limites da camisola, correndo a mão por minha perna nua, à qual tinha acesso pela fenda generosa na lateral, e depois passando para a outra perna, por cima do tecido macio. *Mesmo se você não souber o que quer*, observei, *ele, com certeza, sabe.*

E quero o que ele está querendo, exigiu minha libido, petulante.

Calando o coro de minhas vozes internas, ergui o rosto para os lábios de Ryu. Seus beijos foram aparentemente gentis, apesar do óbvio desejo.

Intensifiquei meus próprios beijos, deixando-o saber que eu estava tão pronta quanto ele. Ajustou o braço de forma que pudesse me levantar com uma mão só, usando sua força sobrenatural para manter a outra mão livre. Não que ela não tivesse encontrado algo com o que se manter ocupada, algo que meu gemido incessante acatou.

Então Ryu me colocou de joelhos sobre a otomana, de frente para a cama. Em pé atrás de mim, tirou lentamente a camisola por minha cabeça. Acariciou meus braços, os lábios lambendo o lóbulo de minha orelha, até colocar minhas mãos na beirada do colchão. Senti soprar uma brisa pelo meu corpo enquanto o ansiava, ouvindo-o atrás de mim, tirando a própria roupa. Não teve pressa.

Ouvi um barulho, e um preservativo flutuou na frente de meu rosto. Sorri e concordei. Na mesma hora, veio o suspiro martirizado de Ryu e o barulho dele abrindo o pacotinho.

Quando terminou, correu as mãos pelo meu corpo, do pescoço aos joelhos, parando gentilmente para me massagear e depois beijar cada curva de minhas nádegas. Em seguida, senti todo o seu peso quando se ajoelhou atrás de mim na otomana, mais uma vez me acariciando e cobrindo meus seios com as mãos.

Suspirei, fazendo pressão contra seu corpo, seus lábios colados em minha nuca. Ele estava ofegante, e o senti, rígido e pulsante, coagindo minhas pernas a se abrirem. Soltando meus seios, fez pressão em meu estômago, puxando meus quadris para perto dos dele, ao mesmo tempo que dois dedos de sua outra mão me penetravam. Gemi de prazer quando me acariciou sem pausas, não mais nas preliminares. Pouco antes de eu gozar, ele parou, retirando os dedos para suspender meu tronco, para que minha nuca ficasse exposta. Então seus dedos retornavam com ainda mais vigor e, quando meu orgasmo surgiu estrondoso, senti a mordida afiada de suas presas. O prazer foi tão intenso, que tudo ficou escuro por uma fração de segundo. Quando voltei à plena consciência, Ryu me puxava de novo, ainda atrás de mim, alimentando pela segunda vez o fogo do meu tesão.

Horas depois, quando finalmente demos por acabado, estávamos exaustos demais para mais um banho de banheira. Uma pena, isso sim!

Capítulo 16

— É isso mesmo? — perguntei, incrédula, olhando para a gigantesca, mas também absolutamente normal, McMansão.

Nós havíamos saído do hotel no início da tarde e dirigido algumas horas para o norte, onde ficava o Complexo Alfar, no meio do nada. Depois de quarenta e cinco minutos sem ver um sinal sequer de vida humana, deparamos com a visão de uma cerca muito alta encimada por arames farpados *e* lanças e, após o que me pareceu uma longa e insana volta em torno da barreira intimidadora, finalmente paramos o carro em frente a um portão de segurança. Ryu falara brevemente com uma câmera, e os portões se abriram. Seguiu-se então um longo trajeto sinuoso por áreas de mata densa, antes de pararmos em frente a *isto*: uma casa que, não fosse por sua dimensão, poderia localizar-se em qualquer bairro nobre em desenvolvimento.

Ryu olhou-me como se eu fosse louca e, em seguida, explodiu em sua risada engraçada.

— Oops, esqueci! — exclamou ao colocar uma das mãos sobre meus olhos e murmurar algumas palavras.

Minha visão oscilou, e eu pisquei com força. Por alguns aterrorizantes segundos meus olhos simplesmente não focaram; no entanto, quando a vista finalmente clareou, tudo estava diferente.

No lugar da McMansão havia uma construção que mais parecia com o produto de uma criação colaborativa entre Walt Disney, Tolkien e Escher.

Garota Tempestade

O efeito brutal da construção à minha frente referia-se ao *tamanho*: tanto se espalhava para os lados quanto era muito alta. Mas havia também algo de irreal – algo a ver com os ângulos, ou as proporções, ou a forma como tudo se encaixava e desafiava a lógica.

Balancei a cabeça, tentando focar nas singularidades da construção, que consistiam em dúzias de torres de tamanhos variados, ora conectadas por corredores extensos, ora por passarelas a céu aberto. Eram quase todas de arenito cinza, embora algumas poucas torres parecessem rosadas sob o sol do entardecer. Em sua maioria, os vários telhados eram de bronze esverdeado ou de cobre envelhecido, ou mesmo de painéis envidraçados. Mas havia também torres individuais ou saguões com telhas de ardósia ou sapê e uma torre altíssima entremeada por árvores. Escadas íngremes de pedra levavam à entrada principal, que consistia em um belo par de portas de carvalho com detalhes em ferro.

Respirei fundo, sentindo meu cérebro quase que literalmente ajustar-se à visão. *Acho que isso está me dando dor de cabeça*, pensei, *mas é deslumbrante*.

– Há um glamour permanente no Complexo – explicou Ryu. – Como você ainda não está acostumada, e é muito poderoso, sente-se afetada. Mas, de agora em diante, verá tudo como realmente é.

Tive a sensação de que ele estava sendo otimista, mas dei um jeito de sorrir mesmo assim. Eu estava extremamente nervosa, e meus pés já me matavam de dor. Vestia a calça preta que Iris escolhera para mim junto com todos os outros apetrechos – saltos altos, cinto na altura dos seios e tudo o mais. Enquanto Ryu dormia no hotel, aproveitei o tempo treinando andar de salto alto e, por isso, não me encontrava mais no perigo de tropeçar a qualquer instante. Mas também não flanava como uma Sarah Jessica Parker.

Talvez eu nunca aprenda a flanar, concluí.

– Como essa coisa pode existir? – perguntei, tentando entender a verdadeira dimensão da visão à minha frente. – Como construíram sem ninguém perceber?

Ryu soltou a risada novamente, passando o braço pela minha cintura.

– Este Complexo está aqui antes do Homem habitar a Terra, que dirá o Canadá – explicou ele. – Sobreviveu a migrações humanas, invasões, guerras

e até mesmo à expansão urbana, atrás de seus muros altos. Nem mesmo o Starbucks foi capaz de encontrá-lo.

Ryu deu um sorriso encorajador e me pegou pelo cotovelo para me conduzir pelas escadas, mas eu resisti. Antes de entrar, precisava saber de uma coisa que espreitava num cantinho de minha mente, desde a primeira vez que Anyan saíra correndo atrás de mim e que eu descobrira a verdade sobre minha ancestralidade.

— Minha mãe? — perguntei, a voz confusa até para meus ouvidos, quando finalmente articulei a pergunta que me queimava por dentro desde que decidimos fazer esta viagem. — Eu a verei?

Ryu conteve-se, virando-se para mim. Afastou a franja de meus olhos com dedos gentis.

— As chances são mínimas — admitiu, sem ter certeza de como eu reagiria. — Os selkies normalmente não fazem parte da vida na Corte. O domínio deles é o mar. Nós, marinheiros de terra, só os confundimos.

Meus olhos se fecharam quando ele disse essas palavras. Para ser honesta, não sei dizer se senti alívio ou tristeza. Uma parte minha abriria mão de tudo para revê-la, e meu encontro com Nell, Anyan e Ryu, além de me fazer conhecer a verdade sobre mim, transformara esse encontro numa possibilidade. Mas outra parte ainda estava muito *furiosa* com ela, uma fúria que eu tentava negar, mas que se fazia presente mesmo assim.

Ryu, meu querido Ryu, simplesmente aguardou calado enquanto eu me recuperava. Quando abri os olhos, tentei forçar um sorriso que não queria se abrir.

— Bem, acho que ela não tinha como saber que eu estava vindo para cá — disse eu, com um tom de amargura na voz. — Afinal de contas, parece que não foi muito bem-vinda nos últimos vinte anos.

Ryu me puxou para si num longo abraço, um gesto que, de repente, me fez lutar contra as lágrimas. Ficamos assim durante alguns bons minutos, até sua voz ressoar de dentro de seu peito para meu ouvido.

— Jane, sei que a partida da sua mãe foi incrivelmente sofrida. E sei que nada do que eu disser mudará isso. Mas o que acontece com os selkies é que precisam do mar tanto quanto os humanos precisam do calor do sol. — Afastou-se um pouco, levantando meu queixo para que nossos olhos se encontrassem. — Meros seis anos de convivência com sua mãe não foram, nem de perto, o suficiente para você – continuou ele. – Mas, para ela, seis anos fora do mar devem ter sido um esforço hercúleo. Sei que isso não vai estancar o sofrimento, nem amenizá-lo. – Eu nunca havia visto Ryu lutar em busca das melhores palavras, mas estava fazendo isso agora. Balançou a cabeça, como se desistindo. – Mas ela deve ter te amado demais, e ao seu pai também, para ter conseguido sobreviver tanto tempo no continente, mesmo com o mar logo ali. Quero que saiba isso – concluiu um pouco sem jeito, aguardando minha reação. Recostei a testa em seu peito, deixando seu corpo me servir de apoio por um minuto enquanto eu digeria o que havia falado. Então beijei a parte macia e irregular onde suas clavículas se encontravam e engatei o braço ao dele. Fortalecida com suas palavras, senti-me mais pronta do que nunca.

Dessa vez, quando me puxou para a subida íngreme que nos separava da entrada minuciosamente decorada e incrivelmente imponente, segui-o de boa vontade. Lembrei-me de respirar corretamente enquanto subíamos, feliz por ter tomado a precaução de envolver os calcanhares com band-aids. Se eu sobrevivesse inteira a esse fim de semana, seria uma grata surpresa; se meus pés sobrevivessem àqueles sapatos, seria um milagre.

As portas se abriram diante de nós e entramos em um belo saguão. Eu tentava assimilar tudo o que via, mas era coisa demais. Havia tanta *luz*, que dominou minhas primeiras impressões. Meus olhos foram ofuscados: globos luminosos, pequenos e reluzentes, e candelabros do tamanho de homens competiam por domínio, uns contra os outros, enquanto o teto abobadado parecia incandescer como se, em vez de um dia fechado de inverno, um sol brilhante de verão reluzisse pelas claraboias. Mais uma vez minha visão ficou na defensiva, procurando ajustar-se, enquanto Ryu me conduzia para dentro do Complexo.

Outro conjunto imponente de portas – embora mais delicadas e obviamente menos protetoras – nos separava de nosso objetivo. E agora que meus olhos haviam se acostumado à luz, pude ver por que ela era tão ofuscante. O salão frontal do Complexo era todo de mármore e espelhos – não havia um único toque de cor a não ser pelos mosaicos iluminados. Dois deles em cada parede lateral e dois cercando as grandes portas que ficavam na parede central. Um era o desenho de uma folha verde, outro de uma chama brilhante, outro de uma gota de água escorrendo e o último uma composição rebuscada

de rajadas de vento. *Os quatro elementos*, pensei, observando atentamente ao redor, para admirar a arte envolvida na criação.

Ainda não havíamos visto vivalma. Mesmo assim, eu sabia que éramos observados. Podia sentir olhos em cima de mim manifestando-se como dedos roçando minha pele. Senti um calafrio correr pelas costas, fazendo com que eu me empertigasse e colocasse os ombros para trás. Levantei o queixo numa postura desafiadora e vi Ryu me olhar com aprovação, seus olhos dourados semicerrados em antecipação.

Quando demos os últimos passos na direção das portas, elas se abriram, e tive minha primeira visão da Corte Alfar. Todos os olhares estavam sobre nós e, para minha surpresa, nossa chegada foi anunciada.

– Ryu Baobhan Sith. Investigador – proferiu a voz, de forma lenta e clara. – Acompanhado de Jane True.

Ryu apertou meu cotovelo quando vacilei, conduzindo-me pelo centro do longo salão, na direção do que eu agora podia ver como um tablado com dois tronos. Os seres ali sentados pulsavam com um poder tão tangível que precisei caminhar com mais vigor – na verdade, eu estava sendo fisicamente repelida pelo poder deles.

Com minha visão periférica, percebi rapidamente os outros membros da Corte. Estavam reunidos em pequenos grupos, alguns nos olhando com curiosidade, outros alheios a qualquer coisa que não fosse a própria conversa. Eu não podia me deixar distrair – tinha mesmo de me concentrar em seguir em frente –, mas estava difícil ignorar as sugestões encantadoras de cor, pele, escamas e pelos que me eram tentadoras.

E você toda preocupada, achando que seu cinto estava provocante demais..., minha mente sussurrou, maliciosa, quando vi uma forma feminina e voluptuosa vestindo uma roupa que lembrava a de uma dançarina de dança do ventre. Sua barriga se mexia de uma maneira hipnotizante, à medida que ela ria, e eu quase fui *magneticamente* atraída. *Algo me diz que ela é um súcubo*, e faço ideia do que mais há por aqui, matutei, meu pensamento colorido com uma mistura de apreensão e antecipação.

Quando me aproximei do tablado, Ryu, ao meu lado, fez uma leve reverência. Sem saber o que fazer, imitei seu gesto. Sentindo-o esticar-se, fiz o mesmo.

Garota Tempestade

Os seres na minha frente eram tão frios, estáticos e perfeitos quanto mármore. Ninguém nunca os confundiria com humanos. Mas, não fosse por sua beleza singular e calma sobrenatural, não eram tão estranhos assim. Eram menores do que eu previra, embora, por estarem sentados, fosse difícil precisar a estatura. Acho que eu esperava que fossem gigantes.

Aguardamos. O olhar deles pesando sobre nós pelo que pareceu uma eternidade. Por fim, falaram em uníssono, primeiro cumprimentando Ryu e depois a mim. Suas vozes eram baixas, e tremi ao sentir o poder que delas emanava.

Ryu curvou-se novamente, e fiz o mesmo, imaginando se numa igreja seria assim também. A reverência fez meu cinto esmagar o estômago, por isso desejei que não houvesse mais genuflexos envolvidos nas atividades da noite.

Dei um sobressalto, embora dos leves, quando o olhar carregado deles passou de Ryu para mim. Desta vez, a mulher falou sozinha:

— Jane — ecoou a voz estranha e grave. Ela estendeu a mão para mim, e me aproximei para aceitá-la, não fazendo ideia do que fazer depois que a segurasse. Para minha surpresa, ela a apertou e, após um segundo, retribuí. Ficamos ali, apertando as mãos durante pelo menos meio minuto, como duas executivas fechando um acordo.

— Não é esse o cumprimento correto entre os humanos? — perguntou, sorrindo e com gentileza.

— Ah, sim, hum, sim. Na verdade é sim, senhora — gaguejei, completamente perdida quanto ao que fazer.

Ela se virou lentamente para o seu companheiro.

— Ela é um doce, Orin. Não acha?

A versão masculina da mulher virou o olhar pálido e prateado para mim, e tudo o que consegui fazer foi parar de tremer. Afinal de contas, a rainha ainda segurava minha mão e tremer diante do homem dela certamente não seria a resposta mais apropriada.

Ele me olhou de cima a baixo, a expressão impassível.

— Um doce, minha Rainha — respondeu ele, por fim. Voltou lentamente a cabeça para a posição original, e quase dei uma risadinha. *Eles não são o que eu consideraria rápidos*, pensei, quando observei a Rainha demorar cerca de cinco segundos para piscar seus olhos pesados.

Ela finalmente soltou minha mão, e os olhos retornaram para Ryu.

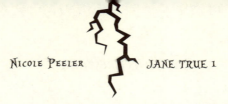

— Você pescou um peixe grande, meu jovem — disse a ele, a voz arrastada. — Ela é muito humana e, ainda assim, bastante aberta aos elementos. Deve estar te alimentando bem.

Meus olhos se arregalaram e franzi a testa para Ryu, que, de repente, ficou desconcertado. Moveu o queixo como se estivesse para sair com algum tipo de desculpa, até que acabou desistindo e concordou:

— Sim, minha Rainha.

Pois vou te empanturrar esta noite, meu garanhão, retruquei, furiosa com a referência da rainha ao meu valor calórico. *Será que sou apenas uma versão sobrenatural da promoção do Big Mac?*, pensei. *Suculento, barato e ainda vem com refrigerante de 500 e batata grande!*

— Reservamos para você o alojamento de sempre — disse a rainha a Ryu. — Aproveite sua estada conosco, Jane — disse-me, os olhos se encontrando com os meus. — Recebemos você como da família.

— Obrigada, Senhora — dei um jeito de responder, enquanto imaginei bizarrices sobre a Família Addams.

Ryu e eu nos curvamos novamente, e ele me pegou pelo braço para me guiar para longe do tablado. Foi nesse momento que percebi uma figura em pé, atrás do rei e da rainha, parcialmente escondida pelo nicho acortinado onde se encontrava. Tinha os mesmos olhos prateados dos monarcas Alfar e o mesmo cabelo grisalho. Porém, enquanto o dos Alfar era comprido, o dele era curto e penteado para a frente, como o cabelo de um César. A forma como olhou para mim fez os pelos do meu corpo se arrepiarem. Diferentemente do olhar parado, quase cego de Orin, essa criatura me fitou com olhos cheios de uma emoção que eu já conhecia bem, por conta de minha longa experiência: o desprezo. Um arrepio me percorreu a espinha e estendi a mão para Ryu, esquecendo por um segundo que estava aborrecida com ele. Sua mão encorajadora apertou a minha, e consegui me recompor enquanto retornávamos para a entrada principal.

No final das contas, a não ser pelo Senhor Zoiudo atrás do trono, acho que tudo correu bem, pensei, orgulhosa de mim por ter resistido bravamente sob tanta pressão ao ser apresentada a essa Corte tão estrangeira.

Você vai passar bem por isso, pensei, sentindo um fluxo repentino de calma se estabelecer em mim. *Vai dar tudo certo.*

Garota Tempestade

E, como de costume, meus pés escolheram aquele exato momento para se embolarem numa pequena ondulação do tapete, tropecei feio e quase caí. Só me mantive de pé porque Ryu atirou o corpo na minha frente para me segurar. Apoiado em um joelho, ficou me equilibrando, e quase me apaixonei em seus braços fortes.

Se tínhamos recebido pouca atenção na entrada, todos os olhos se voltaram para nós agora. Por uma fração de segundo, tive a ideia esdrúxula de dizer a Ryu para seguir em frente e me segurar acima da cabeça, exatamente como Johnny faz com Baby no clímax de *Dirty Dancing*, mas dei um jeito de não dar a dica.

Com toda a graça que pude, desvencilhei-me dos braços de Ryu. Ele estava fazendo um baita esforço para segurar o riso, mas a risada transbordava por seus olhos. Lancei-lhe um olhar de censura, que, obviamente, nada contribuiu para diminuir sua vontade de rir, embora ele tenha tentado parecer um pouco envergonhado.

Mantive a cabeça erguida pelo tempo que levamos para alcançar as portas internas. Ryu deu um jeito de se controlar até se fecharem e então sua risada aguda explodiu no corredor vazio.

— Você vai se ver comigo, camarada — afirmei, quando ele me olhou.

Ele ria tanto que chegava a lacrimejar, e não pude deixar de rir também. Comecei com uma risadinha e depois já me curvava, gargalhando tanto quanto ele.

— Ah, Jane — disse entre risadas, pegando-me no colo e me carregando para uma das várias escadas do corredor. — Você é mesmo demais! — Ele ria ainda, mas as pontinhas de suas presas já apareciam.

Recostei-me em seu peito, sentindo-me repentinamente cansada. Bocejei, e ele baixou os olhos para mim.

— Acorde, Jane — alertou-me com gentileza. — A noite mal começou.

Tinha mesmo a leve impressão de que ele diria isso. Suspirei e tentei reunir forças para o restante da noite.

Você consegue dar conta de qualquer coisa que aparecer pelo caminho, Jane True, pensei.

Desde que tire a porra desses sapatos ridículos.

Capítulo 17

Uma dríade fez minha maquiagem, e tudo o que pude dizer foi "Se cuida, Bobbi Brown Cosméticos". Eu estava toda-toda. Perguntei a ela se saberia dar o efeito de olhos esfumaçados e, se antes eu tinha conseguido o efeito de olhos ligeiramente borrados, ela conseguiu fumaça, vento e fogo.

O fato de estar pedindo a uma criatura, que até então eu só conhecia de livros de mitologia, para reproduzir em mim um efeito esfumaçado nos olhos, não me chocou. Percebi que, em vez de me sentir chocada ou com medo do mundo de Ryu, eu me revelava naquele estranho universo. De repente, vi-me como alguém totalmente normal no imaginário do bizarro. Foi um prazer sagrado sentir-me assim... banal.

— Você está linda, Jane — suspirou Elspeth, quando ajeitou ligeiramente minha franja. Elspeth fora apresentada como minha "assistente pessoal", o que *era* algo a que eu não conseguia me acostumar. Eu estava mais chocada pelo fato de ter uma assistente pessoal do que por ela ser uma dríade. Não tinha muita certeza se estava numa terra encantada ou na Nova York da virada do século. Sentia-me como Lily Bart e imaginava se teria que dar gorjeta a Elspeth com meus lucros do jogo de bridge daquela noite. Mas, considerando que minha assistente morava numa árvore, duvidei que suas despesas pessoais fossem muito grandes.

Eu usava, de novo, o vestido vermelho transpassado. Por sorte, conseguira não babá-lo no jantar da noite anterior. Queria deixar o vestido quimono para o dia seguinte e depois decidiria o que usar na nossa última noite no Complexo. Eu esperava que a galera sobrenatural seguisse as mesmas regras que os humanos e que a quinta-feira fosse mais casual do que a sexta, embora isso fizesse do sábado o grande dia da moda! Mas, até onde eu sabia, eles teriam um luau havaiano no sábado, com colares de flores e lombinho assado. Pensar no rei com camisa florida e shorts me fez rir. Aí eu o imaginei como garoto-propaganda da Speedo, e a risada cessou na hora.

Elspeth me pôs de pé para ajustar a faixa na cintura e me levou ao espelho. Meu queixo caiu, e meus lábios se abriram em um "óóó" diante da visão da mulher refletida no espelho. Eu estava ma-ra-vi-lho-sa. E não era só por causa da maquiagem ou do vestido – era como se aquela nova Jane, com quem eu sempre havia sonhado, de repente estivesse olhando para mim. Essa Jane era alta e confiante e não se encolhia mais. Elspeth arrumou meus cabelos, num coque, e eu a deixei aparar um pouquinho minha franja. Agora, nada mais escondia meus olhos, algo que, normalmente, me deixaria terrivelmente perturbada. Mas este novo olhar sombrio de Jane era sexy e exótico, não mais esquisito nem amalucado.

Por um segundo, quase entrei em pânico. *Não sou eu*, pensei, olhando para aquela mulher segura no espelho.

Exatamente, percebi. *Não é você. E isso é impressionante pra cacete... então, foda-se o mundo e aproveite.*

Eu havia acabado de virar de costas, para dar uma olhada no meu *derrière*, quando Ryu entrou. Vestia o mesmo terno que usara na noite anterior e estava igualmente lindo.

– Os semelhantes se atraem. – Ryu abriu um largo sorriso, observando Elspeth terminar os pormenores. Ela sorriu também e sussurrou:

– Germine e floresça. – O que julguei ser uma forma arbórea de dizer "vá e arrase". Apreciei suas palavras gentis, assim como seu esforço, e lhe dei um abraço.

Ela foi embora, deixando Ryu e eu nos encarando. Ele estava lindo demais e acabei não conseguindo ficar tão furiosa, embora as palavras da rainha ainda ecoassem em minha cabeça.

– Jane – disse ele, finalmente. – Sobre o que Morrigan falou...

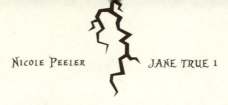

— Sobre eu ser o equivalente a um hambúrguer? — completei, ironicamente.

— Exato — respondeu ele, aproximando-se para colocar as mãos em meus quadris. Encarou-me com uma expressão sincera. — Tenho de admitir que você é muito suculenta — afirmou, e isso foi algo tão sensual, que uma parte minha estava louca para alimentá-lo aqui e agora, enquanto outra estava puta da vida por ser tão facilmente manipulada. — Melhor — continuou ele —, um Quarteirão. Você é tudo o que o seu sangue diz ser. Durante todo esse tempo que estamos juntos tem sido forte, flexível e impetuosa; sua presença me preenche, invade meus pensamentos. — Vi a pontinha de suas presas, quando ele se inclinou para me beijar, reforçando o que dizia. — Você já é maravilhosa, e quase enlouqueço diante do seu potencial. Vejo você como um exemplo do futuro da sua espécie e, para mim, isso é tão excitante quanto seu sangue, seu corpo — concluiu, correndo as mãos pelos meus braços, para segurar firme meu rosto. Seu beijo se intensificou.

Entreguei-me em seus braços, feliz da vida, até sermos interrompidos pelo som do meu estômago bradando seu protesto pelo quarto, como uma sequência de trovões. O vampiro se sobressaltou, e suspirei, soltando-me de seu abraço. Tenho um talento excepcional para arruinar os bons momentos.

Meu amante se empertigou, parecendo tanto achar graça quanto achar ruim.

— Está com fome? — perguntou?

— Parece que sim — sorri, constrangida. — E precisa perguntar?

— Bem, vamos descer e encontrar alguma coisa para você comer. Tenho que manter *minhas carnes* no ponto certo! — disse olhando fixamente para os quadris de Jane.

Pensei em ameaçá-lo com alguns tapas por aquele comentário, mas tinha certeza de que ele adoraria e aí eu nem conseguiria jantar. E eu também tinha minhas prioridades.

Por sorte, dessa vez entramos por uma porta lateral — eu não suportaria mais uma entrada constrangedora por aquele longo corredor. Algumas criaturas sorriram quando me viram, mas, em geral, estavam todas sérias, como se não se lembrassem do meu quase tombo, o que me fez sentir muito grata.

Garota Tempestade

Havíamos entrado pela porta que dava no caminho que nos levaria à sala do trono, e Ryu demorou alguns instantes olhando ao redor, como se planejasse seu próximo movimento. Aproveitei a oportunidade para dar uma olhada rapida também e, cara, que surpresa! A sala estava praticamente sem nenhum adorno. Havia aquele corredor central aterrorizante, coberto por uma passadeira vermelho vivo, mas o restante do chão e das paredes era do mesmo arenito. Várias pilastras imensas serviam de apoio ao teto semelhante ao de uma catedral, todo de vidro, e não havia outra abertura no grande salão.

No entanto, se a sala estava sem adornos, seus habitantes mais do que compensavam essa ausência. À nossa direita e mais perto do trono, parecia haver algumas criaturas semelhantes ao rei e à rainha. Todas exibiam a mesma tranquilidade estranha e eram igualmente sem cor, vibrando de poder ao mesmo tempo que exibiam uma curiosa falta de vitalidade. Presumi que fossem todos Alfar.

Misturadas aos Alfar estavam algumas criaturas que reconheci, ou pelo menos achei que tivesse reconhecido, e outras que eram um perfeito mistério para mim. Os súcubos e seus pares masculinos, os íncubos, eram fáceis de reconhecer. Eram aqueles que quase me faziam tirar o vestido vermelho quando olhavam para mim. Mas, além de seu poder extremo de sedução, apareciam em diversas formas e tamanhos. Iris, sem dúvida, era maravilhosa, mas o restante de sua espécie não era lá grandes coisas. Para falar a verdade, alguns eram bem mais ou menos na aparência. E, ainda assim, muito cativantes. Eram munidos de tanta confiança e exalavam um ar de tamanha liberdade sexual, que quase transcendiam ao carisma. E eu estava com a sensação de que seus poderes de atração deviam ser apenas parcialmente atribuídos à magia.

No entanto, fiquei, digamos, perplexa com a predileção aparente entre os íncubos pelo uso de bigodes que remetiam vagamente aos bigodes de piratas, e acreditei que nada tinha a ver com moda. Gosto bastante da "brincadeirinha" do bigode desbravador, e uma parte maliciosa de minha mente olhou prazerosamente para eles.

Nesse meio-tempo, bem maiores do que todos os outros, com seus olhos mucosos olhando friamente para os que estavam à sua volta, avistei inúmeros goblins.

— Por que todos esses goblins? — perguntei baixinho a Ryu.

— Em nossa comunidade, são mais ou menos o equivalente aos engravatados: médicos de elite, advogados, contadores e operadores da Bolsa. São extremamente inteligentes e curiosos e, principalmente, bons entendedores das complexidades da sociedade humana. Acho que têm tesão por uma boa burocracia. Dê a um goblin uma pilha de papéis, que possa ser multiplicada por três, e terá feito uma amizade para o resto da vida.

— E aqueles gigantes ali? – sussurrei, apontando com a cabeça para duas criaturas enormes e incrivelmente feias que guardavam as portas à nossa frente e que pareciam trabalhar como seguranças do salão.

— Não são gigantes – respondeu Ryu, com os olhos ainda percorrendo a sala de forma velada, ao mesmo tempo que encenava conversar comigo. Estava observando a multidão, procurando por alguém. – Os gigantes estão extintos. Foram mortos pelos humanos, acredite se quiser – Assentiu quando fiz cara de quem não acreditava. – Os gigantes trocaram todo o seu poder ofensivo pelo tamanho imenso e algumas proteções para bloquear os ataques comuns. Nunca pensaram que teriam de lutar contra arpões minúsculos. No passado, os hominídeos caçavam gigantes da mesma forma que caçavam mamutes. – Balançou a cabeça, pesaroso. – Foi uma lição para todos nós.

— E o que são esses guardas? – incitei-o a falar. Eram imensos e meio *nodosos*. Se eu nunca tivesse visto uma dríade e não soubesse que a espécie era quase humana do lado de fora da pele estranhamente flexível, teria achado que os guardas eram espíritos de árvores. Mas, pensando melhor, talvez fossem mais encaroçados do que nodosos. Tinham excesso de pele e eram incrivelmente feios – mais ou menos o que eu imaginava que seria um troll.

Cuidado, Jane, pensei. *Ou você ofenderá um troll de verdade. É bem provável que estejam aqui, em algum lugar.*

— Spriggans – informou-me Ryu. – Na verdade, eles são mercenários. Mas alguns são leais aos Alfar... ou assim demonstram ser. Dizem que são os únicos descendentes vivos dos gigantes, mas não creio nessa hipótese. Ah, e preste atenção à sua bolsa e às joias quando estiver perto deles. São ladrões compulsivos, como corvídeos. E podem mastigar seu cérebro se você tentar pegar de volta o que é seu. Ao passo que os corvídeos apenas gritam.

Garota Tempestade

Ri do que ele falou, mas disse que continuasse.

— Há trolls por aqui?

— Não, por sorte, ficam em suas cavernas. Afinal, eles se banham nas próprias fezes.

Lancei um olhar aterrorizado para Ryu, e foi a vez dele de rir, só que dessa vez ficou com cara de lulu-da-pomerânia engasgado! O que me fez rir de novo.

Depois que nos controlamos, Ryu virou-se para mim e passou as mãos pelos meus quadris, alisando meu vestido, demorando alguns instantes brincando com a frente do transpasse e roubando uma carícia em meus seios. Curvei-me com seu toque e fui agraciada com a pontinha de sua presa. Ryu veio na minha direção, não me beijou, mas pressionou a testa na minha e respirou fundo. Então endireitou a postura e achei que estava se preparando para agir.

— Está pronta para se misturar aos demais? – perguntou ele.

— Não – respondi, completamente séria.

— Ótimo, apenas me siga e faça o que eu fizer. E nada de apertos de mão. Não toque em ninguém a não ser que *eu* diga que pode.

Fiz uma careta por dentro. Estava mais do que feliz na periferia do grande salão, mas Ryu não era o tipo de cara de periferia. Dei-lhe o braço, e ele me levou para o meio do salão, cumprimentando várias criaturas pelo caminho.

O bom de irmos andando foi que assim pude ver que nos dirigíamos para outra sequência de portas do lado oposto do corredor, através das quais tive o vislumbre de mesas de jantar abarrotadas de comida. Há bastante tempo meu estômago recorrera a uma guerra silenciosa de fricção, comendo a si mesmo de forma bem dolorosa, mas agora acordara com nova fúria quando vi o banquete.

No entanto, o jantar teria de esperar. Ryu atravessava o salão a passos lentos, trocando cumprimentos com vários outros seres. Todos o cumprimentavam falando seu título completo, com o qual ele fora apresentado. Imaginei se sempre usava o Baobhan Sith como último nome, e foi o que perguntei assim que tive a oportunidade.

— Não. Para identificação formal usamos o primeiro nome e a facção. Não me importo de ser chamado de vampiro, mas isso irrita alguns de nós. Quanto ao sobrenome, normalmente não o usamos. Para aqueles como nós

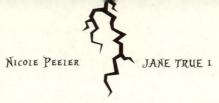

que vivemos com os humanos, como eu já disse, temos nomes inventados. Os goblins se prendem muito ao nome uma vez que isso facilita a confecção de documentos, mas, em outras situações, usamos apenas nossas facções. – Refletiu por alguns instantes. – Sobrenome é algo muito humano, quando se pensa sobre o assunto. Implica posse, propriedade, direitos privados e coisas afins. Não possuímos um ao outro, nem mesmo quando estamos juntos, tampouco somos donos de nossos filhos, se tivermos a sorte de tê-los. E, no nosso mundo, se você não consegue defender o que é seu, alguém toma de você. – Encolheu os ombros, num tipo de gesto que queria dizer *c'est la vie*.

Fiz uma careta de novo, chocada com os paradoxos dessa sociedade. Por um lado, havia aspectos desse mundo que eu estava começando a admirar. Havia uma abertura, uma falta de constrangimento ou *amour propre* que eu apreciava. Mas havia também um sentido sugerido de brutalidade que me fazia estremecer.

Como se os humanos fossem mesmo muito diferentes. Sórdidos, cruéis, baixos e tudo o mais, pensei.

Mas pelo menos nós tentamos, discuti comigo mesma.

Quem, cara pálida? Você tenta, seu pai tenta, as pessoas comuns tentam. E, em sua tentativa de serem boas, as pessoas comuns são assaltadas por marginais, molestadas por tios predadores, massacradas por governos corruptos. Pelo menos, aqui, não há fingimento.

Eu estava tão envolvida em meus próprios pensamentos que não percebi que Ryu me apresentava a alguém, até ele me cutucar as costelas. Levantei os olhos e vi uma criatura maravilhosa na minha frente. Lembrava o David Bowie em seus dias de Ziggy Stardust: magro e andrógino. Com um topete enorme e vermelho, formando um bico de cerca de vinte centímetros no topo da cabeça, estava vestido com o que pareciam ser chamas. Os olhos eram avermelhados e puxados como os de um gato. Era lindo, e, por impulso, estendi a mão sem nem ao menos pensar.

Ryu segurou meu pulso com um sussurro, e vi um olhar de medo genuíno em seu rosto. A criatura chegara para trás, afastando-se de meu gesto, e pisquei. *Ah, é verdade*, lembrei-me, *não devo tocar em ninguém*. E de repente percebi por quê.

Os cabelos e as roupas que pareciam labaredas eram realmente isso – a criatura era envolvida num manto maleável de fogo.

— Chester é um ifrit, querida. — A voz de Ryu saiu calma, apesar do susto que eu lhe dera. — Ele é o elemento fogo. Não é permitido cumprimentá-lo.

A criatura lançou-me um sorriso de pesar.

— Uma pena — disse, olhando-me de alto a baixo. Ruborizei, tímida de repente.

— Sim, bem, foi bom te ver de novo, Chester. Espero que tenha melhorado do estômago. — Ryu fez uma pausa, e pude ver que se esforçava para se conter. Não conseguiu. — Me disseram que você estava com uma baita queimação — zoou, sendo impossível esconder o riso. Tanto o ifrit quanto eu reviramos os olhos, então a criatura curvou-se ligeiramente para mim e saiu.

— Não sei o que é pior... sua piadinha infame ou o fato desta criatura surpreendente se chamar Chester.

Ryu suspirou:

— Não consegui me segurar. Os ifrits são sossegados demais. E a piadinha não foi tão ruim assim. — Riu, e simplesmente balancei a cabeça. — Está bem, desculpe. — Beijou a palma de minha mão. — E *você*, lembre-se, não toque em ninguém. Gosto das minhas mulheres do mesmo jeito que gosto dos meus bifes: suculentos e crus. Portanto, procure não se flambar neste fim de semana.

Concordei, séria, quando então percebi um belo homem gordo. Tinha a cabeça raspada, e bochechas estilo Buda separadas por um sorriso agradável. Não vestia camisa, usava pantalonas e sapatos com as pontas viradas para cima. Arregalei os olhos e apontei. Antes que eu pudesse falar, Ryu suspirou.

— Sim, é um djinn, tipo um gênio da lâmpada. Mas eles não são o que você está pensando. — Ryu afastou-me cautelosamente do pequeno grupo reunido em volta do djinn. Percebi que eram todos íncubos e súcubos. — Wally só realiza um tipo de desejo e, embora esse desejo envolva uma esfregada, não é na lâmpada, se é que você me entende! E dizem que está muito mais para luminária de chão do que de mesa.

Abri um sorriso.

— Por isso as pantalonas enormes...

— São tão práticas quanto estilosas — confirmou Ryu.

Estávamos nos aproximando das portas que nos separavam da comida, e meu estômago me incitou a seguir com a mesma *finesse* de um jóquei açoitando seu cavalo no grande páreo do ano!

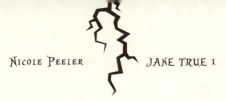

Eu rumava para a liderança, tentando acelerar nossa chegada à sala de jantar, quando senti Ryu parar de repente. Resmunguei por dentro e me virei, forçando um sorriso cordial. Esse sorriso foi apagado do rosto quando vi quem havia reduzido nosso progresso: aquela criatura pálida que ficara atrás do rei e da rainha. E, se antes achei que ele parecia mau, o ser que agora espreitava logo *atrás* de Ryu fez minha pele arrepiar todinha.

Ryu me apresentou a ele, e dei um jeito de conter a necessidade súbita de dar um passo para trás... autoproteção. Mesmo que o Alfar de cabelos curtos não demostrasse descontentamento como fizera antes, eu tinha vasta experiência em interpretar variadas graduações de ódio. Numa escala de zero a dez, o que espreitava em seus olhos era um oito vírgula setenta e cinco. Talvez um nove.

— Jane, este é Jarl, o segundo no comando de Orin e Morrigan. Jarl, esta é Jane True.

— Encantado — disse Jarl, mentindo.

Mentiroso, pensei.

— Igualmente — respondi.

Meus olhos piscaram para a criatura que acompanhava Jarl. Não era sua aparência que me assustava, embora certamente tivesse intenção de chocar. Estava vestido de couro e jeans desfiado, com um topetão azul alto. Também usava piercings em cada espaço disponível de pele. Suas orelhas e sobrancelhas estavam cheias deles e tinha ainda spikes de aço brotando dos lábios. Nas faces, usava três pequenos spikes de cada lado, e havia outras fileiras deles espalhadas pela testa, e uma pesada argola de caveira atravessando o nariz. O pescoço estava envolto por alfinetes, do tipo que usava o vilão de *Highlander*. Só que seu companheiro não tentava esconder nenhuma cicatriz, simplesmente abrira por abrir algumas dúzias de buracos no pescoço.

Um lugar que eu esperava ver cheio de piercings, embora não estivesse, fora sua língua. Mas isso porque ele não tinha uma língua humana — a dele era uma língua de cobra, com a ponta bipartida. E quase gritei quando ele a balançou para mim.

Ainda assim, não era exatamente a língua o que me incomodava — o que me dava nos nervos eram os olhos. Estavam *mortos* — pálidos como os de um cadáver e igualmente desprovidos de vida. Fechavam-se e abriam para mim; tremi. Qualquer desconforto ou trepidação que eu tivesse sentido ao ver os outros habitantes da Corte Alfar desapareceu quando os olhos dessa criatura finalmente encontraram os meus. Ele não me deixou nervosa, ele me deixou em pânico.

Eu podia jurar que já o havia visto antes, pensei, minha mente acelerada. Mas era ridículo. Nunca deixaria de reconhecer alguém tão marcante quanto esse cara. *Ele se sobressairia só um pouquinho em Rockabill...*

Jarl observou-me reparar a presença do seu companheiro, e vi que gostou muito do medo que eu, indubitavelmente, irradiava. Ryu se via tenso ao meu lado, e não pude deixar de me aproximar, apertando o corpo contra o dele.

— Jimmu... — disse Jarl, e percebi que sua voz saíra esganiçada, o que me fez ficar um pouco menos aterrorizada. Por cerca de dois segundos apenas, até eu perceber que "Jimmu" era o Sr. Olhos Mortos e que Jarl tentava nos apresentar. De minha parte, eu preferiria ser apresentada de uma só vez aos Quatro Cavaleiros do Apocalipse, numa casa de swing, do que ser apresentada a ele.

— ... quero que conheça Jane — concluiu Jarl, um sorrisinho se estabelecendo nos cantos dos lábios.

Ele é tremendamente desagradável, observei, quando Jimmu aproximou-se de mim.

E esse outro aí faz com que Jeffrey Dahmer, o serial killer, se pareça com Mahatma Gandhi, concluiu meu cérebro, quando Jimmu fez uma reverência com uma graça sinuosa, o que o tornou ainda mais assustador.

— Não há nada que Jimmu goste mais do que conhecer meio-humanos — estendeu-se Jarl. — Não é mesmo, Jimmu? — Jimmu piscou de forma teatral, e Jarl sorriu, correndo a mão por seu couro cabeludo, onde começava o moicano espesso. Senti meu estômago remexer e fiquei apreensiva por ele ter se esquecido de sentir fome.

Ryu colocou um braço protetor em meu ombro.

— Bem, é sempre um prazer, Jarl — devolveu ele, rapidamente. — Mas se você nos der licença... — Ryu inclinou a cabeça para os dois e me tirou dali. Olhei para trás, por cima do ombro, atitude da qual logo me arrependi.

Jarl cochichava certa coisa no ouvido de Jimmu, enquanto os olhos do último, finalmente, mostravam alguma emoção. A emoção era de ódio puro e genuíno. Apressei o passo, virando rapidamente a cabeça para olhar, séria, para a frente.

— O que era *aquilo*? — sussurrei, quando já havíamos passado com segurança pelas portas da sala de jantar.

— Aquilo quem? — perguntou Ryu, irritado. — "Aquilo" pode se referir a qualquer um dos dois.

Encolhi os ombros e comecei a tremer, assim que lembrei do olhar que Jimmu havia me lançado e que fez Stuart parecer o presidente do meu fã-clube.

— Tanto faz, ambos, qualquer um — respondi rapidamente.

Ryu esfregou as mãos pelos meus braços, como se para reforçar minha energia.

— Jimmu é um naga; são seres biformes. A segunda forma deles é, bem apropriadamente, a de uma serpente. — Concordei... fazia sentido. — Jarl criou Jimmu e seus irmãos de ninho desde que saíram dos ovos. — Fiz uma careta, mas Ryu deixou claro que não estava brincando. — Jimmu foi o primeiro a quebrar a casca, portanto é o mais forte, assim como o mais ligado a Jarl. Nagas são como galinhas... eles se unem às primeiras pessoas que veem assim que saem do ovo. Enfim, Jarl diz amar seus nagas como pai, mas, na verdade, são seus marionetes. Fazem tudo o que ele manda. — A voz de Ryu estava séria. — Quanto a Jarl, ele é, como já disse, o segundo no comando depois de Orin e Morrigan. É irmão de Orin. Mais velho algumas centenas de anos, porém menos poderoso.

— E é óbvio que não gosta de mim — acrescentei.

Ryu ficou sem reação.

— Jarl não tem muita tolerância com os humanos — explicou Ryu no que percebi ser o eufemismo da década. — E creio que menos ainda com os meio-humanos. — Ryu respirou fundo, como se estivesse se preparando para alguma coisa. — Jane, há seres em nosso mundo que se ressentem dos híbridos... alguns que até os odeiam. — Tentei não revirar os olhos. *Fala sério, Sherlock*, pensei, lembrando da sensação de ter os olhos de Jimmu e Jarl em mim. — Muitos de nós aceitamos vocês e muitos, como eu, sentimos que são necessários para nossa sobrevivência. – Fez uma pausa para pensar. – Nossa espécie precisa de... de uma sacudida. Precisamos de sangue novo, ideias novas, vozes novas. – Ele sorriu, correndo o dedo por minha face e meus lábios. – Principalmente quando essas vozes vêm de lábios doces como os seus – concluiu, inclinando-se para me beijar.

Eu sabia que ele estava tentando me distrair... e funcionou. Tive uma sensação engraçada de que não seria a última vez que o fato de eu ser uma híbrida viria à tona, mas, por enquanto, eu deixaria para lá. Estava acostumada a ser desprezada e estava *faminta*. Meu estômago, recuperado da apresentação aos Gêmeos do Pavor – logo me veio à mente as gêmeas de O Iluminado –, começou a fazer um movimento que posso apenas comparar ao de um soco no fígado. Meus olhos miraram apelativamente para a comida exposta a apenas alguns centímetros de nós.

Ryu achou graça, seguindo meu olhar.

– Vamos lá, Jane, não quero que morra de fome – suspirou ele. – Acho que você só gosta de mim porque te alimento.

Eu já havia pegado um prato e já o estava enchendo de comida. No entanto, parei um momento para me virar para Ryu.

– Na verdade, gosto de você porque toca minha periquita como Jimmy Hendrix tocava guitarra. – Ri com lascívia ao ver a expressão chocada com que me olhou e depois ri mais ainda, quando vi suas presas despontarem numa velocidade maior que a da luz. Ryu estendeu a mão para mim, mas a neguei, pegando uma coxa de galinha.

Deixei-o ali, balançando a cabeça, enquanto eu terminava de abarrotar meu prato. Eu sabia que iria pagar caro por esse comentário mais tarde, quando ficássemos a sós.

Pelo menos era o que eu esperava que acontecesse.

Capítulo 18

Depois do jantar, eu mal conseguia manter os olhos abertos. Havíamos encontrado um canto para comer e, entre a comida e o estresse do dia, eu estava pegando no sono como um narcoléptico. Encontrava-me encostada em Ryu, que tinha um olhar distante, acho que refletia à respeito de tudo o que havia visto naquele dia. Deixei-o pensar até que um bocejo particularmente forte quase fez meu queixo cair.

Ryu franziu os olhos.

— Você precisa nadar — constatou.

— O quê? — perguntei, sonolenta.

— Precisa nadar. Suas reservas de energia estão baixas; precisa do mar.

O que disse fazia sentido. Em vez das minhas quatro ou cinco horas habituais de sono, eu havia dormido sete nas últimas oito noites. Ainda assim, ali estava eu, dormindo em pé quando eram só nove da noite.

— Tem uma piscina lá nos fundos. É como um oceano artificial, para quando o elemento água visita o Complexo. Os Alfar a mantém cheia. Podemos ir lá agora, se quiser.

Recostei a cabeça em seu ombro, e ele passou a mão pelos meus cabelos. Uma parte do meu ser estava gostando do fato de simplesmente estar ali, com seres sobrenaturais me olhando. Eu estava com a barriga cheia, sentada numa cadeira na qual podia descansar os pés ainda doloridos e com um gatão massageando meu pescoço. Mas a ideia da água era muito tentadora e, após mais um minuto pensando na sugestão de Ryu, coloquei-me de pé.

— Tem certeza de que não precisa fazer mais nada hoje à noite? — perguntei. Ryu franziu a testa.

— Tenho. Parece que Nyx não está por aí, e não quero despertar suspeitas, fazendo perguntas sobre ela. Ninguém move um músculo nesse Complexo sem que todos os outros fiquem sabendo. Veremos se estará aqui amanhã à noite e, se não aparecer, mudaremos os planos. — Encolheu os ombros. — Neste meio-tempo, podemos nos divertir. — Dobrou ostensivamente os dedos. — Afinal de contas, preciso me exercitar um pouco aqui dentro — disse ele, arqueando uma sobrancelha. Senti uma onda de calor em minha virilha e dei uma risadinha.

Quando pegou minha mão, fiquei mais do que feliz em segui-lo.

Passamos por outra porta lateral e fomos recepcionados por um longo corredor cheio de portas dos mais variados tamanhos e formas. Agora que eu estava menos chocada pela magnitude de tudo à minha volta, prestava mais atenção aos detalhes. Se alguém me perguntasse, não sei se conseguiria descrever exatamente o que via, uma vez que a decoração no Complexo era diferente de tudo o que eu já havia visto antes. Posso apenas descrevê-la como aquilo que se veria caso se imaginasse feiticeiros viajando no tempo, com uma queda pelo antigo, e ao mesmo tempo, tentando conseguir um visual moderninho que incorporasse elementos naturais. Então, basicamente, era uma mistureba total de estilos e, ainda assim, um estilo *coerente*. Lembrava-me um pouco da estética steampunk de filmes como *A Liga Extraordinária* ou *A Bússola de Ouro*, em vez das cidades de elfos com aparência episcopal de *O Senhor dos Anéis*, de Peter Jackson, ou do minimalismo atraente dos esconderijos dos vampiros em *Blade*. No entanto, embora belo, havia uma sensação prática e cheia de vida no Complexo. Certamente não era um prédio público, e era luxuoso. Mesmo assim, obviamente fora projetado para funcionar de acordo com as pessoas que ali habitavam.

Após caminharmos pelo que pareceu uma eternidade, finalmente chegamos a um belo pátio de pedras. Grandes plantas coníferas apareceram enfileiradas nas paredes, e as pedras multicoloridas formavam o mosaico de uma árvore de galhos entrelaçados com as próprias raízes. Reconheci o símbolo: a

árvore celta da vida. *Quem influenciou quem?*, pensei. Será que os humanos apenas se alimentaram de ideias e símbolos dos seres sobrenaturais ou será que tiveram criações próprias e de impacto? Pensando no rei e na rainha e em sua combinação paradoxal de poder e letargia, eu estava começando a entender que a última opção não podia ser ignorada.

Saímos do pátio por um portão de ferro ornamentado e, diante de nós, estendeu-se uma grande lagoa artificial, com uma queda d'água. Estava cercada por vegetação abundante e havia vários pequenos nichos e fendas, alguns parcialmente escondidos, com lugares no raso para se sentar ou deitar dentro da água. De repente, percebi para o que estava olhando.

– Ui, isso aqui é um antro de sexo? – perguntei a Ryu. – É um projeto do Hugh Hefner!?! – Torci o nariz. – Vulgar.

Ryu olhou-me, fingindo dignidade.

– Não temos antros de sexo – fungou ele. – Esta é uma lagoa do amor. Ou uma piscina de carinhos. Ou uma fonte de prazeres. Mas nunca um antro de sexo.

Dei uma risada assim que Ryu estendeu a mão e, com um leve bater de dedos, abriu meu vestido.

– Uau – sussurrei quando o abriu. Foi descendo o vestido pelos ombros e me puxou para si, para me beijar. Nos dez segundos seguintes, minha calcinha já estava nos calcanhares e meu sutiã, aberto. *Esse cara é bom* – admiti, cheia de má vontade.

Mas também sou, pensei, quando me livrei de minhas roupas e do abraço para mergulhar na piscina. *Pegue-me se for capaz!*

Tão logo entrei na água, ofeguei. Se nadar em meu oceano já me fazia sentir como se tivesse tomado vários *espressos*, aquilo ali era o equivalente a uma boa anfetamina. O poder brotou de dentro de mim, apagando meu cansaço e enviando ondas prazerosas de energia por meus braços e pernas. Também engoli um bocado de água, que foi direto para minha traqueia.

Emergi engasgando, ansiosa por oxigênio. Ryu apareceu num flash, levantando-me até eu conseguir respirar.

– ... sinto muito – murmurou ele. – Eu devia ter avisado você.

Tossi e ofeguei por mais uns trinta segundos, e tudo saiu de foco quando o mundo girou. Entre minha falta momentânea de ar e o fato de aquele poder artificial da água inundar meu cérebro, senti que iria desmaiar. Não era de admirar que eu não tivesse sido atraída para a piscina da mesma forma que era para o oceano – aquela força era completamente artificial e enlouquecedoramente poderosa. Ryu me levou para a borda e me acomodou ali. Ficando entre minhas pernas, colocou-me sentada até a tontura passar.

Quando eu finalmente consegui abrir os olhos sem ver quatro Ryus na minha frente, tentei manter-me sentada.

– Uau – desabafei, sentindo o poder subir pelas pernas, através dos calcanhares que ainda balançavam na água. – *Isso sim* é que é energia.

Ryu abriu um sorriso e me abraçou forte.

– Fico feliz que esteja gostando – murmurou em meus ouvidos.

– Agora entendo por que o crack vicia tanto – falei, afastando-me para encará-lo, com os olhos arregalados. A piscina estava me fazendo sentir mais do que levemente tonta. – Sempre me perguntei "quem se vicia em crack?", quer dizer, falando sério, quem acorda e pensa algo tipo "humm, acho que hoje vou fumar umas pedrinhas de crack"? Entendo por que as pessoas se viciam em outras drogas. Mas essa bosta? Quem consome crack? – Olhei para ele sem pestanejar. – Essa piscina explica por que as pessoas fazem isso. Essa piscina é puro crack. – Pisquei finalmente, com força, sentindo como se o topo de minha cabeça estivesse se abrindo e meu cérebro sendo substituído por salada de frutas com chantilly.

Ryu pareceu preocupado.

– Está bem, Jane. Acho que você já aproveitou o suficiente. – Achei graça. Ryu era engraçado.

Admirei-o quando ele pulou para fora da piscina e para o meu lado.

– Você ainda está vestido! – informei-lhe, caso não tivesse percebido. Havia tirado o paletó e os sapatos, mas ainda estava de calça, camisa e meias. A camisa preta de tecido fino estava colada ao peito musculoso. Estiquei o pescoço para trás para ter uma visão melhor dele quando pôs as mãos em minhas axilas para me levantar e me tirar do contato com a água, então me virou e me abraçou com força, quando meus pés se entrelaçaram em suas canelas.

– Você está *um tesão*, Ryu – gemi, enquanto ficava olhando para aquele rosto adorável. – Um tesãozão. E por isso vou te contar um segredo.

– Um segredo, sério?

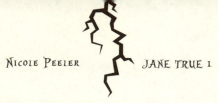

— Ã-rã. Não sou eu mesma neste exato momento, mas não conte para ninguém. Shhhh! Fica só entre nós... – minha voz foi falhando quando percebi que não estava mais naquela piscina fantástica.

— Eu sei, querida. É a água. Logo você se sentirá melhor.

Não era isso o que eu queria dizer, então continuei.

— Não, seu bobo, não sou eu *mesmo*. Sou a outra Jane – sussurrei, em tom conspiratório. – Mas ela é muito mais divertida do que a Jane de verdade, então vamos ficar com esta aqui.

Ryu pareceu preocupado por alguns segundos, mas continuei.

— Ryu, por que não estamos nadando? Não posso nadar mais um pouquinho? – tentei seduzi-lo. – Eu gosto tanto... – Ryu me pôs gentilmente de pé, mas, no momento em que me soltou, rodei como um peão, quase caindo de novo na piscina.

— Uuuuuuuuuuui! – gritei, quando ele correu para me segurar. – Você também é forte – disse eu, relaxando de novo em seus braços. – Adoro homens fortes.

— Sim, querida. – Ele abriu um sorriso, puxando-me para si, para que eu ficasse de novo sobre os dois pés, mas se mantendo ali, imóvel, para me apoiar. – Tenho certeza de que você gosta.

— Tenha mesmo – afirmei, petulante. – E gosto de nadar. Por que não estamos nadando?

— Acho que você já nadou o suficiente por hoje – disse-me gentilmente.

Refleti.

— Podemos fazer sexo na piscina – tentei persuadi-lo. – Muito sexo!

Ryu deu um sorriso.

— Sei que podemos, querida. – Beijou minha testa. – Mas agora – disse, pegando-me no colo para me levar para o Complexo –, nós vamos subir para dormir.

— Ah, não, meu amor – protestei. – Você não sabe brincar! Aposto que o gênio me levaria para nadar.

— Safadinha – disse Ryu, me dando a língua. Tentei segurá-la.

Ele deu uma risada e me apertou ainda mais. Passei os braços por seu pescoço e apertei meu rosto contra o dele.

— Gosto de você, homem-vampiro – sussurrei em seu ouvido.

Garota Tempestade

— Também gosto de você, Jane True — respondeu Ryu, com a voz rouca.

Eu tinha acabado de me preparar para dar uma mordida em sua orelha comestível quando uma voz aguda cortou nossa intimidade como um bisturi.

— Ai, que fofo! Meu priminho arrumou um filhotinho.

Ryu ficou tenso, seu abraço apertando até doer.

— Ryu — continuou a voz. — Solte sua meio-humana e venha já me cumprimentar.

Virei a cabeça para os lados, tentando encontrar quem falava. A voz era agressiva, e não gostei de ser chamada de filhotinho.

Vou te mostrar quem é filhotinho, ameaçou meu cérebro de salada de frutas.

— Nyx — a voz de Ryu saiu baixa. — Prazer te ver, como sempre.

Ri. Ele estava sendo sarcástico.

— O que você *fez* com a garota? — perguntou Nyx. Finalmente eu a tinha encontrado e estava tentando dar uma boa olhada. Mas ela estava de cabeça para baixo. Não, eu estava de cabeça para baixo. Não, eu estava olhando para ela de cabeça para baixo. Ai, minha cabeça doía.

— Eu não sabia que você andava tão no osso ultimamente, a ponto de precisar drogá-las.

— Você é hilária, *prima*. Jane está bem.

— É isso aí! — expliquei. — Estou *bem*. — Então baixei minha voz para sussurrar no ouvido dele: — Me ponha no chão.

— Tem certeza? — sussurrou de volta.

Assenti.

Ele me pôs gentilmente no chão, mantendo o braço de forma protetora em minha cintura. Olhei para baixo.

Merda!

— Estou nua — sussurrei para ele.

Ele concordou, um leve sorriso se abrindo em sua expressão fechada. Mas seus olhos ainda estavam frios.

— Como é pequenina — disse a voz, em tom crítico. — Parece uma bonequinha. Sei que você acabou de sair da adolescência, mas achei que havia parado de brincar de boneca, Ryu.

Fiquei furiosa ao avaliar a criatura que falava na minha frente. Era alta, alguns centímetros mais alta do que Ryu, e tinha a constituição física de um

personal trainer ou de um dançarino contemporâneo. Seus vincos eram mínimos porém profundos, e os lábios estreitos, mais finos ainda por estarem comprimidos numa careta que, acredito, passasse por um sorriso em seu mundo. Os cabelos castanhos eram curtos como os de Ryu. Esta era a única semelhança genética. Ela usava um vestido preto curto e justo com botas pretas "me fode" na altura dos joelhos. Achei-a atraente, estilo modelo GAP, mas a postura estragava tudo.

— Cadelinha barata — observei. *Acabei mesmo de dizer isso em voz alta?*, especulou meu cérebro gelatinoso.

Ryu bufou, e a cadelinha me olhou, irritada.

— O que você disse, meio-humana?

Pensei por um momento.

— Isso mesmo que você ouviu!

Ela me olhou, estupefata.

— Porque é isso o que você é, de verdade — avisei. — Seria bom você trabalhar esse assunto.

Nyx avançou para cima de nós, e percebi que não estava feliz.

— Eu só estava tentando ajudar — disse eu a Ryu, na defensiva. — Esse tipinho tá tão fora de moda.

Ryu colocou a mão firme sobre minha boca e me puxou para trás dele. Encolhi os ombros e procurei meu vestido.

— Nyx — advertiu-a —, fique calma e chegue para trás. Temos assuntos a discutir.

— Do tipo: quando estarei pronta para arrancar essa cabeça de merda dela?

Empertiguei-me, mas, antes que pudesse abrir a boca, a mão de Ryu voltou a fechá-la. Eu o mordi. Ele fez uma careta, mas deixou a mão onde estava.

— Ninguém vai arrancar cabeça nenhuma — respondeu Ryu, secamente. — Deixe Jane em paz, ela não está em perfeito juízo. — Conteve-se. — E mesmo assim está certa. Você é uma cadela e sabe disso.

Os lábios de Nyx se esticaram quando ela abriu um sorriso.

— O que você chama de "cadela", eu chamo de liderança natural com aptidão para a intriga. Talvez um dia você entenda isso, *investigador*.

Ryu me soltou, e vi meu vestido. Cambaleei até ele e o vesti. A faixa deu algum trabalho, mas consegui domá-la e amarrá-la com segurança.

Peguei meus sapatos, calcinha e sutiã, e fiquei onde estava, esperando Ryu acabar de interrogar Nyx. Acho que eu começava a ficar sóbria. Ou isso ou estava petrificada demais para me mexer.

— Tá, tá... — continuou Ryu, num tom de declarada irritação. — É isso que me faz lembrar da razão de eu ficar tão feliz em te ver. Queria te perguntar uma coisa. — Tinha o tom sob controle, embora os olhos cintilassem ansiosos. — Peter Jakes — falou finalmente, com ares de quem soltava uma bomba.

Ambos esperamos.

A bomba foi se desarmando, sem explodir.

Nyx sorriu apenas.

— Ah, você está se referindo ao meio-humano? Ele trabalhou para mim. — Ryu pareceu chocado, certamente aguardava algum tipo de subterfúgio dela. — O que está querendo saber sobre ele? — indagou inocentemente.

Ryu recuperou-se logo.

— Sabia que está morto?

— Ah, sim. Ouvi falar por aí. Uma pena, ele bem que era útil. Quase humano e se pelava de medo de mim, mas, na pressa, serviria como lanche. — Nyx olhou-me. — Você bem sabe como é prático carregar um lanchinho a tiracolo — ironizou ela, olhando-me com ódio.

Tentei lhe mostrar o dedo, mas, sem querer, levantei *dois* dedos.

Ryu não desistiria facilmente e perguntou a Nyx no que Peter estava trabalhando quando morreu.

— Ih — respondeu ela, com doçura. — Não sei. Eu o havia emprestado aos Alfar. Eles me pediram para contratar os serviços dele, e como sou muito generosa...

— O que os Alfar queriam com Jakes? — A voz de Ryu traía preocupação.

— Jarl convenceu Orin de que seria bom estudar os meio-humanos, e que Jakes poderia identificá-los. — Nyx encolheu os ombros. — Alguns mandachuvas, sabe né, estão ficando muito preocupados com a queda da taxa de natalidade... parece que atingiu níveis baixíssimos. Acho que isso apenas quer dizer que haverá mais oportunidades para o restante de nós, mas alguns ainda têm vínculos sentimentais com os jovens.

— Então Jakes não estava trabalhando para você, estava trabalhando para os Alfar — esmiuçou Ryu, e Nyx assentiu.

— Eu não sabia o que ele estava fazendo, mas sim. Isso é tudo que sei. — Sorriu docemente. — E o que acredito ser verdade.

Ryu franziu a testa. Pude dizer que ele ficou desconcertado com o que Nyx acabara de lhe contar. O vampiro-fêmea esticou-se languidamente, os músculos se sobressaindo por baixo do tecido do vestido.

— Bem, está na hora de eu ir à caça — disse ela. — Tem um bar de camponeses a uma hora daqui, que eu adoro aterrorizar, se quiser deixar sua bonequinha e vir comigo para uma refeição *de verdade*. Ou, quem sabe, poderíamos nos unir e persegui-la pelo Complexo. Ela não me parece muito rápida, mas poderíamos lhe dar uma vantagem.

Ryu negou com a cabeça.

— Você nunca irá mudar, Nyx. Percebo isso, mesmo se ninguém mais percebe. — Afastou-se dela e aproximou-se de mim. A salada de frutas com chantilly, que já estava quase toda convertida em matéria cerebral, reconheceu que Nyx falara sério em me caçar. O que não gostei de saber.

Ryu pegou minha mão livre, a que não estava segurando as roupas íntimas nem os sapatos, e me levou de volta aos portões.

— Isso é um *não*, primo? — gritou Nyx atrás de nós. — Bem, boa-noite mesmo assim! Aproveite sua namorada vira-lata, mesmo que, como ela pode vir a te satisfazer, seja um mistério para mim. Acho que alguns de nós têm o paladar mais sofisticado do que outros.

Nós dois a ignoramos. Se havia dúvidas em minha mente quanto ao status dos meio-humanos, Nyx as havia esclarecido para mim.

Sua voz anasalada ecoou atrás de nós quando atravessamos o pátio rumo ao Complexo. Seguimos calados até nos sentirmos seguros, dentro do quarto.

— Sinto muito, de verdade — murmurou Ryu, puxando-me para si, assim que a porta bateu.

— Eu sei — respondi. — Não é culpa sua.

— Mas, ainda assim, isso foi totalmente inconveniente. Acho que é esta a definição de Nyx: inconveniente.

— Não se preocupe com isso — respondi enquanto me despia pela última vez naquela noite. Subi na cama, meu cérebro ainda zumbindo e meu corpo repentinamente exausto. – Estou acostumada com pessoas inconvenientes – concluí, pensando em Linda e Stuart.

Ryu tirou as roupas molhadas e deitou-se ao meu lado. Sua pele estava gelada e estremeci quando ele se encostou em mim para se aquecer.

– Desculpe – murmurou ele. Desculpei.

Virei-me para olhá-lo nos olhos, nossos narizes quase se tocando.

– Jakes não estar trabalhando para Nyx não foi uma boa notícia, foi? – perguntei baixinho.

Os olhos de Ryu se fecharam. Quando se abriram novamente ele suspirou:

– Não, não foi.

Pensei em meu nome na lista de Peter, debaixo dos outros nomes que já haviam sido riscados. Virei-me, apertando as costas contra o peito de Ryu. Ele apertou o abraço.

– Jane? – chamou-me.

– Sim?

– O que você quis dizer quando falou que não era você mesma? Que há duas Janes?

Engasguei. *Só uma outra forma de dizer esquizofrênica, gênio.*

– Ah, isso? Nada. Quem sabe o que eu quis dizer?

Ryu não insistiu, mas seu corpo, tenso atrás de mim, disse-me que ele não estava satisfeito com minha resposta. Então me aninhei a ele, puxando suas mãos para meus peitos.

– Você vai ficar aqui comigo? – sussurrei. – Até eu dormir?

– Claro – murmurou, relaxando em contato com meu corpo quando beijou minha nuca.

O sono chegou rapidamente naquela noite, apesar de tudo o que havia acontecido... tudo o que eu havia visto. Mas meus sonhos foram obscuros, e eu sabia que, no dia seguinte, enfrentaria um desafio ainda maior.

Pois eu não tinha dúvidas de que o amanhecer traria mais intrigas Alfar e – pior ainda – mais um par de saltos altos de Iris.

Capítulo 19

Bem na borda, olhei trêmula para a piscina. Eu *não* queria repetir o espetáculo da noite anterior. Estrelar como uma piranha viciada em crack fora suficiente. *Propus mesmo a Ryu que fizéssemos sexo enquanto eu nadava?*, relembrei. *Graças a Deus, nunca experimentei drogas. Sou um alerta público ambulante.*

Estiquei a perna para a frente, equilibrando-me na outra, e comecei a mergulhar o dedão antes de reconsiderar: basta um dedo. Em vez disso, sentei-me na beira da piscina, de pernas cruzadas. Com cautela, estiquei a mão direita para a água. Comecei com um dedinho só.

Eu havia dormido poucas horas na noite anterior e, por volta das três da manhã, meus olhos se abriram. Se estava com medo de ficar de ressaca por causa da experiência com a piscina-crack, não precisava. Eu estava completamente desperta e me sentia como aquele coelhinho das pilhas Duracell carregando um reator nuclear nas costas. Por sorte, Ryu já havia levantado, estava lendo, e demos um jeito de nos divertir. Ele estava particularmente disposto a imitar meu desempenho pós-mergulho na piscina Alfar, pelo que precisei "puni-lo". Lá pelas seis, ele apagou e sucumbiu à catatonia, deixando que eu me virasse sozinha. Li o livro que Ryu estava lendo: *Memórias do subsolo*, de Dostoiévski. É um dos livros da minha vida, e a tradução estava fantástica, só que minha atenção se voltara de forma tão insana para a leitura, que acabei lendo na metade do tempo que deveria. Depois de ter me exaurido com Dostoiévski, demorei um belo tempo no banheiro, usando uma máscara facial, raspando a perna, esfoliando a pele e, basicamente, tentando matar tanto tempo quanto possível. O que era difícil, uma vez que eu estava tão cheia de energia que me movia na velocidade da luz.

Quando terminei meus cuidados matinais, fiquei aliviada ao ver Elspeth me aguardando em nossa pequena sala de estar. Ela me levou para tomar café e me mostrou como chegar até a piscina. Meus nervos agitados apreciaram a trégua que sua presença tranquila me proporcionou.

Por fim, acabamos voltando ao meu quarto, e Elspeth pediu licença para se retirar. Eu havia decidido vestir minha roupa de banho e experimentar a piscina-crack de novo, mas com cautela desta vez. E aqui estava eu.

Meu indicador ficou pairando por cima da superfície da água até que, bem lentamente, eu o mergulhei de forma que a água cobrisse só até a altura da unha. Foi como enfiar o dedo no bocal de uma lâmpada: o poder veio da piscina, percorrendo meu braço e então todo o meu corpo. Recolhi a mão, sentindo-me como se tivesse sido atingida por um relâmpago. E meio que gostando do que sentia.

Mergulhei o dedo de novo e, então, uma terceira vez. Ri, sentindo-me ligeiramente tonta, mas também gostando da sensação que a água despertava, mesmo sabendo o que aquele sentimento queria dizer. Percebi como as coisas aconteciam quando eu estava nadando: o oceano me alimentava de poder, e eu aproveitava esse poder para manipulá-lo. Havia uma troca mútua, um ciclo. Mas será que eu poderia utilizar esse poder fora da água? Em termos teóricos, não vi por que não, mas me imaginar produzindo globos luminosos ou enfeitiçando meus amigos e vizinhos com magia me pareceu algo ridículo. No fundo, eu ainda pensava em mim como a mesma Jane True que fora trabalhar uma semana antes sem saber de nada sobre o mundo que começava a se descortinar.

Ainda assim, muita coisa vinha acontecendo rápido demais, e eu sabia que não encarava nenhuma delas. Estava apenas fingindo que nada acontecia, sem prestar atenção em como minha vida vinha mudando. Isso porque não queria pensar nos aspectos dessa última semana – no fato de que minha vida *mudaria* de uma forma que eu não poderia prever nem controlar.

Mas... e se nada mudar?, perguntou meu eu cínico. *Você retornará para Rockabill quando tudo isso acabar, voltará para seu pai, seus amigos e para sua vida.*

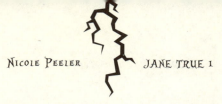

E você sabe muito bem que Ryu não abriria mão das excitações da vida dele em Boston e tampouco aqui na Corte para ficar contigo. Portanto, talvez você simplesmente volte para casa e nada mude. Você saberá que essas coisas existem aqui, ou em qualquer outro lugar, e se sentirá um pouco mais próxima de Amy e um pouco mais bem-vinda no Pocilga... mas o que acontecerá se isso for tudo o que resultar? Nada de passe VIP a alguma sociedade secreta, nada de acesso especial a um mundo de excitações, perigo e romance – apenas lembranças e alguns sapatos lindos, mas totalmente desconfortáveis.

Pensei no que eu havia dito a Ryu sobre haver duas Janes. Era assim que eu imaginava o resto da minha vida? Uma morando em Rockabill e outra fora de lá? Porque *essa* estratégia, com certeza, não solucionaria nada.

Fiz uma careta para meu reflexo que se movimentava na superfície da água. *Eis aqui uma ideia... não entre nessa*, pensei, assim que meu corpo fez uso da distração mental para mergulhar outro dedo na água. Minha coluna vertebral vibrou com a energia.

Suspirei. Eu estava mesmo com vontade de nadar... de sentir a água nos braços e nas pernas, e mergulhar minhas preocupações na monotonia do esforço físico. Mas eu sabia que voltaria a ficar mareada como um marujo bêbado se ousasse entrar na piscina. Então, em vez disso, levantei e enrolei a toalha na cintura. Eu teria de encontrar alguma coisa para fazer nas próximas horas.

Virei-me para retornar pelo pequeno portão que separava a piscina do pátio quando ouvi um ruído atrás de mim. *Ryu?*, imaginei, embora ele ainda não tivesse descansado por tempo suficiente para estar acordado. *Talvez Elspeth fazendo alguma gentileza, como trazer minhas roupas ou meu robe*, concluí. A dríade era como uma leitora de mentes – eu não só havia levantado e a vira me esperando como ela dera um jeito de saber o que havíamos vestido na noite anterior e limpara tudo. *Quem será que lava a seco neste lugar? Vassouras mágicas?* Virei-me para cumprimentá-la.

Mas não era Elspeth. Em vez da amizade de madeira de minha assistente espírito de árvore, assomou Jimmu. Estava em silêncio do outro lado da piscina, tendo surgido do que eu agora podia ver como um pequeno caminho dividindo em dois a densa vegetação tropical que cercava o ambiente. Vestia apenas shorts pretos e devia estar se exercitando. Reluzia de suor e piercings, com o acréscimo de ainda mais alguns que a ausência de camisa revelava. Seu moicano havia despencado, oleoso, sobre o rosto.

Não podemos nos esquecer da espada que ele está carregando, interrompeu a voz de minha consciência. Diante da visão daquela espada, senti vontade de sair correndo, mas me vi enraizada no chão.

Ficamos assim, olhando um para o outro durante pelo menos trinta segundos. Acho que ele estava tão surpreso de me ver quanto eu em vê-lo. A espada estava na bainha – graças a Deus! – ou então haveria a clara possibilidade de eu molhar a calça. Tudo o que eu sabia sobre espadas havia aprendido assistindo a *Highlander*, e aquela ali, definitivamente, parecia ter sido projetada para a decapitação.

Minhas pernas finalmente voltaram a funcionar, e cometi o erro de dar um passo para trás. *Nunca demonstre medo*, lembrei-me, tarde demais. Jimmu semicerrou os olhos e veio em minha direção.

A piscina estava entre nós, então ele teria de circundá-la. Eu tinha tempo suficiente para fugir: sair logo dali pelo portão atrás de mim e voltar em segurança para o Complexo. Mas fiquei sem ação, hipnotizada pelos movimentos sinuosos de Jimmu. Manteve os olhos fixos em mim enquanto se aproximava, e finalmente entendi as descrições de Kipling, da batalha de Rikki-tikki-tavi com as cobras Nag e Nagaina. Os olhos vidrados de Jimmu me fizeram cativa, seu físico de serpente amoleceu meus reflexos. Não havia dúvidas de que ele tinha intenção de me matar e, ainda assim, fiquei ali, congelada, como se esperando meu amante e não meu assassino.

Não quero dizer com isso que não estivesse em pânico. O medo fluía pelo meu corpo, e cada voz que gritava em minha mente dizia para eu me mexer, para sair correndo, dar o fora dali. Mas essas vozes foram superadas pelo peso do olhar de Jimmu.

De repente, seguiu-se um barulho bem à minha frente, vindo do caminho escondido pelo qual Jimmu acabara de chegar. Ele parou seu progresso e vibrou a língua entre os lábios. Mas continuou com os olhos fixos em mim, mantendo-me imóvel.

Ele está sentindo o ar, percebi, estremecendo.

Não pude ver meu salvador, embora alguma coisa, sem dúvida, estivesse ali, fazendo barulho no meio da vegetação. Jimmu franziu os olhos e virou para trás, finalmente interrompendo o contato visual. Minha respiração saiu pesada, e me vi livre do feitiço que parecia atuar sobre mim.

Quando eu me virei rapidamente com o intuito de correr para o portão do Complexo e para longe do poder do olhar de Jimmu, tive o vislumbre do naga desembainhando a espada e partindo para o lugar de onde viera, para perseguir quem quer que fosse que havia arruinado suas intenções de me matar e, quando eu corri pelo portão e voei pelo pátio, agradeci ao meu salvador misterioso com todas as partes de meu ser. Eu sabia que não fora apenas um coelho; o olhar no rosto de Jimmu quando se virou na direção do barulho foi de reconhecimento e ódio. E eu não conseguia imaginar Ryu se escondendo daquela forma, portanto, não fazia ideia de quem poderia ser. Esperava apenas que, fosse quem fosse, soubesse o que enfrentaria pela frente, despertando a ira de Jimmu daquela forma.

A essa altura, eu já estava no Complexo, mas só parei de correr quando avistei a primeira criatura. Um puma que passava por ali – que eu esperava fosse um nahual e não um puma de verdade – parou para me observar com curiosidade, antes de relaxar o corpo e balançar a cabeça para continuar seu caminho. Havia outros poucos seres passando no fundo do amplo salão em que eu me encontrava – um tipo de salão de música, é o que parecia pelos instrumentos encostados na parede –, então aproveitei a oportunidade para me curvar e buscar fôlego. Eu tinha um belo remendo no maiô, e parecia que eu havia deixado a toalha na beira da piscina. Também estava trêmula e molhada de suor, sobretudo por causa dos meus nervos abalados. Em outras palavras, eu parecia tão bem quanto de fato me sentia.

Também não sabia o que fazer. Sentia que precisava voltar para Ryu; era nele que eu confiava aqui no Complexo. E precisava lhe contar o que havia se passado com Jimmu; eu sabia que não estava segura sozinha.

Eu não tinha dúvidas de que a intenção de Jimmu não era apertar minha mão e bater um papo sobre a rodada do final de semana. Estava claro que queria cometer algum ato atroz de violência contra minha pessoa, mas... *por quê?*

Só porque sou meio-humana?, imaginei. *Ou há mais coisas além disso?*

Garota Tempestade

Eu esperava, de coração, que Jimmu quisesse me matar por uma razão melhor do que minha herança genética, embora soubesse que os humanos estavam mais do que acostumados a massacrar seus semelhantes por essa mesma razão. Mas, se meio-humanos como eu eram tão odiados, a ponto que nos matar fosse considerado esporte por alguns membros da sociedade sobrenatural, então eu nunca estaria em segurança no mundo de minha mãe.

E tampouco em casa, no mundo do meu pai...

Estremeci – agora não era hora de pensar no futuro. Era preciso chegar à segurança do meu quarto e encontrar Ryu sem ser decapitada por um homem-cobra. Nada muito fácil, devo acrescentar, uma vez que eu não fazia a menor ideia de onde estava.

Eles deviam entregar mapas aos visitantes, pensei, olhando ao redor, enquanto tentava descobrir por qual caminho seguir. Eu normalmente tinha um bom senso de direção, mas esse lugar desafiava meu GPS.

Eu sabia que não queria voltar pelo caminho pelo qual tinha vindo, caso Jimmu tivesse acabado de retalhar o que nos havia interrompido; portanto, segui em frente, na direção de uma porta dupla. Senti-me uma tola com minha roupa de banho furada, mas ninguém me deu a menor atenção. O que foi bom, já que eu estava totalmente convencida, pelo comportamento de Jimmu, que *qualquer um* poderia estar lá fora, querendo me matar só porque eu era o que era. Não era uma sensação muito boa, devo acrescentar.

Abri com toda cautela uma das grandes portas e entrei sorrateiramente. Fechando-a com delicadeza, virei-me e me vi cara a cara com Morrigan, a rainha Alfar.

Ai, merda, pensei, quando me curvei numa reverência desengonçada.

A rainha inclinou monarquicamente a cabeça. Em pé, devia ter mais ou menos um metro e sessenta, mas o poder que emanava me fez recuar. Dois auxiliares muito simpáticos colocaram-se atrás dela, de forma protetora, mas quando viram quem eu era e o que estava vestindo, recuaram.

Não sou exatamente uma ameaça, sou?, pensei, desejando que dividissem essa opinião com Jimmu.

— Jane — ecoou a voz pesada da rainha, ao sorrir. — Prazer em vê-la.

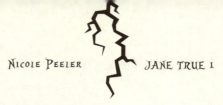

— Obrigada, senhora — respondi.
— Dormiu bem?
— Sim, senhora.
— Gostou do banho de piscina?
— Ah, gostei. Obrigada — respondi. *Por ter colocado drogas nela*, acrescentou meu lado cruel. — É bem forte — concluí.
— É, deve ser, para você. — Os olhos dela se encontraram com os meus e, pela primeira vez desde que havíamos nos conhecido, senti que estava, de fato, olhando para mim. — Você mora no território do gnomo Nell, não é mesmo? — perguntou, e tentei não rir.
— Humm, sim, acho que sim, no território do gnomo Nell. — *Repita isso doze vezes rapidamente.*

A rainha me observou, examinadora.
— Ela terá que treiná-la. Entrarei em contato com ela. Não podemos deixá-la indefesa.

Não, certamente não podemos, pensei, lembrando de minha paralisia na presença de Jimmu.

— Enquanto isso não acontece, como está passando o tempo em nosso Complexo? — A rainha me pegou pelo braço, e relaxei. Jimmu não viria atrás de mim ali, com Morrigan, e eu duvidava que a rainha deixasse um convidado da casa ter a cabeça decapitada na frente dela, mesmo eu sendo apenas meio-humana.

— Ah, está sendo muito bom! — exclamei. *A não ser pelas ameaças veladas, pelo fato de eu quase ter sido lambida pelas chamas e de sempre me perder no minuto em que deixo o quarto.*

— Deve ser muito estanho para você, após passar toda a sua vida entre humanos.

— Sim, bem, há muitas coisas aqui que acho... desafiadoras. — Mais diplomática, impossível. — Mas o lugar também é muito bonito e bem empolgante.

A rainha inclinou a bela cabeça para mim, e tive a impressão de ter ouvido risinhos vindo de seus lábios.
— Não é sempre que nós, Alfar, somos chamados de *empolgantes*, embora eu ache que, considerando tudo o que deve ser novo para você, o Complexo deve mesmo parecer intrigante. — Fez uma pausa breve. — E nossas

facções mais jovens também andam competindo por aí; elas ainda gostam dessas atividades.

E os Alfar não?, pensei, ceticamente. Eu vira a forma como Jarl olhara para mim, e a maneira como me apresentara a Jimmu fora, sem sombra de dúvidas, o rolar dos dados de algum jogo do qual ele estava participando. Não que eu soubesse qual era o jogo, nem como eu me encaixava nele.

Morrigan me levou de volta ao salão com os instrumentos e depois através de uma porta lateral, à esquerda. Descemos alguns degraus de pedra que davam para a primeira sessão de cozinhas e demais áreas domésticas. Se eu estivesse esperando por vassouras que varressem sozinhas, como em *Fantasia*, ou panelas sendo mexidas por colheres encantadas, como em *Harry Potter*, teria ficado desapontada. Havia inúmeras criaturas trabalhando ali, embora a natureza das criaturas propriamente ditas fosse mais do que interessante. Havia um quarto cheio de máquinas de lavar sendo carregadas por orangotangos particularmente desconjuntados, e vi o que devia ser um ifrit pintando placidamente as unhas, sentado sob uma grande grelha na qual um porco inteiro assava, girando no espeto. Um súcubo com um corpo especialmente trabalhado passou rebolando entre nós, carregando um balde com produtos de limpeza, e eu teria dado meu olho direito para vê-lo de quatro, esfregando o chão. *Como conseguem trabalhar?*, imaginei.

A rainha ainda falava sobre "as facções mais jovens", as quais assumi serem todos os outros seres sobrenaturais que não Alfar. Eu sabia que ela não se referia a recém-nascidos quando dizia *jovens* uma vez que basicamente todos os que eu havia encontrado desde que tomara conhecimento desse mundo haviam mencionado a fertilidade como um problema. Ao mesmo tempo, o Complexo era gigante e parecia relativamente abarrotado. Se havia outros Complexos como este espalhados pelo planeta, então a população sobrenatural – principalmente considerando sua longa vida – devia ser enorme.

– ... coordenou as atividades dessa noite – dizia Morrigan. – Portanto deverá ser divertido. Ela é muito original.

Eu não fazia ideia do que ela estava falando, mas cerrei os lábios e assenti veementemente com a cabeça: minha forma de exclamar *que interessaaante!*

— Senhora? – perguntei, meio sem jeito, controlando os nervos. – Quantos de vocês há por aí? A senhora sabe?

Morrigan franziu a testa e, por um momento, o ar à nossa volta partiu-se com aquela assinatura de poder a qual eu não conseguia me acostumar muito bem. Então seus traços suaves retornaram à expressão normalmente apática.

— Há cinco territórios dividindo o que os humanos chamam de América do Norte e América Central. O restante do mundo é dividido em proporções semelhantes. Cada território acomoda uma variedade de seres, todos regidos pela monarquia Alfar, que governa do próprio Complexo. Quanto à população, isso depende do lugar do território, quantos e que tipo de criaturas pode acomodar. Algumas áreas são mais populosas do que outras, e a variedade de facções difere de lugar para lugar. Súcubos e íncubos, por exemplo, não vivem muito bem no Oriente Médio, e os ifrits não gostam das florestas tropicais. Números exatos, no entanto, são desconhecidos, quando muito porque nossas fronteiras, as áreas entre os territórios, tendem a ser selváticas, lugares sem controle que resistem à intervenção Alfar. Sabemos, no entanto, que os números, com certeza, estão caindo.

Morrigan olhou-me com uma expressão inquiridora, como se para descobrir se eu estava ou não acompanhando seu raciocínio. Assenti, e ela continuou:

— Tenho certeza de que você ouviu falar que nossa taxa de natalidade vem caindo. – Assenti de novo. – A procriação nunca foi algo fácil para nós... não podemos gerar sem intenção. – Ryu me dissera a mesma coisa na primeira vez que fizemos amor, e nunca lhe pedi detalhes, embora entendesse o que estava dizendo. Contudo, fiquei mais do que ligeiramente intrigada quando Morrigan explicou: – Não temos ciclos naturais como os humanos e os outros animais. Não produzimos óvulos ou espermatozoides clinicamente; precisamos criar conscientemente a capacidade de gerar vida entre nós. Isso pode levar meses de concentração e quantidades enormes de energia. Portanto, sempre foi um desafio, mas que pode ser vencido. – Nesse ponto, Morrigan franziu o rosto mais uma vez. – Nas últimas centenas de séculos tem sido cada vez mais difícil, pelo menos quando os dois parceiros são elementos naturais. Por alguma razão, nossa capacidade de procriação com humanos tem sido menos problemática, embora esse assunto seja, por si só, polêmico.

O que a rainha estava dizendo era fascinante em vários aspectos, e eu tinha muitas perguntas a fazer. Para meu horror, no entanto, minha libido foi para a frente da fila, demandando respostas.

— Então — ouvi a mim mesma perguntar — quando alguém, hum, bem, digamos, um baobhan sith, diz que não pode te engravidar ou te dar nenhum... outro presente, ele está falando a verdade?

Por uma fração de segundo, Morrigan, sorriu, e essa fora a primeira resposta genuinamente humana que eu tivera dela. Mas, um segundo depois, o sorriso se foi, e seu rosto voltou àquela apatia normal.

— Sim, minha criança, tudo o que disseram a você é verdade. Nossos poderes elementares nos livram das doenças, e somos inférteis, a não ser que escolhamos não ser. E essa escolha é um processo difícil de encarar. Portanto, é seguro nos relacionarmos com humanos mesmo quando eles são híbridos.

Morrigan caiu num silêncio perturbador, como se lembrando de com quem falava. Dei-lhe um sorriso gentil para dizer que eu não estava ofendida.

Voltamos para o corredor principal do Complexo, e eu estava começando a reconhecer algumas coisas. Acho que a rainha estava me levando de volta ao meu quarto.

— Mas não somos como os humanos — continuou Morrigan, seus traços suaves irradiando calma mais uma vez. — Não usamos equipes de, como vocês os chamam... Cientistas? — Concordei. — Não usamos equipes de cientistas para agredir a natureza e resolver nossos problemas. Vivemos tanto quanto as montanhas e temos fé de que nossos problemas se resolverão por si mesmos. Algumas centenas de anos na vida de um Alfar são como o piscar de um olho. Em breve, iremos acordar para um novo amanhecer em que todas as nossas preocupações terão se resolvido sozinhas.

Ela sorriu beatificamente enquanto eu me esforçava para que minhas sobrancelhas não agitassem folículos capilares junto com minha franja. *Do que ela está falando?*, perguntei-me. *Age como se os Alfar fossem tudo o que existe no mundo. E quanto aos nahuals? Ryu disse que Russ era velho, quatrocentos e tantos anos. Ele, por exemplo, não tem a média de vida de uma montanha para ficar esperando por um rebento.*

Além do mais, mesmo se vivessem para sempre, isso só lhes daria mais tempo para se tornarem obsessivos. Observe bem o que os humanos de vida curta estão dispostos a fazer para ter um bebê! E mesmo entendendo que os Alfar não são exatamente seres que esbanjam emoção, Ryu, por exemplo, é um homem apaixonado, e Iris é, indubitavelmente, emotiva. Até mesmo Morrigan traiu um esboço de sentimentos quando começou a falar desse assunto, antes de ficar toda estranha e Vulcana de repente. Nem todo mundo consegue ser tão frio com relação ao fato de não ter filhos quanto os Alfar fingem ser, se realmente são o que são.

Caminhamos os últimos minutos em silêncio – eu não fazia ideia de por onde começar, depois do que Morrigan havia acabado de me dizer, e ela parecia satisfeita por permanecer em silêncio. Quando chegamos ao meu quarto, ela parou para se despedir.

– Cuide-se, Jane – disse ela, os olhos desprovidos de expressão. – Nos vemos no banquete de hoje à noite.

Tentei fazer outra reverência, desta vez com um pouquinho mais de refinamento.

– Obrigada, Rainha, quer dizer, senhora – concluí. *Preciso mesmo perguntar a Ryu como me dirigir a essas pessoas*, pensei. Minha "etiqueta real" não era lá grandes coisas.

Ela sorriu, sem se sentir incomodada com minha falta de jeito, e eu entrei no quarto.

Sacudi Ryu como se sacode uma lata onde está escrito "agite antes de beber", mas ele estava desligado como uma lâmpada. Então, depois de checar uma, duas, três vezes se a porta do nosso quarto se encontrava trancada, decidi tomar outro banho.

Estava me sentindo muito mal depois de meu encontro com Jimmu; seus olhos agiram como garras em minha pele. Tirei a roupa de banho e abri a torneira.

Eu tinha tanto a pensar sobre o assunto, que mal sabia por onde começar. Primeiro, minha conversa com a rainha significava que eu não havia mesmo processado o que acontecera na beira da piscina. E nem morta eu teria contado a *ela* o ocorrido, considerando que Jimmu era filho de criação de um cara que tanto era seu cunhado *quanto* seu sucessor ao trono. E mesmo eu sabendo muito bem que, se Jimmu não estivesse tentando me matar de verdade, estava, com certeza, tentando fazer *alguma coisa* desagradável. Mas quem acreditaria em mim além de Ryu?

Jimmu te odeia de verdade, lembrou minha mente, sem me ajudar em nada. E eu ainda não tinha afastado a sensação de que já o havia visto antes. Mas isso era *impossível* – quantos homens de quase dois metros, moicano azul e dentes de aço eu já havia visto e deixado de guardar na memória? *A não ser que tenham te enfeitiçado*, pensei, de repente. *Mas então como eu iria me lembrar sem me lembrar?* Meu cérebro doeu com esse pensamento – enveredar por esse caminho era como assistir a um daqueles programas sobre viagens no tempo, em que se sabe que, caso você se concentre demais na trama, mesmo por um segundo, ela o deixa zonzo. *Digamos apenas que você se lembraria sem se lembrar e vamos deixar por isso mesmo*, pensei, agarrando-me à minha sanidade com mãos de ferro.

E que diabos, então, está acontecendo com os Alfar?, interrompeu outra parte de minha mente. *Eles são tão poderosos e, ainda assim, tão complacentes! Não há como todo mundo estar feliz com a não procriação. Caso contrário, eles não estariam com tanto medo dos meio-humanos. Odiamos apenas o que secretamente invejamos ou desejamos*, pensei com o assentimento da minha psicologia barata.

Se estão tendo problemas de procriação, por que não tomam uma providência? Entendo que os humanos "agridem" a natureza e tudo o mais – e não é preciso citar Bacon para eu perceber que temos falhas fundamentais como espécie. Mas não fazer nada, principalmente quando se tem tantos poderes? Bufei, ensaboando-me com uma esponja, para lavar todos os vestígios dos olhos de Jimmu.

Entendo que cultivem aquela fachada fria, mas isso deve estar enfurecendo os membros da comunidade. Quem não gostaria que os Alfar investissem um pouco de seus inúmeros recursos em equipes de cientistas?

Equipes de cientistas, pensei. *Equipes de cientistas...*

Cacete, pensei, quando minha esponja caiu, pesada.

Equipes de cientistas...

Fechei calmamente a torneira, embora estivesse agitada por dentro.

Eu não estava maluca; eu já *havia visto* Jimmu antes. E agora me lembrava onde.

Capítulo 20

Acorda, acorda, acorda, acorda, pensei ao olhar para Ryu, tentando abrir um buraco na testa dele com minhas ondas cerebrais.

Eu já havia feito cócegas, sacudido, arranhado, beliscado, atirado um copo d'água, beijado – tinha até mesmo balançando seus testículos com certa força. E ele não se movera.

Então, agora, eu me encontrava deitada, com o rosto sobre o dele, tentando acordá-lo através do poder do meu desejo direcionado. Acho que não estava funcionando.

Acorda, acorda, acorda, acorda, pensei, tão frustrada, que já estava prestes a gritar. *Será que seus olhos tinham piscado?* Imaginei, sem ousar ter esperanças. *ACORDAAA!*

Os olhos de Ryu piscaram de novo; sem dúvida, ele estava religando. De repente, acordou por completo e ficou olhando para mim, surpreso, registrando meu rosto.

— Bom-dia, Jane — murmurou ele. — Que diabos está fazendo?

Eu tinha tanta coisa a contar que ficou tudo embolado na saída, tudo o que me vinha à boca tinha um som inarticulado de um "aaaaaaaah".

— Ah, é? Que bom. Tem café? — Ryu empurrou-me gentilmente para poder se sentar. Fez uma careta engraçada e levou a mão à virilha. — Ai, devo ter dormido meio sem jeito. — Olhou-me desconfiado: — Por que meu travesseiro está molhado?

— Ryu — falei, trocando logo de assunto. — Jimmu estava na livraria no dia que você chegou e no Pocilga na primeira noite que fomos lá. Junto com vários outros acadêmicos, por isso não o reconheci de início, mas *sei* que era ele.

Ryu ficou me olhando como se eu estivesse falando outro idioma.

— Jane? Sobre o que está falando?

— Sei que você vai dizer que é impossível, mas não é. Ele quis me matar hoje de manhã, mas tinha alguma coisa escondida nos arbustos, e ele meio que me *hipnotizou*, aí não pude me mover e ele tinha uma *espada*... — A essa altura, eu estava falando compulsivamente e tentei me controlar. — Mas saí correndo e vi Morrigan, e ela mencionou "equipes de cientistas", e eu *tinha certeza* de que já havia visto Jimmu e depois me lembrei onde. — Respirei fundo. — Na *Morrer de Ler*!

— Por que Jimmu estaria com um grupo de acadêmicos? — perguntou ele, esfregando os olhos.

— Bem, talvez não estivesse de fato *com* eles, mas os utilizou como uma espécie de disfarce. Não sei. E não perguntei, é óbvio.

Ryu não estava convencido. Balançou a cabeça e passou a mão pelos cabelos.

— Volto num minuto, querida, e então falaremos sobre isso.

Foi ao banheiro, e aproveitei a oportunidade para organizar os pensamentos. Eu precisava lhe dizer exatamente o que havia acontecido, desde o início e de uma forma que fizesse sentido. Eu sabia que *não* estava maluca — podia ver aquele acadêmico seboso sentado na livraria e olhando para mim, e eu sabia que, sem os piercings, com os cabelos puxados para trás e aqueles óculos grandes, Jimmu *era o acadêmico*.

Ryu reapareceu, agora com a calça do pijama. Gesticulou para que eu o seguisse à sala de estar e então pediu o café da manhã, enquanto eu me acomodava no sofazinho.

— Sei que é difícil de acreditar, mas você precisa me ouvir — comecei, antes que ele tivesse até mesmo colocado o telefone no gancho. Continuei falando enquanto ele se sentava ao meu lado: — No dia em que você chegou a Rockabill, naquela manhã, uma equipe de acadêmicos apareceu num ônibus para conhecer o Old Sow. Um deles me deixou toda arrepiada de tanto que olhava para mim. Depois, nós o vimos de novo, naquela noite no Pocilga.

Após aquela cena com o Stuart, quando você saiu para ver se tinha alguém no estacionamento, fiquei esperando à porta e o vi se escondendo num canto. Estava me observando de novo.

Ryu me ouvia, como pedi que fizesse, mas não parecia convencido. Continuei mesmo assim:

— Quando chegamos aqui e vi Jimmu, podia jurar que ele não me era estranho, mas achei apenas que estava viajando, porque, obviamente, eu reconheceria de cara qualquer um que tivesse aquela aparência, certo? Mas então, hoje de manhã, fui à piscina. Jimmu me surpreendeu com uma espada. Achei que talvez estivesse praticando, porque não posso acreditar que estivesse esperando por mim, mas ele me assustou e veio na minha direção, quando alguma coisa o distraiu. Enfim, o moicano dele estava caído, e me pareceu ainda mais familiar. — Ryu me olhava com atenção e sabia que, no mínimo, eu acreditava no que dizia. Vamos lá:

— Saí correndo para o Complexo onde esbarrei com Morrigan. Estávamos conversando, e ela tocou no assunto do problema de fertilidade e começou a falar de equipes de cientistas. Depois, pensando no que ela havia dito, percebi que, se tirasse os piercings de Jimmu e o vestisse com roupas conservadoras, com óculos de lente fundo de garrafa, ele se transformava no cara da livraria.

Ryu ficou quieto por um momento, e pude ver que sua massa cinzenta estava trabalhando.

— Ryu — segui em frente — Acho que Jimmu é quem está por trás dos assassinatos. Por que outro motivo estaria em Rockabill? E isso explicaria a razão de ter mostrado tanto ódio por mim. Eu era a próxima na lista dele.

Ryu balançou a cabeça, como se para clarear o que eu havia acabado de dizer.

— Jane, se o que você acabou de falar é verdade, então tudo ficou muitíssimo complicado. Jimmu não faz nada sem o consentimento de Jarl, e Jarl não faz nada que não seja do conhecimento de Orin e Morrigan.

Ele ficou me encarando, aguardando que suas palavras fizessem sentido.

— Então, se Jimmu é o assassino, não está agindo sozinho — concluiu. — O que seria o mesmo que dizer que os Alfar são diretamente responsáveis pelos assassinatos.

— Corretíssimo — respondi, minha mente acelerada. — Talvez não seja *ele* o assassino. Talvez estivesse seguindo Jakes por alguma outra razão. Talvez para investigá-lo para os Alfar. Mas sem dúvida *ele* estava em Rockabill. *Sei* que foi Jimmu quem vi naquele dia. Apesar do disfarce.

— Simplesmente não posso acreditar, Jane. — Ryu balançou a cabeça. — Sinto muito, sei que acredita no que está dizendo, mas não posso crer que tenha sido Jimmu. Não *quero* acreditar em você... isso significaria coisas graves demais, se o que você está dizendo for verdade.

Encarei-o, nunca me sentira tão decepcionada assim com alguém. *Que parte do "eu sei que era Jimmu" você não compreendeu?* Senti vontade de gritar. Mas, no fundo, entendi seu medo, pois sabia que o que eu acabara de dizer sugeria que havia algo de podre no coração da sociedade Alfar.

Naquele momento, seguiu-se uma batida leve na porta, e Elspeth entrou com café da manhã para dois. Ficamos em silêncio enquanto ela arrumava a mesa. *Como posso fazer você acreditar em mim?*, pensei, olhando para ele.

Então lembrei dos romances de Edith Wharton. Os empregados sabem de tudo nesses livros.

— Elspeth — chamei-a, a voz tensa. — Posso te perguntar uma coisa?

Ela concordou, benevolente.

— É sobre Jimmu — comecei e parei em seguida. Eu não sabia como começar. — Eu o vi hoje de manhã — continuei, tentando ganhar tempo até descobrir como perguntar o que precisávamos saber. — Ele estava se exercitando. Aqueles piercings são de matar!

— São mesmo. — O sorriso de Elspeth desapareceu, e ela encolheu os ombros. — Todas as vezes que os coloca, me pede ajuda. É horrível!

Os olhos de Ryu franziram, e ele bufou com força.

— Como assim todas as vezes? — perguntou ele, a voz baixa.

— Ah, Jimmu está sempre dando uma fugidinha do Complexo. Quando sai, tira os piercings e depois tem de colocar tudo de novo, pois tem uma cicatrização rapidíssima! — Elspeth olhou para mim, e tentei fazer com que minha expressão escondesse minha empolgação. — Sempre me pedindo uma forcinha... Com os piercings. — Encolheu os ombros. — *Todos eles.*

Entendi o que ela estava insinuando e fiz uma careta solidária.

— E o moicano? — perguntei. — É novo?

— É. – Ela parecia surpresa. – Na verdade, novíssimo. Começou a usar há poucos dias. Desde que retornou de sua última aventura. Dobrou a quantidade de piercings e passou a usar moicano. Dá até para desconfiar que está usando um disfarce. – Ela riu como se para indicar o quanto isso era ridículo. Ryu e eu trocamos olhares. – Mas ele foi com os piercings dessa vez.

— O quê?!? – perguntamos os dois. Simultaneamente.

— Jimmu deixou o Complexo, cerca de uma hora atrás. Ao que parece, não voltará até amanhã, mas, graças a Deus, não tirou os malditos piercings dessa vez.

— Você sabe para onde ele foi? – perguntou Ryu, como quem não quer nada.

— Ah, não, claro que não. Nunca ficamos sabendo para onde ele vai. Só Jarl tem controle sobre Jimmu. – Elspeth riu novamente. – Bem, aproveitem o café da manhã. Posso vir à noite ajudar você a se arrumar, Jane?

— Muito obrigada, Elspeth, eu adoraria – respondi, levantando para acompanhá-la à porta. Ryu e eu precisávamos muito conversar. E naquele exato momento.

Depois que nos despedimos, e ela foi embora, fechei a porta, dando uma olhada rápida no corredor para me certificar de que não havia ninguém à espreita para ouvir nossa conversa. Eu estava ficando paranoica.

Só porque você está ficando paranoica, não quer dizer que não estejam lá fora doidos para te pegar, lembrei-me, assim que fechei e tranquei a porta.

— E aí? – perguntei a Ryu, voltando ao meu lugar no sofá.

Ele se recostou e fechou os olhos. Quando voltou a abri-los, estava péssimo.

— Está bem, pode ser que Jimmu tenha mesmo ido a Rockabill. Mas *por quê?*

— Não sei, Ryu. Iris disse que Jakes reconheceu alguém que o deixou assustado. Vai ver Jakes percebeu desde o início que Jimmu era o assassino.

— Ou talvez Jimmu estivesse seguindo Jakes – interrompeu-me Ryu – por saber que *Jakes* estava agindo mal, matando os meio-humanos. O que também explicaria por que Jakes estava tão apavorado.

Franzi a testa.

— Não posso acreditar que Iris possa ter sentido, ou provado, ou sei lá o quê, que Jakes estava apavorado, mas não tenha sido capaz de sentir que ele era um serial killer. Mas você deve saber disso melhor do que eu.

Garota Tempestade

Ryu nos serviu café, e peguei um croissant mesmo já tendo comido. *Afinal de contas, de nada adianta ficar de barriga vazia*, murmurou, satisfeito, meu estômago.

– Não sei o que dizer – acabou respondendo. – Jakes poderia, sim, ter escondido algo desse tipo de Iris, principalmente se fosse um psicopata que não achasse assassinato grande coisa. Mas eu conheci Jakes e, pelo que vi, não parecia um psicopata. Embora eu ache que psicopatas não costumam fazer propaganda de seus "serviços". – Encolheu os ombros. – Mas meu instinto me diz que você tem razão e que Jakes não matou os meio-humanos. Sobretudo depois que ele mesmo foi morto e que Gretchen e Martin foram assassinados em sequência. – Tomou um gole lento do café, como se absorvendo poder da xícara. – Mas simplesmente não quero imaginar que Jimmu matou todos eles.

– Bem – respondi –, ainda não há razão para pensar nas consequências de Jimmu ser o assassino, se nem sabemos se estamos certos ou não. O que precisamos fazer já é descobrir se foi ele e então agir a partir daí.

Tomamos nosso café em silêncio. Servi-me de outro croissant.

– Sorte Jimmu ter saído hoje, não? – comentei, quando Ryu serviu-se de outra xícara. Olhou-me sem entender.

– Eu sabia que devia ter trazido minha indumentária de ladrão – disse ele, tomando todo o café antes de se levantar. – Afinal de contas, dizem que fico muito bonito todo de preto!

A fechadura se abriu com um *clique*, e prendemos a respiração. Como ninguém gritou dentro do quarto, soltamos o ar. Dei outra olhada furtiva para o corredor quando Ryu abriu a porta para os aposentos de Jimmu.

Entramos com cautela, fechando logo a porta. Ryu acendeu as luzes, e olhamos ao redor para ver onde estávamos. Os aposentos de Jimmu eram iguais aos que eu e Ryu dividíamos: um pequeno quarto com uma suíte e uma saleta de estar. E apesar do fato de esses aposentos servirem como casa para Jimmu, eram tão impessoais quanto os nossos.

– Onde você aprendeu a arrombar portas? – sussurrei para Ryu. – E por que Jimmu não tem uma segurança melhor? Não parece ser do tipo que confia.

– Sou Nosferatu, lembra? – Ryu abriu um sorriso. Ele estava adorando aquilo, dava para ver. Desde que havíamos deixado nossos aposentos, irradiava felicidade. Talvez não gostasse da circunstância, propriamente dita, mas,

sem dúvida, era um homem que adorava ação. – Que tipo de criatura da noite não consegue arrombar uma porta? E, quanto à segurança, isso aqui é um Complexo público. Criados precisam entrar e sair desses quartos, assim como as arrumadeiras e o pessoal da manutenção. O que se ganha em termos de segurança, vivendo num Complexo, perde-se em privacidade. – Ele apontou para o quarto. – Você olha por ali, eu olho por aqui.

Espiei o quarto de Jimmu, certificando-me de que ele não estava ali, tirando um cochilo, antes de entrar. Alguma coisa me dizia que ele *sempre* acordava de ovo virado. Mas o quarto estava tão vazio e anônimo quanto a sala de estar. Comecei pelo banheiro que, não fosse por um frasco de gel e um sabonete na saboneteira, estaria completamente vazio também.

O quarto não era muito interessante. Havia algumas cuecas, pares de meias escuras desencontradas e camisetas sem manga em uma gaveta aberta da cômoda. No armário, calças jeans desfiadas e camisas. Eu ia fechar a porta quando vi algo na prateleira de cima.

Puxei a poltrona de um canto do quarto e subi nela para dar uma olhada melhor. Na prateleira mais alta, no canto mais distante, vi a pontinha de uma caixa de metal. Estiquei a mão, sem saber ao certo se conseguiria pegá-la e quase toquei a tampa. Mas, quando estava quase conseguindo alcançá-la, senti aquela vibração inconfundível de poder. Hesitei, decidindo não arriscar.

– Ryu! – chamei-o. – Acho que tem alguma coisa aqui.

Ele entrou no quarto, espanando as mãos.

– Nada por lá – disse-me. – Jimmu não tem sequer uma revista. Que cara interessante! O que você achou aí?

– Não sei – respondi. – Tem uma caixa nessa prateleira, mas não quero tocá-la. Acho que está enfeitiçada.

Ryu abriu um sorriso.

– Enfeitiçada?

– Você entendeu, com um toque de glamour. Senti o arrepio.

Ryu ficou de pé ao meu lado e olhou com atenção para o armário. Murmurou alguma coisa, as presas aparecendo de repente.

– Jane, desça da poltrona!

Desci sem pestanejar. Acato ordens muito bem quando soam daquela forma.

Garota Tempestade

Ryu passou as mãos em torno da caixa, enquanto se concentrava. Senti os cabelos da nuca se arrepiarem, e minha franja esvoaçou ligeiramente quando o poder circulou em torno dele.

Finalmente, depois do que pareceram horas, mas que devem ter sido uns trinta segundos, ele riu, parecendo bastante satisfeito.

— Enfeitiçada mesmo. — Sorriu levantando a caixa da prateleira e pulando da poltrona.

— Você foi muito esperta ao não tocar nisso aqui — disse, quando colocou a caixa na cama de Jimmu. — Se tivesse tocado, teria explodido não só você mesma, como boa parte dessa ala do Complexo.

— Ótimo — disse eu, irônica. — Obrigada por ter me contado. Então, como você a abriu?

— Caixas são minha especialidade — disse, abrindo outro sorriso. — Sou bom em abrir coisas.

E sou a prova viva disso, pensei, sem morder a isca.

— O que tem aí dentro?

— Vamos descobrir — disse ele, abrindo a tampa.

Olhamos atentamente.

— Ai, merda! — disse Ryu. Eu silenciei.

Dentro da caixa havia um saco plástico Ziploc. Numa primeira olhadela, achei que estivesse cheio de ratos. Depois achei que eram ratos mortos e sem pelo. Então vi o que era de verdade.

O saco estava cheio de orelhas.

Protegidas como estavam sob o campo de força de Jimmu, não haviam sofrido decomposição. Também tinham sido extirpadas de forma higiênica e com precisão cirúrgica. Nada, no entanto, fazia delas menos grotescas. Unidas num emaranhado sanguinolento, passavam uma sensação de vulnerabilidade, individualmente *humanas* — desde a estranha dobra exterior de uma delas até o tradicional brinquinho de pérola, que adornava outra. Acho que teria preferido que estivessem apodrecidas e inidentificáveis.

Sentei-me, largando o peso do corpo na cama, o estômago pesado. Ryu fechou a caixa e subiu novamente na poltrona para recolocá-la no lugar. Observei-o, respirando fundo, enquanto movia os dedos na frente do fecho

da tampa. Quando terminou, colocou a poltrona no lugar, pegou-me pela mão e levou-me à porta. Checou o corredor para ver se não havia ninguém, antes de sairmos do quarto de Jimmu e voltarmos aos nossos aposentos. Uma vez lá, entrei e saí correndo para o banheiro, quase não conseguindo chegar a tempo de vomitar tanto o croissant quanto o café.

Ryu afastou o cabelo de meu rosto enquanto acariciava minhas costas. Murmurou para mim, como se acalmasse um cavalo. Não conseguia parar de vomitar — cada vez que me sentia um pouquinho melhor, pensava em Joe Gonzales, de Shreveport. Uma daquelas orelhas era dele. E tudo o que ele havia feito fora plantar belos tomates e, por isso, sua orelha estava num saco enquanto ele apodrecia debaixo da terra.

Por fim, controlei-me e me aconcheguei nos braços de Ryu. Ele me segurou e começou a desfiar uma sequência de bobagens apaziguadoras em meu ouvido. Levantei-me com sua ajuda e fui até a pia, na qual escovei os dentes e joguei água fria no rosto.

Ficamos encolhidos em nossa cama espaçosa, eu agarrada nele de tão assustada que estava. Tudo parecera um grande mistério, enquanto os nomes dos mortos eram apenas nomes impressos em pedaços de papel. Mas, ao ver aquelas orelhas, soube que era real. Aqueles nomes representavam pessoas de verdade — cadáveres — e eu estivera cara a cara com o assassino naquela manhã.

Mais ainda: eu era a próxima da lista.

Apertei os olhos e senti que tremia. Ryu me abraçou forte, beijando gentilmente meu rosto, sussurrando para eu voltar para ele. Mas se voltar para ele queria dizer fazer parte daquela porra de Corte, eu preferia ficar onde estava, muito obrigada.

— Ajuda se eu disser que você tinha toda razão? — perguntou ele, quando finalmente parei de tremer.

Pensei nisso: era tentador.

— Talvez — acabei respondendo.

— Bem, você tinha toda razão.

Abri um olho, que foi ao encontro de seu olhar dourado.

— Todinha?

— Totalmente, completamente, genuinamente — disse ele, brincando sério.

Como sempre, em meu mundo, o humor funcionava quando nada mais funcionaria. Não que eu fosse capaz de rir.

— O que você vai *fazer*? — perguntei, abrindo os dois olhos.

Ele franziu a testa.

— Não faço ideia — respondeu. — Isso é grande demais para qualquer um de nós, principalmente porque não sabemos de fato o que está havendo. — Refletiu. — Vamos esperar passar a noite. Farei algumas pesquisas discretas durante o jantar e amanhã começamos novos em folha. Quanto à hoje, acho que já tivemos o bastante.

— Concordo plenamente... sem *dúvida* eu já tive o suficiente por uma noite, ou pelo resto da vida. — Eu estava começando a ver o lado ruim do mundo de minha mãe, para dizer o mínimo.

Ryu deu uma olhada no relógio.

— São duas da tarde agora. Temos cerca de seis horas até o jantar. Elspeth estará aqui por volta das cinco para ajudá-la a se vestir. — Ele pressionou o corpo contra o meu. — Qual é a boa? — perguntou, as presas denunciando seus pensamentos.

Ele não pode estar falando sério, pensei, quando correu a mão por minha barriga na direção dos montes gêmeos.

Acho que está. Foi então que me ocorreu.

— Sei o que podemos fazer — falei, balançando as pernas ao lado da cama, para ficar de pé.

Ele me olhava com interesse enquanto eu remexia a bolsa até encontrar o que procurava. Tirei dela um par de sapatos roxos de salto alto.

— Você pode me ajudar a descobrir como caminhar com isso aqui — disse eu, abrindo um sorriso.

Acho que não era o que ele tinha em mente, mas foi tudo com que pude lidar naquele momento. E ele acabou se tornando um bom instrutor na modalidade "andar de saltos altos", o que foi mais uma coisa que decidi firmemente encaixar na minha política de "não perguntar".

De uma forma ou de outra, conseguimos chegar até o jantar daquela noite, que mostrou ser mais um compromisso formal do que a miscelânea da noite anterior, com todos sentados para uma refeição apropriada. Sentamos com Chester, o ifrit, e poucos nahuals. Ficaram falando sobre o mercado de

ações, que, uma vez me dei conta de como era complicado, achei incrivelmente chato. Então sorri e concordei, preocupada em manter o traseiro coberto por meu vestido curto. Ryu fez tantas perguntas quantas achou necessário, mas não pareceu descobrir coisa alguma. Como Elspeth dissera, ninguém sabia nada das atividades recentes de Jimmu.

Durante o jantar houve também algumas distrações. Uma trovadora Alfar recitou, com uma voz cheia de agudos e graves, um poema musicado incrivelmente longo e monótono, que se parecia com algo que Enya certamente inventaria sob hipnose induzida à NyQuil. Havia também alguns acrobatas ifrits brincando com fogo e alguns acrobatas nahuals que mudavam de forma no meio de suas cambalhotas. Sob quaisquer outras circunstâncias, eu teria ficado olhando, atenta, mas, considerando o que acabara de saber naquele dia, tudo o que eu queria era engatinhar para minha cama e ficar ali até poder voltar para casa.

Ryu e eu nos recolhemos cedo – graças a Deus – e voltamos para a segurança do nosso quarto. A única coisa que fez meu dia tenebroso valer a pena foi a expressão que vi em seu rosto, quando levantou a camisinha, e balancei negativamente a cabeça, lembrando-me das palavras de Morrigan. Depois que fizemos um sexo gloriosamente infértil, sem risco de qualquer contaminação – o que muito o satisfez –, já era hora de eu ir dormir. Ryu beijou-me e desceu da cama. Mas não foi embora, em vez disso, pegou o livro e sentou-se com as costas apoiadas na porta. Eu sabia que ficaria ali durante toda a noite, me protegendo até eu acordar e até chegar sua vez de dormir e descansar. Mental e emocionalmente exausta, convencida de que não conseguiria dormir, encolhi-me e apaguei na mesma hora, quase sem poder acreditar no que acontecia.

Capítulo 21

No fim das contas, decidi tomar café. Uma parte minha queria ficar junto de Ryu até ele acordar, mas meu estômago não concordava de forma alguma com essa ideia. Cada vez que eu pegava o telefone para tentar pedir comida, acabava ouvindo gritos masculinos numa língua que imaginava ser árabe. Então, àquela altura da manhã, eu estava faminta. Na verdade, meu estômago reclamava tão alto que achei que poderia até acordar o vampiro, e uma vez que Jimmu se encontrava ausente, achei que eu não estava em perigo. Sendo assim, ameacei meu estômago: se você fizer com que eu acabe decapitada, nunca mais o alimentarei de novo.

E eu havia descoberto, no dia anterior, com Elspeth, que o café da manhã no Complexo era algo bastante casual. As mesas do jantar eram arrumadas no estilo bufê, e várias criaturas iam e vinham, ora enchendo os pratos e sentando-se em uma mesa desocupada, ora simplesmente pegando um pedaço de torta ou uma fruta e partindo para suas funções sobrenaturais.

Nessa manhã, quando entrei no salão, pude jurar que alguma coisa acontecia. Grupos conversavam em voz baixa, e havia uma atmosfera óbvia de excitação. Vi Elspeth conversando com algumas poucas criaturas num canto e fui ver o que estava acontecendo.

— ... é inacreditável que uma coisa dessas possa acontecer — dizia um dos membros do grupo, um íncubo.

Elspeth concordou e virou-se para me cumprimentar. Apresentou-me aos outros, todos funcionários do Complexo.

— O que está acontecendo? — perguntei, curiosa.

Elspeth balançou a cabeça, como se não acreditasse, e olhou-me com os olhos arregalados.

— Ah, Jane, nem sei por onde começar! — disse ela. Como não continuou, percebi que era sério.

— Pelo começo? — sugeri, pacientemente.

— Está bem. — A dríade respirou fundo. — Bem, acontece que tem havido uma série de assassinatos por todo o Território e em outros Territórios também... assassinatos de meio-humanos.

Meu estômago retorceu, mas dei um jeito de manter as aparências.

— Nenhum de nós sabia que isso estava acontecendo... os Alfar estavam investigando em segredo. Mas então seus *dois* investigadores foram assassinados. Um dos investigadores era um meio-humano e o outro era um goblin. E quando a gerente dos goblins foi avaliar a situação, acabou assassinada também. — Elspeth parecia muito aborrecida, e meu coração se comoveu por ela. *Sorte a dela não ter estado lá*, comentou minha mente, sarcástica. *Os goblins carbonizados estavam bem tenebrosos.*

Elspeth continuou, a voz baixando de volume:

— Jarl ficou tão preocupado com o que estava acontecendo que enviou os nagas para investigar... todos os nove irmãos de ninho. Eles têm vasculhado o território atrás do assassino, e até mesmo os territórios vizinhos. — Disse as últimas palavras com particular ênfase, e tive a impressão de que isso era importante para a cooperação interterritórios. Pessoalmente, senti uma boa dose de espanto. Ryu insistia que Jarl deveria saber que Jimmu era o assassino, mas Elspeth dizia que Jarl estava chocado e aborrecido com os assassinatos. Ou Jarl estava jogando com o Complexo, ou Jimmu era menos dependente dele do que todos achavam. Eu esperava que fosse a segunda opção.

— Hoje de manhã, Jarl reuniu os chefes das facções aqui no Complexo e disse a eles o que vem acontecendo. Ele nos contou sobre os assassinatos, mas também nos deu a boa notícia de que o assassino fora capturado. — Arregalei os olhos. Será que seus próprios colegas de ninho haviam descoberto os feitos de Jimmu e o entregado?

Garota Tempestade

— Foi por isso que Jimmu saiu com tanta pressa — continuou ela. Quase bati palmas de tão feliz. *Ryu e eu estamos seguros, e o pesadelo acabou*, pensei. *Graças a Deus...*

— Ao que parece, os colegas de Jimmu descobriram a verdadeira identidade do assassino, um humano, e Jimmu foi chamado para fazer justiça.

Ai, merda, pensei. Não era assim que eu esperava que terminasse a história de Elspeth.

— Como um humano pode matar dois goblins? — perguntou um íncubo, seu bigode acenando para mim. Eu estava tão chocada, que quase não quis interagir com ele quando falou isso.

O ifrit encolheu os ombros, sua auréola de fogo perigosamente perto de meus cabelos. Dei um passo para trás.

— Todos temos nossas vulnerabilidades — disse Elspeth. — Lembre-se dos gigantes. — As outras várias criaturas concordaram, sérias, e eu tive a impressão de que aquela citação era uma versão sobrenatural do grito de guerra "Lembre-se do Álamo".

— Bem — continuou o íncubo, quebrando o clima. — Pelo menos isso quer dizer que teremos uma festa. — Virou-se para reluzir seus raios sexuais para mim. — Trouxe roupa de festa? — perguntou. Resmunguei qualquer coisa inarticulada e aproximei-me sem forças dele, mas, por sorte, Elspeth veio me ajudar.

— Vou te levar à piscina, Jane — disse ela, encarando o íncubo.

— Piscina, sim, humm — respondi, confusa, quando ela guiou minhas pernas relutantes para fora dali, na direção do pátio.

Por se tratar de Elspeth, ela teve o bom senso de pegar algumas frutas, pedaços de torta e café, na saída. Uma vez que eu já havia me recuperado da praga daquele íncubo, dei-lhe a mão, enfiando as bananas no cós de minha calça como se fossem pistolas, e pegando o café.

Comemos no antro. Eu preferia comer ao ar livre, mas como não queria mais entrar na piscina, da qual eu não era mais uma grande fã, fiquei quieta. Elspeth estava me contando sobre as festividades planejadas para aquela noite e, mesmo que minha mente estivesse quase toda ocupada, refletindo sobre o que ela havia falado a respeito de Jimmu ser esperado para fazer justiça por causa dos assassinatos, havia ainda uma pequena parte do meu cérebro que estava preocupada com o que eu iria vestir.

Você está parecendo uma mulherzinha!, critiquei-me, cansada.

E a rainha do óbvio, respondeu meu cérebro, irritantemente presunçoso.

Quando acabei de comer, enfiei o dedo na piscina, ainda ouvindo o falatório de Elspeth. Então voltei para onde ela estava, e levamos um bom papo. Ela queria saber como eu havia conhecido Ryu, mas eu não queria dizer que nosso encontro se dera por ocasião do assassinato dos híbridos. Então simplesmente disse a ela que havíamos nos conhecido no curso de uma de suas investigações, mas sem especificar qual. Ela não quis detalhes; só queria saber da parte gostosa sobre como acabamos juntos e coisas assim. Senti-me meio fácil, admitindo que mal nos conhecíamos quando a coisa começou a esquentar, mas ela pareceu achar tudo muito romântico. E, ao ficar ali, contando para ela sobre nosso primeiro encontro e sobre a noite na praia, com o piquenique e tal, percebi que fora um encontro para lá de delicioso.

Mesmo você sendo digamos... dada, afirmou meu lado virtuoso.

Você cale essa boca!, avisou minha libido.

Perguntei a Elspeth sobre sua vida no Complexo, e ela me disse tudo, *tudo mesmo*. Era uma árvore, ora bolas, e apreciava muito pouco o que os humanos achavam interessante. *Ou até mesmo os meio-humanos*, pensei. Mas, apesar de sua falta de capacidade de edição, as histórias de Elspeth eram fascinantes. Afinal de contas, eu ainda sabia tão pouco desse mundo, que até ouvir suas discussões sobre se os nahuals – que preferiam a forma de gatos – deveriam usar caixas de areia ou banheiros "como todos os outros" era ainda algo informativo. Fiquei pensando no famoso poema de Jonathan Swift, "O quarto de vestir da madame", especialmente sobre o trecho que diz: "Celia, Celia, Celia faz cocô!", no qual o narrador descobre que o amor de sua vida – a angelical Celia – vai ao banheiro como todos nós. Em filmes e livros você nunca vê Drácula parar de perseguir sua heroína virginal porque está apertado para fazer xixi. Mas aqui estava eu aprendendo que, exatamente como Celia, a comunidade sobrenatural – com certeza – fazia cocô. Achei isso estranhamente confortante.

Sentei-me durante horas com Elspeth, ouvindo suas histórias e relaxando sob a luz fraca de novembro. Algumas poucas criaturas vieram nadar na piscina e pareceram imunes ao seu poder. Acredito que, a não ser que fossem como eu – um elemento da água, ou fosse lá que diabos eu fosse – aquilo era só uma piscina e não uma dose intravenosa de anfetamina.

Quando chegou a hora do almoço, voltamos para o Complexo. Fiquei surpresa ao encontrar Ryu acordado, até eu perceber que já passava das três. Estava sentado com Wally, o djinn, e ergui as sobrancelhas quando nos aproximamos. Ryu conseguiu manter a expressão séria, pediu licença e aproximou-se de mim.

— Não seja tão rápida assim, sua sapeca – disse ele, me puxando para um abraço forte.

— Humm – sorri. – Eu queria conhecer seu amigo.

— Não tenho dúvida, querida. E Wally adoraria te conhecer também. Ele te levaria às nuvens, se você desse a oportunidade. Mas você é toda minha – concluiu ele, dando uma mordidinha predatória no meu lábio inferior, o que quase me levou ao chão e fez minha libido subir pelo telhado.

Cheguei até a gemer, e Ryu deu uma risadinha. Em seguida, seu rosto ficou sério e ele sussurrou em meu ouvido.

— Já sabe o que aconteceu?

— Já – respondi, todos os traços de desejo sumindo rapidamente. – Elspeth me contou hoje de manhã, durante o café. No início, achei que ela iria me dizer que eles sabiam que era Jimmu que havia matado todo mundo, mas não tive essa sorte.

Ryu franziu a testa, a expressão preocupada.

— O que você vai fazer? – perguntei.

— Não faço a menor ideia – respondeu, balançando negativamente a cabeça. – Há um plano traçado, isso é óbvio. O problema é que não fazemos ideia de que jogo é esse, quem está atacando, quem está defendendo e nem se vale a pena vencer o campeonato. – Ele estava misturando as metáforas, mas acho que não gostaria de ser questionado sobre isso no momento, então simplesmente concordei.

— Precisamos de mais informações – disse eu. – E preciso almoçar.

Ryu revirou os olhos.

— Vou te enfiar um soro na veia e te obrigar a andar com ele. Você *não* para de comer!

— Ei, você come enquanto faz sexo e não me ouve reclamar.

Ryu piscou antes de explodir numa risada. Quando finalmente parou de rir, suas pupilas estavam dilatadas e ele me mostrava os caninos.

— Você não reclama porque, normalmente, fica gritando o meu nome – zoou. – Ou clamando por Deus. Mas não se sinta mal... este é um erro que muitas mulheres cometem.

Lancei-lhe um olhar de desprezo.

— Não é por isso não. É porque todas as vezes que fazemos amor, estou sonhando com sanduíches. Queijo quente, bauru, e, é claro, X-tudo. Mas só com um pouquinho de tomate picado entre o queijo e o bacon.

Ryu contraiu-se e me olhou nos olhos, avaliando-os.

— Você não está falando sério, está? – acabou perguntando.

Pensei em lhe dizer que sim, somente para fazê-lo pagar pelo comentário "muitas mulheres", mas desisti.

— Não – disse, por fim. – É porque você esquenta meu sangue. – Fiquei na ponta dos pés para beijar seus lábios franzidos.

— O almoço pode esperar? – perguntou ele, quando o deixei sem ar.

Não!, resmungou meu estômago. *Sim!*, seguiu-se um som muito alto vindo da moradora de baixo. E ela venceu! Peguei Ryu pela mão para levá-lo ao nosso quarto. – Mas você terá que pedir um sanduíche – avisei, enquanto subíamos as escadas. – X-tudo. – Ele concordou, e ambas as partes ficaram felizes. Era caso de vencer ou vencer.

Horas mais tarde, entrelaçada com Ryu e com o gosto do sanduíche ainda nos lábios, na forma de algumas migalhas remanescentes, gemi. Mas, dessa vez, de preocupação e não de prazer.

— Qual o problema? – sussurrou ele.

— Elspeth estará aqui daqui a pouco, e não faço ideia do que vestir. Terei que arrumar alguma coisa emprestada. Ou usar aquele vestido vermelho de novo. Acho que é apropriado, o que você acha?

O sorriso de Ryu alargou-se. Olhei-o, mas ele nada disse. Estávamos num impasse.

— Está bem – respondi, cedendo à pressão. – Qual é o lance?

— Vá dar uma olhada no meu armário, prateleira de cima. Vai precisar de uma cadeira.

Tive a sensação de que sabia o que encontraria, mas isso era muito estilo *Uma Linda Mulher* para eu acreditar. Levantei-me da cama e arrastei nossa pequena poltrona até o armário de Ryu. Tentei não me lembrar da última vez que eu procurara alguma coisa na prateleira de cima de um armário. Mas agora, em vez de uma caixa de metal cheia de orelhas, programada para explodir quando alguém a tocasse, havia uma caixa grande e branca envolta por uma fita prateada. Uma etiqueta dizia ser da boutique de Iris. Gostei muito mais *dessa* caixa.

— Ah, Ryu, não precisava!

— Claro que precisava — disse ele, da cama. — Quando decidimos vir para cá, pedi a Iris para embrulhar. Talvez você não tenha a oportunidade de se produzir toda em Rockabill, mas aqui você tem.

Finalmente encontrei forças para retirar a caixa da prateleira. Era enorme e pesada e imaginei onde ele a havia escondido. *Dããã*, pensei, *óbvio*.

— Achei que você escondia corpos de goblins lá! — exclamei, descendo da cadeira e voltando para a cama, ao lado de Ryu, com a caixa junto ao peito. Senti-me como uma menininha no Natal.

— Hã? — perguntou Ryu, confuso.

— No porta-malas do carro — expliquei. — Quando você me disse para não colocar minhas coisas nele, achei que guardava cadáveres lá dentro.

— Por que eu teria cadáveres de goblins no porta-malas do meu carro? — perguntou, como se isso fosse a coisa mais absurda que já tivesse ouvido.

Olhei-o sem reagir.

— Ryu, ainda estou me recuperando do fato de que havia cadáveres de gnomos dentro de um porta-malas. Ponto. Se é sensato ou não enfiá-los no porta-malas do seu carro, isso é outro assunto.

Ele riu e me beijou.

— Boa resposta — concordou e balançou maliciosamente a caixa. — Abra — foi taxativo, porém gentil.

Desfiz o laço prateado e levantei a tampa. Sob a folha fininha de papel de seda estava o vestido prateado e o par de sapatos com os laços pretos.

— Ah, Ryu! — suspirei. — Estou me sentindo como Julia Roberts. Só que sem o lance da prostituta. Muito obrigada.

— De nada, Srta. True — disse, recostando-se na cabeceira da cama. — E esse é presente meu. Nenhum rombo nas contas da empresa por causa dele.

Levantei-me, estiquei o vestido na frente do corpo e me olhei no espelho. Estava tão perfeito quanto eu me lembrava. Mas... o que eu iria fazer com meus seios estava além da minha compreensão — graças a Deus Elspeth tinha um feitiço especial para manter seios e vestidos nos devidos lugares –, virei-me para Ryu, sorrindo como uma abóbora de halloween. Naquele instante, todos os vestígios de ansiedade haviam desaparecido.

— Sexo incrível, roupas maravilhosas *e* X-tudo sempre que eu pedir... acho que consigo me acostumar com essa vida — brinquei, virando-me para o espelho, tentando equilibrar o vestido e ao mesmo tempo arrumar os cabelos num coque alto.

De repente, Ryu estava bem atrás de mim, passando os braços por minha cintura, por baixo do vestido. Fungou em meu pescoço, respirando fundo.

— Esse é o plano, Jane — murmurou, antes de nossos olhares se encontrarem no espelho.

Por uma fração de segundo, achei que estivesse falando sério. Então meu cérebro acelerou. *Controle-se*, avisou-me, lembrando-se de todas as mulheres do hotel. *Ele faz isso como forma de sobrevivência... literalmente.*

Um sorriso fez meus lábios tremerem, e virei-me para seus braços, o vestido entre nós.

— Então é por isso que os Alfar colocam crack na piscina. Viciem-me que nunca mais irei embora!

Ryu retribuiu o sorriso e tirou o vestido de mim. Pendurou-o, sempre com gentileza, e me empurrou para o banheiro quando começou a se vestir.

— Tome um banho para esperar Elspeth, meu bem. Te encontrarei aqui quando chegar a hora do jantar. — Concordei. — E, Jane — chamou-me, a voz repentinamente séria. — Esteja preparada para qualquer coisa. Não faço ideia do que irá acontecer. Mas, se algo de ruim acontecer, corra... afaste-se do corredor principal e tente voltar para o quarto. Quando chegar aqui, tranque a porta e não abra para ninguém exceto para mim, está bem?

Garota Tempestade

Mais uma vez comecei a me preocupar com a noite. O que era bom; eu não devia nunca ter me deixado iludir por uma falsa sensação de segurança.

Ele sorriu, mas sua expressão foi contida.

— Manterei você segura — tranquilizou-me. — Juro. Mas não confie em mais ninguém. Apenas corra que eu te encontro.

— Está bem — respondi, dando-lhe um sorriso igualmente apreensivo. Ele me beijou no rosto e tirou do armário uma embalagem com um terno, assim como algumas sacolas de compras que havia pegado do chalé de Nell e Anyan.

— Vou me encontrar com Wally — contou-me. — E depois arrumo outro lugar para mudar de roupa. Não quero atrapalhar o trabalho de Elspeth. — Deu-me um beijo de despedida, apertando minha mão de forma encorajadora antes de sair.

Depois que Ryu foi embora, respirei fundo. Sentia-me totalmente despreparada para a noite. Como um camundongo que tivesse sido convidado para o baile de carnaval dos gatos. Seria melhor eu vestir uma armadura e levar armas semiautomáticas comigo naquela noite do que ficar me preocupando se iria ou não com os cabelos presos.

O que me fez pensar... *Será que eu deveria ir com os cabelos presos? Ou não?* Suspirei, traída por minha vaidade na hora em que mais precisava ser forte e cínica. Decidi que deixaria Elspeth tomar essa decisão e fui para o meu banho. Se iria ao encontro da morte naquela noite, pelo menos iria em grande estilo. *O que quer dizer que você deve ir de calcinha*, pensei. Olhei para o deslumbrante vestido pendurado no cabide.

Ãh-Ãh.

Capítulo 22

Até mesmo eu tive de admitir que *eu* estava muito atraente. Mas Ryu... ah... ele estava uma coisa, digamos, de outro mundo.

— Pelas barbas de Netuno! — suspirei, quando ele entrou na sala de estar onde eu o estava esperando. Usava o smoking mais lindo que eu já havia visto... não que eu tivesse visto muitos, e estava ma-ra-vi-lho-so. Simplesmente ficamos petrificados, olhando um para o outro durante alguns segundos.

— Você está deslumbrante, Jane — disse por fim. Levantei e dei uma voltinha. Como poderia não estar, com aquele vestido? Até Elspeth ficou impressionada quando o tirei do armário.

Mais uma vez, meu cabelo estava preso num coque frouxo. Quanto aos seios, tinham sido tratados da forma antiga. Quando expliquei a Elspeth minhas preocupações, que eu não poderia usar nenhum dos sutiãs que havia levado e não usar sutiã estava fora de cogitação, ela disse que não haveria problema. Achei que faria alguma mágica, um feitiço para manter tudo firme no lugar. Mas não: para meu horror, pegou um rolo de fita adesiva de dentro da bolsa.

— No amor e na moda... vale tudo! — disse, a fita fazendo um ruído horroroso à medida que desenrolava. Portanto, por baixo de meu vestido, eu estava toda amarrada como um pato assado, mas ninguém precisaria saber disso, exceto eu mesma. E a equipe médica que eu planejava chamar para me ajudar a tirar aquilo depois.

Garota Tempestade

Ryu e eu *brincamos* um com o outro por mais alguns minutos e então dei-lhe o braço e descemos para jantar. Tomei muito cuidado com os pés para não tropeçar em nada, e Ryu também não me expôs a nenhum risco. Tinha a outra mão por cima da minha, como de costume, o que muito apreciei. Eu e a graciosidade do balé não éramos compatíveis.

O salão estava maravilhosamente decorado naquela noite, com flores e outros elementos naturais. Em vez de utilizarem o salão de jantar, colocaram mesas no salão principal de um lado e de outro do corredor central. O tablado principal também fora elevado, e os tronos foram substituídos por uma mesa comprida. Abaixo do grande tablado havia outro, secundário, que estava vazio, e que achei que serviria de palco.

Ryu planejara nossa entrada de forma que chegássemos atrasados, e o salão estava bem cheio quando entramos. Nos três dias que havíamos estado no Complexo, ele passou do que parecia quase vazio, na quinta-feira, para sua capacidade total no sábado. É claro que o fim de semana era *o* momento para os sobrenaturais irem à Corte, e imaginei com que frequência teriam esse tipo de festa. Ryu revirou os olhos quando lhe perguntei.

— Dão um jeito de arrumar uma desculpa para ter algo assim praticamente todos os fins de semana – disse-me. – Como os Alfar têm os recursos, todos os outros ficam entediados, portanto, é algo necessário. Como você percebeu, o Complexo é tanto uma casa de família, apesar de uma família fora dos padrões, quanto um lugar de poder. Os empregados que vivem aqui são mais habitantes que se preocupam com os cuidados que os níveis mais altos de autoridade recebem, do que empregados propriamente ditos. Os Alfar, em troca, mantém todos em segurança e circulam seus poderes pelo Complexo: alimentando a terra, as piscinas e todo o resto. Até mesmo o ar que respiramos é alimentado para aqueles que têm acesso ao elemento ar. Mas tudo isso também quer dizer que o Complexo precisa ficar fora do caminho, longe dos humanos e da agitação da vida humana. Portanto, os seres que vivem aqui durante o ano promovem eventos que servem de chamariz para os tipos da cidade, nos fins de semana. Claro que também é um lugar de poder, então, qualquer um que tenha algum negócio referente ao território para conduzir, tende a fazê-lo aqui. Mas, independentemente da ocasião, todos gostam de uma festança.

Tendo em vista as circunstâncias, todos ali pareciam resplandecentes. Havia muitas roupas de estilistas famosos, mas também várias outras que pareciam fantasias de algum tipo de filme de ficção científica. Algumas, percebi, eram truques de mudança de forma. Uma mulher usava um luxuoso biquíni de penas, estilo dançarina de Las Vegas, mas, olhando mais de perto, as penas estavam, na verdade, saindo de sua pele. Outras criaturas pareciam híbridas: havia um casal formado por uma mulher-gato e um homem-gato, que acho que não estavam usando fantasias, e vi em um canto o que parecia um minotauro. Ryu concordou quando lhe perguntei se era um nahual.

— Eles gostam de brincar com a própria aparência — disse ele. Eu estava começando a ter uma impressionante percepção da mitologia humana. Arquétipos uma ova; os humanos tinham sido vítimas de truques de mudança de forma. Caras como Carl Jung e Joseph Campbell estavam em apuros.

Ryu e eu andamos pelo salão, ele parava para conversar com várias criaturas enquanto eu sorria e tentava não ficar encarando. Ele parecia conhecer todos os presentes e era tratado com bastante respeito. Nyx pareceu fazer pouco dele quando o chamou de "investigador", mas tive a impressão de que ele era muito respeitado.

Por falar no diabo, suspirei, quando uma forma familiar se aproximou.

— Primo — Nyx cumprimentou Ryu, me ignorando.

— Nyx — respondeu Ryu. Ela usava um vestido branco justo que não deixava nada — digo, *nada* mesmo — por conta da imaginação. Se tivesse pelos pubianos, eu poderia tê-los contado. Percebi também que tinha um freak total atrás dela. Era imenso, musculoso, mas se apresentava ao mundo com uma expressão de retardamento que lhe valia um zero no quesito personalidade. Vestia terno, mas parecia que não lhe caía muito bem. Foi então que prestei atenção no seu pescoço.

O que eu, de início, julguei serem chupões eram, na verdade, mordidas mesmo. Por todo o pescoço, feridas recentes brilhavam com fúria na meia-luz do salão. *Ele é humano*, percebi. Nyx dera um sentido inteiramente novo à expressão "trazer lanche de casa".

— Pelo que vejo, você *também* trouxe seu jantar. — A voz de Nyx ecoou por meus pensamentos, e percebi que falava de mim. O maxilar de Ryu ficou tenso, e apertei sua mão. Depois das provocações que eu havia enfrentado na vida, Nyx não era mais perturbadora do que um reles mosquito zumbindo em meu ouvido. Se eu conseguisse ignorá-la, a provocação acabaria ali.

A voz de Ryu demonstrou desprezo:

— Você nunca cessa de me impressionar com seu refinamento, prima – devolveu. – Lembre-se de deixar esse aí vivo; eu não gostaria nada de te processar por se desfazer inapropriadamente do seu lixo. Mais uma vez.

Nyx sorriu docemente.

—Aquilo foi só um acidente, Ryu. O que posso fazer se, simplesmente, sou demais para eles? Mas esse aqui parece forte, não parece? Ele vai longe. – Ela encolheu os ombros, como se para indicar que não se importava de verdade se ele iria ou não longe. – Depois eu o devolverei ao lugar onde o peguei, com apenas alguns pesadelos para se lembrar do tempo que passamos juntos. – Lançou-me um olhar predatório. – O que não mata, engorda – bufou, seu hálito roçando meu nariz.

Observei horrorizada quando um vestígio do que me pareceu ser medo percorreu o rosto do homem, antes que o movimento da mão de Nyx em frente de seus olhos apagasse sua expressão, de forma que voltasse a ficar morta como antes. Virei-me para Ryu, mas ele não tinha percebido o desconforto do pobre coitado.

Ryu balançou a cabeça, ofereceu um cumprimento zombeteiro para Nyx e me levou dali. Quando estávamos longe o bastante para não sermos ouvidos, eu o detive:

— Você precisa fazer alguma coisa por aquele homem! – reclamei. – Ele não devia estar ali, não com ela! Você viu o *pescoço*? – perguntei, levando as mãos ao meu próprio.

Ryu bufou.

— Ela gosta de deixá-los feridos para que entrem em pânico quando acordarem. Isso não causa problema algum para o resto de nós, mas não há nada que possamos fazer para detê-la. Por algum motivo, ela tem a simpatia de Morrigan; e permissão para jogar esse joguinhos. – Ryu estava furioso, mas pude ver que mais irritado por Nyx receber uma consideração especial do que por ter escravizado o pobre coitado do humano, de quem claramente abusava.

— Ryu! – exclamei, tentando manter a calma. – Mas...

Ele baixou os olhos para mim, como se percebendo de repente do que eu estava falando.

— Ah, ele ficará bem. Ela não ousará matar o fortão, não depois do que aconteceu na última vez. E ele deve ter ido com ela de livre e espontânea vontade, caso contrário, não o teria enfeitiçado desse jeito.

— Então ele queria isso? — perguntei, com desprezo. Eu não podia crer no que estava ouvindo.

— Veja só, Jane, me sinto tão infeliz quanto você ao vê-lo numa situação dessas. Você sabe que não ajo da forma como Nyx. Considero ela... tão repugnante quanto você considera... — Senti que viria um "mas".

— Mas... — continuou ele, ratificando minhas suspeitas — não tenho autoridade para dizer a ela como conduzir seus relacionamentos amorosos. Desde que não desperte atenção indevida para a nossa comunidade, fico de mãos atadas.

Fechei os olhos, tentando conter minhas emoções. Eu estava tão furiosa que poderia cuspir, mas não sabia o que me deixara mais irritada. Era óbvio que o comportamento de Nyx fazia dela uma concorrente e tanto, mas eu não estava transando com Nyx. Ouvir o homem que, poucas horas antes, havia feito amor comigo falar sobre o assassinato de um humano como uma inconveniência para sua própria espécie, me deixou arrepiada.

Ryu pegou minha mão para beijar a palma e, pela primeira vez em nosso curto relacionamento, sentir o toque de seus lábios nada despertou em mim.

— Sinto muito — disse ele, registrando minha frieza. — Eu preferia que você não tivesse sido confrontada com nada disso. Não ainda, pelo menos. — Procurou pelas palavras certas. — Nossos modos não são humanos — disse, após um momento. — Alguns de nós são mais... generosos no uso de nossos poderes do que outros. De forma bem simplificada, alguns são o que os humanos considerariam monstros. Mas não podemos julgar pelos padrões humanos e, aos poucos, você vai entender. Você é uma de nós, Jane, quer goste de tudo o que diz respeito à nossa comunidade, quer não.

Fiquei olhando para ele, sem capacidade — nem vontade — de processar o que estava dizendo.

— Neste meio-tempo — continuou, sentindo-se desconfortável —, temos *sim* um sistema de controle para nos certificar de que ninguém saia muito da linha. E faço parte desse sistema. Portanto, por favor, não me olhe assim.

Ele me pareceu tão apreensivo que pisquei forte, abalada com meus devaneios. Olhei fundo em seus olhos dourados, como se eu pudesse encontrar as respostas que queria, escritas em sua córnea. Mas, tudo o que consegui, infelizmente, foram flashes de memória... o exato momento em que percebi que seus olhos deviam ser castanhos-esverdeados quando nos encontramos pela primeira vez. Apeguei-me a essa memória, agarrada a ela como uma parasita.

—Ah, Ryu! – exclamei, me aproximando. Ele me tomou nos braços. – Quero voltar para casa. – E queria mesmo, percebi. Rockabill e a palavra *casa* haviam tomado um sentido completamente novo para mim.

– Eu sei, querida – cochichou em meus ouvidos. – Vou te levar para casa assim que tudo isso acabar. Prometo.

Vamos torcer para que não seja dentro de um saco plástico preto, imaginei, lembrando do pescoço daquele pobre diabo.

Ryu ficou abraçado comigo mais um minuto, enquanto eu recuperava o equilíbrio. Fomos interrompidos pelo som de metal brandindo, vindo dos tablados.

— Hora do jantar – avisou Ryu. – Você está bem?

Concordei, tremendo por dentro. Ryu pegou minha mão e nos levou para a mesa. Estávamos sentados na primeira fila, perto dos tablados, junto com Wally. Ryu tomou cuidado para se posicionar entre mim e o djinn. Wally e ele trocaram pequenos acenos de cabeça, e eu soube que tinham cartas na manga. Mesmo que o gênio não estivesse usando manga alguma.

Depois de ocuparmos nossos lugares, os componentes da mesa dos Alfar entraram em fila e sentaram-se. Morrigan e Orin ficaram, naturalmente, no centro, nas cadeiras mais proeminentes, com Jarl ao lado de Orin. Ele parecia particularmente ameaçador, com um manto de colarinho alto azul-turquesa que o fez parecer como se tivesse assaltado o armário de um monarca marciano. Vi também, sobressaltada, que Nyx se encontrava sentada na cabeceira da mesa. Seu pedaço de carne humana estava inconsolável na beira do estrado, aos seus pés. Parecia perdido, e meu coração se compadeceu.

Então começou o espetáculo. Outro cantor apareceu, mas, dessa vez, sem dúvida, era um kelpie. Como Trill, o homem tinha a pele cinza-esverdeada e cabelos de algas. Estava também nu e não se importava com isso, e embora

Trill tivesse a pele relativamente lisa e sem pelos, a criatura ali parecia ter um coral de recifes que se estendia do peito à virilha, quase cobrindo sua genitália. Inclinei-me em meu assento para apreciar o som da canção. Sua voz falava do mar, e fechei os olhos. Conduzida por de suas palavras, senti o mar em minha pele, o gosto do sal, e empolguei-me com o eco das ondas em meus ouvidos.

Pela primeira vez desde que entrara no salão, relaxei um pouco. E quando senti os chinelos de Ryu roçarem minha canela, sorri, com os olhos ainda fechados. Até eu me lembrar de que Ryu não estava usando chinelos. Meus olhos se abriram, e Wally lançou-me seu sorriso budista do outro lado da mesa. Endireitei a postura e recolhi cuidadosamente a perna. Ryu não havia percebido a infração do amigo, então fiquei calada, olhando de cara feia para o gênio. Ele encolheu os ombros e tomou a aparência de um monge eunuco, pacífico e inofensivo.

Porém, eu estava começando a entender que, ali na Corte Alfar, nada era o que aparentava ser.

Depois do cantor, veio um grupo de íncubos e súcubos que dançaram como cossacos treinados por dervixes rodopiantes. Giravam feito piões, jogando as pernas para o alto e atirando uns aos outros graciosamente no ar. Ryu pôs as duas mãos em meus joelhos, para lembrar ao meu corpo, repentinamente desperto, que ele deveria ficar onde estava e não se permitir nenhum movimento.

Respirei aliviada quando terminaram. Danças sensuais eram muita pressão para minha metade humana. Finalmente, o jantar foi servido e avancei na comida. Em vez de pratos individuais, recebemos pratos grandes, coletivos. É claro que tudo estava delicioso. A única coisa que eu podia dizer sem reservas em relação aos Alfar é que eles, com certeza, sabiam como alimentar um corpo. Eu nunca comera tão bem em minha vida... e olha que eu e meu pai somos muito bons na cozinha!

Uma banda se apresentava durante o jantar. Uma criatura tocava guitarra, outra, um tamborim irlandês, e uma terceira, flauta, mas esses foram os únicos instrumentos que reconheci. Depois da refeição, os músicos foram todos embora e outro grupo de súcubos, desta vez com roupas de dança do ventre, chegou para substituí-los.

Ó, pai, gemi por dentro. *De novo não.*

Garota Tempestade

Assim que o grupo começou as acrobacias, Jarl colocou-se de pé. Ficara misteriosamente fora de evidência durante a maior parte da refeição, os olhos virados para dentro, como se estivesse em transe.

Mantive a atenção nele durante a noite toda, mas tentando não me sentir como uma mosca presa numa teia.

O foco foi desviado para Jarl. Os súcubos deixaram o palco sem uma palavra sequer.

— Eles voltaram! — ecoou a voz de Jarl, assim que as portas duplas no fim do corredor se abriram. Os convivas se colocaram de pé. Após trocarmos olhares preocupados, Ryu e eu nos unimos aos outros.

Por um momento, ninguém apareceu. Mas, também, eu era baixa demais para ver o que estava acontecendo. Praguejei contra minha estatura mediana, embora, quando finalmente avistei o que vinha pelo corredor, desejei não ter visto.

Jimmu estava na dianteira e, em volta, uma guarda de honra composta por oito nagas: quatro de cada lado, os nove irmãos de ninho no total. Deslizavam com a mesma graciosidade sinuosa pelo corredor central, vestidos no mesmo estilo punk, exceto por estarem, cada um, carregando espadas embainhadas nas costas. E por elas não serem decorativas. *Nem mesmo os Ramones entravam com espadas*, pensei, não gostando do rumo que a noite estava tomando. Oito clones de Jimmu, todos armados, não me parecia nada bom para minha segurança.

Caminharam silenciosamente pelo corredor, e todos os presentes se encolheram quando passaram. Claramente, eu não era a única apavorada pelos nagas. Assim que se aproximaram de nossa mesa, os olhos frios de Jimmu piscaram para os meus e foi como se as mãos dele tivessem envolvido meu pescoço. Engasguei, lutando para respirar, até que os olhos secos dele se voltaram novamente para a frente. Ryu colocou uma mão protetora em minha cintura, para me lembrar de que estava ali. Foi quando vi o saco. No momento em que passaram, percebi que Jimmu carregava um saco grande de aniagem por cima do ombro, ensopado de manchas vermelhas. Tremi diante da visão, minha mente demorando um momento para absorver o que eu percebia instintivamente.

Jimmu e os outros nagas chegaram ao primeiro tablado. Subiram num movimento lento, arrumando-se numa formação e caindo sobre um joelho, com a cabeça baixa. Jarl observou-os com um orgulho evidente, retribuindo a mesura com uma leve inclinação de cabeça.

— Conte-nos! — sua voz ecoou. Jimmu pôs-se de pé.

— A justiça foi feita — anunciou, a língua de cobra agitando-se entre os lábios. Eu nunca o ouvira falar antes, e a voz, da mesma forma que os olhos, era fria e mortal.

Levei a mão de forma protetora ao estômago quando observei Jimmu tirar o saco do ombro. Eu fazia uma ideia muito precisa do que ele estava carregando, e meu único objetivo era não vomitar sobre a mesa.

— O assassino foi apreendido — continuou Jimmu, puxando um rolo de papel do bolso da frente de sua jaqueta de couro. — E conseguimos sua confissão — disse ele ao passar o documento para Jarl. Jarl nem sequer se deu ao trabalho de ler, passando-o sem nada dizer a Orin e Morrigan. Eles o leram em silêncio, assentindo com a cabeça depois que acabaram.

— Tomaram alguma providência? — perguntou Orin, a voz desprovida de emoção.

— Claro, meu rei — respondeu Jimmu, abrindo o saco.

Preparei-me para o que vinha, ao observar o naga colocar o saco de pé. Isso demorou o que pareciam eras; o tempo se estendeu da forma que tende a se estender quando se está à beira de experimentar algo que irá mudar sua vida para sempre. Nunca me esquecerei do som que aqueles membros nus, tomados de dentadas, fizeram ao bater na base do tablado. Primeiro um braço, depois um pedaço do tronco, e então o resto dos vários membros que formavam um corpo humano inteiro saíram de dentro do saco numa sequência atordoante de estalos estrepitosos. Senti o gosto da bile quando olhei à minha volta. Mas, em vez de olhares solidários de horror, ninguém parecia particularmente incomodado, a não ser Ryu. Que sabia, tão bem quanto eu, que quem quer que estivesse naquele saco não era o assassino, mas alguma vítima inocente dos jogos mortais dos nagas.

Quando Jimmu abaixou-se para pegar a cabeça, segurando-a no alto pelos cabelos para que todos pudessem ver, meu mundo encolheu e tudo ficou instável. Os olhos do morto estavam revirados, e vi que ele tinha uma barba. A barba, acredite ou não, foi o que me levou ao pânico. Não que eu tenha reconhecido o corpo; era um estranho. Mas vê-lo ali, com um barbeado caprichado, um símbolo da rotina humana, me trouxe de volta sua humanidade e vulnerabilidade. Perdi o equilíbrio e apoiei-me na mesa, quase caindo. De uma boa distância, ouvi alguém gritar "Nãããããão!" numa voz angustiada. "É tudo mentira!", continuou, em pânico. Era uma voz muito alta, percebi, enquanto meu estômago continuava a revirar. E muito perto, muito, muito perto de mim

Foi quando percebi que a voz era minha.

E todos os olhos da Corte Alfar se viraram para mim.

Eu espero estar usando calcinha, pensei, quando meu cérebro começou a entender as implicações do que minha boca havia acabado de proferir.

Chegou a minha hora!

Capítulo 23

Todos os olhares estavam em cima de mim: alguns curiosos, outros, claramente chocados. Os olhos de Ryu expressaram esse último sentimento: me encarava como se nunca tivesse me visto na vida.

Pisquei, ainda incapaz de acreditar que fora eu quem havia gritado.

Para baixo da mesa! Agora!, gritou minha mente, mas meus pés estavam enraizados no chão. Somente quando Jimmu começou a se aproximar de mim foi que Ryu pareceu se recuperar. Pôs-se na minha frente, na direção do tablado central.

— Posso me aproximar, meu Rei? Minha rainha? — pediu Ryu, a voz forte e clara. Orin e Morrigan concordaram simultaneamente, e Jimmu, então, conteve-se. — Por favor, desculpe o descontrole emocional de minha acompanhante — pediu Ryu, movendo-se para o centro do corredor, mas ainda mantendo certa distância dos nove nagas. — Não era sua intenção dizer que nossos estimados colegas estão mentindo. Em vez disso, ela estava exprimindo nossa opinião de que deve haver um mistério ainda maior com relação a esses assassinatos.

Seguiu-se um burburinho vindo de toda parte quando várias criaturas começaram a cochichar. Provavelmente estavam fazendo apostas sobre o tempo que Ryu e eu ainda permaneceríamos vivos, e eu fazia uma ideia muito boa de que os ventos *não* sopravam a nosso favor.

— Afinal de contas... — continuou Ryu, tão delicado e seguro quanto um bustiê de seda. — Como um mero *humano* poderia dar cabo de dois goblins adultos? — Fez uma pausa para dar efeito, e vi um bom número de cabeças assentindo. Estava manipulando a audiência como se fosse um violino. — Não que eu duvide das palavras de um naga — disse, muito seriamente. — Sei como Jimmu e seus irmãos de ninho são leais a seu mestre, mas talvez, apenas *talvez*, o humano tenha um papel periférico nos assassinatos. — Apreciei o escárnio de Ryu para com Jarl, mas não gostei de ele não dar nenhum *crédito* a Jimmu pelo assassinato de um inocente. Enquanto isso, vi que os nagas estavam *ligeiramente* tensos e que haviam trocado de posição, de forma que ficassem na defensiva. Línguas de cobra sentiam furiosamente o ar, pressentindo a reação da audiência às palavras de Ryu e tentando antecipar o que aconteceria.

Orin e Morrigan se entreolhavam, e tive a sensação de que estavam se comunicando em silêncio. Jarl aproveitou a oportunidade para interromper, e percebi um vestígio tênue de desespero em sua voz, quando tentou recuperar o controle da situação.

— Qual o significado desse tumulto, Ryu Baobhan Sith? — quis saber. — Suas palavras são uma clara provocação a meus filhos e filhas adotivos que têm servido nossa comunidade com tanta lealdade. Você diz não duvidar, ainda assim, insinua que estão enganados. Não aprecio suas palavras. Nem as ditas, nem as sugeridas.

Os olhos castanho-esverdeados de Ryu se arregalaram, expressando sua incredulidade — completamente fingida — nas palavras de Jarl.

— Meu senhor — disse Ryu, aparentando indignação. — Sinto muitíssimo se lhe dei a impressão de duvidar da lealdade dos nagas. Tenho certeza absoluta de que cumpriram suas tarefas com fé. Certamente, este humano, de alguma forma, envolveu-se com os assassinatos. — Respirei fundo e contei até dez. Ryu tinha de fazer o que tinha de fazer. — Estou apenas expressando a visão que muitos de nós temos tido desde que começamos a ouvir falar desses crimes hediondos, e está claro que um humano não pode ser totalmente responsabilizado. — Muitas cabeças assentiam, e o murmurinho da multidão aumentou, mas Ryu botou pressão, aumentando o volume da voz para combater o barulho.

— Mas há, é claro, uma forma muito simples de provar ou não essa teoria. — Com essas palavras, o salão ficou em silêncio.

Por uma fração de segundo, percebi um vestígio de preocupação cruzar o rosto de Jarl, embora os nagas tenham permanecido tanto impassíveis quanto imóveis.

A sobrancelha de Morrigan arqueou-se elegantemente.

— Continue, investigador — ordenou ela.

A voz de Ryu não demonstrava nenhum tom de triunfo, mas eu já o conhecia o bastante a essa altura para perceber que era isso o que estava sentindo. A posição de seus ombros, a forma como seu queixo estava elevado… tudo em sua postura dizia "xeque-mate".

— Minha Rainha. — Ele fez uma reverência. — Sabendo que Jarl incumbiu seus servos mais confiáveis da tarefa de descobrir o assassino e sabendo que executariam sua tarefa sem descanso, achei interessante trazer comigo algumas evidências de minha *própria* investigação, que podem ser úteis na identificação do verdadeiro assassino.

Olhares foram trocados por todo o salão, ninguém sabia que Ryu tinha qualquer papel na investigação. Alguns poucos me lançaram olhares curiosos… a presença dele no Complexo, com uma meio-humana a tiracolo, provavelmente fazia muito mais sentido agora.

Enquanto isso, Ryu fez um sinal com a cabeça para Wally, que se levantou e começou a buscar algo em suas pantalonas enormes. Finalmente, puxou a sacola que Ryu havia trazido do chalé de Nell e Anyan, aproximou-se e a entregou para ele, que deu ao djinn um sorriso tenso e um assentimento seco de cabeça; Wally retribuiu gentilmente o sorriso de Ryu, mas percebi um brilho em seus olhos — um brilho de ansiedade e agressividade. Tremi por dentro, percebendo que o gênio não retornou ao seu assento, em vez disso, chegou para trás, para a beira do tablado, permanecendo junto de Ryu.

— Tenho, dentro desta sacola, a arma que foi usada para matar Peter Jakes — explicou Ryu, tirando dela a pedra ensanguentada e a elevando no ar. — Um espírito de pedra já confirmou que este pedaço de rocha pode identificar quem a usou. — Ryu fez uma pausa, deixando suas palavras fazerem sentido antes de gesticular para seus rei e rainha. — Meu Senhor — continuou ele. — O Senhor tem o poder de pedir à pedra para identificar a criatura que a saturou com o sangue de Jakes. Espero sinceramente que isso corrobore as ações de Jimmu e de seus irmãos de ninho. Mas, caso haja algum ponto nessa investigação que eles tenham perdido *acidentalmente*, então isso também será revelado.

Todos no salão sorveram coletivamente o ar quando o senhor Alfar e sua esposa mais uma vez se comunicaram silenciosamente. Depois do que pareceram horas, viraram-se para o tribunal.

— Que assim seja — ecoou a voz ríspida de Orin, quando se pôs de pé. — Levante a pedra.

Ryu levantou o braço, balançando cuidadosamente a pedra na palma aberta da mão. Os nagas estavam tensos, e vi um deles casualmente levar a mão para trás para ajustar o cabo da espada. Estavam se preparando para entrar em ação. Comecei a olhar para os lados, à procura das saídas.

Orin levantou o braço, e senti um fluxo de poder ainda mais intenso do que aquele liberado na noite em que Nell abriu o porta-malas do carro de Peter. O ar estalava em volta, e meus cabelos se soltaram do coque para me açoitar o rosto. Precisei me segurar à mesa quando o poder pareceu se solidificar e focar-se em Ryu. Tudo ficou em silêncio, embora o ar pulsasse com energia. Eu sabia agora o que as pessoas queriam dizer quando falavam da calma no olho do furacão.

Todos os olhares estavam focados na pedra, que agora flutuava acima da palma estendida de Ryu. Girava freneticamente no ar, às vezes trocando de lugar, apenas para retornar ao seu ponto de partida acima da cabeça de Ryu, onde pairava, incerta. Os traços de Orin ficaram marcados enquanto se concentrava, e a pedra, de repente, parou de girar. Todos prenderam a respiração, exceto eu. Aproveitei a oportunidade para tirar os sapatos. Eu sabia o que viria pela frente.

Ouvi o engasgo agudo do nahual ao meu lado, quando a pedra disparou repentinamente para o tablado central, como se tivesse sido atirada de um canhão. Seguiu-se outra exclamação, mais universal, quando a pedra zuniu diretamente para a pilha de membros do homem esquartejado, zarpando sem hesitação pelo ar em direção à cabeça de Jimmu. Os reflexos sinuosos do naga fizeram com que levantasse a mão e pegasse a pedra com graciosidade, seu peso estalando ruidosamente em contato com a pele da mão.

— *Não!* — lamentou Jarl num grito, um olhar de completa angústia desfigurando seus traços, a mão agarrada ao peito. — Jimmu... — sussurrou, estendendo a outra mão para seu servo predileto.

O naga balançou a cabeça fervorosamente, deixando cair a pedra para pegar o cabo da espada. Zumbiu ao ser desembainhada, ecoando pelo salão quando todos os outros nagas fizeram o mesmo.

— Você não me controla, Jarl! — interrompeu o homem-cobra para a surpresa evidente de Jarl. E, num piscar de olhos, o segundo Alfar em comando pareceu se recuperar.

— Jimmu? — repetiu, dessa vez, em um tom questionador.

— Jimmu e seus irmãos de ninho agiram por conta própria — disse o naga, sem hesitar. Semicerrei os olhos. *Acho que o cristão acabou de se lançar aos leões.*

A voz de Morrigan ainda soava lenta e pesada, mas havia um elemento de tensão no ar.

— Você admite sua culpa?

— Sim. Matei os meio-humanos e os goblins. — A voz de Jimmu saiu tão indiferente como se estivesse pedindo um cafezinho.

— Por que, Jimmu? — perguntou Jarl. Imaginei se estaria perguntando por que Jimmu estava se sacrificando ou talvez, apenas talvez, estivesse, de fato, totalmente por fora quanto às ações do irmão de ninho. Esperei que fosse esse o caso, mas algo me dizia para não me prender muito a essa ideia.

— Esses híbridos, esses meio-humanos são abominações — vomitou o naga, sem hesitação. — São profanos, corruptos. Merecem morrer, sua existência zomba de nossa sociedade.

Não pare agora, pensei. *Deixe-nos saber como se sente realmente...*

Eu não precisava ter me preocupado; dividir seus sentimentos com relação aos meio-humanos era algo que Jimmu, ao que parecia, ficava muito feliz em fazer.

— Seu interesse pelos meio-humanos trouxe vergonha para nós. Achei que tinha intenção de convidá-los para a nossa sociedade. A ideia me incomodou, então segui Jakes e acabei com seus objetos de pesquisa, um a um. Até que ele começou a suspeitar de mim... e então se tornou apenas mais um híbrido a ser eliminado. Os goblins, bem... — deu de ombros. — Eles se meteram no meu caminho.

Garota Tempestade

Ouvi sussurros atrás de mim, e uma boa quantidade de goblins – bem mais altos do que a maioria das criaturas no salão – mostrou uma boa quantidade de presas. Segurei firme meus belos sapatos e me afastei da mesa.

– Isso é tudo o que você tem a dizer sobre o assunto? – perguntou Orin, a expressão ainda estranhamente calma, como se quisesse testar o clima. – São essas suas justificativas para seus atos?

Os ombros de Jimmu subiram e desceram num movimento gracioso.

– Minha única justificativa é a existência de uma coisa como *esta* – disse, virando-se para apontar para mim. Resmunguei internamente, ao mesmo tempo que dei um aceno automático e inteiramente inapropriado. *Porra! Por que diabos acabei de fazer isso?*, pensei, quando Jimmu continuou com seu discurso crítico: – Os meio-humanos são um mal que deve ser expurgado de nossa sociedade! – Impostou a voz. – E qualquer um de vocês que não conseguir ver isso, estará desgraçando a si mesmo e a nosso povo também.

O salão ficou em silêncio. Olhei para os lados e, embora a maioria das criaturas à minha volta parecesse furiosa com as palavras de Jimmu, havia umas poucas que achei não parecerem totalmente incomodadas. Muitas me encaravam, e logo desviei o olhar.

Finalmente as vozes de Orin e Morrigan ecoaram. Falaram em uníssono, as palavras pulsando autoridade.

– Jimmu Naga e irmãos de ninho, vocês cometeram crimes sérios contra nossa comunidade, da qual nossos confrades híbridos indubitavelmente fazem parte. Arriscaram chamar atenção indevida para nossa existência com suas ações. E usaram de falsidade para com seu rei e sua rainha, e para com sua Corte. Por esses crimes, que correspondem a atos de traição, suas vidas estão condenadas. Ajoelhem-se e aceitem nossa justiça, conforme nos é de direito.

Como não era de surpreender, nenhum dos nagas ajoelhou. Em vez disso, formaram um círculo em torno de Jimmu, o irmão primogênito e líder natural.

– Que assim seja – responderam em uníssono, como se para mostrar que também sabiam falar em estéreo. Como um só, empunharam as espadas na frente do corpo, cada uma ganhando um brilho azul, como se banhados pelo fogo misterioso que Ryu havia usado para queimar a carta do goblin, tantos dias antes.

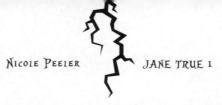

Naquela noite, seguiu-se uma infinidade de ruídos, como os sons produzidos pelo que saiu do saco que Jimmu trouxe, sons que eu jamais ouvira antes e jamais vou querer ouvir de novo. Mas o som seguinte a ecoar pelo salão foi um que eu, com certeza, reconheci.

O som inconfundível de merda no ventilador.

Com um guincho furioso, Jimmu lançou-se de sua posição entre os nagas diretamente para cima de Ryu.

Mas meu amante estava preparado. Num flash, tirou o paletó enquanto Wally tirava dois sabres de sua pantalona. O djinn lançou uma espada curva e enfeitiçada para Ryu ao mesmo tempo que ambos assumiam posições defensivas. Assisti, incrédula, quando Ryu retribuiu o ataque de Jimmu com os movimentos de Neo, de *Matrix*.

A parte ínfima de minha mente que ainda tinha um pequeno controle sobre si, sacudiu a cabeça ao imaginar que diabos Wally ainda teria dentro daquela calça. *Talvez uma saída de emergência?*, pensei, assim que a espada de Jimmu bateu na de Ryu produzindo um som ecoante. Com este som, os outros nagas já estavam no ar, atacando de vários pontos do salão. Em resposta, diversas criaturas sacaram porretes e armas afiadas de suas saias, casacos ou até mesmo do ar. Os nahuals transformaram-se em leões, tigres ou ursos (pai do céu!), enquanto os Alfar produziam objetos que pareciam pequenos globos de luz, ou hastes de luz que pareciam sabres que lançavam como projéteis contra os nagas.

Enquanto isso, os homens-cobra – que eu precisava lembrar que não eram mais do que nove, pareciam estar em todos os lugares ao mesmo tempo. Três haviam se transformado em serpentes negras enormes. *Imensas*: compridas como um trem e corpulentas como três lutadores de luta livre se engalfinhando. As presas pareciam ser do comprimento do meu corpo, e usavam um capuz de couro de cobra com escamas vermelhas do lado de dentro.

De algum jeito, os seis que permaneceram na forma humana não eram menos apavorantes que seus irmãos cobra. Moviam com a mesma rapidez e inexorabilidade que a água escorria de um copo, atraindo enorme atenção para suas espadas flamejantes. Assisti horrorizada quando uma fêmea naga cortou ao meio um nahual-tigre. O felino pulara de uma mesa atrás da mulher-cobra, mas ela girou como um pião e logo o tigre fora fatiado em duas partes, nenhuma delas se movendo.

Cenas similares de carnificina aconteciam pelo salão, mas minha atenção logo se voltou para Jimmu e Ryu, ainda num único combate. Suas espadas se moviam com tanta rapidez, que pareciam borrões, e eu não fazia ideia de quem estava ganhando. Eu queria desesperadamente ajudar meu amante, mas não via como conseguiria me aproximar. Pensei em atirar minha cadeira em Jimmu, mas imaginei-me atingindo Ryu acidentalmente e fiquei arrepiada. Nunca me sentira tão impotente em toda a minha vida.

Um sentimento que foi ampliado, quando alguém aproveitou a oportunidade dada pelos combates que se seguiam para me dar um beliscão na bunda. Dei um salto e acabei percebendo que Wally dera um jeito de se colocar atrás de mim. Sorriu com os olhos brilhantes, e recuei um passo. *Não confie em ninguém*, as palavras de Ryu ecoaram em minha mente.

Mas Wally não estava ali para me machucar.

— Dê o fora daqui, híbrida — ordenou ele. — Teu companheiro de quarto está ocupado, e as coisas vão piorar.

Companheiro de quarto?, pensei, incrédula. *E que diabos você quer dizer com "as coisas vão piorar"?*

No entanto, segui o conselho de Wally. Dando uma última e pesarosa olhada para onde Ryu lutava contra Jimmu, peguei meus sapatos, dei as costas e saí voando dali.

De repente, uma explosão fez tremer o salão. O rei e a rainha finalmente haviam entrado em ação, dirigindo dois grandes orbes de energia para um dos nagas em forma de cobra. Os dois orbes colidiram como torpedos, explodindo a cabeça da cobra. Seu corpo trepidou, espirrando sangue, como óleo vermelho, pelo ar, antes de cair no chão e, com o peso, imobilizar um íncubo em choque. Os monarcas Alfar começaram calmamente a produzir novos mísseis, bombeando energia na forma de pequenas bolas que cresciam lentamente da palma de suas mãos.

Eu caí por conta da explosão e demorei alguns instantes para me colocar novamente de pé. Uma parte minha, a que não estava se borrando de medo, achava curioso eu ainda estar segurando os sapatos. Como disse, eu tinha minhas prioridades. Uma primeira análise havia indicado uma saída imediata

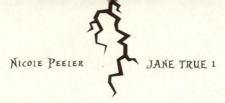

ao lado de nossa mesa, que requeriria apenas uma corrida curta até ela. O caminho também estava relativamente livre, já que a maior parte da ação se dava no eixo central do salão. Ainda de quatro, rangi os dentes e foquei em meu objetivo, preparando-me para correr, quando perdi o equilíbrio. De relance, avistei o humano que Nyx levara consigo – ele ainda estava sentado no tablado à cabeceira da mesa, aparentemente alheio ao caos ao seu redor. Eu não podia simplesmente deixá-lo ali, e sua sequestradora estava ocupada demais para protegê-lo. No momento, Nyx se encontrava agarrada à parte de trás do capuz de um dos nagas em forma de cobra, tentando matá-lo com um dos braços, atacando o globo ocular da criatura, que estava na altura de seu cotovelo. Tão feliz quanto pinto no lixo.

Praguejei, mudando de direção. Havia outra saída, logo atrás de onde o homem estava sentado, uma porta exatamente como a outra, e consegui pegá-lo no caminho. Abaixei-me para me tornar um alvo menor possível e corri para a frente do salão, tentando conciliar minha passagem no meio de toda aquela ação com a ida ao meu destino.

Quando cheguei a uma das colunas do salão, recostei-me nela por um momento para soltar o ar que eu havia prendido desde que começara a correr. Duas outras granadas foram lançadas pelos Alfar, uma delas havia aberto um buraco horrendo no capuz de uma das cobras que sobrara, deixando-a cambaleante. A granada de Orin, no entanto, fora longe demais, caindo e gerando consequências terríveis entre um grupo de empregados do Complexo. Desviando meus olhos daquele banho de sangue, rezei para que Elspeth não estivesse entre eles. Quando dei uma olhada rápida para Ryu, ainda vivo, porém *ainda* lutando contra Jimmu, respirei fundo e tomei coragem para abandonar a coluna. Principalmente porque, na minha direção, dois guardas spriggan e uma fêmea naga se aproximavam. Parecia que tentavam se golpear até a morte, e me lembrei do que Ryu havia dito sobre os spriggans serem mercenários. Um dos brutamontes parecia nem saber de que lado estava.

Usei a coluna para me ajudar a passar pela briga, correndo o mais que podia na direção do homem e da porta atrás dele. Dei um grito quando um braço se estatelou no chão com um baque, bem na minha frente. Para meu horror, reconheci o bracelete dourado no bíceps parrudo – era Wally. Logo, o djinn estava ali, ajoelhando para pegar seu membro amputado. Revirou os olhos para mim, como se tivesse deixado cair a carteira e colocou o braço no lugar, onde se acoplou suavemente na mesma posição. Tirando *mais uma* arma de dentro da calça – dessa vez, uma clava de aparência cruel –, lançou-se novamente na contenda, sorrindo como se estivesse distribuindo doces e não ferimentos.

Sacudi a cabeça e saí correndo, até que, finalmente, cheguei ao meu destino. Quando peguei o homem, ele ainda estava sentado, como se estivesse no sofá de sua casa em vez de no meio de um campo de batalha. Segurei seu braço e o puxei pela porta, mas ele não se moveu. Puxei-o com mais força e me curvei tanto, que praticamente perfiz um ângulo de quarenta e cinco graus.

Fiquei de pé e o soltei. Virando para ele, examinei seu rosto. Não havia nenhum vestígio de atividade por trás dos olhos vidrados. Sendo assim, clamei por todos os meus instintos femininos e levei a mão aberta para trás para em seguida atingi-lo com um *tabefe* ressonante. Acho que devo tê-lo atingido com o equivalente a uma chibatada.

O tabefe funcionou. Seus olhos piscaram uma vez e depois de novo, quando ele pareceu voltar subitamente à vida. Agarrei-o pelos ombros para fazê-lo voltar sua atenção para mim – não seria bom para nenhum de nós dois se ele escolhesse aquele momento para entrar em pânico. Os Alfar haviam acelerado o fogo de artilharia, e explosões de menor calibre irromperam por todo o salão. Tínhamos que dar o fora dali e naquele exato instante.

– Ei, amigo! – exclamei alto o bastante para ele me ouvir acima do barulho da batalha, mas, ao mesmo tempo, tentando manter minha voz calma. – Qual seu nome?

– Ed – respondeu ele, confuso. – Onde estou?

Ed começou a olhar para os lados, mas segurei-o pelo queixo, para manter seu olhar em mim.

– Ed! – alertei-o – Estamos num lugar em que nenhum de nós gostaria de estar. Então vamos dar o fora daqui, certo? – peguei-o pela mão e tentei puxá-lo, mas ele ainda não queria se mexer.

– Tinha uma mulher... – começou a falar.

– Sim – interrompi-o. – Havia uma mulher, mas ela se foi. Você estará seguro desde que a gente saia daqui. *Agora* – acrescentei, a voz começando a

falhar por conta do estresse. Um fluxo de atividade começou a se aproximar no nosso flanco direito, e criaturas se lançavam para fora do caminho. Alguma coisa estava acontecendo.

Puxei a mão dele com toda a força, e ele me encarou. Como se sentisse minha ansiedade, começou a se levantar. Saí, fazendo sinal para ele se apressar. Ele concordou, como se tivesse tomado a decisão e se posto de pé, determinado, saltando do tablado e aterrissando atrás de mim. Olhou para a porta e assentiu com a cabeça.

— Vamos nessa! — disse ele, e eu tinha acabado de me virar, quando senti algo espirrar em meu rosto. A expressão do homem mudou lentamente, de determinação para confusão. Olhamos para baixo, igualmente espantados com a visão da espada cintilante que saía de seu peito. A luz morreu de seus olhos, e ele caiu de joelhos no chão. Comecei a gritar.

Um movimento atrás do corpo do homem atraiu meu olhar. Era Jimmu. Ele havia investido a espada — ou a mirara para mim e o homem se metera no caminho, ou mirara o homem para tirá-lo de seu caminho. Qualquer que fosse o caso, nada havia agora entre mim e a ira assassina do naga.

Retrocedi, lutando contra o olhar paralisante de Jimmu e desejando ter a oportunidade de ligar para o meu pai. Eu ainda não havia pensado nisso, estivera envolvida demais nos acontecimentos para colocar minhas emoções em ordem. Mas acho que os jovens, na casa dos vinte anos, normalmente não pensam em organizar seus sentimentos. Um erro que eu não cometeria de novo — quase literalmente.

E lembre-se, poucos dias atrás, você estava preocupada com a possibilidade de viver para sempre, pensei, assim que o rosto bufante de Jimmu ficou a um centímetro do meu. Claramente, ele queria me olhar dentro dos olhos quando me matasse.

Mas, antes que a espada que Jimmu segurava pudesse atravessar minha garganta, Ryu já estava em cima dele. Meu amante sangrava profusamente por causa de uma ferida terrível aberta em sua face e parecia estar puxando a perna esquerda, mas, ainda assim, conseguiu empurrar Jimmu para o chão e para longe de mim. A espada foi jogada para o lado, e Ryu aproveitou a oportunidade para destruir a cara de Jimmu com socos. Sabendo que eu ainda não estava totalmente segura e não querendo ver ninguém escorregar numa poça de sangue, independentemente do quanto eu não gostasse deles, deixei Ryu sozinho. Dando uma última olhada para o humano morto, saí correndo porta afora.

Vi-me em outro corredor interminável do Complexo Alfar. Este era estreito, de pedras escuras e apenas algumas portas apareciam para quebrar seu fluxo. Dei um momento aos meus olhos para se ajustarem à falta de luz e depois saí correndo. Após alguns segundos, ouvi um barulho que me fez parar até perceber que era eu quem o emitia. Eu estava chorando – todos os choques daquela noite reverberavam incontrolavelmente por meu corpo. Mas, desde que eu continuasse a andar, decidi não me preocupar com as lágrimas.

O que quer dizer que não ouvi os passos de meu perseguidor. Num minuto eu andava para a frente, no outro, estava encostada contra a parede, uma mão esmagando meu pescoço, bloqueando minha respiração.

Bosta, pensei, quando tudo ficou cinza. *Eu devia ter previsto isso.*

Capítulo 24

Definitivamente, Jarl não estava nada contente comigo.

— Piranha — sussurrou, o rosto marcado pelo sofrimento. — Sua piranha híbrida. Você acabou com *tudo*! — Estava quase soluçando.

Ele os amava de verdade, observou meu eu analítico. *Ryu estava enganado. Jarl realmente considerava os nagas seus filhos. E Ryu e eu éramos responsáveis por suas mortes.*

No entanto, mais forte que minha análise dos eventos daquela noite foi a resposta de meu corpo ao fato de estar prestes a morrer. Jarl, não contente em apenas me sufocar, foi aumentando lentamente a pressão em minha traqueia e observando meus olhos à medida que se aproximava do ponto de exterminar a vida de meu corpo. Queria deleitar-se com cada segundo de minha morte.

Minha visão foi se apagando à medida que aumentava a dor em minha garganta. Eu gostaria de poder dizer que vi o filme da minha vida passar diante de meus olhos ou que tive uma visão do nosso criador, ou qualquer outro tipo de epifania com relação ao sentido da vida. Inconveniente, no entanto, parece ser meu sobrenome, e tudo o que pude imaginar foi *como*, de fato, Wally havia guardado todas aquelas coisas dentro da calça. Principalmente as espadas. Com certeza aquilo era perigoso.

Pouco antes de tudo ficar escuro, uma sombra passou por meu campo de visão periférico, e Jarl, repentinamente, me soltou. Caí sentada, com um suspiro, assim que senti um fluxo de oxigênio percorrer meu corpo. Respirar pela garganta machucada estava sendo uma agonia, mas a dor não interromperia a necessidade do corpo por ar. Senti minhas costas escorregando pela parede, até cair para o lado. Consegui ver as botas de Jarl e suas garras enormes dançando à minha frente, à medida que minha visão ia e voltava. Em um segundo, tudo ficou negro; em seguida, luzes se acenderam, e as botas ficaram perigosamente perto de meu rosto, até tudo ficar negro novamente. Então, no lusco-fusco, patas ficaram entre mim e as botas, depois começaram a tremeluzir e tudo, mais uma vez, escureceu. De repente, havia quatro pés, dois com botas e dois descalços, até a escuridão me levar novamente. Uma sequência de sons me trouxe de volta e julguei ter visto Jarl voando pelos ares e chocando-se ruidosamente contra a parede. Então tudo ficou negro de novo, mas pude sentir alguém me ajudando a sentar. Senti mãos em minha garganta – gentis desta vez – e uma voz que soava como se vindo de debaixo d'água me dizia para eu ficar calma, que me sentiria melhor. O calor se espalhou por meu corpo, e minha visão retornou o suficiente para registrar um rosto indistinto na frente do meu. Fechei os olhos, aliviada, quando minha agonia foi cedendo e meu cérebro lutando para acompanhar o que acontecia.

Jarl, minha mente recordou e olhei para onde estava o Alfar, ainda encostado na parede. Pisquei e choraminguei quando vi sua forma encolhida sofrer um espasmo derradeiro.

– Merda – praguejou a voz, obviamente vendo o que eu via. Ao mesmo tempo que as mãos do estranho eram gentis como mãos maternas, sua voz era grossa como o rosnado de um cachorro. – Teremos de terminar isso mais tarde, Jane. Vou te levar para um lugar mais seguro.

Braços fortes me levantaram e me jogaram por cima de um ombro largo. Lutei, pois não fazia ideia de quem era esse homem. Achei ter reconhecido a voz, mas o que eu julgava reconhecer era impossível.

– Fique calma – rosnou o homem, com gentileza. – Até nós te tirarmos daqui.

Eu conheço VOCÊ, argumentou um oitavo do meu cérebro, enquanto outro oitavo me dizia que eu estava louca. Outros três quartos ainda estavam se curando de minha experiência de quase morte.

De repente, minha mente confusa compreendeu que o homem que me segurava estava completamente nu e, da forma como me carregava, eu tinha uma bela visão de um bumbum esplêndido. Apressara o passo até correr,

e avançávamos pelo Complexo numa velocidade impressionante. O que queria dizer que, de alguma forma, eu começava a escorregar, e ele agora precisava segurar minhas coxas bem apertadas sobre os ombros, enquanto eu ficava de cara com a "obra de arte".

Não confie em ninguém, lembrei-me novamente da voz de Ryu assim que passamos por uma sequência de portas e para o ar frio da noite. O vento gelado e o jorro de oxigênio chocaram-se com meu corpo, inflamando de vez meus sentidos e colocando minha consciência firmemente de volta ao lugar do motorista.

Comecei a me debater desesperadamente, ainda sem saber ao certo qual a intenção daquele estranho de bunda de fora. Ele havia me salvado de Jarl, mas com que propósito? Por que não me colocava no chão ou me levava de volta para Ryu? O pânico tomou conta de mim quando meu corpo ganhou vida novamente com um fluxo de adrenalina vindo de não sei onde. Olhando para os músculos que se contraíam na frente do meu rosto, tomei uma decisão de última hora. Eu queria descer, e queria descer naquele exato instante. Então mordi, mordi forte a primeira coisa que meus dentes encontraram – que foi, claro, o bumbum vulnerável de meu sequestrador.

O homem rosnou, e deslizei para o chão. Vi, pelo mosaico celta, que nos encontrávamos no pequeno pátio à direita do antro. Xingando como um barraqueiro, o homem me pegou de volta antes que eu batesse a cabeça nas pedras, o que seria muito doloroso. Braços fortes puxaram minhas pernas, até colocar as mãos em minha cintura. Tirou-me então de cima do ombro e colocou-me sentada contra a parede, de onde o fitei com rebeldia. Estava de pé, as costas voltadas para mim, virado de forma que pudesse espiar para trás. Onde vi, para meu deleite, uma arcada perfeita de dentes marcada naquela pele macia. Um dentista poderia ter tirado dali um molde da minha dentição, de tão forte que eu o havia mordido.

— Por Deus, Jane! — sua voz grave retumbou quando esfregou a marca da mordida com a mão. — Você quase tirou um pedaço! — Seus olhos cinzentos se encontraram com os meus. — E as mordidas humanas são as piores – disse ele, quando meu cérebro começou a trabalhar a todo vapor.

— Seu cretino! — consegui bradar, por fim. Falava com dificuldade, mas estava tão furiosa que não liguei: — Era para você ser um *cachorro*.

Anyan olhou para mim, aparentemente tão confuso quanto eu estava.

— Você sabia o que eu era — disse, na defensiva. — Eu te disse que era um barghest.

Meus olhos quase reviraram para fora do globo.

— E o que você pensa que *eu* sou? Uma enciclopédia do sobrenatural? — Tossi, o esforço de falar finalmente me vencendo. Mas eu estava tão furiosa que me forcei a continuar. — Achei... — comecei a falar, mas foi esforço demais. Minha garganta parou de funcionar devido à dor.

Anyan ajoelhou-se na mesma hora ao meu lado, suas mãos grandes envolvendo meu pescoço.

— Quieta, garotinha — murmurou ele. — Fique calma. Deixa eu te curar direito. Sua traqueia foi quase esmagada.

Dei a ele meu olhar mais frio, mesmo sentindo suas mãos emitindo aquele calor gostoso que eu sabia que significava a cura. Ele passava os polegares gentilmente por minha traqueia, examinando-a. Depois que teve certeza de que eu não iria cair dura e morrer, deu-se ao trabalho de olhar em meus olhos hostis. Quando vi sua preocupação, minha ira cedeu.

Ele ainda estava me curando e eu ainda não podia falar, aproveitei então a oportunidade para analisá-lo. Ele me parecia familiar, mas não da forma angustiante que Jimmu também me parecera. Anyan era como alguém que eu havia conhecido em sonho. Era uma sensação estranha, mas não ruim. Analisei seu rosto, tão perto agora do meu. Tinha os cabelos da mesma cor que o pelo e igualmente rebeldes e compridos. Cachos soltos que caíam além das maçãs do rosto. Seus traços eram bem marcados, o nariz longo, proeminente mas bastante torto, uma boca larga, com lábios carnudos e queixo anguloso. Devia ter bem mais do que um metro e oitenta, e suas mãos couberam facilmente em torno de meu pescoço. Poderia esmagar minha cabeça como se fosse uma uva.

Eu te conheço, pensei, olhando para ele. Por um segundo, achei que sabia de onde, mas então a memória falhou de novo. Concentrei-me, olhando atentamente para aqueles olhos cinzentos.

— Sinto muito — desculpou-se finalmente. — Eu não queria te enganar. Você pareceu entender o que eu dizia quando te contei que era um barghest.

Sorri com pesar para ele.

— Roald Dahl — consegui soprar.

Ele ficou me olhando por dois segundos, até que seu rosto expressou compreensão.

— *As Bruxas?* — perguntou ele, com uma risada. — Pelo amor de Deus, mulher. Pudera, você estar preocupada. — Ele riu, uma risada alta e sombria, que reverberou por suas mãos e por meu corpo. — Não se preocupe, não é uma descrição muito exata.

Ergui a sobrancelha, e ele sorriu, entendendo o que eu dizia.

— Somos biformes, como sua mãe. Temos a forma de humanos e a de cachorro, é claro. Mas com dentes e patas extragrandes — disse, sorrindo a ponto de revelar os caninos ligeiramente alongados. Não me mostrou suas mãos, mas eu tinha uma boa noção do quanto eram grandes, uma vez que sobraram no meu pescoço.

Ficamos em silêncio por mais alguns segundos, até que ele soltou, lentamente, meu pescoço. Neste meio-tempo, eu tomava muito cuidado para manter meus olhos longe de sua virilha. Não queria ficar olhando para as partes íntimas de um cara cujas orelhas peludas e gostosas eu ficara coçando dias atrás.

— Como está? — perguntou. Pigarreei para testar, sentindo apenas um leve arranhão. Estendi meu teste ao tossir e fiquei feliz quando não senti dor alguma.

— Muito melhor — respondi. Minha voz estava seca, mas essa era a única evidência de minha briga com Jarl. Isso e uma tremenda exaustão. Eu me sentia como se tivesse corrido cinco maratonas em sequência, e sabia que estivera a minutos de distância de colapsar. Acho que também estava em choque.

— Bem — disse ele, a mão se aproximando de meu queixo de forma que pudesse analisar meu rosto. Observei-o em retribuição, minha memória indo e vindo, implicando comigo. — Ryu nunca deveria ter trazido você para cá — ponderou, a voz rouca com um tom de lamento. — Era cedo demais.

Eu estava exausta, no limite, e agora Anyan me lembrara de que eu ainda estava preocupada com a segurança de Ryu. Ao ouvir suas palavras, tive duas escolhas: ou começaria a tomar providências ou choraria histericamente. Escolhi a primeira opção.

— *Não* sou nenhuma criança, seu cabeçudo! — disse, cheia de rancor, toda a frustração da noite indo diretamente para o peito cabeludo de Anyan. — Só porque sou meio-humana isso não quer dizer que eu seja fraca, ou que não valha a pena, ou que seja estúpida. Tenho aguentado tudo dessa sua Corte idiota e olhe para mim... sobrevivi. — Pensei novamente nesta afirmação. — Mal e mal — admiti —, mas sobrevivi. Portanto, pare de me tratar como se eu fosse de uma espécie inferior. Bafo de cão — acrescentei após um momento, baixando o tom do meu discurso improvisado.

Minhas palavras obviamente o impactaram, e ele se sentou ao meu lado, com todo o peso do corpo. Nada falou, por falta do que dizer.

— Nunca insinuei isso — acabou respondendo. — *Nunca* te achei bobalhona e não te considero metade de nada. — Sua voz estava triste, o tom muito familiar, ainda assim, tão indefinido, que senti vontade de gritar. — Você é Jane — concluiu ele — e isso é suficiente. — Olhou para mim, o rosto na sombra, mas os olhos ainda visíveis.

Claro...

— Você era meu amigo invisível — ouvi-me falando.

Ele franziu a testa, sentindo-se culpado.

— Quando eu estava no hospital, depois da morte de Jason. Você me procurou. Conversamos, e você me disse que tudo ficaria bem. Me contou histórias e segurou minha mão enquanto eu dormia. — Depois de dizer essas palavras, eu sabia que tinha razão. E a expressão dele provou que sim, a despeito do quanto isso soasse uma piração total.

— Eu te visitei sim — admitiu ele. — Não podia te deixar sozinha naquele lugar. Nós, Nell e eu, nos sentimos culpados pela morte de Jason. — Ele pensou nas próximas palavras antes de continuar. — Aquela enseada, ela é nossa, você sabe disso. Nós a mantemos escondida para nosso próprio uso, senão ela seria ocupada por adolescentes, mas você conseguiu vê-la, mesmo sob nosso feitiço. Não a enfeitiçamos com glamour suficiente. Você levou Jason para lá, e sabíamos que devíamos tê-la protegido melhor. Mas vocês dois eram tão jovens e tão inocentes, e já haviam passado por tantos problemas! Então deixamos que a usassem, e você se sentia tão confortável ali. Confortável até demais — acrescentou, com remorso. — Se não tivéssemos te deixado usar aquela enseada, você teria tido mais cuidado com relação ao seu nado. E, consequentemente, Jason estaria vivo. — Balançou a cabeça com pesar. — Sinto muito, Jane. A culpa é nossa por ele ter morrido.

Não havia dúvida: o que ele dizia era ridículo.

— Anyan — ouvi-me dizendo. — Isso não é verdade. A morte de Jason foi... Minha voz falhou. Eu estava para dizer que a morte dele havia sido um acidente.

Meu mundo inteiro balançou, e respirei fundo algumas vezes.

— Por isso eu visitava você — insistiu ele. — Você estava tão... sofrida. E nunca deveria ter ido parar naquele hospital psiquiátrico. Devíamos ter interferido. Mas certamente fiz as coisas ficarem ainda piores, não fiz? — Sua voz estava tão baixa, que eu mal podia entender o que ele dizia.

— Não — respondi automaticamente, sem perceber que me sentia assim antes de responder. — Você é a razão de eu ter conseguido sobreviver. Quer dizer, eu não sabia se você era real e às vezes achei que era a prova de que eu estava enlouquecendo. Mas quando as coisas ficavam mesmo ruins, quando eu achava que não conseguiria sobreviver por mais um dia, você ia lá e eu não me sentia tão sozinha.

Com essas palavras, ficamos os dois com cara de bobo. A noite fora tão intensa, tantas revelações, tanta violência, tantas lembranças dolorosas...*Muita dor; ponto*, pensei, fazendo uma careta e passando a mão no pescoço.

— Era você que estava escondido na trilha, perto da piscina, e atrapalhou os planos de Jimmu? — perguntei, quebrando o silêncio. Ele simplesmente assentiu.

— Obrigada — agradeci. — Salvou minha vida duas vezes. — Respirei fundo. — E peço desculpas por ter te chamado de bafo de cão. Seu hálito, na verdade, tem cheiro de pasta de dente. O que faz muito mais sentido agora que sei que possui polegares. — Ele me deu um sorriso lento, que retribuí, embora meu cérebro ainda estivesse agitado. — Me diga, por que Jarl me atacou?

Anyan suspirou ao meu lado.

— Acho que Jarl sabia o que Jimmu estava fazendo e acho também que Jimmu trabalhava sob suas ordens. Mas talvez Jarl estivesse falando a verdade e não soubesse de nada. — Senti os ombros poderosos de Anyan mudarem de forma, quando os encolheu. — Ninguém sabe o que move os Alfar no geral, e Jarl em particular. Mas ele nunca gostou dos meio-humanos.

— Bem — ponderei. — Ryu certamente terá algo a dizer sobre o fato de eu ter sido atacada. — Minha voz falhou, quando Anyan olhou para mim. Fez um gesto brando e um globo luminoso acendeu perto de nossas cabeças.

Garota Tempestade

Olhou-me tão intensamente nos olhos, que achei que se inclinaria e me daria uma cabeçada.

— Jane — disse ele, a voz rouca carregada de emoção. — Há algumas forças em ação aqui que nenhum de nós consegue entender. Você é nova nesse mundo, e fiquei tempo demais fora daqui. — Sacudiu a cabeça peluda, com raiva. — Coloquei você em perigo e sinto muito por isso. Mas você precisa me ouvir. Não conte a ninguém o que se passou hoje à noite entre você e Jarl. Nem mesmo para Ryu. — Comecei a protestar, mas ele colocou o dedo em meus lábios. — Ryu se importa com você, eu sei — concordou, relutante. — Mas você precisa entender que a posição e a ambição fazem dele... — Fez uma pausa. — Não pouco confiável no sentido de que seria capaz de te machucar, mas perigoso, de qualquer forma. Até sabermos o que o ataque de Jarl significou, devemos manter isso entre nós. Por favor, você *precisa* acreditar em mim.

Nossos rostos estavam a poucos centímetros de distância, e seus olhos eram tão honestos que fiquei em transe. Mentalmente, no entanto, eu estava me mordendo, pronta para sair em defesa do meu homem. Claro que eu tinha que contar para Ryu o que havia acontecido naquela noite. Ele era *Ryu*, caramba!

Mas, antes mesmo que eu pudesse articular meus sentimentos, fomos interrompidos:

— Ai meu Deus, Jane! — ecoou uma voz familiar, e meu coração saltou. Levantei-me, subindo dolorosamente pela parede. — Graças a Deus você está bem! — Ryu falava aos atropelos, até que seus olhos pousaram em Anyan, e ele parou imediatamente.

— Ryu — solucei, de repente mais do que pronta para dar aquele grito que eu quase dera mais cedo. Dei um jeito de ficar de pé e me aproximei dele, enroscando-me em seus braços.

Enterrei o rosto em seu peito e senti seu cheiro, agarrando-me a ele como um carrapato. Estava cheirando mal, mas, por baixo de todo sangue e suor havia o cheiro que eu conhecia.

Ele acariciou minha nuca, e seus lábios fizeram pressão em minha testa.

— O que aconteceu? — perguntou. — Porque Anyan Barghest está aqui?

Abri a boca, pronta para contar tudo sobre Wally e seu braço, sobre os spriggans e sua possível chantagem, sobre Nyx e o globo ocular e, mais importante, sobre Jarl e seu ataque a mim.

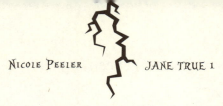

Mas, por alguma razão, parei um momento e olhei para trás. Anyan levantara e se afastara de nós. Estava quase do lado de fora do pequeno portão que levava à piscina. Olhei-o nos olhos, relembrando o som dos membros daquele corpo humano batendo no chão, quando retirados de dentro do saco. Tremi, finalmente entendendo o que ele tentara me dizer. Eu confiava em Ryu, confiava de verdade. E sabia que ele não aguentaria me ver machucada.

Virei-me novamente para meu amante, que observava o barghest com uma expressão decididamente pouco amistosa. Vi que o rosto de Ryu já havia sarado.

— Não sei – acabei respondendo. – Devo ter batido com a cabeça ou algo parecido. Quando acordei, estava aqui fora com Anyan. Ele me curou – acrescentei, de forma pouco convincente, quando ouvi o rangido baixo do portão se fechar atrás de mim.

Ryu olhou-me nos olhos, franzindo a testa. Depois de algum tempo, balançou a cabeça e disse:

— Tudo bem, Jane. Desde que esteja em segurança, fico feliz. – Braços fortes voltaram a me envolver, e relaxei na segurança de seu abraço. Antes tarde do que nunca, entendi as palavras de Anyan. Ryu se preocupava comigo e levava seu trabalho muito a sério. Se eu contasse a ele o que Jarl havia feito, ele iria investigar. *E, neste momento, sem nenhuma prova além do testemunho de uma meio-humana, Jarl esmagaria Ryu como se fosse um inseto*, pensei, quando sequei meu nariz em sua camisa. Eu estava com o nariz escorrendo de tanto chorar, e Ryu estava imundo. Não era o ideal, mas meu amante me segurava tão apertado que nem pude mexer os braços.

— Você acabou de enxugar seu nariz na minha camisa? – perguntou. Sua voz traía várias emoções, mas "ah, não, você não fez isso", era a primeira da lista.

— Acho que sim – resmunguei, observando-o.

— Jane, Jane! – ralhou, tirando um lenço do bolso. Lenço com o qual limpou sua camisa imunda e, *depois*, meu nariz. – O que farei com você?

— Me leve para casa? – sugeri, cheia de esperança.

— Claro – aceitou, apesar de ter os olhos tristes. – Prometi, não prometi? Mas, antes, vou te levar para a cama. – Depois de enxugar novamente meu nariz para se sentir mais seguro, pegou-me no colo para me levar para dentro. Apertando-me contra o peito, cobriu meu rosto com beijinhos de beija-flor. Ele ainda estava mancando um pouco, mas achei que, se estava conseguindo suportar meu peso, eu o deixaria me levar. Eu também não estava em muito boa forma. – Fiquei tão apavorado quando não consegui te encontrar! – acabou dizendo.

– Fiquei apavorada também – respondi, sendo sincera.

– Sinto muito que tudo tenha acabado assim. Não era como eu esperava te apresentar à sociedade Alfar.

– Eu sei, querido, eu sei. – Então lembrei-me de algo: – Você matou Jimmu? – perguntei, surpresa de como soara natural.

– Matei, sim – respondeu Ryu, abrindo um sorriso para mim, as presas aparentes. – Muito escandaloso, ele – acrescentou. – Simplesmente não queria cooperar e morrer.

– Humm. Bem, isso é bom. Quer dizer, que Jimmu esteja morto. Ah, e você deveria ter visto o que vi Wally fazer – acrescentei, começando uma versão editada das surpresas de minha noite. Só porque eu não podia contar tudo a ele não queria dizer que eu não podia contar nada.

Quando terminei de contar sobre o braço de Wally e o que eu tinha visto Nyx fazer com o naga, já havíamos voltado ao nosso quarto. Precisei dar um crédito a Nyx. Ela podia ser uma vagabunda, mas era definitivamente dura na queda.

Não conversamos muito depois disso, pelos menos, não verbalmente. Apesar de tudo o que havia acontecido, ou, provavelmente, *por causa* de tudo o que havia acontecido, vi que meu corpo tinha muito mais a dizer do que achei que teria. Apesar da exaustão, ele queria falar sobre vida, mortalidade e medo e dor e amor e prazer. Principalmente prazer.

Sorte a minha que o corpo de Ryu estava mais do que feliz ao se juntar ao meu num diálogo que demorou até estarmos cansados demais para falar, tanto literal quanto figurativamente.

Se eu soubesse que a conversa seria tão boa, pensei, quando adormeci nos braços dele, *eu teria me unido mais cedo ao debate...*

Capítulo 25

— Papai!!! – gritei, correndo para abraçá-lo.

Que ele ficou surpreso ao me ver saindo de dentro de uma Mercedes, isso eu nem precisava falar. Da mesma forma surpreendente foi a veemência com que eu o cumprimentei.

— Você está bem, Jane? – perguntou, a voz bastante preocupada. – O que aconteceu?

Controlei a sensação de alívio de rever meu pai, minha casa, e colei um sorriso cintilante nos lábios.

— Ah, está tudo bem, pai – respondi, quando finalmente pude adquirir confiança para falar. O motorista já havia tirado a bagagem do porta-malas e colocara minhas coisas em nossa varanda, antes de sair sem fazer barulho.

— Por que Ryu não veio te trazer? – perguntou, a voz desconfiada.

— Bem, ele teve um imprevisto. Mas não se preocupe, Ryu está ótimo. A viagem foi ótima. - Fiz uma pausa, controlando-me. – É sério, pai, foi tudo muito bom, e Ryu não podia ter me tratado melhor. Mas ele precisou ficar em Quebec, por isso, mandou um carro me trazer. E a viagem foi mais confortável do que seria no carro dele.

Meu pai ficou me olhando, como se quisesse me perguntar mais coisas, e então foi minha vez de suspeitar. *Quanto ele sabia sobre minha mãe e seu mundo?*, imaginei. Ele devia suspeitar de que *alguma coisa* estava acontecendo, mas não sei o quanto *alguma coisa* representava para ele.

— Papai? – comecei gentilmente. – Tem algo que você gostaria de me perguntar?

Ele se sobressaltou e recuou. Começou a falar retraído, mas logo seu maxilar articulou-se descontroladamente por alguns segundos até parar. Isso aconteceu de novo, poucos instante depois.

Então ele balançou a cabeça.

— Não, minha Jane – acabou respondendo. – Não há nada que eu queira te perguntar.

Impossível não ficar decepcionada. Com certeza eu não planejava confrontá-lo com a verdade sobre a existência de minha mãe, mas, agora que tivera a oportunidade, percebi que gostaria de contar para ele. Mas, se ele não queria saber, eu também não lhe forçaria a verdade. Meu pai já havia sofrido sua parcela de traição.

Procurei à minha volta e finalmente encontrei um sorriso para lhe oferecer. Ele o retribuiu, aliviado.

— Então, o que foi que eu perdi? – perguntei, mudando de assunto. Ele mordeu a isca e começou a falar do que havia acontecido enquanto estive fora. O que não foi lá muita coisa. Mas, tratando-se de meu pai e eu, fizemos disso o suficiente para ambos.

Após termos colocado os assuntos em dia e jantado cedo, subi para o meu quarto. Precisava desfazer as malas. Antes, porém, deitei em minha cama de solteira, nunca tão feliz por estar em casa. *Eu te amo, Rockabill*, pensei, surpresa de como isso soara do fundo do coração. Stuart e Linda nunca mais seriam tão assustadores, nunca mais. Não depois dos homens-cobra de seis metros, dos minotauros e de tudo o mais que eu havia visto naquele fim de semana.

A manhã após a batalha fora horrorosa. Por sorte, todos os que eu conhecera no Complexo, exceto Jimmu, claro, estavam em segurança. Wally, aparentemente, não era afetado por formas de morte ordinárias e, por isso, estava bem. Orin e Morrigan nunca estiveram mesmo em perigo, já que nenhum de seus súditos deixara nada se aproximar deles. Quanto a Elspeth, ela nem sequer fora ao salão principal naquela noite – saíra furtivamente com um dos acrobatas nahual que tinha se apresentado no jantar da noite anterior. Todos haviam se mostrado excepcionalmente flexíveis, e acho que ela foi uma

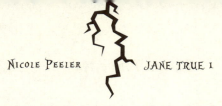

mulher – ou árvore – de sorte, em vários sentidos. *Depois*, pensei, refletindo sobre a estranha graciosidade de Elspeth, *talvez o nahual fosse o sortudo, pois ela é muita lenha para a fogueira dele*. Em seguida ri de minha própria piada, porque sou uma infame.

No entanto, a segurança de meus amigos era praticamente a única boa notícia. O preço da morte era assustadoramente alto, principalmente considerando como havia poucos jovens para substituir o lugar de seus pais na comunidade. Além dos nove nagas, morreram vinte e três criaturas que ficaram em estado gravíssimo. Percebi, pela reação dos seres, que aquilo fora um tremendo abalo no território e, obviamente, um grande sofrimento para os parentes daqueles que não resistiram aos ferimentos.

Pior ainda, algumas das criaturas mortas estavam lutando *com* os nagas, em vez de *contra* eles. A batalha revelara um profundo sectarismo na comunidade, maior do que todos poderiam suspeitar, e esse racha se dava com relação a meio-humanos como eu. Em seu papel como investigador, Ryu ficaria muito ocupado nos próximos meses, separando o joio do trigo. E, por causa de meu papel de "piranha híbrida e estúpida" que começara tudo aquilo, precisei sair correndo dali.

Por isso Ryu se desculpara profusamente e me enfiara dentro de um carro alugado. Eu não me importei nem um pouco com o rápido retorno. Para falar a verdade, nunca pensei que ficaria tão feliz por voltar a Rockabill. E, agora, na segurança da minha própria cama, eu quase gritava de alívio.

Finalmente comecei a desfazer as malas. Pendurei o que ainda estava limpo e empilhei todo o resto no cesto de roupa suja. Por fim, fiquei apenas com a grande caixa branca e tudo o que havia dentro dela.

No final da noite, eu acabara perdendo os sapatos. Ao que parecia, a proximidade da morte era o que faltava para me separar dos meus sapatos altos de grife. Mas eles haviam reaparecido misteriosamente na manhã seguinte, em frente à porta do nosso quarto. Os sapatos que eu agora tirava da caixa e guardava dentro do armário. Então tirei o vestido.

Inacreditavelmente, considerando o quanto era delicado e tudo o que eu havia passado, estava intacto, a não ser pelas manchas de sangue. E eu sabia de quem era aquele sangue; era de Ed, o humano que Nyx sequestrara e que havia morrido por ter ficado entre mim e Jimmu.

Garota Tempestade

Sentei de pernas cruzadas sobre a cama, segurando o vestido. Era muito bonito, seria melhor lavá-lo. Mas, em vez disso, coloquei-o de volta na caixa. O sangue ressequido serviria para me lembrar de tudo que eu precisava lembrar: que sob o glamour e a excitação do mundo de minha mãe escondia-se uma realidade sombria. A vida humana nada significava para os Alfar e sua corte. Éramos apenas um incômodo dispensável para a maioria dos seres daquela sociedade.

E, para o bem ou para o mal, eu era meio-humana — algo que jamais deixaria de lembrar. Seres como Nyx ou Jarl, aliás, jamais me deixariam esquecer, mas também eu não queria. Sempre achei que a vida humana fosse algo banal, mas, hoje, eu me prendia a ela como uma medalha de honra.

Depois que desfiz as malas e pus uma pilha de roupas para lavar, fiz como Ryu me pediu e liguei para ele, para lhe dizer que estava sã e salva. Falamos brevemente. Ele parecia exausto, e tínhamos acabado de nos ver naquela manhã. Mas ele prometeu que viria me encontrar assim que tudo se acalmasse e que iria me telefonar na semana seguinte. Enquanto isso, eu devia telefonar, caso precisasse de alguma coisa. Senti-me acolhida e confusa depois que nos falamos, no mínimo por ter lembrado de flashes dele lutando com a espada. Sei que não se deve ficar excitado com a violência, mas não pude evitar. Fiquei excitada com a violência.

Então telefonei para Grizzie e Tracy. Contei-lhes tudo sobre Quebec, exagerando um pouco, de forma que desse a impressão de que essa parte da viagem tivesse tomado a semana inteira. Prometi mostrar fotos na semana seguinte. Eu estava muito empolgada para ver minhas amigas; sentira muita falta delas.

Quando Grizzie, para tirar o jantar do forno, passou o telefone para Tracy, ela me perguntou quando eu veria Ryu de novo.

— Não sei direito — respondi, sendo sincera. — Sei que ele gosta mesmo de mim, mas surgiram contratempos enquanto estávamos viajando, e ele ficará ocupado por um bom tempo. Portanto, vamos ver como vai ficar.

— E você tem certeza de que está tudo bem? — perguntou Tracy.

— Não — respondi, repentinamente, surpreendendo a mim mesma. Eu sabia que acabaria tendo de lidar com tudo o que eu havia vivido na última semana, mas não esperava que isso me abalasse tanto, como um golpe de

caratê no estômago. – Preciso pensar em um monte de coisas, Tracy. Mas não por causa de Ryu. Ele foi ótimo. – Fiquei cansada de repente. – Olha, tenho que desligar. Vejo vocês amanhã.

Ela se despediu, sua voz demonstrando preocupação.

Depois que os últimos vestígios da luz do sol sumiram do céu, saí para a enseada. Quando Tracy me perguntou se eu estava bem, minha primeira reação foi dizer "sim". Mas, nos últimos oito anos, eu dissera a mim mesma que *nunca* mais ficaria bem de novo. *Ah, Jason*, pensei, quando entrei em nosso mundo secreto onde havíamos rido, feito amor e descoberto um ao outro de uma forma que eu sabia que poucas pessoas faziam. Por causa de Jason, eu sabia o que era o amor e, por saber o que era o amor, eu sabia quem *eu* era.

Ajoelhei-me na areia, de frente para o mar. Eu não pensara em Jason durante toda a semana e continuara *viva*. Mesmo com todas as coisas absurdas que tinham acontecido, eu sabia que houvera momentos em minha viagem com Ryu em que eu nunca fora tão feliz desde que Jason morrera. Admitir isso fez com que os cacos que sobraram de mim e que se congelaram naquela terrível noite no Sow conhecessem a si mesmos e se sentissem como se o tivessem matado de novo.

Lágrimas correram quentes e abundantes pelo meu rosto. Eu queria muito seguir em frente, e a semana anterior começara a abrir um caminho para mim. Se ao menos eu fosse corajosa o suficiente para percorrê-lo! Ainda assim, tudo o que eu podia pensar no momento era em todas as coisas que eu ainda teria de enfrentar. Abri-me, então, não muito disposta, a tudo o que eu evitava diariamente lembrar. Minhas mãos se retorceram convulsivamente em nossa areia, quando lembranças de Jason passaram por minha cabeça: nós dois usando a enseada para brincar de príncipe e princesa, quando então ele ia me "resgatar" do grande tronco perdido que usávamos como banco, quando não estava servindo de vilão conveniente; a primeira vez que nos beijamos de uma forma que não pareceu que éramos irmãos; a forma como aqueles primeiros beijos evoluíram para uma intimidade que não poderia ter sido possível entre duas pessoas tão jovens; como nos apegávamos um ao outro nos momentos de sofrimento; e como havíamos percebido que, o que nos aproximava, era nosso conhecimento partilhado de que a vida não tinha garantias e nem prêmios de consolação. Mas, apesar de nossas próprias perdas, nunca imaginei que *ele* pudesse ser tirado de mim. Isso nunca fora uma possibilidade, até acontecer.

Eu estava tão inconsolável que nem me movi e tampouco tentei parar de chorar, quando ouvi o som de patas grandes andando na areia atrás de mim. Senti-me feliz por meu visitante vir na forma de cão. Era mais fácil lidar com ele nessa forma.

Anyan sentou-se na areia ao meu lado. Deixou-me chorar, sem tocar em mim nem interferir de forma alguma até eu parar. Depois do último soluço ser arrancado de meu peito, e de minhas lágrimas cessarem, finalmente falou:

— Ele ia querer que você vivesse — foi tudo o que o cachorrão disse. — Se ele te amou da forma como você diz que amou, ia querer que você vivesse.

Minha garganta ficou tão apertada quanto quando Jarl a sufocou. Eu havia escutado versões dessa frase cerca de um milhão de vezes de meu pai, de Grizzie, de Tracy, dos médicos, das enfermeiras, dos psicólogos e até mesmo de um ou outro desconhecido. Mas, ouvi-la de Anyan — da forma direta como ele a proferira —, ruiu minhas barreiras tão cuidadosamente erigidas.

Pensei no quanto eu havia amado Jason. Eu o amara não apenas pelo que ele me dera, ou pelo que eu achava que iríamos construir juntos, mas porque Jason era Jason. Eu o amara porque ele fora gentil e generoso, e soubera como viver de uma forma que fazia os outros felizes. Se eu tivesse morrido e Jason sobrevivido, eu não gostaria que ele tivesse mudado. Eu iria querer que ele fosse feliz. Porque ele era um grande ser humano e porque eu o amava.

Eu sabia que Anyan tinha razão. Jason *gostaria* que eu vivesse, porque ele era Jason.

Eu estava chorando de novo, mas, dessa vez, com uma sensação de alívio. Finalmente admiti que, enquanto algumas pessoas em Rockabill não haviam tornado as coisas mais fáceis, não haviam sido elas que me prendiam ao meu sofrimento, ao meu próprio passado. Eu havia feito isso comigo mesma.

Eu *sempre* amaria Jason e sempre lamentaria o papel que eu, sem querer, desempenhara em sua morte. Mas, naquele momento, olhando para minhas mãos enterradas na areia de nossa enseada, onde havíamos amado

um ao outro com tamanha intensidade, e ouvindo os sussurros suaves do meu mar me oferecendo o perdão, finalmente aceitei a profundidade de nosso amor.

Fique em paz, meu amor. Está na hora de nós dois descansarmos...

Anyan deitou-se, sua língua macia lambendo os nós dos meus dedos. Dei um jeito de sorrir para seu rosto suave, até que um impulso me fez colocar os braços em torno de seu pescoço. Enfiei o nariz em seu pelo denso, inspirando o cheiro quente e limpo de cachorro, com um leve aroma de cardamomo. Ele me deixou ficar assim por um minuto, até encolher-se o suficiente para lamber as derradeiras lágrimas de meu rosto com os movimentos rápidos de sua língua ágil. Meus olhos negros se encontraram com os dele, cinzentos, e, pela primeira vez num bom tempo, sorri por inteiro.

— Vá nadar, Jane — comandou sua voz rouca, usando a cabeçona para me empurrar na direção da água. — Nell começará seu treinamento amanhã, e você precisará de toda a energia que puder.

Um arrepio de ansiedade percorreu meu corpo ao ouvir suas palavras inesperadas. Nem imaginei que as coisas andariam tão rapidamente. *Meu treinamento*, pensei. *Amanhã começarei a treinar*. O que eu aprenderia, exatamente, era ainda um mistério para mim, mas a ideia de usar o poder que sentia — até mesmo agora — pulsar sob a minha pele, me surpreendia.

Pensei nos truques que eu havia visto Ryu e os outros fazerem; os globos luminosos, os feitiços, as espadas de fogo que cortavam tigres ao meio. Eu não tinha a menor vontade de cortar um tigre ao meio, mas, mesmo assim... A ideia de que um dia, talvez, pudesse fazer um quarto dessas coisas, me empolgou de tal forma, que eu mal podia *esperar* para ver do que era capaz.

— Uau! — respirei fundo, imaginando que, na próxima vez que Ryu me levasse à praia para me seduzir nadando sem roupa e com comidas afrodisíacas, seria eu, Jane True, quem iria acender o globo luminoso. Talvez eu até conseguisse produzir um globo espelhado.

Boom chicka boom boom, soou minha libido, fazendo sua melhor imitação das trilhas sonoras pornô dos anos setenta.

E, talvez, da próxima vez que um elfo diabólico te agarrar pelo pescoço, você vai conseguir se safar sozinha, pensei, dando uma interpretação diferente à minha empolgação.

Garota Tempestade

Tirei meu AllStar e as meias, e levantei-me para abrir a calça. Somente depois de descer o zíper foi que me lembrei.

Os olhos cinzentos e sedentos de Anyan se encontraram com os meus, arregalados e inocentes como o meu mar.

– Cachorro bobo! – zanguei com ele. – Xô daqui!

Ele deu uma risada rouca e demorada que não combinava nada com a risada gostosa que liberara por meu corpo quando estivera em sua forma humana. Levantou-se e sacudiu a areia do pelo.

– Estarei por aqui, Jane. Treine bastante e faça como Nell mandar. – Olhou-me demoradamente e eu, de repente, senti-me desconfortável.

– Sim, senhor, chefe – respondi para quebrar a tensão. Ele riu de novo, em resposta, e desapareceu por entre a fenda nas paredes da enseada.

Tirei o restante das peças pelo caminho, com toda a rapidez que pude, e saí correndo para o mar, que retrocedeu para me receber, puxando-me para dentro dele e preenchendo-me com seu poder gelado. Brinquei em suas ondas, em suas correntes e bebi de seu poder.

Deixe que eles venham atrás de mim, pensei em Jarl e Nyx, e em outros como eles, que achavam que eu era fraca.

Preparem-se! Da próxima vez, eu estarei pronta.

Agradecimentos

Há muitas pessoas a quem agradecer por *Garota Tempestade*.

Antes de tudo, à minha família. Tudo o que consegui até hoje devo a vocês. Muito obrigada aos meus pais: vocês me deram a riqueza do tempo e do espaço para eu ser quem sou. Ao meu irmão, Chris: você sempre será o meu herói. A Lisa: você é minha inspiração. Muito da força e do carinho de Jane eu, primeiro, vi em você. A Abbie e Wyatt: sua tia Nikki ama muito vocês. Vocês são pessoas maravilhosas, e eu tenho muito orgulho dos dois.

Mal sei expressar minha gratidão aos meus pareceristas, Dr. James Clawson e Christie Ko. Vocês me trataram como uma autora de verdade quando eu ainda achava que tudo isso não passaria de uma brincadeira. Também gostaria de agradecer a Judy Bunch for ter aparecido no final e dado uma geral em minha gramática. Você é uma professora de verdade, e continuo a aprender contigo todos os dias. Nesse mesmo caminho, gostaria de agradecer a todos os meus professores. Quem poderia imaginar que isso acabaria num romance divertido? Devo muito a todos vocês.

Eu também gostaria de agradecer às pessoas que estiveram do meu lado para ver o espetáculo começar. A todos os meus amigos e colegas de Edimburgo, obrigada pelo tempo de vocês, pela ajuda e por nunca me terem mandado calar a boca. Um agradecimento especial à equipe da Bean Scene, em Leith, que me deixou usar seu Café como escritório e também a Jamal Abdul Nasir, que teve de me aturar morando num canto de nosso apartamento, falando sozinha.

Garota Tempestade

Eternos agradecimentos a Rebecca Strauss e a todos da McIntosh & Otis, por acreditarem em alguém que veio de tão longe e tão fora de contexto. A Devi Pillai, obrigada por ter visto potencial em Jane e por ter me dado uma oportunidade. Obrigada a Alex Lencicki e Jennifer Flax por terem respondido minhas intermináveis perguntas. Espero deixar todos vocês na Orbit orgulhosos. Pelo menos por Lauren Panepinto ter descoberto a fantástica artista Sharon Tancredi para dar uma vida tão bela a Jane True. Mal posso esperar para ver a próxima capa.

Um imenso obrigada para todos no LSU, em Shreveport, por continuarem a dar apoio a uma nova funcionária que, de repente, virou escritora de urban fantasy, e a todos os meus alunos que continuamente me inspiraram, desafiaram e divertiram.

Por fim, obrigada a todos da Liga dos Adultos Relutantes e a todos os autores que têm sido tremendamente generosos com uma estreante. Sinto-me abençoada por ter sido tão bem-recebida por uma comunidade tão fantástica.

Papel: Pólen Soft 70g
Tipo: Bembo
www.editoravalentina.com.br